Zerronnenes Wachs

Die Geschichte einer gestohlenen Liebe

Janne Loy

AF140429

IMPRESSUM

Bibliografische Information der Deutschen Nationalbibliothek:

Die Deutsche Nationalbibliothek verzeichnet diese Publikation in der Deutschen Nationalbibliografie; detaillierte bibliografische Daten sind im Internet über http://dnb.dnb.de abrufbar.

TWENTYSIX – Der Self-Publishing-Verlag
Eine Kooperation zwischen der Verlagsgruppe Random House und BoD – Books on Demand

© 2019 Janne Loy

3. Auflage

Herstellung und Verlag: BoD – Books on Demand, Norderstedt

ISBN: 978-3-740-74686-5

Umschlaggestaltung: Rebecca Südfeld

Zerronnenes Wachs

Die Geschichte einer gestohlenen
Liebe

Janne Loy

Ist das die Melodie, die du für mich singst, lieber Wind?

Ist dieses Lied für mich bestimmt?

Impressionen, die du mir zuflüsterst, liebes Meer…

Ist Frohsinn schon so lange her?

»Bei dem Gefühl des Unvermeidlichen lief es mir eisig über den Rücken. Dieses Lachen nie mehr zu hören, ich konnte diesen Gedanken nicht ertragen. Für mich war es wie ein Brunnen in der Wüste.«

(Der kleine Prinz)

Bericht aus dem Krankenhaus

Aufgrund einer hochgradigen Benzodiazepin-Vergiftung bei Verdacht auf Suizidversuch wurden der 46-jährigen Patientin direkt intravenös vier Gaben Flumazenil je 0,3 mg im jeweils 1-Minutenintervall verabreicht.

Das später hier veranlasste MRT und das EEG ergaben ein schweres Schädelhirntrauma, das womöglich durch einen Sturz vom Fahrrad auf einen Stein hervorgerufen wurde.

Die Patientin wurde mit einer starken fronto-basalen Verletzung und ausgedehnter Berstungsfraktur der Schädelkalotte, epiduralem Hämatom links temporal, generalisiertem Hirnödem sowie traumatischer Subarachnoidalblutung in unser Krankenhaus eingeliefert.

Wir entschieden uns zur Anlage einer epiduralen Hirndruckmesssonde. Wundversorgung im Bereich der ausgedehnten Weichteilverletzung links frontal …

Bericht aus der Zeitung

… entdeckte ein Spaziergänger am Nachmittag unter einem Heckenkirschengebüsch am Ufer der Maade eine bereits von Insekten und Wild leidlich zerfressene Männerleiche. Der Tote muss mindestens zwei Wochen im Freien gelegen haben. Die Beamten ermitteln nun, ob der Mann eines natürlichen Todes gestorben ist oder ob er getötet wurde. Die Identität des Toten ist noch nicht geklärt. Nach Aussage des Polizeisprechers werden nähere Angaben aufgrund laufender Ermittlungen zum jetzigen Zeitpunkt nicht gemacht.

Versenkungen

Spätsommer 1991

Als ich nach Gravesend verreiste, damals, kurze Zeit nachdem ich aus der Psychiatrie entlassen worden war – es war wie eine bescheidene Flucht –, nur wusste ich selbst nicht, wovor. Ich brauchte ein paar Tage Auszeit. Dass ich ausgerechnet mit Benedikt unterwegs war, kann ich heute nicht mehr verstehen. Womöglich fühlte ich mich schuldig, ihm verpflichtet, weil er mich schon einmal mit nach England hatte nehmen wollen und ich ihm einen Strich dadurch gemacht hatte. Dazu konnte es sein, dass ich nur einen winzigen Aufbruch wagen wollte, wohin war ungewiss.

So hockte ich mit einem Mal an Deck der Fähre von Calais nach Dover und starrte in die Wellen, die in gleichmäßigem Rhythmus heftig gegen das Schiff schlugen. Jede Woge spülte mir Schuld entgegen, auf eine Art subtil, doch unbarmherzig. Es war windig, kalt, und von oben begann es zu tröpfeln. Bis auf Benedikt und mich hatten sich nur noch ein junges Liebespaar und ein älterer Herr nach draußen gewagt und ließen sich den Meereswind um die Nase pfeifen. Obwohl ich in einer wetterfesten Jacke sicher an Deck auf einer Bank kauerte, hatte ich das Gefühl zu taumeln und zu versinken – in den Wellen. Oder in meiner Erinnerung. In dem *Versuch*, mich zu erinnern, war treffender. Mein Kopf probierte zurückzuschauen zu einem Ereignis, welches mit einem Frevel verbandelt zu sein schien und von dem mein

Verstand gänzlich abgekoppelt war. Irgendetwas Unverzeihliches, Scheußliches tarnte sich in meiner Seele. Selbstvorwürfe auf unsichtbaren Sockeln hatten sich wie Parasiten in mich eingegraben, unmittelbar nach dem Tod meiner Kollegin Juliane. Sie fanden Halt auf heimlichen Streben, die tief in mir fixiert waren. Verzweiflung beschlagnahmte jetzt mein Innerstes und pumpte es mit Wehmut auf.

Tell me why I feel so sad …

War es ein neuer Hit aus den Charts, der in meinen Ohren spukte?

… Why I feel so sad, so sad …

Nie mehr würde ich glücklich sein, nie mehr lachen, nie mehr träumen, nie mehr lieben. Eine Spur von Selbstmitleid mischte sich unter meine Traurigkeit und konkurrierte mit den Schuldgefühlen.

Benedikt nahm meine Hand.

»Hey, alles ok?«

Warum bin ich ausgerechnet mit Benedikt hier? Ich hätte allein eine Auszeit nehmen müssen ...

Das Rauschen des Meeres veränderte sich in vorwurfsvolle Stimmen. Wispernd, tuschelnd, misshandelten sie meine Ohren, zunächst flockig, federleicht, ihre Bestimmtheit und Kraft ließ das Flüstern in einem zischenden und rasenden Inferno gipfeln.

Tell me why I feel so sad …

Es ging nicht aus meinem Ohr. Die Töne hatten etwas Mystisches, sie trugen mich fort. Weit fort. In ein anderes Land? Das Land der Amnestie?

»Alles in Ordnung?«

Benedikt, einen halben Kopf größer als ich, nahm vorsichtig mein Kinn zwischen Daumen und Zeigefinger, hob es leicht an, so dass seine besorgt dreinblickenden Augen meine durchforschten.

Ich zuckte mit den Schultern.

»Nicht wirklich.«

Lauenburg

26 Jahre später

Warnung

Gleich heute Morgen nach dem Aufwachen durchzuckt mich eine Ahnung, dass mir etwas Unerwartetes auflauert. Seit Jahren hat mein Leben nur noch etwas mit, sagen wir, hinnehmen zu tun. Ich habe mich daran gewöhnt, manchmal ohne Anlass von einer Unruhe oder außergewöhnlichem Herzklopfen gestresst zu werden, aber das verflüchtigt sich in der Regel schnell wieder. Jetzt jedoch ergreift mich eine unnatürliche Nervosität, die ich in dieser Form noch nicht gespürt habe.

Es mag wohl an dem seltsamen Geschehen von heute Nacht gelegen haben, dieses eigenartige Gespür, das mich nun umschleicht. Ich entsinne mich, wie ich in meinem Traum gefangen, am Küchenfenster stehend, von weitem am Himmel etwas Blinkendes wahrnahm. Unmittelbar dachte ich an eine Sternschnuppe. Doch das Ding war viel zu rund. Es schien auf mich zuzugleiten und zu wachsen, je näher es kam. Auf einmal glaubte ich, hierin einen riesigen Stein zu erkennen. Und dieser Brocken trieb mit gesteigerter Geschwindigkeit auf mein Fenster zu. Erschrocken, beide Arme schützend über meinem Kopf verschränkt, duckte ich mich. Ich erwartete jeden Augenblick den Einschlag in mein Fenster, das Krachen, Klirren und das Splittern von Glas.

Stattdessen riss ich angespannt meine Augen auf. Noch realisierte ich nicht, dass ich in meinem Bett lag, außer Gefahr war. Furcht brannte in mir, lähmte meine Beine, die ich in diesem Augenblick nicht mehr zu spüren vermochte.

Da fuhr mir plötzlich ein zärtlicher Wind über meine nackten Arme, machte dem Schrecken den Garaus. Ich drehte mich auf die Seite und bemerkte die offene Balkontür meines Schlafraumes. Blieb erleichtert, aber erschöpft liegen.

Ich verweile immer noch so da, eine Hand auf dem linken Knie, mein Kopf ruht in der anderen. Ich zittere, obwohl mir nicht kalt ist. Mit dem Zipfel meiner Bettdecke wische ich mir den Schweiß von der Stirn. Was träume ich auch dauernd für einen Mist! Meine zartgrünen, transparenten Vorhänge bauschen sich. Wind schlängelt sich an ihnen vorbei in mein Schlafzimmer und trägt fröhliche Sonnenstrahlen mit herein. Gestern noch hat es erbarmungslos geregnet. Von draußen ertönt das nervige Geräusch einer Motorsäge.

Blick auf meinen Wecker. Es ist schon nach neun. Also hebe ich meinen gealterten Körper schwerfällig von der Matratze. Ich schaffe es schwer hoch. Die Arthrose in meinen Hüften und Knien macht mir zu schaffen. Ich schleppe mich ins Bad und auf die Toilette. Putze meine Zähne. Schleiche unter die Dusche, wo ich den Brauseschlauch aufdrehe und mich auf dem an den Fliesen angeschraubten Sitzbänkchen niederlasse. Es tut mir gut, mir im Sitzen die Haare zu waschen, meine schlaffe Haut einzuseifen und zu versuchen, mit voll aufgedrehtem Duschkopf den Schrecken meines Traums fortzuschwemmen. Warm und kräftig schmiegt sich das Wasser an meinen Brüsten hinunter, die ihre Jugendlichkeit schon lange eingebüßt haben und nun zwei luftleeren Ballons gleichen. Währenddessen hoffe ich vergeblich auf das Nachlassen meiner Unruhe.

Später schlüpfe ich in meine helle Lieblingshose und zupfe ein pinkfarbenes ärmelloses Shirt aus dem Schrank, das ich gern trage, ganz ohne Rücksicht auf die Konturen der bespeckten Flügelchen unter meinen Oberarmen.

Im Wohnzimmer sperre ich die Terrassentür auf, um durchzulüften. Meinem liebenswerten Kumpel Jo rufe ich ein herzliches »Guten Morgen!« zu, aber er hantiert da draußen mit der Säge herum und kann mich wegen des lauten Motorengeräusches nicht hören. Also gehe ich zurück in die Küche.

Vom Küchenfenster aus schweift mein Ausblick über reglose Wolken, hellblau, mit wolligen weißen Rüschen, unter denen weiter entfernt endlos erscheinende grüne Wiesen schlüpfen. Es ist ein warmer, aber windiger Septembertag. Die letzten Reste des Sommers wetteifern noch mit dem sich ankündigenden Herbst. Da erspähe ich den Briefträger, der gerade lässig etwas in meinen Postkasten wirft. Ich beobachte belustigt, wie er anschließend pfeifend weiter schlendert. Die Sonne lockt die Heiterkeit in den Menschen hervor.

Von dem frei stehenden knallbunten Säulen-Briefkasten, ein Flohmarkt-Mitbringsel meiner verstorbenen Freundin Isa, werde ich mich niemals freiwillig trennen. Mein Postständer wird umschwärmt von einer Gruppe lachsrosa Teehybriden, die meinen Vorgarten auffrischen, aber im Kasten landen seit Jahren für gewöhnlich nur noch Werbung, Kataloge und dergleichen, Papier, mit dem ich mich üblicherweise zum Zeitvertreib eine Weile beschäftige und das ich dann auf den Müll befördere. Postkarten und Briefe bekomme ich ausgesprochen selten. In der heutigen Zeit wird doch nur noch über E-Mail, meistens sogar nur noch mit dem Handy mit Hilfe dieses rätselhaften WhatsApp kommuniziert. Ich vertraue diesem ganzen technischen Kram nicht. Umso mehr wundere ich mich über diesen Umschlag, den ich soeben in meinem Postkasten finde. Mitsamt den üblichen Werbeprospekten trage ich ihn sorgsam in die Küche und platziere ihn auf der Anrichte. Der Absender ist eine Olivia Herzbeck aus Wilhelmshaven. Ich kenne niemanden mit diesem Namen. Da bin ich mal gespannt.

Zuerst werde ich mir aber einen Tee machen, Lavendel und Melisse zur Beruhigung, mit einem Schuss Zitrone. Ich stelle den Wasserkocher an, krame in der Tee-Box nach dem richtigen Beutel, übergieße diesen mit kochendem Wasser und zünde eine duftende Kerze an. Während sich die kleine Flamme schaukelnd in der Fensterscheibe spiegelt, fällt mein Blick auf Jo, der rundherum in meinem Garten wütet und gerade die langen Äste meines

Apfelbaumes zurückschneidet. Sein Haar ist inzwischen ganz grau, aber er ist immer noch gesund und fit, bis auf seine Herzrhythmusstörungen natürlich, aber die hat er mit seinen Betablockern gut im Griff. Ich betrachte sein Gesicht beim Arbeiten. Es hat sich in den vielen Jahren, seit ich ihn kenne, kaum verändert. Vor langer Zeit war ich einmal richtig mit ihm zusammen. Ich habe ihn sehr geliebt. Aber dann ist etwas dazwischengekommen. Damals spielten Misstrauen, Zweifel und die Besorgnis um mein eigenes Image ein gemeines Spiel mit mir und überzeugten mich in gewisser Weise davon, dass ich kein Recht hatte, ihn zu lieben. In Wirklichkeit war die Zeit mit ihm etwas Wertvolles, ein Gut, das ich hätte schützen müssen. Heute ist das alles nicht mehr ganz so schlimm für mich. Jo kommt mich regelmäßig besuchen, um mich zu fragen, ob er mir bei diversen Dingen behilflich sein kann oder ob er mir etwas aus der Stadt besorgen soll. Manchmal bleibt er auch ein Stündchen, einfach zum Plaudern oder um mir etwas vorzulesen. Inzwischen ist er längst verheiratet und hat zwei fabelhafte Söhne.

Ich warte ein paar Minuten, bis der Tee durchgezogen ist, nehme dann die dampfende Tasse, greife nach dem Brief und setze mich an den Küchentisch, ein altes, aber wunderbar stabiles und guterhaltenes Exemplar aus zimtfarbenem amerikanischen Nussbaum. Der würzige Duft des Tees schlüpft in meine Sinne und ich genieße ein bisschen davon in behutsamen Schlucken. Ein Brot kann ich mir auch nachher noch schmieren.

»Ach! Du Vergessliche!«, schimpft eine innere Stimme mit mir. »Um deine Post zu lesen, musst du leider wieder aufstehen.«

Richtig. Denn meine Augen sind schlechter geworden im letzten Jahr, so dass meine Lesebrille nun mein wichtigstes Utensil ist. Und die liegt jetzt wo? Moment, ... auf der Toilette? Nein, da habe ich gar nichts gelesen. Im Wohnzimmer auf dem Sideboard könnte sie sein.

Ich stehe auf, ziemlich lahm, und stütze mich dabei auf der Tischplatte ab. Die Arthrose, wie gesagt. So mobil wie einst bin ich nun einmal nicht mehr.

Im Wohnzimmer werde ich tatsächlich fündig, fische die Brille von der Kommode und gehe zurück in die Küche, wo ich mich schwerfällig wieder auf der Eckbank niederlasse. Mit kleinen langsamen Schlucken nippe ich am Tee. Und kümmere mich nun endlich um den Brief.

Der zartgelbe Umschlag ist korrekt an mich adressiert:

Frau Linda Mondhi
Hinter der Münze 32
21481 Lauenburg

Behutsam schlitze ich das Kuvert auf, entfalte das in gut leserlicher Handschrift geschriebene DIN A4-Blatt. Und beginne, ihn zu lesen …

… DIESEN BRIEF

Sehr geehrte Frau Mondhi,

Sie mögen mir meine Aufdringlichkeit verzeihen. Mein Name ist Olivia Herzbeck. Lange habe ich nach Ihrer Anschrift geforscht und diese nach vielen Bemühungen letztendlich von einem Herrn Benedikt Rosenkemper erhalten, der seinen Wohnsitz in Frankreich, in Montpellier, hat.

Ich schreibe Ihnen heute aufgrund einer nicht unbedeutenden Angelegenheit, welche eine Dame betrifft, die Sie bereits eine gewisse Zeit vor mir kannten. Diese hatte mich eindringlich gebeten, Ihnen nach ihrem Tod ein Utensil auszuhändigen, das sie Ihnen nicht für immer vorenthalten wollte. Sie war zu Lebzeiten nicht dazu in der Lage und dies nicht nur, weil sie Ihre Anschrift nicht kannte. Ganz sicher ist es nicht meine Absicht, Sie zu beunruhigen oder aufzuregen, doch meinem Empfinden nach könnte mein Besuch für Sie von immenser Wichtigkeit sein. So gern würde ich zu Ihnen kommen, um mit Ihnen persönlich zu sprechen. Wann käme es Ihnen aus?

Hochachtungsvoll

Olivia Herzbeck

Oben rechts ist eine Telefonnummer angegeben. Was hat das zu bedeuten? Wer konnte die Frau sein? Ich schüttele unwillkürlich den Kopf und denke einen Augenblick lang, dass ich mittlerweile zu alt bin, um wunderliche Dinge zu ernst zu nehmen. Nein, ich bin nicht sonderlich alarmiert. Gespannt. Ja. Neugierig. Außer meiner Tochter Natalia und meinem Sohn David habe ich keine Verwandten. Ich habe nahezu alle sozialen Kontakte in Wilhelmshaven hinter mir gelassen, seit ich vor Jahren von dort nach Schleswig-Holstein in die kleine Stadt Lauenburg an der Elbe gezogen bin.

In Wilhelmshaven lebte ich von Geburt an. Dort ging ich zur Schule, heiratete, bekam Kinder, ließ mich scheiden. Ich hatte dort einen Job und Freunde, aber alles, was mit dieser Stadt in Zusammenhang stand, interessierte mich auf einmal nicht mehr. Das ist nun 26 Jahre her. Ich fühlte damals schlagartig, dass ich so schnell wie möglich von dort wegmusste, denn trotz eines psychiatrischen Aufenthaltes litt ich weiter unter unbezähmbaren Beklemmungen, die ohne Vorwarnung aus der Luft in mich robbten und sich stundenlang in mir festbissen. Sie raubten mir das bisschen an Lebensenergie, das überhaupt noch in mir übrig war. Manchmal waren es verhüllte Ängste und seltsame Unruhezustände, die mich lähmten. Aber das Gefühl, das sich am deutlichsten hervortat, war die Vorstellung, etwas Dunkles mit mir herumzutragen, etwas, das darauf wartete, gesühnt zu werden. Ich hatte keine Ahnung, um was es sich handelte, aber ich hätte alles getan, um das Vergehen abzutragen, für Wiedergutmachung zu sorgen, wenn das Delikt für mich greifbar gewesen wäre. Ich zog mich immer mehr zurück von meinen Freundinnen. Vielleicht war es auch umgekehrt, und meine Freundinnen bekamen es mit der Angst, wenn ich von meiner anonymen Schuld sprach. Nachts trieben meine Grübeleien mich in den Wahnsinn. Ich verbrachte damals sogar einen ganzen Monat abgeschieden in einem Kloster, betete und fastete dort in der Hoffnung, meinen Verstoß zu erkennen. Meine Kinder besuchten mich zu dem Zeitpunkt öfter als gewöhnlich zu Hause und versuchten, mich aufzurichten. Nichts half. Meine seelischen Torturen wurden immer schlimmer. Sie ähnelten einem Raubtier, das mich von innen in Stücke riss. Nur die Idee fortzuziehen, spendete mir neue Leuchtkraft für mein Leben.

Beinahe hätte ich ein Häuschen in Pirna in der Sächsischen Schweiz, weit weg von Wilhelmshaven, gekauft. Es hatte auf Fotos ausgesehen wie ein Puppenhaus, hätte jedoch gründlich renoviert werden müssen, und ich hatte zuerst große Lust gehabt, es umzugestalten, um für den Rest meines Lebens darin zu wohnen. Weit fort von allem. Meine Kinder lebten inzwischen ihr eigenes Leben und darin hatte ich ohnehin wenig Platz.

Benedikt, mein damaliger Chef, hatte für das Haus aufgrund des guten Preises einen Kaufvertrag abgeschlossen. Nach Öffnung der Grenzen zwischen Ost und West waren Häuser im Osten extrem günstig zu erwerben. Im Nachhinein aber wurde ihm bewusst, dass er doch nicht so recht Gefallen daran finden konnte. Somit bot er es *mir* an, denn spätestens nach einer kurzen Reise, die er mit mir nach England gemacht hatte, ein paar Tage nach meiner Entlassung aus der Psychiatrie, wusste er sicher, dass ich verrückt geworden war. Auch er hielt es für besser, dass ich Wilhelmshaven verließ, um irgendwo einen Neuanfang zu machen.

Dann meldete sich Anna, meine langjährige Freundin. Sie überzeugte mich davon, zu ihr nach Lauenburg, in das frei stehende Nachbarhaus zu ziehen.

»Warum willst du so weit in den Osten? Linda, du brauchst jetzt eine Freundin in deiner Nähe! Als ich dich aus der Klinik abholte, schien es mir nicht so, als wärst du hinweg über das Geschehen.«

»Hinweg?! Wie soll ich über etwas hinwegkommen, was für mich nicht greifbar ist? Ich kann mich auch nach drei Monaten in der Klapse an nichts Reales erinnern. Ich fühle nur, dass damals etwas Scheußliches passiert sein muss, unten am Fluss. Juliane lag auf einer Bahre. Sie war tot. Jo war nur kurz da. Oder er war nicht da, und ich habe mir seine Gegenwart nur eingebildet. Ich kann mich nicht richtig erinnern. Die wilde, holprige Umgebung am Fluss keimt in meinem Gedächtnis immer wieder auf, die Wiese, die Bäume, Büsche, das Gras. Nachts schmuggeln sich steinartige Gebilde, die zu Monstren heranwachsen, in meine Träume. Was ist mit Juliane passiert? Ich weiß nicht mehr, warum sie auch dort war, nicht mehr, was sie gesagt hat. Auf einmal war sie tot. Ich bin wie blind, erkenne kein

Detail, wenn ich versuche, mir den Schauplatz wieder in die Erinnerung zurück- zurufen. Alles verschwimmt nur ineinander.«

»Du hast eine Amnesie, Linda. Aufgrund des Schocks. Vermutlich kommt dein Gedächtnis eines Tages unerwartet zurück.«

»Man munkelt, ich sei verrückt geworden. Zerstört und zerbrochen. Diese Sichtweise ist womöglich vertretbar. Mir ist es egal. Vollkommen gleichgültig. Juliane ist tot. Und Jo hab' ich so lange nicht gesehen. Er hat mich nicht einmal besucht in der Klinik!«

»Linda, bitte … ich weiß, dass das alles schwer für dich ist. Er konnte …«

»Es hätte mir nichts ausgemacht zu sterben, Anna. Ich vermisse Jo so sehr. Der Arzt sagt, es ist ungewiss, ob ich mich je wieder an Details erinnern kann. Das hat er auch der Kripo immer wieder zu erklären versucht. Du weißt, dass die Polizei mich anfangs mehrmals in der Klinik aufgesucht hat. Die wollten herausfinden, woher ich Juliane kannte. Ob wir uns an der Maade verabredet hatten oder wir uns zufällig dort getroffen hatten. Ob wir befreundet oder nur Kolleginnen waren. Juliane. Juliane. Juliane! Ich konnte diese dämlichen Fragen nicht beantworten. Weil ich mich nicht erinnern konnte, *warum* Juliane auch am Fluss war. Und heute kann ich es immer noch nicht. Irgendwann haben die Polizisten aufgehört zu insistieren. Diese Befragungen waren sinnlos. Mich interessiert auch jetzt nur, wo Jo abgeblieben ist.«

»Die Kripo hat Nachforschungen angestrebt, um herauszufinden, was denn genau mit Juliane geschehen ist. Sie haben dir erklärt, was sich mit Jo ereignet hat, und sie haben versucht, die buckligen Fugen zwischen dem Ablauf des Geschehens an der Maade ebnen zu können. Dabei konnten sie keine Verbindung herstellen zwischen …«

»Ich will nichts mehr davon hören. Nichts mehr, Anna! Zwölf Wochen Psychiatrie! Ich habe null neue Lebensqualität dabei gewonnen und ich will das alles hinter mir lassen. Ich muss weg von Wilhelmshaven, weg von Benedikt und diesem Reiseunternehmen.«

»Überleg es dir gut. Und wenn du es ernst meinst, dann nimm *nicht* das Haus in Pirna. Nach wie vor vermiete ich das Holzhaus neben mir. Hinter dem Haus ist ein verwunschener Garten, den du mögen wirst. Das Häuschen wird in sechs Wochen frei werden. Die derzeitigen Mieter ziehen fort, und ich würde mich freuen, wenn du darin wohnen würdest. Ich überlass' es dir zu einem absoluten Niedrigmietpreis. Du weißt, ich bin auf Geld nicht angewiesen. Mein Mann hat mir genug finanzielle Mittel hinterlassen, als er gestorben ist. Dein Chef soll selbst zusehen, was er mit dem Kaufvertrag anstellt. Du kannst nicht immer noch die Kastanien für ihn aus dem Feuer holen.«

Ich gab schließlich nach und zog nach Lauenburg in Annas Holzhaus. Anna ist eine wirklich exzellente Freundin, aber seit meinem Umzug will ich mit ihr und auch mit sonst niemandem mehr über Vergangenes sprechen. Und sie versteht es zu schweigen.

Jo, der einige Monate später, ohne jemals sein plötzliches monatelanges Abtauchen aufklären zu wollen, überraschend nachgezogen ist, ging meinen Fragen bezüglich dessen, was damals passiert ist, stur aus dem Weg. Natürlich bringe ich auch heute hierfür immer noch kein Verständnis auf, aber es tut so gut, ihn hier zu haben. Wir sind beste Freunde geworden.

Meine Kinder sehe ich selten. Sie sind sehr beschäftigt. Manchmal fühle ich mich, als lebe ich auf einer Insel, die im Nichts umherschwimmt und für niemanden erreichbar ist.

Ich gehe nicht mehr aus. Anna versucht immer mal wieder, mich dazu zu bewegen. Früher fuhr ich oft ans Meer, setzte mich in den Sand oder auf einen Steg und ließ meine Gedanken langsam in die schwappenden Wellen rieseln. Dort wurden sie gründlich durchgespült und kamen sauber wieder zum Vorschein. Ich vermisse es so sehr, das Meer.

Ein dummes Gefühl, ein Gefühl von Sich-nicht-vergnügen-dürfen schleicht seit meinem Umzug nach Lauenburg um mich herum. Diese Empfindung kann ich nicht abstellen. Ein Vierteljahrhundert früher hatte ich noch Lust auf Abenteuer, auf Feste, auf vielerlei Kontakte. Bis zu dem Tag, an dem an einem Fluss in Wilhelmshaven etwas Schreckliches mit meiner Kollegin Juliane passiert ist, hatte ich geglaubt, auch dann noch die Freuden und Köstlichkeiten des Lebens in mich aufzusaugen, wenn ich alt bin. Das war ein Trugschluss. Heute bringt mich niemand mehr dazu, an Vergnügungen teilzuhaben. Es ändert sich oft viel im Leben. Ich bin ein einsamer langweiliger Mensch geworden. Wer sollte mir also schon Wichtiges zu sagen haben? Was will eine Olivia Herzbeck?

Nichtsdestotrotz, es wird nichts anbrennen, wenn ich diese Dame *später* anrufe. Meine anfängliche Neugier ist mit einem Mal verflogen und macht einem Anflug von Melancholie Platz. Nein, jetzt gerade habe ich keine Lust mehr darauf. Mich beschäftigen auf einmal andere Dinge. Mein Manuskript.

Vor vielen Jahren klopfte in größeren Abständen ein neues Glück an meine Tür, kam herein, legte den Mantel ab, setzte sich und verschwand nach einiger Zeit wieder. Dann und wann hinterließ es Spuren, die traurig oder komisch oder befremdlich waren, vereinzelt verlosch es spurenlos. Gelegentlich denke ich an einzelne Stunden, Wochen oder Monate meines Lebens, die erfüllt waren von Zufriedenheit und Wohlgefühl, aber gleichwohl von einer alles vernichtenden Skepsis. Lange ist es schon her, dass ich begonnen habe, eine Niederschrift anzufertigen, welche eine Geschichte aus meinem Leben erzählt, aus einer Etappe meines Lebens, in der ich für sehr kurze Zeit trotz jeder Menge eigener Vorbehalte wirklich glücklich war. Ich war gern unter Menschen, wenn ich auch manchmal Zeit für mich allein brauchte. Eine Ausfertigung meines Manuskriptes, das fast zu einer Lebensaufgabe für mich geworden ist, bewahre ich in meiner Küchenschublade auf, weit hinten. Ab und zu nehme ich es zur Hand, verändere ein paar Kleinigkeiten im Satzbau, füge Absätze ein oder lösche einzelne Passagen. Stellenweise habe ich das Gefühl, wie in einem Nebelschleier zu schreiben. Was ich einfach nicht hinbekomme, ist der Abschluss meiner Erzählung. Eine Denkblockade ruiniert mir immer wieder meine Eingebungen. Ich könnte es heute gleich noch einmal versuchen. Immer wieder von vorn. Eines Tages werde ich es schaffen.

DAS MANUSKRIPT

Frühjahr 1991

1

Obwohl es bereits Ende April war, hatte der Frühling es nicht fertiggebracht zu erwachen. Noch bis gestern hatte er seinen Kampf mit dem Winter ausgeübt, der seine kalten Krallen einfach nicht lockern wollte. Heute war der erste sonnendurchflutete Tag. Das war normalerweise wunderbar stimulierend, aber ich fühlte mich auf eigenartige Art energielos. Es war Montagvormittag. In meinem Büro in einer Reiseagentur am Rande von Wilhelmshaven, die neben Sport- und Abenteuerurlauben auch Gruppenreisen und Klassenfahrten an die Strände Portugals und an die französische Küste organisierte, grübelte ich gerade an der Vorbereitung eines Ferientrips für eine Pfadfindergruppe, die im Juni ins warme Portugal wollte und nahezu täglich neue Anforderungen stellte oder die Zahl der an der Reise teilnehmenden Pfadfinder immer wieder änderte. Normalerweise bin ich ein geduldiger Mensch, aber die Reise für diese Truppe, die sich *Skipping Squirrels* nannte, war kaum planbar und die Bande sowie die beiden Gruppenleiter schafften es, meinen Reizbarkeitsspiegel mit ihren Anforderungen komplett an den Anschlag zu bringen. Außerdem konnte ich mich heute wieder einmal nicht konzentrieren. Meine Gedanken schweiften immer wieder zum Fenster hinaus, weit, weit davon. Ich würde mich mal wieder durch den Tag träumen, wie so oft. Ich plante Reisen in die Sonne. Dabei sehnte ich mich selbst nach Sonne und Wärme. Und nach noch etwas: Meine Illusion von einem Mann, mit dem sich nach einem Streit noch kuscheln ließ, einem, der mir abends etwas vorlas oder den Rücken kraulte, während ich dabei langsam und behaglich einschlafen durfte, der unter dem Sternenhimmel Schampus mit mir trank und der Bücher liebte, ließ mich immer wieder in diverse Phantasien abtauchen. Meine Illusion von einem, der zuverlässig und klug war, an dessen Schulter ich bei Bedarf mein Gesicht vergraben durfte, bis ich ausgeheult hatte, der meine bei Horrorfilmen gesteigerte Aufregung drosselte, indem er meine Hand hielt, blieb Fiktion.

Das nervige Gepiepe meines Faxgerätes riss mich aus meinen Gedanken. Ich fuhr aus meinem Drehstuhl hoch, streckte meinen linken Arm über einen Haufen noch anzulegender Rechnungsunterlagen und riss in unflätiger Weise das vom Gerät ausgespuckte Schreiben heraus. Ich ahnte schon, wer der Absender war. Und genau. Als der Schriftzug der *Skipping Squirrels*-Truppe sowie gleich darunter die auffallend große Betreffzeile ALLGEMEINE ERWARTUNGEN AN DAS KÜCHENPERSONAL WÄHREND UNSERES SOMMERLAGER-AUFENTHALTES meine Augen nötigte, rechnete ich gleich mit etwa hundert-siebenundfünfzig kuriosen Sonderwünschen und stöhnte hörbar auf.

»Doch nicht hier, Linda. Und dann soo laut!«, hörte ich Juliane im Büro nebenan fröhlich lästern.

Die kritische Grenze, an der man regelrecht platzt, wenn jemand etwas Ironisches oder Zweideutiges sagt, war bei mir soeben erreicht und ich fuhr sie an:

»Juliane, verdammt. Kannst du dich bitte einmal mit deinen saublöden Kommentaren zurückhalten?«

Da stand die Frau mit dem allzeit perfekten Äußeren auch schon in meinem Büro. Sie schüttelte ihre kinnlangen, platinblonden Afrolocken, die ihr sorgfältig geschminktes Gesicht umrahmten.

»Begeisterung liegt bei dir heute nicht gerade in der Luft, was? Schlecht geschlafen, Süße?«

Schlecht geschlafen hatte ich allerdings in Anbetracht der vielen Arbeit, die im Büro auf mich wartete.

»Jawohl, das auch«, fauchte ich unsanft.

»Musst mir mit deiner miesen Laune aber nicht den Tag verderben.« Juliane baute provozierend ihre dürre Statur ganz dicht vor mir auf, stemmte ihre Hände in die Hüften, wobei sie ihre überlangen violett lackierten Fingernägel zur Schau stellte und machte eine hämische Schnute, um gleich darauf aber beschwichtigend zu lächeln. »Wenn du zu viel um die Ohren hast, sag' Bescheid. Rieke kann dir sicher ein bisschen zur Hand gehen.«

Rieke, die den frischen, herzlichen Menschentyp repräsentierte und unter Julianes wohlwollender Obhut eine Ausbildung zur Reiseverkehrskauffrau machte, war mit ihren neunzehn Jahren das Küken in der Agentur. Manchmal kopierte sie auch etwas für *mich* oder kümmerte sich um allgemein abzulegende Dokumente.

»Na gut. Sie könnte ein paar Briefe zur Post tragen und Geld für die Handkasse von der Bank holen«, sagte ich grantig und ohne Dankbarkeit.

Juliane zog ihre schmächtigen Schultern hoch und seufzte.

»Ich merk' schon. Du bist heute ungenießbar.«

»Kann vorkommen«, muffelte ich weiter.

Ohne sie anzusehen, nahm ich das Fax der Pfadfinder widerwillig zur Hand und schaute darauf, las aber gar nicht. Mein Kopf war schon wieder mit Grübeln beschäftigt. Wer war ich? Durchschnitt. Eine Tagträumerin. Schönträumerin. Nicht unbedingt der Frauentyp, der Männer dazu bringt, augenblicklich zu entflammen. Mein Haar war von hellem Honigblond und ich trug es lang bis zur Brust, wenn mein Kollege Kurti und Juliane auch meinten, das sei nicht mehr altersentsprechend. Zu meiner kleinen Welt gehörten zwei erwachsene Kinder, die schon ihr eigenes Leben meisterten. David schlug sich als freier Journalist in den Niederlanden durch und wohnte schon lange mit seiner Freundin zusammen. Natalia erfüllte einen Job als Krankenschwester in Hamburg, kam wegen enormer potentieller Verpflichtungen eher selten zu Besuch und wechselte ihre Männer mit der selbstverständlichen Regelmäßigkeit, mit der man seine Zahnbürste austauscht.

Irgendwie schien das mit den Frauen in meiner Familie und den Männern nicht so richtig zu klappen. Unbeirrt gab ich selbst dem aufgeweckten, sensiblen Typ den Vorzug, lieber mäßig schüchtern als zu vorlaut oder aufdringlich, aber diese Art Mann war vom Kosmos offenbar ausverkauft oder für andere Frauen reserviert. Bei mir schien diesbezüglich etwas falsch programmiert zu sein. Nahezu immer hatte mir das Leben den rücksichtslosen Helden zugespielt, den aus diversen Gründen Hasserfüllten, der von seinem eigenen Gift verätzt, gar nicht mehr imstande war, jemanden zu lieben oder gar den gefühlsarmen Vernunftmenschen, für den Sex kein Genuss, sondern eine Notwendigkeit wie sein regelmäßiger Stuhlgang war. Vergessen habe ich auch nicht den an geschlechtlicher Liebe gänzlich Desinteressierten, der sich seine Langeweile mit Holzfigurenschnitzen oder Nüssesammeln in freier Natur vertrieb. Ich stellte mir häufig vor, vielleicht hielte das Universum an verborgenem Ort einen dicken Baum versteckt, behängt mit Urformen meiner Wunschkategorie und es existierte ein geheimes Spiel, nämlich zu erraten, wie ich mir einen davon pflücken konnte. Sollte meine esoterische Fantasie stimmen, war ich gewiss keine gute Spielerin.

Vorgestern Nacht wieder. Ich war aus. Tanzen. Hatte solche Lust verspürt, für eine Nacht die Welt mit kleinen Händen aufzusammeln und an etwas anderes zu denken als an Stand-by-Flüge, desolat verlaufende Gruppenreisen und beunruhigende Kontoauszüge. Später fand ich mich in einer schmucken Männerwohnung, die einem recht galant scheinenden Mann namens Sven gehörte. Ich war wohl verrückt gewesen, einfach mit ihm zu gehen. So profimäßig, wie er uns Wein einschenkte, so gelassen er mir das korrekt gefüllte Glas reichte, die Unbefangenheit, mit der er nach dem ersten Schluck unter mein Shirt griff und mir auf spielerische Weise das Teil vom Leib riss, die schöpferische Energie, mit der er sich selbst entblößte, um den Koitus zu vollziehen, all das erinnerte mich an die routinemäßige Sachverständigkeit eines erfahrenen Draufgängers. Ich spürte ungeduldige Routine zwischen seinen Lippen, ungeduldige Routine an seinen Händen, ungeduldige Routine beim Überstülpen des Nahkampfgummis. Sodann kletterte er in Position, schaukelte und vibrierte mit verkrampfter Gesichtsmuskulatur gefühlte drei Sekunden auf mir und – eins, zwei, drei, *zack* – war er fertig. Rollte sich weg. Stand auf. Ließ mich liegen. Lief ins Bad. Ich hörte den Wasserhahn laufen. Als er zurückkam, stand ich bereits wieder fix und fertig angezogen vor seinem luxuriösen Scheiß-Angeber-Wasserbett und bat ihn, mich nach Hause zu fahren. Missmutig griff er nach seinen Klamotten, wobei er sich tatsächlich nicht nehmen ließ zu fragen, ob wir uns noch einmal wiedersehen. Ich verneinte. Seine Schuhe schepperten auf dem grauen Laminatboden, als er sich zu mir umdrehte und mich fassungslos ansah. Er rief ein Taxi und wir sprachen kein Wort mehr, während wir darauf warteten.

Es passierte manchmal, und nur dann, wenn eine Übellaunigkeit mich in den Arm nahm, dass ich ein kleines bisschen eifersüchtig auf Juliane war. Das Leben offerierte ihr scheinbar alles, um glücklich zu sein und bot ihr meiner

Meinung nach nur wenig Grund zur Unzufriedenheit. Sie hatte bewusst reich geheiratet, woraus sie nie ein Geheimnis machte. Im Gegenteil. Sie war stolz auf ihr Attribut in Form eines angesehenen und gutverdienenden Chefarztes. Ihr Herz hing auffällig an materiellen Dingen. Juliane liebte Statussymbole und teure Klamotten. Anerkennung und Bewunderung waren für sie sehr wichtig, weswegen sie ihren anstrengenden Büroalltag wunderbar meisterte, ohne sich jemals zu beklagen. Lange Zeit hatte sie als Sprechstundenhilfe für ihren jetzigen Ehemann, dem Chefarzt der Inneren Abteilung in der Reinhard-Nieter-Klinik, gearbeitet. Eines Tages hatte sie jedoch Lust bekommen, einmal etwas anderes zu probieren, als im Krankenhaus die Routinearbeiten zu erledigen. Ihr Mann war seit langem mit Vincent, dem zweiten Geschäftsführer dieses Reisebüros, befreundet und so war Juliane rasch an eine andere Aufgabe geraten und hatte zunächst als Vincents Sekretärin bei uns angefangen. Ohne viel eingearbeitet worden zu sein, war sie in allem, was zu ihren Aufgaben gehörte, perfekt, weswegen Vincent sie schon bald zur Büroleiterin befördert hatte. Ihrem Mann half sie häufig noch samstags oder sonntags im Sprechzimmer aus, wenn es auf der Inneren Abteilung besonders viel zu tun gab und wegen des Wochenendes die beiden regulären Arzthelferinnen nicht anwesend waren. Zwar konnte man über Juliane, was ihr mangelndes Einfühlungsvermögen betraf, oft nur den Kopf schütteln, aber grundsätzlich hatten wir sie schon gern, immerhin war sie jederzeit hilfsbereit.

Plötzlich hatte ich ein schlechtes Gewissen wegen meiner Schroffheit.

»Sorry. Ich bin heute leicht reizbar, Juliane.« Ich hob vielsagend die Schultern und lächelte krampfhaft. »Die *Skipping Squirrels*, du weißt schon. All die Extrawünsche und die schon im Vorfeld der Gesamtplanung telefonisch avisierten Bedenken hinsichtlich der Mahlzeiten, der Qualität und Quantität der Betten und, und, und …«

Sie grinste breit. »Lass' dich von denen nicht unterkriegen. Zeig Enthusiasmus bei deiner Arbeit. Gib Feuer. Antworte fröhlich und bestimmt, wenn jemand dich am Telefon anmeckert. *Ich* kann mit allen Kunden umgehen, ob anstrengend oder nicht«, prahlte sie und schwebte gehaltvoll aus dem Raum.

Ich drehte mich zu meinem Schreibtisch herum und schnaufte. Am liebsten hätte ich ihr etwas nachgeworfen. Da legte sich beruhigend eine Hand auf meinen Oberarm. Ich hatte Isa gar nicht kommen hören.

»Du kriegst das hin mit diesen Pfadfindern, Linda.« Und im Flüsterton: »Lass' Juliane doch reden, was sie will.«

Ich zwinkerte ihr unwillkürlich zu. Isa hatte Recht. Julianes große Klappe war sicher auch manchmal nur Schein.

»Gefällt's dir?« Isa drehte sich im Kreis. »Neu, diese Hose.«

»Hey. Top! Du trägst ja Jeans! Wie kann das sein?«, lachte ich.

Ich war überrascht. Isa verbarg ihre etwas rundliche Gestalt zu oft unter wallenden Gewändern, die sie fülliger erscheinen ließen, als sie war. Diese dunkle Jeans und die schlichte weiße Bluse dazu standen ihr gut. Die blauen Strähnchen in ihrem kurzen schwarzen Haar mochten bei dem einen oder anderen nicht zu Unrecht den Anschein von Nonkonformismus erwecken, jedoch war Isa in erster Linie authentisch und warmherzig.

»Nora hat mir die Jeans aufgeschwatzt.«

»Hat sie gut gemacht. Lass' dich öfter von ihr beraten.«

Isa grinste. »Ich überleg's mir. Sie kommt heute Abend noch bei mir vorbei. Weil sie mir zeigen will, was sie nun endlich für Finn gekauft hat.«

Nora war Isas 30-jährige Tochter, alleinerziehende Mama zweier reizender Mädchen und seit mehr als einem Jahr heimlich verliebt in ihren Lehrerkollegen Finn. Soweit meine Informationen reichten, versuchte Nora verzweifelt, für Finn ein gelungenes Geschenk für dessen Hilfe beim Tapezieren ihrer Küche zu besorgen, tauschte allerdings alle erstandenen Objekte aus Unsicherheit erst einmal wieder um.

»Den Bildband über Norwegen hat sie also auch nicht für ihn behalten?«

»Nee. Hat sie nach reiflicher Überlegung in die Buchhandlung zurückgebracht.« Isa knautschte die Lippen.

Man merkte ihr an, dass sie ihre Tochter auch nicht so ganz verstand, aber mitfühlte.

»Nora sagt zwar, dass Finn Norwegen liebt, aber sie meinte, da er schon ein paar Mal dort war, erübrige sich vermutlich ein Bildband. Es müsse etwas anderes her. Etwas Geschmackvolles, aber nicht zu aufwändig, damit es nicht anbiedernd wirke.«

»Herrje. Sie macht es sich wirklich nicht leicht.«

»Nora fürchtet sich davor, dass Finn hinter ihre Verliebtheit kommt und sie auslachen könnte. Sie geht fest davon aus, dass er ihre Gefühle nicht erwidert. Mir tut sie so leid.«

Ich zuckte mit den Schultern und drückte Isa schnell. Was sollte man da machen? Jeder Ratschlag käme doch einer Anmaßung gleich.

Isa und Juliane waren meine engsten Kolleginnen, doch Isa war mir besonders vertraut und wichtig. Wir drei standen in der Mitte des Lebens, hatten unsere jugendliche chronische Sexyness im Großen und Ganzen schon hinter uns gelassen und trugen stattdessen die uns in den Jahren als feine Fältchen in unseren Gesichtern dokumentierten Freuden und Blessuren umher.

Juliane und Isa arbeiteten im Büro nebenan, waren im Grunde nur Vincent, unterstellt.

Isa war nur halbe Tage im Büro und zusammen mit Kurti kümmerte sie sich um Einzelreisende.

Kurtis unrasiertes Gesicht lugte gerade zu uns herein.

»Ist Hannes heute gar nicht da?«, fragte er in einem Jammerton.

»Der ist bestimmt noch beim Zahnarzt«, mutmaßte Isa. »Ich komm' sofort und helfe dir bei den Reservierungen, Kurti.« Sie klopfte mir noch mal ermutigend auf die Schulter. »Ich mach' mich an die Arbeit. Bis gleich mal.«

Mein Blick rutschte zu Kurtis Kopf, der solange durch die Tür um die Ecke lugte, bis Isa bei ihm war. Seine vollen dunklen Haare wirkten wieder einmal ungewaschen. Dicke Ringe unter seinen Augen verdarben seinen warmherzigen Gesichtsausdruck. Es war uns allen klar, dass er Probleme hatte, er sprach aber nie darüber. Höchstens mit Hannes.

Unser Hannes mit der Riesenbrille sorgte sich um die Organisation neuer Reiseziele, buchte für Abenteurer Rucksacktouren, Kletterurlaube, Segeltörns. Er sagte nie viel, kam, grüßte, machte sich an die Arbeit und ging wieder. Hin und wieder versuchte ich, ein wenig mit ihm zu schwatzen. Aber es funktionierte nicht. Funktionierte bei keinem von uns. Doch. Wie gesagt, bei einem. Mit Kurti kam er prima aus. Kurti war handwerklich sehr geschickt und hatte Hannes im Jahr zuvor kräftig beim Hausbau unterstützt. So hatte sich eine Art Freundschaft zwischen den beiden entwickelt. Auf der Arbeit redeten sie nie privat, aber in der Freizeit trafen die beiden sich manchmal auf ein Bierchen. Was Kurti betraf, so waren es in der Regel mehrere Bierchen.

Benedikt, Vincents Partner und zweiter Geschäftsführer sowie mein unmittelbarer Chef, war selten anwesend, so dass ich für nahezu alles allein verantwortlich und in gewissem Grade auch haftbar war. Ich liebte meinen Job, war auch stolz angesichts der Verantwortung, die mein Chef mir übertragen hatte. Doch manchmal schien mir alles über den Kopf zu wachsen, denn Benedikt war die meiste Zeit des Jahres irgendwo in Europa unterwegs, um neue Ziele für unsere Gruppenreisen zu entdecken. Gestern Abend jedoch rief er mich zu Hause an, um mir zu sagen, dass er heute herkommen wolle, um nach dem Rechten zu sehen. Als ob ich mich nicht eh' um alles allein kümmern musste! Bis er eintrudelte, wollte ich wenigstens noch den Bettenplan für das Pfadfinderlager fertigstellen.

Zum Frühjahr hin war im Büro immer Hochkonjunktur, so dass ich jedes Jahr einen mir geeignet erscheinenden Studenten einstellte, einen, der mir zunächst im Büro half und über den Sommer für uns in Frankreich als Animationskraft oder Surflehrer arbeiten konnte.

Der junge Mann, der mich nun fröhlich begrüßte, war einer meiner Kandidaten für dieses Jahr. Er nahm sein Käppi ab, kam auf mich zu und gab mir die Hand. Seine Stimme, seine offenen Gesichtszüge und die beflügelte Art seines Gangs ließen mich an eine Kombination von Sensibilität, Stärke und Beherztheit denken.

»Hallo. Schön, dass du heute Zeit hast, vorbeizu kommen. Ich bin Linda. Ist das *du* okay für dich?«

»Aber sicher. Ich bin Jo-Niklas Zacharias. Meine Kumpels sagen Jo oder Nick. Zacharias können wir unter den Tisch fallen lassen.«

»Dann nenn' ich dich einfach Jo.«

In mein Herz drängten komplexe romantische Töne, als ich ihm einen Platz anbot und fragte, ob er lieber Kaffee oder Saft trinken wolle. Er entschied sich mit einem hinreißenden Lächeln für Kaffee.

Ich rief nach Rieke. Gleich schritt sie beschwingt durch die Tür, fragte nach meinen Wünschen, nickte fröhlich und rauschte pfeifend wieder hinaus.

Indessen fühlte ich, wie sich Jos überwältigende Aura in meine Seele sog, und immer wieder strich ich mir verlegen eine Haarsträhne aus dem Gesicht, während ich mit ihm zunächst über Dinge wie den heutigen schönen Frühlingstag und derlei Smalltalk-Banalitäten plauderte.

Rieke hatte sich beeilt mit dem Service, sogar für Brötchen gesorgt. Ihre hunderttausend Sommersprossen tanzten in ihrem Gesicht, als sie belustigt schmunzelte, weil ein frecher Spatz durch das geöffnete Fenster in den Raum geflogen kam und seltsam furchtlos meinen Arbeitsplatz inspizierte, gerade in dem Moment, als sie das Tablett vor uns auf den Tisch stellte.

»Darf ich?« Jo war aufgestanden und deutete auf eines der Körnerbrötchen.

Ich nickte. Ungeniert griff er danach, zerbrach es behutsam im Stehen und zerkrümelte ein Stückchen auf einen Teller, den er auf die Fensterbank stellte, während er sich sachte ein paar Schritte rückwärts entfernte, sich für zwei Sekunden zu uns umdrehte und konspirativ einen Finger auf seinen Mund legte. Er wandte uns wieder den

Rücken zu und zwitscherte. Mein Ernst, er konnte perfekt zwitschern. Aufmerksam verfolgte ich sein Tun und kicherte, als wäre ich vierzehn. Gleichzeitig machte ich mir Sorgen um Rieke, die zu ersticken drohte vor Lachen. Was den Spatz nicht hinderte – und es ist die Wahrheit –, auf den Teller zu hüpfen und die Krumen wegzupicken. Wie Jo da von mir abgewandt vor dem Fenster stand … Wow!

Ich nutzte die Güte des Augenblicks, um meinen Blick gemächlich über seinen Rücken und was am Rücken noch dran war, wandern zu lassen, ohne dass es auffiel. Ich betrachtete sein Haar, das dem sanften Braun von guter Vollmilchschokolade glich und in leichten Wellen seinen Kopf umschmeichelte. Angeregt durch die entzückende Ansicht wünschte ich, dass der Spatz noch etwas blieb. Bedauerlicherweise funktionierte die Telepathie zwischen dem Vogel und mir nicht und er flog davon, so flugs, wie er hergekommen war.

Juliane lugte herein, hatte Riekes Gelächter vernommen und wollte auch einen Anteil am Spaß haben.

»Was ist denn bei euch los? Weswegen gackert ihr so herum?«

»Hey Juliane. Alles okay. Wir sind einfach gerade ein bisschen ausgelassen.«

Sie musterte in Sekundenschnelle erst Rieke, die sich nur schwer wieder einkriegen und deshalb nicht sprechen konnte, und dann Jo. Augenblicklich schaute sie mich an, etwas säuerlich und gleichermaßen fragend. Ich verspürte keine Lust auf Erläuterungen, und lediglich anstandshalber stellte ich ihr meinen Bewerber vor.

»Das ist Jo-Niklas. Er interessiert sich für den Job an unserer Surfschule.«

»Hallo.« Höflich ging Jo auf sie zu und gab ihr die Hand.

Sie fixierte ihn mit neugierigem Blick und schüttelte flink ihre wilde Haarmähne auf. Ihr puppenhaftes Antlitz neigte sich schwach nach links und präsentierte ihm ihr kokettestes Lächeln, während sie lasziv eine Locke ineinander drehte, ganz so, als wolle sie ihn schon auf eine heiße Nacht einstimmen.

Ich verscheuchte sie.

Das Bewerbungsgespräch verlief dermaßen wünschenswert, dass ich mir keine ausgezeichnetere Hilfe im Büro und keinen geeigneteren Surflehrer für unsere Frankreichurlauber vorstellen konnte. Jo studierte Sport, Biologie, insbesondere Ornithologie und Meeresbiologie. Er berichtete, Französisch habe er nach zwei Semestern aufgegeben, um sich mehr auf die anderen Fächer konzentrieren zu können. Er surfe leidenschaftlich gern und mit Bedacht auf die Semesterferien wäre es ihm gut möglich, von Juli bis Oktober in Frankreich seine Surfkenntnisse weiter zu vermitteln.

Ich war angetan von seinen Augen, die farblich zwischen stein- und moosgrau changierten und einen lodernden Scharfsinn verrieten. Und das sagte ich ihm. Sofort wunderte ich mich über meine Kühnheit. Deswegen täuschte ich einen kleinen Husten vor, damit er mein Erröten hoffentlich hierauf zurückführen würde.

Alles in allem mutmaßte ich, dass dieser charmante und anregende Mann ernsthaft erwog, die Welt zu entern.

Die anderen Bewerber für den Surflehrerjob lud ich erst gar nicht mehr zu einem Gespräch ein. Ich wollte Jo-Niklas, und so begann er schon zwei Tage später, mir sehr engagiert bei den vielfältigen Aufgaben im Büro zu helfen. War er bereits morgens da, sortierte er Kontoauszüge, mittags verfasste er kleinere Angebote und nachmittags akquirierte er telefonisch und sehr erfolgreich neue Kunden.

Morgens betrachtete ich ihn verstohlen von der Seite, sah mittags liebevoll an ihm entlang, war nachmittags voller Sehnsucht. Und abends machte ich mir Gedanken, ob ich verrückt geworden war.

»So eine Sch ...«

Manchmal schaute Jo mich leicht verlegen an, sagte aber anfangs nicht viel.

Versenkungen

2

Spätsommer 1991

Nachdem ich die psychiatrische Klinik verlassen hatte, versuchte ich, Benedikt deutlich zu machen, dass ich nicht mehr für ihn arbeiten, sondern fortgehen wollte, fortgehen aus Wilhelmshaven. Er schien es mit Fassung zu nehmen, im Nachhinein merkte ich jedoch, dass er mich anscheinend doch nicht ganz ernst genommen hatte. Denn mit rührseliger Miene bat er mich tags darauf ein letztes Mal um Hilfe. Ihm schwebte vor, seine Gruppenreisen auch nach England auszuweiten. Sein Traum war es schon länger, auch Reisen in den Süden Englands anzubieten. Benedikt hatte schon verschiedene Unterkünfte im Visier, darunter ein altes Bauernhaus, das er gegebenenfalls sogar kaufen wollte, und er erhoffte sich meine Begleitung bei der Begutachtung. Ich hatte eingewilligt, hatte, seinem verfluchten Hundeblick ausgeliefert, wieder einmal nachgegeben, anstatt ein paar Tage allein irgendwohin zu reisen, um mich selbst wiederzufinden, um zu überlegen, ob ich nach Jo, der sich schon Wochen nicht mehr gemeldet hatte, suchen oder ob ich es lassen sollte. Schließlich deutete dessen Verhalten sehr darauf hin, dass seine Liebe zu mir nur ein Strohfeuerchen gleich einer kleinen Nebelschwade gewesen sein muss. Mein Gedächtnis bezüglich wesentlicher Vorkommnisse funktionierte nicht mehr, ich habe Wochen in der

Psychiatrie verbracht, bin nicht mehr Linda, sondern ein fragiles Kartenhäuschen. Dadurch ist das noch zarte Band, das uns verschweißte, erkennbar morsch geworden. Jo hat sich, seit ich ihn das letzte Mal sah, ich glaube, es war kurz vor dem eigenartigen Vorfall unten am Fluss, nicht mehr gemeldet, auch nicht im Reisebüro. Isa und Rieke haben Überstunden gemacht, um Benedikt unter die Arme zu greifen, damit dessen Büroarbeit bewältigt werden konnte. Lohnte es sich, einem geliebten Menschen nachzulaufen, der sich aus dem Staub macht, sobald es schwierig wird?

»Ich bin nicht mehr sicher, ob ich das durchstehe, mir diverse Herbergen mit dir anzusehen. Ich bin überhaupt nicht in Stimmung für so etwas und es war vollkommen unüberlegt von mir, mitzufahren. In mir ist alles so ... ungeordnet.«

»Natürlich ist in deinem Kopf alles noch konfus.« Er tippte mit dem Finger auf meine Stirn. »Glaub' mir, es kommt der Tag, an dem da drin wieder aufgeräumt ist.«

Er streichelte mir übers Haar, hauchte mir nun einen freundschaftlichen Kuss auf mein Haupt. In seinem Blick mischte sich Hoffnung mit Bedauern und Skepsis.

»Meine Idee war, dich mitzunehmen, damit du etwas anderes siehst und möglicherweise ein bisschen auftankst.«

Ich sagte nichts dazu, lächelte nur säuerlich, während ich verrückterweise dachte, dass er vorteilhafter aussähe, wenn er sich seine ungezähmten langen Locken so in der Art wie Jo sein Haar trug, schneiden ließ. Dann schaute ich wieder auf die Gischt. Der weiße Schaum stieg immer höher und sein Klatschen gegen das Heck schien mir zu drohen. Eingeschüchtert versenkte ich mein Gesicht an Benedikts Brust, schutzsuchend, entmutigt, und heulte ihm erbarmungslos sein Hemd nass. Was scherten mich schon die neugierigen Blicke der anderen Passagiere?

Bald hatte die Stena Line Dover erreicht. Von dort fuhren wir mit einem Leihwagen noch etwa eine Stunde bis Gravesend und eine weitere Viertelstunde bis zum Hotel, welches charmant verwurzelt inmitten eines Buchenhains ganz in der Nähe des Themse-Ufers lag. Es war schon fast Mitternacht. Ich hatte vorab zwei Zimmer reserviert. Auf Benedikts ehrenwerten Vorschlag, ein Doppelzimmer zu nehmen, damit ich mich mit meinen Stimmungsschwankungen nicht allein fühlte, war ich nicht eingegangen. Obwohl ich dauernd den Wunsch nach Nähe verspürte und Benedikt sehr mochte, erschien es mir in Anbetracht unserer abgebrochenen Liaison und meines angeborenen Leichtsinns, der mich vielleicht wieder schwach werden ließ, das Beste. So verdrückten wir uns mit unseren sieben Sachen, jeder für sich, in getrennte Etagen und beschlossen, müde von der Anreise, uns sofort schlafen zu legen.

Es war der allzu helle Schimmer des anbrechenden Tages, der mich am nächsten Morgen weckte, und ich versteckte meinen Kopf unter der Bettdecke, um das grelle Licht auszusperren. Ich verspürte nicht die geringste Lust, aus den Federn zu steigen und mit Benedikt Unterkünfte hinsichtlich ihrer Zweckmäßigkeit für Gruppenreisen abzuklappern. Wäre ich doch ein paar Tage allein verreist. Aber schließlich war es meine freie Entscheidung gewesen, Benedikt zu begleiten, und da musste ich jetzt also durch. Es war sogar gut möglich, dass er Recht hatte und die Abwechslung schaffte es, meine trüben Gedanken unschädlich zu machen. Da pochte es auch schon an der Tür.

»Linda. Bist du wach, Kleines?«

Benedikt konnte es nicht lassen, dieses *Kleines.* Es passte zu seinem Beschützerinstinkt. Es gefiel mir nicht besonders, allerdings ärgerte es mich im Grunde auch nicht und Benedikt konnte man sowieso nie böse sein.

»Nein!«, rief ich.

»Alles klar.« Ich hörte ihn lachen.

»Ich gehe schon mal hinunter zum Frühstücksraum und warte dort auf dich. In Ordnung?«

»Okay. Ich beeil mich.«

Widerwillig schuppte ich die Bettdecke von mir weg und gähnte ausgiebig, während ich lustlos noch ein paar Minuten auf der Bettkante sitzen blieb. Irgendwo aus düsterer Ferne tauchten verschwommene Silhouetten auf und zogen gedanklich an mir vorbei, geistige Malereien, die ich weder deuten noch einordnen konnte. Jo fuhr als Schattenbild auf seinem klapprigen alten Damenrad an mir vorbei und sah nicht so fröhlich aus wie gewohnt. Eine Flasche Sekt war achtlos zwischen Steinen und Gras abgestellt. Wieder Jo, der sich mit ernstem Gesicht langsam auf mich zu bewegte, um sich ganz plötzlich in Luft aufzulösen. Juliane, wie auch immer das passiert sein mochte, lag tot unter einer Art Plane. Ich sprang irritiert auf, schnappte mir frische Unterwäsche, Jeans und Sweatshirt, setzte mich auf die Toilette und schlüpfte dann unter die anscheinend frisch renovierte Dusche, wo ich den Wasserstrahl aus dem riesigen Brausekopf hart auf meinen Kopf prasseln ließ, damit die Gespenster herausgeschwemmt wurden.

Mit noch nassen Haaren betrat ich den Frühstücksraum.

Benedikt zog mir einen Stuhl zurecht.

»Sag, wie geht es dir heute? Du siehst besser aus als gestern auf der Hinreise. Hast du gut schlafen können?«

So durchgeknallt er auch manchmal war, seine fürsorgliche Ader war auch etwas, weswegen ich ihn so mochte. Er gehörte nicht zu der Sorte Menschen, die einen nach dem Befinden fragen und sich schon wieder umdrehen, bevor man überhaupt antworten konnte.

»Mir geht es nicht gut, aber besser als gestern. Geschlafen habe ich zum Glück wie ein Murmeltier. Und du?«

Ich schmunzelte. Er hatte sich rasiert und roch gut.

»Auch. Wie immer.«

Mit einem fröhlichen Grinsen schenkte er mir Kaffee ein.

Dann nahm ich erst wahr, dass er schon allerlei leckere Sachen vom Buffet für uns beide gedeckt hatte. Er wusste genau, was mir schmeckte.

»Ich hol' uns noch Rührei. Moment.«

Sprach's und verschwand Richtung Buffet.

Wir probierten nahezu alles, was das interkontinentale Frühstück zu bieten hatte, schlürften Kaffee ohne Ende und machten belanglosen Smalltalk. Tiefe Gespräche am Morgen lagen mir noch nie.

Mit dem Mietwagen brauchten wir keine halbe Stunde, bis wir eines der von Benedikt bevorzugten potentiellen Unterkünfte, einen renovierten Hof in Dartford, erreichten. Diesen wollte er sich unbedingt als erstes ansehen. Nein, Lust dazu hatte ich immer noch keine. Ich wäre am liebsten gleich wieder nach Hause gefahren, sehnte mich danach, in Ruhe grübeln und Trübsal blasen zu dürfen, ohne dass mich ständig jemand aufzumuntern versuchte.

Das riesige Gebäude, vor dem wir nun standen, lag versteckt am Ende eines verschlungenen, schlecht befahrbaren, holprigen Weges, der von der Hauptverkehrsstraße in ein weitläufiges ländliches Areal wegführte. Das Gebäude bestand nach den Informationen, die sich Benedikt vorab eingeholt hatte, nur aus der Hälfte eines ehemaligen Bauernhauses, nämlich dem Teil des Hauses, der seinerzeit für die Lagerhaltung gebaut worden war. Das andere Teilstück war inzwischen abgerissen worden. Ein weißer Holzzaun, der stumm um neue Farbe bat, umrahmte einen großen Vorgarten. Dieser beherbergte ein Meer von gemischten Stauden und noch nicht zurückgeschnittenen Rosenbüschen. In wenigen Wochen erst würde es wieder Frühling werden, doch ich bildete mir ein, der würzige Duft von Thymian und Lavendel prickele in meiner Nase, obwohl noch gar nichts blühte. Durch das offene Holztürchen im Zaun gingen wir zwischen den Beeten hindurch über eine Art Treppe aus hervorstehenden Baumwurzeln in Richtung Hauseingang. Die Haustür erreichten wir über zwei breite Block-Treppenstufen aus Naturstein, ich meine, Benedikt sagte, es sei Silberquarzit. Mir gefielen die Holzleisten, mit denen die Tür verarbeitet worden war. Sie waren in einem schönen Ton gestrichen, farblich etwa zwischen Smaragd und Türkis. Die Farbe rief in mir Erinnerungen wach an die Meeresbuchten in Südfrankreich, wo ich so gerne Urlaub machte.

Das Steildach war mit altertümlichen orangeroten Ziegelelementen gedeckt und eine Art Erker mit zwei Sprossenfenstern schaute von oben auf unsere Köpfe herunter.

Die Sonne schenkte uns einen klaren Tag, aber es war frostig und der kalte Wind krabbelte mir in die Augen, so dass diese brannten, je mehr ich rieb. So idyllisch das Bild von diesem Haus auch sein mochte, ich empfand eine merkwürdige Anspannung in mir, die aus irgendwelchen finsteren Ecken dieses Hofes in mich hineinkroch.

»Wann genau hast du den Termin mit dem Besitzer?«

Meine Stimme verbarg nicht meine Ungeduld.

»Erst in einer knappen Stunde. Ich dachte, wir schauen uns das hier vorher erst allein an.«

Benedikt tat, als merke er meine Gereiztheit nicht.

»Du meinst, wir laufen nun in der Kälte eine Stunde lang einmal allein um das Haus herum und noch einmal und noch einmal …?«

»Komm.«

Benedikt ignorierte meinen bissigen Ton. Er nahm mich bei der Hand und führte mich den gepflasterten schmalen Pfad um das Haus herum. Unweit des Hinterhofs mit teils gepflasterten, teils naturbelassenen kümmerlichen Wegen plätscherte ein langer Bach. Er floss seinen ausgedehnten Weg über unregelmäßig im Boden verankerte Steinbrocken hinweg. Die endlos scheinende Weide fügte sich wild und ungepflegt in die Landschaft ein. Es waren unzählige Obstbäume, vor allem Kirschbäume, die die Wiese sprenkelten. Weiter vorne, wo Benedikt und ich stehen geblieben waren, riefen vertrocknete Zweige von Himbeer- und Brombeerbüschen nach einem Rückschnitt.

Erklären konnte ich es nicht, aber in mir sträubte sich alles, hier zu verweilen. Ich wollte nicht auf den Bach und die völlig verwilderte Grasfläche schauen.

»Platz genug hinterm Haus hätten die Gäste. Und sieh' mal.« Benedikt deutete unbeirrt auf einen verlassenen Holzkohlengrill, der auf teilüberdachten Pflastersteinen vor sich hingammelte.

»Nicht übel. Ich kann mir gut vorstellen, hier eine Schulklasse oder unsere Gruppenreisenden unterzubringen. Die Fotos vom Innenteil hast du noch gar nicht gesehen, Kleines, stimmt's?«

»Hast du mir nicht gezeigt. Nein. Hast du sie dabei?«

Er kramte in seiner Aktentasche.

Währenddessen schweiften meine Augen wie unter Zwang zurück zur Wiese und erspähten einzelne Steine, die aus der Grasfläche herausragten, kleine flache, unebene Steinplatten und wadenhohe Felsbrocken, nahezu alle mit hellgrünem Moos bewachsen. Der Wind blies nun kräftiger, spielte mit den Grashalmen und riss an den kleineren Zweigen der vielen Obstbäume.

»Sieh' mal. Das Gebäude wurde im unteren Teil in ein topmodernes Loft umgebaut. So ein großflächiger Raum mit einwandfreien Abstufungen zwischen der riesigen Küche und dem Aufenthalts- bzw. Wohnbereich ist das perfekte Unterkunftsmodell für unsere Gäste. Und hier …«, die Euphorie weitete seine Augen, als er mir ein weiteres Foto unter die Nase schob, »… das ausgebaute Dachgeschoss. Acht große moderne Mehrbett-Zimmer. Zwei Bäder. Zehn Duschen und zehn Toiletten auf dem Flur. Das ist genial.«

Ich sah gar nicht richtig hin. Mit meiner persönlichen Hochstimmung war es immer noch nicht weit her.

»Du musst dich aber dringend erkundigen, wie das hier klappt mit der Kanalisation, nicht, dass du später mit versagenden Abwasserleitungen zu kämpfen hast. Ist ja nicht unwahrscheinlich bei so einem alten Bau.«

Es war fies, ihm die Vorfreude mit hämischen Bemerkungen zu verderben, aber ich musste mich abreagieren, denn ich merkte zunehmend, dass ich nichts anderes als nach Hause wollte. Ich machte ungerechterweise Benedikt für meine Entscheidung verantwortlich, mit ihm hierher gefahren zu sein.

Benedikt überhörte wohlwollend meine Bemerkung. »Soweit mir bekannt ist, ist der Bau von innen vollständig renoviert worden. Alles Weitere werden wir gleich erfahren.«

»Wie du meinst.«

Benedikt ging ein paar Schritte vor, wieder zurück, drehte sich, wendete sich wieder mir zu, zeigte auf dies und das. Er plante, als hätte er den Hof schon gekauft.

»Die alten Fensterläden aus Echtholz finde ich urig. Sie passen hinein in dieses Idyll. Die lassen wir. Die könnte Kurti für uns streichen. Die Fassade scheint ganz in Ordnung, ich kenne mich da nicht so aus, aber ..., ... ein neues Dach über dem Grillplatz herrichten ..., ... Biertische und Sitzbänke ..., ... die Ziegel könnte man belassen ...«

Es war mir nicht mehr möglich, ihm zu folgen, wirklich zuzuhören. Gedankenversunken, ohne sagen zu können, woran genau ich dachte, stand ich, nahezu apathisch, zwischen wuchernden, noch fruchtlosen Himbeersträuchern auf dem steinigen kleinen Pfad, der zum Bach führte. Ich bekam plötzlich kaum noch Luft, starrte auf die Wiese, während meine Finger sich um meine Tasche krampften. Der Wind blies das Gras in meine Richtung und ich schwankte, als einzelne moosbedeckte Steinbröckchen vermeintlich auf mich zu schwebten und der Garten mit mir Karussell spielte. Benedikts Bewegungen zerflossen in grauem Schaum. Seine Stimme klang wie aus weiter Ferne, seine Worte rannen ohne Sinn an mir vorbei. Das Karussell drehte sich schneller und schneller und dann wurde es stockdunkel um mich herum.

Unser Leihwagen verfügte über funktionstüchtige Liegesitze. So erwachte ich ausgestreckt, mit auf der Armatur abgelegten Füßen.

»Da bist du ja wieder.«

Benedikts Ton hatte etwas Väterliches, als er sich über mich beugte und sanft meinen Arm massierte.

Mein erstaunter Blick forderte eine Erklärung.

»Du hattest einen Schwächeanfall.«

»Oh Gott. Wie peinlich.«

Ich schämte mich.

»Hast du mich vom Garten bis zum Auto geschleppt?«

»Allein hast du es ohnmächtig nicht schaffen können.« Er grinste und streichelte dabei kurz meinen Oberschenkel.

»Mensch, Ben. Wie konnte mir das passieren?« Ich rappelte mich hoch. »Es tut mir leid. Bitte sei nicht sauer. Schon wieder sorge ich für Unannehmlichkeiten. Es ist sternenklar, dass ich besser in Deutschland geblieben oder allein verreist wäre.«

»Linda, mach dir keinen Kopf. Ich wollte dich liebend gern dabeihaben. Das weißt du.«

Der Wind wurde immer kräftiger, rüttelte jetzt am Wagendach. Ich fuhr erschrocken zusammen, lehnte mich an Benedikts Schulter.

»Vorhin hatte ich so ein komisches unsicheres Gefühl in diesem Garten. Alles dort schien mir bedrohlich. Ich weiß überhaupt nicht, was mit mir los ist, Ben. Diese wilde Wiese …, die hat mir Angst gemacht.«

»Du brauchst dich nicht zu rechtfertigen.«

Ich presste die Lippen fest aufeinander und nickte.

»Am liebsten würde ich ein paar Tage allein sein, andererseits sehne ich mich auch nach Halt.«

»Schon okay, versuch', dich zu entspannen. Ich bin für dich da.«

Ein weiterer Schrecken durchzuckte mich.

»Sag' mal, wie spät ist es denn? Ist der Hauseigentümer schon da gewesen?«

»Vergiss' ihn. Jetzt bist du erst mal wichtig.«

»Wie meinst du das?«

»Hab' dem Besitzer einen Zettel vor die Haustür gelegt. Steine zum Festhalten liegen genug herum. Er wird die Notiz gleich finden und mich wahrscheinlich heute Abend im Hotel anrufen, um einen anderen Termin auszumachen. Ich rechne mit seinem Verständnis. Jetzt fahren wir beide erst zum Hotel zurück oder in die Stadt oder wo immer du hinwillst. Heute fallen alle Herbergsbesichtigungen aus.«

»Ist das dein Ernst?«

Er antwortete nicht, nickte nur jovial. Es beruhigte mich und ich hauchte ihm einen Kuss auf die Wange. Ich wollte allerdings nicht, dass er wegen mir den Tag im Hotel herumhängt und meine Idee, trotz des leichten Sturms noch ein bisschen an der Themse entlangzuspazieren und dann irgendwo etwas essen zu gehen, nahm er gern an. Ich fühlte mich jetzt wieder einigermaßen fit für einen

Spaziergang, was immer auch der Grund für meine plötzliche Ohnmacht gewesen sein mochte.

Unterwegs sprachen wir nicht viel. Ich hatte die Augen geschlossen und döste ein wenig im Auto. Unweigerlich musste ich an Jo denken, und gleich schlug mein Herz ein paar Takte schneller. Wohin hatte er sich abgeseilt? Und warum? Ich vermisste ihn sehr, so sehr.

Wir parkten den Wagen irgendwo am Straßenrand und marschierten lange, aber wortkarg, nebeneinander her. Vermutlich wusste keiner von uns beiden so wirklich, wie wir mit der Situation umgehen sollten. Die Situation – das war ich.

Mir taten die Füße weh, weil ich heute Morgen aus Eitelkeit keine besonders bequemen Schuhe angezogen hatte, und so schlenderten wir einen kurzen Schotterweg hinunter zu einer Bank, von der wir eine schöne Aussicht auf die Themse erwarteten. Meine Haare waren vom Wind völlig zerzaust, obwohl ich es zu einem Knoten geschlungen hatte, denn im Gegensatz zu Benedikt hatte ich keine Mütze auf dem Kopf. Ich schob mir eine Strähne hinters Ohr und betrachtete hingebungsvoll den Fluss.

Immer noch schien die Sonne und sprenkelte scharenweise kleine Lichter auf die Wasseroberfläche, während der Wind die Wellen zum Tanzen brachte.

Ich lehnte meinen Kopf wieder an Benedikts Schulter und fragte ihn schuldbewusst, ob er sich über den verlorenen Tag ärgere. Er verneinte.

»Mir bleibt die ganze Woche noch Zeit, mich hier um die Unterkünfte zu kümmern. Das schaffe ich auch allein. Wenn du willst, buche ich dir heute noch einen Rückflug.«

Ich traute meinen Ohren nicht.

»Den Vorschlag würde ich gern annehmen«, murmelte ich, überrascht und erlöst gleichzeitig.

»Das geht in Ordnung. Mach' dir keine schlechten Gedanken deswegen. Es war auch nicht richtig von mir, dich zu fragen, ob du mich begleitest. Deine Entlassung aus der Klinik ist gerade erst ein paar Tage her. Du brauchst Zeit. Ruhe und Zeit. Ich habe das jetzt verstanden.«

Er nahm mein Gesicht in seine Hände.

»Es war ein Schock für mich, als du mir sagtest, du würdest nicht mehr für mich arbeiten wollen. Ich habe es seinerzeit schwer verdaut, dass du dich in diesen jungen Hüpfer verliebt und ihn mir vorgezogen hast. Aber dass du nun ganz aus meiner Reichweite verschwinden willst, das hat mich schwer getroffen, auch wenn ich es dir nicht so gezeigt habe.«

Er machte eine Pause. Wandte sich ab. Nahm seine Hände von meinem Gesicht.

»Ich liebe dich«, Linda, sagte er kaum hörbar. Es klang wie *Ich muss bald sterben.*

Was dann in mich gefahren war, kam einer Bewusstseinsspaltung, einem Delirium, nahe. Es war unfassbar, unerklärlich, unentschuldbar. Ich fühlte, wie meine Hände einen Kopf umfassten, wie ich eine Mütze herunterriss, meine Finger ungläubig über braunes Haar gleiten ließ und in diesem Moment absolut sicher war, *er* wäre zurückgekehrt.

»Jo, Jo, wo warst du? Wo warst du denn solange?«

Ich bedeckte Benedikts Gesicht und Hals mit Küssen, verschlang seine Ohren, krallte mich weinend und ungehemmt überall an ihm fest …, bis Benedikt schrie, bis er mich gewaltsam von sich schüttelte, bis ich schluchzend und erschöpft auf der dreckigen, feuchten Erde lag.

Eine Formation schwarzer Wolken begleitete uns auf der Rückfahrt zum Hotel. Wie versprochen, buchte Benedikt mir einen Rückflug nach Deutschland. Früh am nächsten Morgen fuhr er mich zum Flughafen.

Danach habe ich ihn nur noch einmal wiedergesehen.

DAS MANUSKRIPT

1991

2

Einer unserer Strände, für die wir eine Lizenz zum Betreiben einer Windsurfschule besaßen, war der in Le Lavandou. Für dieses Jahr musste die Lizenz nicht verlängert werden, da sie immer für zwei Jahre galt. Ich war froh, nicht wieder einen Antrag beim Bürgermeister stellen zu müssen, denn der war wenig erbaut davon, dass die Strände in der Umgebung immer mehr an Animation boten und – wie er sich stets auszudrücken pflegte – »das natürliche Umfeld darunter sehr leidet«. Alle zwei Jahre musste ich mich auf eine umfassende Diskussion mit ihm einlassen, die ich letztendlich immer gewann. Unklar blieb, ob er Spaß daran hatte, ein bisschen mit mir zu pokern. Das blieb mir jetzt erst einmal erspart. Dennoch gab es momentan viel zu tun für mich. Eine Schulklasse aus Schortens sollte in fünf Wochen in einer Herberge in Le Lavandou einquartiert werden, die Benedikt für diesen Zweck vor Jahren gekauft hatte. Es war eine ehemalige Arztpraxis, ein recht geräumiges Haus, aber keine Villa, und optisch machte der Bau gar nichts her. Aber das Gebäude war zweckmäßig, gut ausbaufähig, verfügte über mehrere Zimmer. Vincent und Lutz, Julianes Ehemann, hatten neben einigen Schwarzarbeitern aus den umliegenden Ortschaften bei Le Lavandou Benedikt beim Ausbau unter die Arme gegriffen. Aufgrund der unglaublichen Mühe, die sich alle mit diesem Projekt gegeben hatten, und der damit verbundenen Kosten war der Innenausbau recht gut gelungen. Die Gäste durften sich über einige hochmoderne separate Duschen sowie einen großen Gemeinschafts-Duschraum und ordentliche Toiletten freuen, auf denen man sitzen konnte, anstatt seine Geschäftchen, wie häufig in der Gegend noch Usus, im Stehen ausführen zu müssen. Es gab eine gigantische Gemeinschaftsküche mit zwei Herden und zwei Backöfen, drei Kühlschränken und einem kolossalen Esstisch in der Mitte, an dem den Gästen das Frühstück und auf Wunsch auch ein warmes Mittag- und Abendessen serviert wurde. All das erforderte unzweifelhaft auch eine kleine Staffel an Personal innerhalb der Saison. Da gab es die Putzfrau, die für Sauberkeit sorgte, einen Koch, der sich um das Frühstück und die Zubereitung der warmen Mahlzeiten kümmerte, und im Animationsbereich brauchten wir zumindest einen Surflehrer, denn Windsurfing war der Renner in diesen Jahren.

Mittlerweile half Jo mir bereits seit drei Wochen. Eines Morgens, es war ein Freitag, brachte er eine pinkfarbene Rose für mich mit ins Büro, worüber ich mich ganz besonders freute. Ich konnte nicht einschätzen, ob dies nur eine Liebenswürdigkeit von ihm war oder ob er mich umwerben wollte. Letzteres war wahrscheinlich nur Fantasie und ich verbannte diesen Gedanken aus meinem Verstand, nicht aber aus meinen Tagträumen.

So eine fleißige und aufnahmefähige Saisonkraft wie ihn hatte ich zuvor noch nie. Er nahm mir viele Routinearbeiten ab. Meine eigene Arbeit erledigte ich jedoch bald schon nicht mehr so konzentriert wie gewohnt. Lieber unterhielt ich mich mit ihm, und ich war froh, dass niemand hierbei meinen Blutdruck kontrollierte. Beide liebten wir französische Autoren, besonders Jean-Jacques Rousseau, Guy de Maupassant, Antoine de Saint-Exupéry und Michel Houellebecq. Wir diskutierten viel über Rousseaus Gedankenwelt, über *Émile*, über die Weltanschauung Houellebecqs …

Es war Jo, der mich meistens ermahnte, nun mit der Arbeit fortzufahren.

Ich mochte besonders Zitate von Rousseau, beispielsweise solche wie diese:

Der Mensch ist frei geboren und überall liegt er in Ketten. Oder*: Um einen guten Liebesbrief zu schreiben, musst du anfangen, ohne zu wissen, was du sagen willst, und ihn beenden, ohne zu wissen, was du gesagt hast.*

Hierauf wusste Jo so viel zu erörtern, dass mir anschließend der Kopf rauschte. Es war ein schönes Rauschen.

Einmal las ich ihm meinen Lieblingsdialog aus *Der kleine Prinz* vor, in dem der Fuchs dem kleinen Prinzen erklärt, was *zähmen* bedeutet. »›Das ist eine in Vergessenheit geratene Sache«, sagte der Fuchs. Es bedeutet, sich vertraut machen …‹«

Jo legte die Stirn in Falten, nickte und kommentierte auch das. Sein Blick war vollkommen ernst, als er sagte: »Zähmen ist Vertrauen verdichten, es mit Wachs überziehen und einen Docht aus Verbindlichkeit und Achtung hineinstecken. An diesem darf man niemals zündeln, um das Wachs nicht dahinschwinden zu lassen, sonst bleibt vom Vertrauen nichts übrig als zerflossener Brei.«

Es gab keinen Grund, seine These zu untermauern. Es war exakt das, was ich auch dachte.

»Vertrauen, das sich zwischen zwei Menschen stetig aufgebaut und schließlich stabilisiert hat, wird leider viel zu oft im Leben durch eine Nachlässigkeit oder Lieblosigkeit oder durch unangebrachtes Misstrauen zerstört«, sagte er.

Ich nickte und er wechselte das Thema. »Ich muss gleich noch die restlichen Pfadfindergruppen aus dem Oldenburger Umkreis anrufen. Ein bisschen sorgfältige Akquise kann nicht schaden.«

»Klar, gerne. Häng' dich ans Telefon.«

Ich freute mich immer wieder über sein Engagement und genoss seine Sensibilität, liebte seine warme Ausstrahlung. Zuweilen warf er mir immer noch kokette Blicke zu, die mich verunsicherten. Auch spürte ich, dass seine Augen manchmal einen Moment zu lang auf mir verweilten, und irgendwann begann ich davon zu träumen, wie er mein Gesicht mit Küssen bestreut. Wie schade, dass er bald in Frankreich arbeiten würde. Dennoch war es besser. Für meinen Blutdruck.

Was mich in meinen Illusionen verunsicherte, war die Tatsache, dass Jo sich zwar mit mir gern zu unterhalten schien, jedoch ständig auch mit Juliane, Isa und Rieke ein wenig flirtete. Es wirkte auf mich jedenfalls so. Vielleicht täuschte ich mich auch.

An einem der folgenden Tage sollte er noch einmal die Telefonakquise für mich übernehmen, doch im Büro nebenan brauchten die Damen Unterstützung bei der Computerarbeit. So saß Jo heute eben dort. Ich hatte ihn verliehen.

»Morgen solltest du dem Steuerberater die Akten vom Frankreich-Geschäftskonto mit den dazugehörigen Unterlagen bringen«, sagte ich zu Jo, der gerade damit beschäftigt war, Juliane und Isa das Textverarbeitungssystem zu erklären, welches Vincent für sein eigenes Unternehmen neu angeschafft hatte. Er fürchtete, ansonsten dem Zeitgeist hinterherzuhinken. Ich hoffte insgeheim, dass Benedikt dieser Idee nicht nacheifern würde. Die Software auf meinem Rechner reichte vollkommen aus, wenngleich sie tatsächlich veraltet war und deswegen schon oft genug erprobt hatte, wie viel meine Nerven wohl aushielten. Das war mir jedoch allemal lieber, als mich auf ein komplett neues Programm einzustellen.

»Bei der Gelegenheit könntest du auch wohl den neuen Darlehensvertrag für die Neuausstattung der Surfschule kopieren und ihm vorlegen. Das wäre schön.«

Ei, ich vernahm meine eigenen Worte als seltsame Melodie. Warum Isa mich so herzig ansah und dann verstohlen lächelte, war mir unmittelbar klar. Meine Anweisungen klangen eine Spur zu samtig, als handele es sich eher um eine Aufforderung zum Beischlaf als um einen Arbeitsauftrag. Ich schämte mich vor mir selbst. Irgendetwas machte Jo mit meinem Denkvermögen. Mein Kopf wurde heiß und suchte nach passenden Worten, die kamen und wieder untertauchten, wenn er neben mir stand. Entweder klangen meine Sätze auffällig flaumig wie soeben, oder aber sie erschienen mir plötzlich naiv oder in dem Moment ungeeignet, der Situation nicht sachdienlich. Ich bemühte mich schon tagelang, beherrscht zu bleiben, damit es keinem auffiel, wie ich in Jos Gegenwart meine Unbefangenheit verlor, erst recht nicht Jo. Daher beendete ich meine Anweisung zur Tarnung in einer strengeren Fassung:

»Und das muss bis morgen Mittag erledigt sein. Der Steuerberater wartet dringend auf die Dokumentationen.«

Jo verneigte sich leicht.

»Geht in Ordnung, Chefin.«

Sein sonniges Lächeln verfolgte mich noch eine kurze Zeit, bevor ich beschloss, es aus meinem Kopf zu verbannen, um meinen Verstand abzukühlen. Schließlich wollte ich mir noch die Bewerbungen derjenigen ansehen, die sich für die Kochstelle in Le Lavandou interessierten. Bevor die Klassenfahrt vernünftig organisiert werden konnte, musste eine Köchin oder ein Koch eingestellt sein.

Ich hatte mich noch nicht sehr lange durch den Stapel mit den Bewerbungsunterlagen gewühlt, als Maxi, die für die Buchung der Flüge zuständig war, ihren quadratischen Kopf mit dem kurzen orangeroten Stoppelhaar durch meine Bürotür steckte.

»Boah, komm'. Sieh' dir das mal an. Ich könnte kotzen.«

Sie öffnete den Mund und streckte die Zunge nach vorn, um ihrer Sinnesempfindung mehr Ausdruck zu verleihen.

Genervt lief ich hinter ihr her. Was war denn jetzt wohl so sehr von Wichtigkeit?

Vorhin hatte ich, nur flüchtig, Rieke mit Plätzchen und Kaffeetassen vorbeiflitzen sehen. Also blickte ich in die Besucherecke. Vor der roten Ledercouch pausierten zwei Rollatoren. Auf unseren beiden roten Bequem-Sesseln lungerten zwei alte Damen. Während die eine ihre Zahnprothese in der Hand hielt und mit der anderen in der Plätzchenschale herumwühlte, sorgte die Zweite mit einem geräuschvollen Rülpser für Aufmerksamkeit. Vincent und Benedikt, die soeben zur Eingangstür hereinkamen, blickten vergnüglich in die unkultivierte Richtung und wie abgesprochen, hoben beide den Daumen. Schließlich stand Jo, der noch immer damit beschäftigt gewesen war, die neue Software für die Damen in Vincents Büro zugänglich zu machen, auf. Er ging ruhig auf die beiden Seniorinnen zu und fragte aufs Höflichste, was er für sie tun könne.

»Ah, sind wir nun endlich dran. Wir haben es nämlich eilig«, sagte die Seniorin zur Linken.

»Eine Safari wollen wir machen«, antwortete die zur Rechten.

»In Kenia«, fügte die andere hinzu.

»Erst aber hätten wir gern ein Bier«, sagte die Erste.

Jo blieb gelassen. »Tut mir leid. Bier servieren wir hier nicht.«

»Gleicher Scheiß wie bei uns zu Hause«, meckerte eine der Alten.

»Echt mal«, fügte die zur Linken hinzu und fasste sich an den Kopf.

»Junger Mann, hören Sie gut zu. Wir beide, Josefa und ich, wir wollen eine Safari in Kenia machen. Schon so lange hegen wir den Wunsch. Endlich einmal muss er in Erfüllung gehen! Sie sorgen doch dafür?«

»Ich muss Sie leider enttäuschen. Reisen nach Kenia bieten wir nicht an«, informierte Jo die beiden mit echtem Bedauern im Blick.

Maxi mischte sich ein. »Wir haben nur wenige Flugreisen im Angebot. Ich könnte Ihnen Flüge auf die Kanarischen Inseln buchen, auch Tunesien käme vielleicht Ihrem Wunsch nahe?«

»Kenia!«, schrie eine der Alten.

»Safari!«, brüllte die andere.

»Wo bleibt denn unser Bier?«, feixte die Erste wieder. »Gehören Getränke hier tatsächlich nicht zum Service?«

Jetzt stand Kurti auf, zog einen Korbstuhl heran und setzte sich zwischen die Damen. Erst sah er Bernhild streng an, dann Josefa. In erschreckend gelassenem Ton

66

informierte er: »Alkoholische Getränke bieten wir unserer Kundschaft nicht an. Dafür können wir mit anderen Unternehmungen dienen. Radwandern quer durch Deutschland zum Beispiel, Segelboottouren in Italien, Wandern im Himalaya und wenn Sie möchten, buchen wir für Sie auch gern Kletterübungen an großen Felsgebirgen in Österreich.«

Wenn er nun dachte, die alten Damen mit seinen Angaben vergrault zu haben, hatte er sich geirrt. Die waren sensationell unbeeindruckt von seinen Hinweisen und bestanden weiterhin auf ihrer Safaritour in Kenia.

»Wollen Sie uns verdumdeubeln, junger Mann? Safari haben wir gesagt. Sie sind doch ein Reisebüro? Oder etwa nicht? Sie müssen alles ermöglichen, stimmt's, Josefa?«

»Sollen wir nur zu Hause rumhängen, fernsehen und uns langweilen?«, fragte die Dame, die sich Josefa nannte, und steckte umständlich ihr Gebiss wieder an die feuchte Stelle, für die es angefertigt worden war.

Einem feinsinnigen Instinkt folgend, ging Jo vor den beiden Seniorinnen in die Hocke. »Ich verstehe gut, dass Sie gern nach Kenia wollen. Leider können wir Ihnen diesen Wunsch nicht erfüllen. Selbstverständlich würden wir es Ihnen möglich machen, wenn wir dazu imstande wären. Die Reisen aber, die mein Kollege – er deutete auf Kurti – soeben angesprochen hat, die sind – mit Verlaub – einfach zu anstrengend in Ihrem Alter. Sicherlich möchten Sie nicht an einem Seil an einem Felsen hängen oder sieben Stunden am Tag Rad fahren oder auf steilem, steinigem, unebenem Geländer ihre Füße peinigen.«

»Nein. Aber wir wollen ausreisen. Weg von zu Hause. Safari machen. Josefa und ich müssen dringend einmal etwas anderes sehen. Wir wollen noch etwas erleben, bevor wir das Zeitliche segnen. Verstehen Sie das, junger Mann?«

Jo kam nicht mehr zu einer Antwort, denn Juliane ergriff von ihrem Platz hinter ihrem Schreibtisch aus das Wort. Während sie empörte Blicke in Richtung der beiden Seniorinnen sandte, fragte sie mit schriller Stimme:

»Wohnen Sie hier im Ort?« Sie hegte wohl Hoffnungen, irgendwelche Verwandten der beiden telefonisch um Beistand bitten zu können.

»Hör' dir das fesche Ding an, Bernhild. Die verhört uns, statt uns unsere Reise ermöglichen zu wollen.«

»Sie sind ja vielleicht dreist«, sagte Josefa sehr ausgedehnt und mit verächtlichem Blick auf Juliane. »Hübsch und dreist sind Sie.«

Juliane erhob sich und schritt bedrohlich auf die Damen zu.

»Verdienen Sie hier so wenig?«, fragte Bernhild unvermittelt und musterte Juliane auffällig von unten bis oben und wieder zurück.

»…?«

Juliane war platt. Sie blieb wie hilflos stehen und schaute entgeistert drein. Es war schon ein Erlebnis, sie sprachlos zu sehen. Normalerweise hatte gerade sie die göttliche

Gabe, immer das Passende sagen zu können, hatte immer schlagfertige Argumente parat.

Benedikt und Vincent hatten sich zusammen vor der Eingangstür positioniert, um das Senioren-Szenario beobachten zu können. Jetzt schritt Benedikt jedoch auf die Damen, Jo und Juliane zu.

»Was meinen Sie denn damit, Verehrteste?«

Vincent lehnte sich an die Wand und hielt sich den Mund zu, um sein Lachen zu unterdrücken.

»Na, fällt Ihnen denn nicht auf«, sie wies mit dem Finger und ausgestrecktem Arm auf Juliane, »wie dünn die Frau hier ist. Das ist doch ein Ding, dass Unternehmen ihre Mitarbeiter heutzutage dermaßen ausbeuten, dass die sich kein richtiges Essen mehr leisten können! Das hört man in letzter Zeit so oft.«

»Joseeefa!« Bernhild schrie nun und zeigte weiterhin auf Juliane. »Guck‘ dir das Gerippe an.«

Josefa nickte zweimal kräftig, griff dann in ihre beige Umhängetasche.

»Bitte, gute Frau. Ich habe hier in der Tasche noch ein paar getrocknete Aprikosen, falls Sie die mögen, und ein Rosinenbrötchen, das von meinem Frühstück übrig geblieben ist. Das werde ich sowieso nicht mehr essen. Nehmen Sie.« Sie nickte mehrmals auffordernd mit ihrem kleinen weißlockigen Kopf.

Juliane wich zwei Schritte zurück. »Vielen Dank. Das ist nicht nötig. Ich habe genug zu essen. Das dürfen Sie mir glauben.« Sie war bleich geworden.

Jo zu beobachten, wie er da immer noch vor den beiden Alten hockte und sich jetzt die Hände vors Gesicht schlug, weil auch er nicht mehr weiter wusste, war fesselnd. Man konnte es nicht sehen, aber ich spürte, dass er lachte, lautlos, versteht sich, um die Alten nicht zu kränken. Wie so oft, wenn ich ihn heimlich betrachtete, klopfte mein Herz so laut, dass ich Angst hatte, man würde es hören.

Dann stand er auf, schüttelte den Kopf wie um zu sagen *Ich bin wohl im falschen Film* und nahm wieder am Schreibtisch Platz.

Ich hockte mich an seiner Stelle jetzt vor die Seniorinnen.

»Machen Sie sich keine Sorgen. Wir werden hier schon vernünftig bezahlt. Wie mein Kollege Ihnen schon sagte, für Safari-Reisen sind andere Reiseagenturen zuständig. Wir haben dergleichen nicht im Programm. Deswegen können wir hier nichts weiter für Sie tun.«

»Komm, Josefa. Das ist doch alles Mist. Dann müssen wir erst mal zurück. Weißt du noch den Weg, Bernhild?«

»Den habe ich mir nicht gemerkt. Wir wollten doch nicht zurück, Josefa. Das hatten wir doch so geplant. Weg dort. Es ist langweilig und wir bekommen keinen Besuch. Das Essen ist nie richtig gewürzt, wo ich doch so gern scharf esse. Und Bier gibt es gar nicht.« Sie schaute jeden von uns der Reihe nach herausfordernd an. »Früher habe ich immer Bier getrunken, manchmal auch Rotwein. Und jetzt? Ein Glas Wein bekam jeder auf der letzten Weihnachtsfeier. *Ein* Glas, halbvoll und genau abgezählt.

Das ist doch kein Leben. Wo bleibt der Spaß in diesem öden Heim?«

»Heim?«, fragten Kurti und Jo gleichzeitig.

»Kapiere«, sagte Juliane, wölbte ihre Lippen vor und kniff sie an einer Seite zusammen. »Die sind aus dem Seniorenstift zwei Straßen weiter. Ausgebüchst, nehme ich an. Ich telefoniere mal schnell.«

Sie sagte es und flitzte sofort zum Telefon. Nach einem kurzen Gespräch mit dem Seniorenstift war die Sachlage klar. Der Ausflug der alten Damen war zu Ende. Mir taten die beiden Alten wirklich leid. Der Traum von der großen weiten Welt war geplatzt, die Hoffnung auf Bier ebenfalls und die Eintönigkeit des Heimalltags war wieder in unausweichliche Nähe gerückt. Vincent wandte sich an Jo, um ihm mitzuteilen, dass es nett von ihm wäre, die Seniorinnen in ihre Wohnstätte zurückzubringen, natürlich mit dem Firmen-Bulli, der im Hof parkte.

»Wenn es ein anderer machen könnte, wäre mir das lieber«, hörte ich Jo antworten.

Wie seltsam das war. Reagierte er so, weil der Auftrag von Vincent kam anstatt von mir? Auch Vincent schien im ersten Moment perplex. Dann prustete er los und zielte mit seinem Zeigefinger wie mit einer Pistole frech auf Jo.

»Verstehe, du hast gesoffen und deinen Führerschein abgeben müssen. Hab ich Recht?«

»Nein. So ist es nicht.« Jo wirkte bedrückt. »Ich möchte nicht zu diesem Altenheim fahren.« Er machte eine Pause, während alle Augen auf ihn gerichtet waren. »Mein Vater wohnt dort. Ich will ihn nicht sehen. Ich will nicht einmal in seine Nähe geraten. Sorry.«

Sein Blick versank in Nervosität, als er mich daraufhin direkt ansah.

»Könntest *du* das an meiner Stelle machen, Linda? Dafür nehme ich dir was anderes ab, Hauptsache, ich muss den Transport der beiden Damen zum Heim nicht übernehmen.«

»Schon in Ordnung«, antwortete ich beunruhigt. »Bleib' hier.«

Ich war besorgt um ihn, weil ich merkte, es ging ihm plötzlich nicht gut und hörte dann Benedikt sagen:

»Linda bleibt auch hier. Wir machen es anders.« Dann nahm er den Telefonhörer und rief für die beiden frustriert dreinschauenden Alten ein Taxi.

Ein großer Zirkus gastierte um die Zeit in Wilhelmshaven und wir verkauften hin und wieder die Tickets für solche Spezialveranstaltungen. Benedikt spendierte Bernhild und Josefa je eine Eintrittskarte und telefonierte wiederum mit dem Seniorenstift, damit den beiden ein Besuch ermöglicht werde. Er bezahlte auch gleich den Taxifahrer. Fürsorglichkeit war in der Tat für Benedikt noch nie ein Fremdwort gewesen.

Jos bekümmerter Blick saugte sich an meinem fest.

»Wenn du magst, erzähl' mir doch bei Gelegenheit etwas über deinen Vater.«

Er presste die Lippen zusammen und nickte still.

DAS MANUSKRIPT

1991

3

Am nächsten Morgen stand ich früher auf als sonst. Meine allmorgendliche Hochstimmung hatte nichts mit dem heiteren Wetter, nichts mit ein paar Pfunden, die in letzter Zeit an meinem Bauch geschmolzen waren, zu tun. Nein. Nichts. Es war allein Jo, der für meinen Rausch verantwortlich war, Jo, um den meine Luftschlösser schweiften. Ich dachte an ihn, bevor ich einschlief und mein erster Gedanke beim Aufwachen galt ebenfalls ihm. Heute fühlte ich mich innerlich zwar unruhig, war aber gut gelaunt. Ich konnte wohl deswegen nicht mehr schlafen, weil der Tag anstrengend für mich werden würde. Für vormittags hatte ich zwei Termine mit Bewerbern für die Küchenstelle in Südfrankreich vereinbaren können. Am Nachmittag würde ich mich mit dem Direktor der Bank treffen, um zu versuchen, den Dispo für eines unserer Geschäftskonten zu erhöhen. Und abends wollte ich mit allen Kollegen und den beiden Chefs einen Ausflug zum Wilhelmshavener Stadtfest machen. Ich überlegte, was ich anziehen sollte, denn es sollte möglichst bequem sein und bei dem bevorstehenden Tagespensum über viele Stunden hinweg nicht zu müffeln beginnen. Der Wetterbericht in den Morgennachrichten sagte für heute 26 Grad voraus. Kleiderwetter. Doch Kleider trug ich selten. Ich fühlte mich nie so ganz wohl darin und besaß auch nur zwei. Ein schwarzes Etuikleid für alle Fälle und ein violettes mit langem Arm. Gerade geschnittene lange Hosen standen mir einfach besser. Davon besaß ich reichlich in verschiedenen Stoffqualitäten, wenn auch nur in drei Farben, eierschalenfarbig, grau und schwarz. Meine Shirts, Blusen und Pullis waren dazu passend fast allesamt beerenfarbig. Ich liebte diese Farbpalette von Pink bis tief Lila und griff nach einer Bluse in einem Fliederton und einer schwarzen Jeans. Nach einem halben Liter Kaffee und zwei Scheiben Brot mit Tomaten und Frischkäse suchte ich im Schuhregal nach bequemen Tretern. Die Dinger türmten sich. Dringend müsste ich mal aussortieren. Allein in Beerentönen besaß ich vierundzwanzig Paar verschiedener Schuhexemplare. Wegen meiner Größe von 1,78 cm trug ich meistens flache Schuhe oder solche, mit gemäßigtem Absatz. Da musste doch für heute etwas Passendes dabei sein. Ich entschied mich schließlich für die dunkelpinken Sneakers und machte mich auf den Weg zur Arbeit.

Als erstes erwartete ich heute Morgen einen Medizinstudenten. Am Telefon hörte er sich äußerst selbstbewusst an. Ein Koch, der für eine Reisegruppe das Essen zubereiten soll, hatte es nicht immer leicht, besonders, wenn es sich um eine Gruppe von Teenagern handelte, die sich noch beweisen mussten. Ich war der Meinung, da war unstrittig eine gehörige Portion Selbstsicherheit und Durchsetzungsvermögen nicht fehl am Platz.

Der Bewerber nannte sich Rick, und als er mein Büro betrat, wurde ich geblendet durch glattes, weißblondes schulterlanges Haar und so intensiv weißen ebenmäßigen Zähnen, wie ich sie nie zuvor bei jemandem gesehen hatte. Sein hoheitsvolles Lachen offenbarte einen riesigen Mund, mit dem er eine Salatgurke hätte quer fressen können und seine Haut war entschieden zu gebräunt, als dass es noch natürlich gewirkt hätte. Also ein intensiver Solariumgänger und der spätere Hautkrebs vorprogrammiert. *Und so einer wollte Arzt werden. Tztz ...*

Ich bat ihn, mir gegenüber am Schreibtisch Platz zu nehmen. Er schob den Stuhl ein Stück zurück, bevor er sich in obszöner Weise breitbeinig vor mich hinsetzte und seine muskelschwangeren Arme hinter dem Kopf verschränkte. Er trug eine leichte helle Stoffhose und ein weißes Hemd mit kurzem Arm, welches eine Spur zu weit aufgeknöpft war.

»Der Job hört sich gut an, wenn ich mich darauf beziehen darf, was du mir am Telefon erzählt hast. Vier Monate Côte d'Azur sind nicht zu verachten«, eröffnete er das Gespräch.

Ich stand auf, ging zum Fenster, stieß den zweiten Flügel weit auf. Dann machte ich eine unauffällige Atemübung, bevor ich mich wieder setzte.

»Sie sagten, Sie haben Erfahrung mit Jugendgruppen?«

»Klar. Ich war jahrelang Pfadfinderleiter in Osnabrück. Hab' da alles organisiert, auch die Sommerfreizeiten. Die Kinder waren in verschiedenen Gruppen von sechs bis siebzehn Jahren eingeteilt. In den Sommerlagern hat es unter meiner Mitwirkung zu keiner Zeit Probleme hinsichtlich der Organisation oder irgendwelche Krawalle gegeben. Bei den übrigen zwei Leitern unserer Scout-Gruppen ist es jedes Mal schlechter gelaufen. Ich habe Teenager gut im Griff. Du kannst dir nicht vorstellen, wie sensationell die spurten konnten, wenn ich was gesagt hatte.«

Wenn ich was gesagt hatte ... Tztz ...

Allein die Betonung des *ich* ärgerte mich. Da hatte ich wohl einen verkappten Narziss vor mir, der von sich glaubte, er wäre der Fabelhafteste.

»Ganz schön heiß heute. Nach dem Gespräch hier gehe ich erst mal irgendwo etwas trinken«, fuhr er fort.

Kleine Pause. Herausfordernder Blickkontakt zu mir. »Ich bin gespannt, wie du meine Qualitäten einschätzt. Sicher positiv.« Er riss seinen Mund wieder quer von Ohr zu Ohr und fletschte dabei sein schneeweißes Gebiss, was schlussendlich ein Lächeln darstellen sollte, auf mich jedoch wie ein Überfall wirkte.

Er hatte Recht. Es war warm. Aber ich bot ihm kein Wasser an, keinen Kaffee, keinen Tee. Ich bot ihm gar nichts an.

»Wir sind noch beim *Sie*, und ich wäre Ihnen dankbar, wenn Sie sich daran halten würden«, sagte ich lakonisch.

Seine Augenbrauen rutschten ein wenig zusammen und er starrte mich ungläubig an. Der Ton änderte die

Frequenz, wurde diskret härter, als er schlicht erwiderte. »Wenn Sie meinen.«

»Im letzten Jahr haben Sie in diesem Restaurant am Strand in Schillig gearbeitet, wie ich Ihren Unterlagen entnehmen kann. Wo haben Sie kochen gelernt?«

»Kochen kann man oder man lässt es, werte Frau Mondhi. Ich beherrsche die Technik als natürliche Gabe. Ich habe nicht nur im Strandhotel gearbeitet. Wenn Sie sich meine Unterlagen sorgfältiger durchgelesen hätten, wäre Ihnen aufgefallen, dass ich während meines Studiums zwei Jahre durchgehend in einem französischen Nobelrestaurant gejobbt habe. Von der Gänseleberpastete mit Rote-Beete-Bohnen-Chutney, Marseiller Fischeintopf, Steaks in allen Variationen, Steinpilzkreation auf Vollkornspaghetti, Praline von der Schweinskeule bis zum Zanderfilet mit Mandelsoufflé koche ich alles. Des Weiteren sind besonders meine Erfindungen ausgefallener Nachspeisen erwähnenswert, wie fünferlei Fruchtsorbet mit wenig Orangenlikör und Honig-Zitronenmelissenschaum sowie selbstgemachtes Zitroneneis auf köstlicher Sahneunterlage, schmelzende Vanilleeiskugel auf zartem Orangen-Cognac-Melisse-Omelette …«

»Stop!!«, brüllte ich. »Können Sie Spinat mit Kartoffelpüree machen, Apfelpfannkuchen und Milchreis mit Waldbeersoße, Linsensuppe mit Heißwürstchen und panierte Hähnchen- und Schweineschnitzel mit Bratkartoffeln, Fischstäbchen aus der Packung und Pommes? Nämlich genau das erwarten unsere Gäste.

Keinen Luxus an Himbeersoufflé-Arrangements oder dergleichen.«

Er überhörte mich.

»Im Übrigen bin ich nicht ganz einverstanden mit dem Gehalt, das Sie mir am Telefon schon genannt haben. Schließlich bin ich ein erfahrener ...«

»Die Konditionen sind nicht verhandelbar. Ich habe für meine Saisonkräfte ein bestimmtes Budget zur Verfügung. Darüber hinaus existiert kein Spielraum. Entweder Sie akzeptieren meine Bedingungen oder Sie gehen wieder«, sagte ich so kalt, dass ich im Geiste Eiskristalle vor mir sah.

Wie konnte jemand nur auf so ekelhafte Weise von sich selbst überzeugt sein?

Er schraubte seinen Kopf langsam in Richtung Decke und seine zusammengepressten Lippen warfen mir ein angedeutetes Lächeln zu.

Von oben herab traf mich sein süffisanter Blick.

»Heute ist nicht Ihr Tag, wie?«

»...?«

»Sie wirken unentspannt auf mich. Sie sollten lernen, lockerer zu sein. Möglicherweise kann man das nicht, wenn, wie Sie soeben betonten, die Budgets sehr niedrig sind, mit denen Sie zu arbeiten verpflichtet sind. Man kann es auch nicht, wenn man den ganzen Tag in einem muffigen Büro verbringt und, wie ich annehme, zu wenig verdient, um die schönsten und weitesten Reiseziele selbst zu besuchen.«

In der folgenden Sprechpause streckte er sein Kinn vor und strich sich affektiert eine blonde Haarsträhne aus dem Gesicht. Ich war sprachlos, nur fähig, ihn betreten anzustarren und hätte viel darum gegeben, Julianes Qualitäten zu besitzen. Sie wäre mit diesem widerlichen Typen bestimmt besser fertig geworden.

»Sehen Sie, mir wird das nicht passieren, eines Tages mit einem Almosengehalt dazustehen. Ich stehe kurz vor dem erfolgreichen Abschluss meines Medizinstudiums und strebe eine spätere Arbeit als Chirurg an. Jetzt muss ich mich mit Jobs durchschlagen, nur jetzt.« Der Klang vor *nur* war begleitet von hoheitlicher Arroganz. »Später werde ich als Arzt Erfolg und genug Geld auf der hohen Kante haben, um mir alles zu ermöglichen. Sie haben sich bedauerlicherweise für ein anderes Leben entschieden. Und scheinen frustriert zu sein. Wie dem auch sei, es kann nicht jeder ein Erfolgsmensch sein.«

»Erfolg im Leben bedeutet für mich nicht das Ansammeln von Geld und Gütern, sondern Freunde, auf die man sich verlassen kann, einen Menschen an seiner Seite, der einen liebt und ein Job, der einem Spaß macht«, fauchte ich ihn an. Meine Geduld war dahin. Ich stand auf. Es dauerte Sekunden, bis er kapierte. Dann erhob auch er sich. Ich öffnete die Tür, damit er verschwand. Das geschah jedoch nicht auf Anhieb. Er feixte.

»Kein Ring am Finger? Wissen sie was?« Er straffte sich und reckte den Kopf. »Sie brauchen mal wieder einen anständigen Kerl. Leider gibt es heutzutage viele Frauen wie Sie, die anlagebedingt zickig und vermutlich frigide sind.«

So ein Mist, dass Jo gerade in der Stadt nach fabrikneuen Sportartikeln für die neue Saison Ausschau hielt. Ich überlegte für einen Moment, Benedikt zu Hilfe zu rufen. Nein, besser noch Vincent, der diesem Menschen ganz sicher das Fürchten gelehrt hätte.

Aber dann blieb ich doch gelassen, denn durch die offene Tür hatte Juliane die plumpen Sätze meines Bewerbers gehört und eilte herbei. Die kleine Juliane wirkte auf mich wie David neben Goliath, als sie vor Rick zum Stehen kam. Aber sie stemmte die Hände in ihre Hüften und schaute mutig hoch in sein Gesicht.

»Wissen Sie, es gibt überhaupt keine frigiden Frauen, höchstens Männer, die in ihrem Kopf ständig heiße Geistesgüter mit sich führen.« Sie lächelte süß. »Und weiter unten …« – sie machte eine kleine Pause – »… leider nichts als heiße Luft.«

Rick zog wieder süffisant eine Lippenseite hoch und stolzierte durch das Nachbarbüro zur Tür hinaus. Nachdem ich diese hinter dem Widerling zugeknallt hatte, ging es mir schon wieder gut. Juliane und ich klatschten einander in die Hände. Dann nahm ich die junge Frau mit dem rotblonden Pferdeschwanz mit in mein Büro, die schon im Nebenraum gewartet hatte, weil sie sich als nächstes als Köchin bei mir vorstellen wollte.

Vierzig Minuten später war ich wieder guter Laune. Es war ein tolles Gespräch. Simone studierte

Seefahrtstechniken. Kochen war ihre Leidenschaft. Sie tat es, wann immer sie Gelegenheit dazu hatte. Sie kochte gern für ihre Freunde, ihre Eltern, ihre Zimmernachbarn, was man ihren Hüften ein wenig ansah, dennoch war sie hübsch und vor allem extrem sympathisch. Ja, sie würde ich getrost nach Le Lavandou schicken, damit sie dort nach Herzenslust für die Gäste brodeln und brutzeln konnte.

DAS MANUSKRIPT

1991

4

Auf die Fensterbank schaute ich seit Freitag besonders gern. Dort stand die pinkfarbene Rose von Jo, deren Stiel ich täglich ein wenig beschnitt, damit sie sich lange hielt. So sehr hatte ich mich über diese Geste gefreut, so sehr, so sehr. Aber eigentlich war es nur eine Rose, ein Mitbringsel, eine kleine Aufmerksamkeit von Jo. Nichts weiter. Nein, es war nichts. Und doch war es etwas. Es war sogar sehr viel. Aber im Grunde hatte es nichts zu bedeuten.

Jo kam mit neuen Squashschlägern für die Strandausstattung in Frankreich zurück. Es war Mittagszeit und mein Termin mit dem Bankdirektor stand in eineinhalb Stunden an. Ich hatte Hunger und Lust, irgendwo etwas essen zu gehen anstatt, wie ich es so häufig tat, nur ein frühmorgens leidlich zurechtgemachtes Sandwich hinunterzuschlingen. Ein schlechtes Gewissen hinsichtlich des täglichen Kalorienbedarfs hatte ich schon, da auch für heute Abend vor dem Stadtfestbesuch ein gemeinsames Essen in einem Restaurant mit meinen Kollegen anstand. Gern würde ich Jo mit zum Griechen hier in der Nähe nehmen, traute mich aber nicht, ihn zu fragen. Ich befürchtete, er würde nicht gern mit einer Frau, die man für seine Mutter halten könnte, in einem Restaurant bei der Mittagsmahlzeit gesehen werden. Was für ein irrer

Gedanke! Wenn ich heute darüber nachdenke, war ich mir manchmal wohl selbst im Weg. Aber so war ich nun einmal.

»Ich habe Hunger und gehe zum Griechen«, informierte ich Jo. »Und danach habe ich den Termin in der Bank.« So wusste er Bescheid, sollte jemand am Telefon nach mir fragen.

»Grieche hört sich gut an. Aber du willst bestimmt deine Ruhe beim Essen, was, Linda? Ansonsten würde ich gern mitkommen.«

Ich errötete, als er seine Hand zart auf meinen linken Oberarm legte.

Jo war nicht so zögerlich wie ich, er war viel unbedarfter, viel natürlicher. Mein Puls ging schnell und nur seine flüchtige Berührung verursachte ein zügelloses Zittern in mir, von dem ich nicht sagen konnte, wo ich es zuerst verspürte, in meinen Beinen, in meinen Armen oder in meinem Herzen.

Wir brauchten nicht lange zu Fuß, um das *Olympia* zu erreichen. Unterwegs erzählte Jo mir, dass er wieder angefangen hätte, Gedichte zu lesen – nur hin und wieder – zur Aufmunterung, wenn er traurig sei.

Beim Griechen setzten wir uns in eine stille Ecke. Nachdem wir für uns beide heiße Peperoni, für Jo einen Gyroseller und für mich einen Salat mit kleinen Brötchen und viel Tsatsiki bestellt hatten, sah ich ihn erwartungsvoll an.

»Bist du oft traurig?«, wollte ich wissen.

»Ja schon. Nein. Nicht so oft. Ach, ich weiß nicht. Manchmal scheint mir alles über den Kopf zu wachsen – das Studium, die Arbeit in der Vogelwarte und bei euch, obwohl ich alles richtig gern mache. Ich bin ehrgeizig und will gute Leistungen bringen. Engagement zu zeigen, ist meine Lebensphilosophie.«

Er lachte, um seine Aussage weniger ernst klingen zu lassen, aber es klang überhaupt nicht fröhlich.

»Ich verliere mich oft in meinem Anspruch, alles gut zu machen oder noch besser, als man es von mir erwartet, weil ich gern will, dass jeder mich mag und akzeptiert. Das zu erreichen, ist nicht immer einfach, vom Verstand her, würde ich sagen, ist es gar nicht möglich.«

Er formte den Mund zu einem schmalen Strich und zuckte mit den Schultern.

»Meine richtige Mutter hat mich von Anfang an nicht gewollt. Sie hat mich verschenkt.«

Verschenkt betonte er in einer anrüchigen Art und Weise. Was er sagen wollte, war, dass er unmittelbar nach der Geburt bei Pflegeeltern abgegeben worden war. Diese waren allerdings schon sehr bald überfordert mit einem Baby wie ihm, eines, das schrie und schrie und so seinen Hunger auf das Leben ankündigte. Er kam erneut zu Pflegeeltern, die ihn einige Zeit später adoptierten, so dass Jo deren Nachnamen tragen durfte – er hieß nun offiziell Jo-Niklas Zacharias Beinke – und gewissermaßen wie ein richtiger Sohn hätte aufwachsen müssen. Doch das Recht auf Liebe und Geborgenheit wurde ihm verwehrt. Für die

Adoptiveltern waren derlei Bedürfnisse nicht mehr wert als nutzloser Boden. Jos Anspruch, immer das Beste zu geben, um gemocht zu werden war augenscheinlich geboren aus jenem ersten Moment, an dem er gespürt hatte, dass er als Kind niemals und von niemandem erwünscht war. Nur wenn er großartig war, war sein Existenzrecht gesichert.

Sein Pflegevater Herbert hatte eine beachtenswerte Position in der Stadtverwaltung inne. Als Leiter des Amtes für Öffentlichkeitsarbeit und Stadtmarketing war er eine angesehene und finanziell gutgestellte Persönlichkeit. Er war ein exzellenter Redner und verstand es wunderbar, Menschen für sich zu gewinnen. Seinen Status hob er gern hervor, denn Bewunderung war Vollwert-Nahrung für sein Wohlbefinden. Jeder, der mit ihm zu tun hatte, war davon überzeugt, einen eindrucksvollen und achtbaren Mann vor sich zu haben. Allerdings dauerte diese Einschätzung nur so lange, wie man ihm grenzenlos Beifall entgegenbrachte. Der kleinste Widerspruch, die geringfügigste Kritik bedeutete für Herbert Hochverrat, und in so einem Fall konnte er verdammt ungemütlich werden.

Jos Pflegemutter Annegret war, als sie Herbert heiratete, eine außergewöhnlich schöne, aber ungebildete und blasierte Frau. Sie war stolz auf ihren hochgeschätzten Ehemann, sah zu ihm auf und pflichtete ihm in allem bei, ohne jemals ihren eigenen Kopf einzuschalten. Stets achtete sie darauf, elegant gestylt zu sein und der wöchentliche Besuch bei der Kosmetikerin und beim Friseur war Pflichtprogramm. Einen Großteil des Geldes, das ihr Mann verdiente, investierte sie in Wermut oder ähnlichen Fusel, mit dem sie allabendlich ihre Seele aufpeppte. Der regelmäßige Konsum von Spirituosen stieg allmählich, so lange bis das bisschen Verstand, das sie überhaupt besaß, auch noch vollständig unter dem Einfluss von Alkohol begraben lag.

Eines Tages entschied sich Herbert, auch privat Öffentlichkeitsarbeit zu betreiben, und überzeugte Annegret davon, ein Pflegekind aufzunehmen. Zwar war er zu dem Zeitpunkt schon 49 Jahre, aber ein Pflegebalg, das er nach einer Probezeit bei ihm zu Hause adoptieren würde, konnte seiner Ehrbarkeit noch ein bisschen nachhelfen. Und es dauerte nicht lange, da spielte der kleine Jo-Niklas, nicht einmal ein Jahr alt, eine ehrwidrige Rolle in einem von Machtgehabe, Demütigungen, Blasiertheit und Alkohol durchtränkten Regime.

Mit erst fünf Jahren war der kleine Junge schon beinahe vollzeitbeschäftigt. Mittags, nachdem der Kindergarten geschlossen war, wurde er dazu verdonnert, die Möbel im Wohnzimmer zu entstauben und die Fransen der zwei edlen Teppiche mit dem Teppichkamm gerade und exakt in eine Richtung zu kämmen. Danach wurde ihm auferlegt, jeden Tag je eine Stunde Klavier und Flöte zu üben. Er wurde von Annegret geohrfeigt, wenn er keine Lust hatte oder ihm das Üben einmal schwerfiel. Schließlich war der Unterricht teuer und es war doch blamabel, wenn er den regelmäßigen Gästen im Haus, denen er vorspielen musste, falsche Töne zumutete. »Gut gemacht. Wir sind sehr stolz auf dich«, sagten Annegret und Herbert, wenn das Vorspielen hervorragend war. War es das nicht oder ließ die Qualität in den Augen der Pflegeeltern auch nur geringfügig zu wünschen übrig, wurde ein harter Ton eingeschlagen: »Du machst uns lächerlich! Kannst du überhaupt etwas richtig?« Und Annegret fügte meistens in beschwörerischem Tonfall Bemerkungen hinzu wie: »Wie sollen wir dich liebhaben, wenn du nicht richtig übst? Andere Kinder wären froh, wenn sie zwei Instrumente spielen dürften.« Mit Todesverachtung übte und übte der kleine Jo. Irgendwann begann er, länger als die zwei vorgesehenen Stunden am Tag zu üben, um seine fordernden Pflegeeltern nicht zu enttäuschen. Schließlich war er doch auf ihre Liebe angewiesen. Mit zehn Jahren brillierte er sowohl beim Klavierspielen als auch beim Spielen der Flöte. Nachdem er sich Jahre später von seinen Pflegeeltern endlich lösen konnte, begann er, Klavier und Flöte zu hassen. Nie wieder wollte er ein Instrument spielen.

Zu Jos weiteren täglichen Pflichten gehörten noch andere Hausarbeiten, insbesondere war Jo nach dem gemeinsamen Abendessen für das Spülen oder das Abtrocknen des Geschirrs zuständig. Er war glücklich, wenn er abtrocknen durfte, denn Spülen war das Schlimmste, weil das Spülwasser von Herbert immer so heiß gemacht wurde, dass Jos kleine Hände sich anfühlten, als würde er das Geschirr mit Feuer reinigen. Weinte er dann, wurde er sowohl von Annegret als auch von Herbert aufs Niederträchtigste verspottet, als zimperlich verschrien, und Herbert verlangte von ihm, eine Stunde in einer Ecke zu stehen. Er durfte sich in dieser Zeit nicht regen, um vom

Pflegevater nicht noch obendrein ein paar Schläge in den Nacken zu bekommen.

Einmal rutschte dem kleinen Jo beim Trockenreiben ein Weinglas aus der Hand. Er war sechs Jahre alt. Eine gefahrverkündende Röte durchflutete Herbert vom Hals hinauf bis zum Haaransatz, ein Glühen, das der wachsende Zorn ins Purpurne steigerte. Langsam und bedrohlich erhob Herbert seine imposante Gestalt von seinem Eckbankplatz. Sein Gesicht war eine Fratze, als er den zitternden kleinen Jungen anbrüllte.

»Du nichtsnutziger, tollpatschiger Blödmann. Was machst du da für eine Sauerei?«

Er stützte seine Fäuste auf den Küchentisch – ein untrügliches Omen dafür, dass er sich Jo gleich nähern würde.

Der Kleine wartete diesmal nicht, bis Herbert bei ihm war, um ihn zu verprügeln wie gewöhnlich, wenn sein Gesicht mit dieser gefährlichen dunkelroten Farbe überzogen war. Jo hangelte sich am Backofengriff seitlich an den teuflisch glitzernden Glassplittern, die auf den grauen Bodenfliesen verstreut waren, vorbei und rannte, so schnell seine kleinen Beine ihn trugen, zur Haustür hinaus. Flitzte durch den mit Rosen und allem möglichen Schnick-Schnack verzierten Vorgarten geradewegs auf die Hauptstraße zu, die am Wohnhaus vorbeiführte.

Zu dieser Stunde war die Straße beherrscht vom Berufsverkehr. Jo verschnaufte Sekunden auf dem schmalen Bürgersteig. Dann vernahm er plötzlich die fluchende Stimme seines Pflegevaters, der ihm dicht auf den Fersen war. Kopflos, voller Angst, sprintete Jo zwischen die fahrenden Autos auf die Straße. Ein Lastwagen konnte ihm ausweichen, knallte dafür aber in einen BMW, der auf der linken Spur neben ihm fuhr. Ein Hupkonzert begleitete daraufhin einen buntbemalten Bulli, der alarmiert auf die Gegenseite zugesteuert war und hierdurch mit einem Bus zusammenprallte, der soeben von der Haltestelle wieder angefahren war. Dieser Umstand blockierte die Fahrbahn in Sekundenschnelle und trieb Fahrzeug um Fahrzeug ineinander. Jo stand hilflos, mit weit aufgerissenen Augen in einem engen Schlund zwischen dem ermattenden Verkehr. Ein viel zu schnell fahrender schwarzer VW Polo rauschte von irgendwoher heran, nahm den kleinen Körper auf seine Motorhaube und schleuderte ihn auf den Bürgersteig.

Der Schutzengel, der für den Jungen zuständig war, musste nebenher noch eine zusätzliche Bodyguard-Ausbildung absolviert haben. Wie durch ein Wunder überlebte Jo den Aufprall. Ein Wunder war es obendrein, dass Jo durch den Unfall keine dauerhaften körperlichen Beeinträchtigungen behielt. Jedoch lag er wochenlang mit einer schweren Gehirnerschütterung, Rippen- und verschiedenen Knochenbrüchen im Krankenhaus. Nur Annegret, inzwischen schwanger, besuchte ihn in dieser Zeit – genau dreimal – für nicht einmal eine Viertelstunde. Jo bekam kein Begrüßungsküsschen von ihr. Sie brachte ihm weder Spielsachen noch Süßes mit. Sie las ihm nicht *vor. Sie nahm ihn nicht in den Arm und strich ihm beim Abschied nicht über das zugepflasterte Gesichtchen. Aber sie informierte den Kleinen darüber, wie sehr Herbert und sie darunter litten, ein Kind wie ihn aufgenommen zu haben, ein Kind, das nur Scherereien machte.*

Am Entlassungstag holte Herbert den Jungen persönlich ab. Er begrüßte ihn kalt, packte seine Sachen in die kleine Reisetasche, bedankte sich bei dem Pflegepersonal und marschierte mit dem Kind den langen nach Medikamenten und Fäkalien stinkenden Krankenhausflur entlang Richtung Ausgang. Neben Herbert lief Jo, den Kopf gesenkt, die kleinen Hände in den Hosentaschen versteckt. Im Arm eingeklemmt, trug und knuddelte er seinen Stoffhund, den er von den Krankenschwestern geschenkt bekommen hatte, damit er aufhörte zu weinen, weil er sich so allein fühlte.

Annegret empfing das Kind ebenso kalt. Sie sagte nichts dazu, als Herbert dem Jungen eine knallte und ihm befahl, in die berüchtigte Ecke in den Flur zu gehen, und zwar für zwei Stunden. Annegret sagte auch nichts, als Herbert eine Pistole aus dem Garderobenschrank nahm. Sie sagte nichts, als Herbert dem verängstigten, vor Todesangst schlotternden Jungen die Pistole vor die Brust hielt und ihm erklärte, er und Annegret seien glücklich gewesen, bevor sie ihn in ihr Haus geholt hätten. Es wäre am besten, ihn zu erschießen. Sie sagte immer noch nichts, als Jo sich in ängstlicher Qual einnässte. Und sie blieb stumm, als

Herbert langsam die Waffe von dem Kind wegzog und wieder in den Schrank legte.

Es war eine alte Spielzeugpistole.

Monate später war das Baby da. Ein Junge, der von seinen Eltern so verwöhnt und begluckt wurde, dass für jeden Erziehungslaien erkennbar war: Aus dem wird ein egozentrisches Arschloch. Er hieß Bastian. Und war in der Tat ein Teufel.

Jo war inzwischen im dritten Schuljahr. Seine Leistungen waren außergewöhnlich. Er versuchte alles, was einem Kind einfallen kann, um seine Existenz zu rechtfertigen, um Anerkennung und Liebe zu bekommen, von den Pflegeeltern, von den Lehrern, von den Mitschülern. Er war zu allen aufmerksam und half, wo er konnte. Dass einige Mitschüler ihn nur benutzten, um regelmäßig von ihm die Hausaufgaben abzuschreiben, bemerkte er vielleicht sogar, aber es war ihm egal. Hauptsache, man akzeptierte ihn endlich.

Im Haus der Pflegeeltern gab es eine laute Glocke, die man in die Hand nehmen konnte. Jo hatte deren Klang zu fürchten gelernt. Denn jedes Mal, wenn Annegret diese Glocke betätigte, wurde ihm aufgetragen, die Spielsachen, die Bastian überall – wirklich überall – verstreut hatte, einzusammeln, zu ordnen, in den richtigen Schachteln unterzubringen. Bastian erhielt keine Ermahnungen dafür, dass er häufig die Dinge, die Jo gerade eingeräumt hatte, wieder ausräumte und umherwarf. Dafür bekam Jo ordentlich Ärger, wenn er zu lange brauchte, um Ordnung zu schaffen. Herbert und Annegret machten ihn für alles verantwortlich, was mit Bastian schieflief. Jo hangelte sich Beschimpfungen und Ohrfeigen ein, weil er nicht mitbekommen hatte, dass sein kleiner Bruder, damals gerade zehn Jahre alt, schon heimlich rauchte. Jo hatte Bastians Erbrochenes aufzuwischen, als dieser heimlich verschiedene Schlückchen aus dem Barschrank ausprobiert hatte. Bastian wurde bedauert, sei es, dass ihm schlecht war vom Rauchen oder weil er kotzte vom Saufen. Dem Zehnjährigen geschah nichts. Er war der King in der Familie. Annegret und Herbert bestätigten Bastian immer neu in seiner unerträglichen Egozentrik und Bosheit. Jo teilten sie regelmäßig mit, dass sie selbst sehr darunter litten, ihn ständig maßregeln zu müssen. Sie hatten keinen Zugang zu der Erkenntnis, dass sie eigene Aggressionen an dem kleinen Jungen, der völlig von ihnen abhängig und aus diesem Grund wehrlos war, abreagierten. Bastian war das eigentliche, das echte, das blutsverwandte Kind für sie – Herberts ganzer Stolz.

Alkohol und Sonnenstudio waren mit Annegret nicht freundlich umgegangen. Ihr Gesicht war mit fünfzig Jahren schon so runzelig wie zerknülltes Papier, die geschwollenen Augenlider hingen schwer und trostlos herab und der Schnaps hatte nicht nur eine schwere Parodontitis hervorgerufen und ihre Zähne bis zum Ausfallen gelockert, sondern auch ihr Hirn zermalmt. Als Annegret eines Tages an den Folgen ihres Alkoholabusus starb, nahm Jo es einfach nur zur Kenntnis.

Wegen dieser Geschichte bekam ich keinen Bissen mehr runter und schob meinen Salatteller achtlos beiseite. Die Jo von Seiten seiner Pflegeeltern aufgedrängte »Wertlosigkeit« kompensierte er also mit Höchstleistungen. Vermutlich wirkte er deswegen so vernünftig und lebenstüchtig. Ich war perplex aufgrund seiner Ehrlichkeit und des Vertrauens, das er mir entgegenbrachte. Als wir die Tür des Lokals hinter uns geschlossen hatten, bat er mich, ihn kurz in den Arm zu nehmen.

»Aber sicher.« Ich hielt ihn stumm länger umschlungen als es angemessen gewesen wäre. Am liebsten hätte ich ihn gar nicht mehr losgelassen.

Als wir wieder im Büro waren, rief ich bei der Bank an und sagte unseren Termin ab. Meine Gedanken waren so sehr bei Jos Kindheitsgeschichte, dass ich mich nicht diskussionsfähig fühlte und die Bitte um Erhöhung des Geschäfts-Dispositionskredits auf einen anderen Tag verschob.

Bevor wir uns in den Trubel des Stadtfestes wagten, genossen wir im *Taj Mahal* köstliche scharfe Speisen, gewürzt mit Ingwer, Knoblauch und Curry. Sogar Juliane aß eine gewaltige Portion und trank dazu noch Bier, ausnahmsweise ohne uns mit Gesundheitsvorträgen zu behelligen. Gelegentlich reizte sie uns gewaltig, wenn sie, insbesondere bei der Bewirtschaftung von Gästen oder auf gemeinsamen Feiern, jedes Gramm versteckten Zucker, jedes Krümelchen helles Brot, jeden Minitropfen Alkohol wegen der offensichtlich gesundheitsschädigenden Folgen mit raffinierten Worten ablehnte und so bei derlei Gelegenheiten auf subtile Weise um Applaus buhlte. Dabei schätzte sie selbstverständlich zuvor den Wert neuer Leute für ihre eigenen Zwecke ein, um dann so manchen von ihnen mit ihrem vermeintlichen Gesundheitsbewusstsein, ihrer Fitness oder aber mit ihren Leistungen hier im Büro zu beeindrucken. In Wahrheit machte sie gar keinen Sport, wenigstens glaubten wir alle nicht daran. Aber sie redete unentwegt von Funktionsgymnastik, von der notwendigen Belastung des Quadriceps beim Beintraining, vom therapeutischen Effekt des Bogenschießens und der wundersamen Wirkung des regelmäßigen Laufband-Trainings auf die Konturen des Hinterns. In der Tat fuhr sie oft mit dem Rad zur Arbeit, immerhin täglich insgesamt 3 km. Von weiteren Sportarten fantasierte sie vermutlich. Und des Öfteren hatte ich sie ertappt, wie sie sich trotz der Abneigung gegen jegliche Form von Zucker und Fett hastig Schokolade in den Mund stopfte. So ganz ernst zu nehmen war Juliane also nicht.

Vom köstlichen Essen und einigen Gläsern Hefeweizen recht vergnüglich gestimmt, erzählte Benedikt wonnetrunken von seinen neuesten Projekten und der Kohle, die er damit machen könne. Bisher waren seine Vorhaben häufig gescheitert aufgrund seiner desolaten Finanzplanungen. Und am Ende war ich diejenige, die in der Bankfiliale für unser Unternehmen um neue Kredite betteln musste. Für unsere Konten hatte ich eine Vollmacht und das Erste, was ich am Monatsende tat, war, mir mein Gehalt zu überweisen, bevor es für Verbindlichkeiten draufging, die schon längst hätten beglichen sein müssen, es aber aufgrund von Liquiditätsengpässen nicht waren.

Beim Essen hatte Vincent plötzlich Maxi geknuddelt und uns strahlend informiert, dass beide seit zwei Wochen ein Paar waren. Mich freute das. Ich fand, die beiden passten gut zusammen. Maxi hatte einen leicht pyknischen Körperbau und war ihrem Wesen nach eher unaufdringlich, besänftigend. Sie schob sich selbst nicht gern in den Mittelpunkt. Vincent, von ähnlicher Statur wie Maxi, hingegen schon. Es war keine Übertreibung, ihn als vorlaut zu beschreiben. Oft genug hatte ich mir gewünscht, es existiere eine Fernbedienung für allzu lockeres Mundwerk, um seine Klappe blitzschnell auszuschalten, wenn es unerträglich wurde, vor allem dann, wenn er Alkohol getrunken hatte. Da dergleichen noch nicht erfunden war, blieb einem nur übrig, sein Gequatsche auszuhalten. Aufgrund der erfreulichen Botschaft über die gegenseitige Zuneigung der beiden hatten wir noch einmal mit einem Gläschen Sekt angestoßen. Vincent und Kurti hatten schon richtig einen in der Karre, als wir das Lokal verließen.

Bevor wir den Flohmarkt stürmten, der noch bis 23.00 Uhr geöffnet sein sollte, warteten wir auf Juliane. Sie war mit Isa zur Toilette gegangen, die sich im Keller des Lokals befand.

»Ist Juliane noch nicht zurück?«, fragte uns Isa. »Ich hab' unten im Kellereingang auf sie gewartet, aber als sie nicht kam, dachte ich, sie wäre schon wieder zu euch gegangen.«

»Hier ist sie nicht«, sagte ich. »Warten wir noch einen Moment.«

Ich überlegte dann aber, doch noch mal austreten zu gehen, damit ich nicht auf dem Flohmarkt in Not geriet.

»Gehst du auch noch mal, Rieke?«

»Ja, besser ist's.«

Sie hatte sich ihren verrückten schwarzen Hut über ihre rehbraunen Haare gestülpt und hüpfte ausgelassen auf mich zu.

»Dann müssen wir nachher nicht auf die Bauwagentoiletten.« Sie machte eine Fratze, um anzudeuten, wie eklig sie diese Vorstellung fand.

»Ich komm' auch noch mal mit«, rief Maxi und küsste Vincent auf die Wange.

»Wie oft ihr Frauen aufs Klo müsst, ist unfassbar.« Vincent stülpte seine fesche Kappe auf sein fortschreitend lichter werdendes Haar und schüttelte den Kopf. Dann ging er zu Hannes und Kurt, die bereits auf dem Bürgersteig draußen warteten.

Wir überraschten Juliane vor einem Waschbecken beim Auftragen frischer Wimperntusche. Anscheinend hatte sie ihr ganzes Gesicht gewaschen, ihre Haare waren an der Seite und Stirn noch feucht.

»Hoppla, Juliane«, sagte Maxi nur und öffnete die Tür zu einer Toilette.

»Was treibst du hier so lange?«, fragte Rieke. »Du bist schön genug.«

»Schminkst du dich komplett neu?« Auch ich war überrascht. Normalerweise reichte es, sich ein bisschen die Lippen nachzumalen.

»Und die Zähne hast du dir auch noch geputzt.« Rieke machte große Augen vor Erstaunen.

»Klar. Ich habe immer was zum Zähneputzen dabei. Und außerdem war ich völlig verschwitzt im Gesicht nach diesem scharfen Essen. Meine Nase lief, die Augen tränten. So wollte ich nicht mit euch über den Flohmarkt.«

»Na dann«, antworteten Rieke und ich gleichzeitig und huschten in die Kabinen. Als wir fertig waren, war endlich auch Juliane soweit.

Viele Verkäufer boten reizvolle Sachen an. Vincent tänzelte mit Maxi im Arm trällernd um einige Besucher herum. Während Juliane und ich an einem Stand extravagante Shirts und Jeans mit Applikationen in Augenschein nahmen und dabei von Jo und Rieke begleitet wurden, hörten wir Vincent mit einem Mann diskutieren, der Maxi ein elektrisches Massagegerät – für den Rücken – andrehen wollte. Benedikt mischte sich ein.

»Zeig' mal her das Gerät.« Er nahm es dem Verkäufer aus der Hand. »Hey, Linda. Schau her. Ist das nichts für eure verkrampfte Muskulatur? Isa, Juliane! Ihr beklagt euch doch immer über Nackenschmerzen.«

»Brauch' ich nicht«, rief Isa, die sich zu uns an den Stand gesellt hatte, lachend. »Ich mache Pilates.«

»Wenn du für uns je eines kaufst, gerne«, meinte Juliane lapidar.

Benedikt schien tatsächlich zu überlegen, sah mich dabei fragend an. Ich dachte, dass er mal wieder einen Haarschnitt benötigte. Seine knapp schulterlangen, dicken braunen Locken wucherten wie Pflanzen in einem Naturgarten.

»Lass' gut sein«, rief ich ihm zu.

Ich hatte ohnehin nur Blicke für Jo, der gerade Juliane eine Jeans mit viel Schnickschnack empfahl und diese in alle Richtungen schwenkte, mal zu Rieke, die fortwährend gackerte und deren Sommersprossen mit einer leichten Röte überzogen waren, weil ihr der Alkohol zu Kopf gestiegen war, dann wieder zu der asiatischen Verkäuferin, wieder zu Juliane zurück, zu Isa, zu mir. Peng! Zu mir. Ich hoffte sehr, dass Jo nicht gemerkt hatte, wie ich ihn heimlich angestarrt hatte und schaute verlegen wieder in Benedikts Richtung. Ich war wohl nicht ganz bei Sinnen, und das lag nicht am Hefeweizen.

So viele Jungs hatte ich als Saisonkraft eingestellt in den letzten Jahren und keiner von ihnen, egal, wie gut er aussah, hatte je auch nur im Ansatz meine Aufmerksamkeit erregt. Um Jo wehte ein besonderes Flair, welches meine Gelassenheit unter einer Schicht Hilflosigkeit begrub. Seiner Ausstrahlung vermochte ich mich weiterhin nicht zu entziehen und ich konnte ihr keine Worte zuordnen. Etwas, das mich schwach und zittrig, wehrlos und berauscht werden ließ, schwebte diskret um ihn herum, um alles, was er sagte, um alles, was er tat. Ich schämte mich wegen dieser unangemessenen Empfindungen und befürchtete, dass ich sie vorläufig akzeptieren musste. Die Vorstellung war beängstigend. Aber ich würde damit umgehen können.

Der Verkäufer vom Stand gegenüber wandte sich nun wieder an Vincent, wollte unbedingt seine Ware an den Mann bringen.

»20 % Reduktion für Sie, der Herr.«

Er fasste Vincent gebieterisch auf die Schulter und hielt ihm das Massageteil unter die Nase. »Für Ihre Frau.« Dabei deutete er auf Maxi, die bisher gar nichts gesagt, nur fröhlich gegrinst hatte.

»Behalten Sie's.« Vincent lachte dem Verkäufer frech ins Gesicht. Sein dunkler gezwirbelter Schnauzbart bewegte sich wie die winkende Glückskatze in seinem großporigen Gesicht, welches konstant einen schelmischen Ausdruck hatte. »Ich hab' das Massagegerät für meine Frau immer dabei.« Er deutete mit dem Finger zwischen seine Beine.

Oh Mann, Vincent! Aus irgendeinem Grund war mir das alles zu viel hier. Plötzliche Erschöpfung machte sich in mir breit. Ich verspürte den Drang, mich abzuseilen, gleichzeitig wollte ich bleiben – wegen Jo. Der scharwenzelte allerdings immer noch um Juliane herum. Offensichtlich war er gefesselt von ihrem Hinterteil, das sie – ich wusste es von ihr selbst – in ein Push-up-Höschen gesteckt hatte und nun gekonnt in Szene setzte, indem sie damit vor ihm hin- und herwackelte wie eine läufige Hündin.

Jo griff nach einer grauen Hose mit Glanzeffekt und reichte sie Juliane. Ich machte einen Schritt auf sie zu und sagte unüberhörbar:

»Hm, … Juliane, ich würde eine Nummer kleiner wählen. Wenn du die Silikoneinlagen aus deiner Polsterunterhose wieder herausnimmst, sitzt die Jeans eventuell zu labberig.«

Leider konnte ich meine Zunge nicht so schnell stoppen, wie sie zu sprechen gewillt war.

Juliane sah mich scharf an, erwiderte aber nichts. Sie war keine Frau, die viel herumzickte, und mir tat meine Bemerkung auf einmal leid, aber nur ein bisschen. Unschuldig wühlte ich dann in den Shirts herum, ohne eines kaufen zu wollen, aber auf jeden Fall in der Hoffnung, dass Jo mir half, eines herauszusuchen, von dem er annahm, dass es mir stand. Unterdessen sah ich Benedikt, eingewickelt in eine Unterhaltung mit dem Massagegerät-Verkäufer. Die beiden schienen sich gut zu verstehen. Ich konnte nicht genau hören, worum es ging, schnappte nur einzelne Wörter auf wie *Schulden, Bürgschaft, Kantine, über die Runden kommen,* ohne eine Idee für den Zusammenhang zu bekommen. Vincent und Maxi standen schon am nächsten Stand. Ich erschrak, weil Jo mich am Oberarm geboxt hatte.

»Darf ich dir helfen?«

Herzpochen. Weiche Knie. »Sicher, gerne.«

Mehr wusste ich gerade nicht zu sagen. Verdammt. Warum schwammen mir so häufig die Worte davon, wenn er mit mir sprach?

»V-Ausschnitt steht dir gut. Schau, dieser hier.« Isa hielt mir einen grünen Lappen vor die Brust.

»Isa! Nicht so was«, sagte ich leicht aggressiv. Isa war meine Freundin und Lieblingskollegin, aber ich wollte jetzt nicht, dass sie sich einmischte, jetzt, wo endlich Jo von der schönen Juliane abgelassen und von *mir* Notiz genommen hatte.

Jo schmunzelte und zwinkerte mir zu. »Ich sehe hier nichts in den Farben, die du gern trägst.«

»Ich brauche auch gar nichts, wollte nur mal stöbern. Meine bevorzugten Farbtöne sind aber wirklich nicht dabei.«

»Du siehst bestimmt in allen Farben toll aus«, sagte Jo ganz sanft.

Mein Mund formte lediglich ein verlegenes Lächeln und nur ein sachtes *Danke* kam noch von meinen Lippen. Die Schlagfertigste war ich nie gewesen und überhaupt, wie konnte es sein, dass dieser Mann die Macht hatte, mich, eine Frau, die mit beiden Beinen im Leben stand, derart wuschig zu machen?

»Immer noch bei den Klamotten?« Vincent war mit Maxi zu uns gekommen. Sie kuschelte sich an ihn und schien überaus glücklich zu sein. »Guckt ihr nur, wir haben doch Zeit«, meinte sie und stupste Vincent in den Bauch. »Und du hörst auf zu treiben, klar?«, foppte sie ihn.

»Frauenzimmer!« war alles, was er dazu sagte und dann begann er, Benedikt zu rufen.

»Hey, Alter, über was schwafelt ihr denn so lang? Wollen wir langsam mal weiter?«

»Geduld, Vincent. Ich bin gleich soweit«, antwortete Benedikt.

Ich bemerkte, wie Vincent Maxi mit einem Nicken aufforderte, doch mal eben mit ihm zu kommen und sah anschließend nur noch, wie sie auf ihn zuging. Denn mit einem Mal drehten wir uns wie bei einer Tanz-Choreographie alle in eine Richtung, nämlich in die, aus der wir ein widerliches Geräusch hörten.

Es war Kurti, der mit Enthusiasmus in einen Papierkorb hinter uns kotzte. Isa kramte direkt in ihrer Tasche nach feuchten Tüchern, die sie wegen der zeitweiligen Matschhände ihrer Enkelkinder immer dabeihatte, und bot Kurti Hilfe an. Der führte schwerfällig seinen Kopf wieder in die Normalstellung und ergriff dankbar einige davon, mit denen er sich über den Mund, dann über das ganze Gesicht sowie seine dunklen, mit grauen Strähnen durchzogenen Haare, wischte. Er sah ganz schön mitgenommen und bleich aus. Ich ging zu ihm, massierte kurz seinen Rücken und nahm seine Hand.

»Danke, Isa. Danke, Linda. Hab' doch wohl zu viel …«

Mehr zu sagen, war ihm nicht möglich. Schon im nächsten Moment übergab er sich erneut. Diesmal war der Papierkorb davongekommen, aber nicht meine Hose und auch nicht meine Schuhe. Kurti ließ sich auf den Boden sacken und blieb dort als Häufchen Elend hocken. Jo und Rieke eilten prompt herbei, um mich zu bedauern. Und um Kurti zu bedauern. Aber der war eh außer Gefecht momentan.

Jo und Rieke verbrauchten Isas gesamten Vorrat an Feuchttüchern, um an meinen Schuhen und Hosenbeinen herum zu putzen. Ich stand da wohl mit reichlich belämmerter Miene und sagte erst mal gar nichts. Immer, wenn etwas Schreckliches passierte, erstarrte ich automatisch zur Salzsäule und es dauerte eine Weile, bis ich mich überhaupt wieder etwas rühren konnte. Die Flohmarktbesucher in unmittelbarer Nähe zu Kurti und mir waren alarmiert ein Stück zur anderen Seite geflüchtet und betrachteten die scheußliche Szene mit Kurti und mir als Protagonisten.

Juliane lachte. Und quiekte. Sie kam herüber und packte Jo energisch am Oberarm.

»Das reicht. Der Gestank geht eh' nicht raus aus den Klamotten.«

Und an Isa und Rieke gerichtet wieherte sie: »Passt bloß auf, dass ihr euch nicht selbst auch noch einsaut.«

Typisch Juliane. Anteilnahme war nicht so ganz ihre Branche.

»Juliane!« Jo, immer noch Julianes Hand auf seinem Arm, schob diese zur Seite und sah sie mahnend an. Sie verstand den Wink gut.

»Tut mir leid. Es war nicht fair zu lachen, aber ihr müsst mir glauben, ich konnte nicht anders.«

Ihr Gesicht hatte allerdings immer noch keinen Ausdruck von Mitgefühl. Ich rollte meine Pupillen und atmete tief ein und dann gemächlich aus.

Juliane griff in ihren schwarzen Lederbeutel und reichte mir ein Deo.

»Hier. Sprüh es über deine Klamotten. Fürs erste muss es so gehen. Dann stinkst du nicht ganz so inhuman.«

Jo war es, der das Spray entgegennahm und ohne Worte meine Hose und Schuhe damit einnebelte.

»Lieb von dir«, säuselte ich ihm entgegen, machte eine Donald-Duck-Schnute und fand, dass er wirklich ritterlich gehandelt hatte, als er vorhin Julianes albernes Gekicher mit einem strafenden Blick zu beenden wusste.

»Hey, Kopf hoch, Linda.« Seine wachen Augen konnten mich aufmuntern. Und sein Lächeln erst recht.

»Da hätte es besser meine Bermuda hier getroffen.« Er zeigte auf seine Hose. »Das wäre weniger tragisch gewesen. Die ist sowieso verschlissen und ich brauche eine neue.«

»Lass' uns auf einem der Stände eine neue für dich suchen«, flötete Juliane. Ihr Blick war mehr als keck.

»Nein, nein, schon gut.« Jo schüttelte den Kopf. »Ich bleib' nicht mehr lang. Ich muss noch mit dem Rad nach Hause. Bis Sengwarden fahre ich damit noch eine knappe Dreiviertelstunde. Morgen ist zwar Wochenende und ich kann schlafen, aber nicht so sehr lange, denn ich will noch ins Vogelforschungsinstitut, ein paar Register neu ordnen. Mein Vorgesetzter dort hätte das gern bis Montag gemacht. Und dieser Zweitjob ist elementar für mein Studium. Ich lerne extrem viel, wenn ich dort aushelfe, und Geld nebenbei kann ich immer gut gebrauchen.«

»Ich verstehe schon.« Juliane strich sich kokett eine Locke aus der Stirn.

»Was geht denn hier ab?« Maxi und Vincent hatten Kurtis Kotzszenario nicht mitbekommen. Sie waren Sekunden vor dem Desaster zu Benedikt hinüber gegangen, um diesen endlich von dem Anbieter der Massageartikel wegzulotsen. Leider erfolglos. Benedikt blieb eisern stehen, wo er war, und plauderte munter weiter mit dem Verkäufer, der ihm interessante Dinge zu erörtern schien.

»Kurti hat sich heute wieder richtig einen über die Lampe gegossen und musste reihern. Leider hat die Brühe auch Linda getroffen.« War ja klar. Ausgerechnet Juliane fühlte sich zu einer Antwort verpflichtet.

Auch Hannes hatte nichts von dem Schauspiel mitbekommen. Er hatte sich währenddessen zwei Stände weiter antike Radios angeschaut. Nun kam er auf uns zu, wollte sich nur verabschieden. Er bedankte sich bei Vincent für das schöne Essen, das er sehr genossen habe, allerdings seien Flohmärkte und Stadtfeste nicht so ganz sein Ding. Kurti erblickte er erst danach und, sichtlich ergriffen, teilte er uns mit, er würde das arme Schwein am besten unter seine Schulter klemmen und nach Hause bringen. Kurti wohnte zum Glück nur um die Ecke. Hannes winkte Benedikt, der vor dem Massagegerätestand festgefroren zu sein schien, nur kurz zu, bevor er mit Kurti unterm Arm davon stapfte.

Jo zögerte kurz, rannte ihnen dann nach, um Kurti seinerseits auch zu stützen, denn der war kaum fähig, sich nur mit Hannes' Hilfe gerade zu halten.

Benedikt redete nun eindringlich auf den Verkäufer ein. Er war schon immer ein eloquenter Wortführer gewesen und es dauerte noch etwas, ehe er sich endlich aus seiner anscheinend wichtigen Unterhaltung mit dem Massagemann lösen konnte. Nun endlich kam er herüber.

»So, die Herrschaften. Ausgeplaudert. Wollen wir noch aufs Zelt auf einen letzten Schluck?«

»Hannes und Kurti sind schon weg«, sagte ich.

»Was war los?« Benedikt hatte natürlich gar nichts mitbekommen.

»Kurti ist blau«, klärte ich ihn auf. »Hättest du nicht so lange gequatscht, dann wüsstest du, dass Hannes und Jo ihn gerade nach Hause bringen. Ihm geht es richtig schlecht! Er hat auf meine Klamotten gekotzt.«

Benedikt grinste und nahm mich spontan in den Arm. Ich war müde und merklich gereizt. Darum schuppte ich ihn von mir. Nicht, weil ich ihn heute nicht mochte, aber momentan war ich angenervt. Denn ich sann darüber nach, ob Jo wiederkommen würde.

»Ich habe meinen Enkeltöchtern morgen einen Ausflug mit dem Schiff zu den Seehundsbänken versprochen. Da will ich fit sein«, entgegnete Isa mit beschwichtigender Gebärde. »Tut mir leid, aber für mich ist es spät. Ich möchte es Hannes und Kurti nachmachen und mich jetzt verabschieden. Nicht böse sein, Benedikt.«

»Ach komm, Isa. Ein Bierchen noch.«

Benedikt setzte seinen üblichen fordernden Blick auf, der meistens zur Folge hatte, dass er bockig wurde, wenn er seinen Willen nicht bekam.

»Wirklich nicht, Benedikt. Ich hab' genug intus für heute. Vielen Dank für die Einladung. Vielen Dank dir auch, Vincent.«

Sie umarmte Juliane und mich, den anderen winkte sie zu und machte sich hurtig davon, bevor Benedikt weiterquengelte. Weit zu laufen bis nach Hause brauchte auch sie nicht.

»Also, was jetzt? Isa ist weg, Kurti und Hannes auch. Kommt Jo zurück?« Benedikt wirkte etwas gereizt. Erst plauderte er unentwegt mit einem Fremden und scherte sich nicht um uns, und nun sollten alle nach seiner Pfeife tanzen.

»Bestimmt kommt Jo zurück. Er begleitet Kurti und Hannes nur«, antwortete Juliane.

»Hoffentlich. Eine kleine Runde noch über den Markt und ein halbes Stündchen im Festzelt müssten wir doch noch schaffen, Leute«, meinte Benedikt. »Dann erzähle ich euch nebenbei, was der Verkäufer mit mir geredet hat.«

»Machen wir«, sagte Vincent eher zu Maxi und er nickte dabei so, als wenn er keinen Widerspruch duldete. Rieke sagte, sie schließe sich der Runde über den Markt mit an und käme noch ganz kurz mit ins Festzelt, denn sie hätte mit ihrem Freund ausgemacht, dass dieser sie um 22.30 Uhr an der Straßenecke neben dem Zelt abholen komme. Und Juliane kommentierte, Lutz sei auf einer Fortbildung und das ganze Wochenende nicht zu Hause. Sie habe noch Zeit und Lust und wir sollten auf jeden Fall hier noch auf Jo warten.

Da kam er auch schon angelaufen. »Da seid ihr ja noch! Kurti ist im Bett. Hannes bleibt heute Nacht bei ihm. Der hat im Wohnzimmer auf der Couch sein Nachtlager aufgeschlagen und zwei Eimer vor Kurtis Bett gestellt.«

»Dann ist er wenigstens nicht allein«, stellte ich erleichtert fest. »Kommst du noch mit uns?«, fragte Benedikt Jo zugewandt.

»Wenn ihr nicht mehr allzu lange bleibt. Ich habe morgen noch etwas vor.« Jo sah uns einzeln fragend an.

»Mir reicht's auch bald«, wandte ich mich an Benedikt.

Der kullerte mit den Augen, presste seine schönen Lippen aufeinander und maulte irgendwas Unverständliches.

»Also kommt. Dann noch kurz«, sagte ich.

Wir entschieden uns, einfach quer über den Markt direkt ins Zelt zu gehen.

Unterwegs blieben wir jedoch noch an einem Stand mit wunderschönen Kerzen, Windlichtern und geschliffenen kleinen Kristallkörpern stehen. Die kleinen Kristalle waren absolut schön und glitzerten im Kerzenschein. Wir alle waren begeistert und wirklich teuer waren sie nicht. Benedikt und Vincent liefen jedoch schnellen Schrittes voraus. Sie hatten wohl Sorge, heute gar nicht mehr ins Zelt zu kommen. Und so ließen wir unser Portemonnaie in der Handtasche, kauften nichts.

Maxi hatte sich zuvor endlich von Vincents Arm gelöst und lief nun neben Juliane, Rieke und mir her. Jo schaute noch kurz nach etwas und kam nach.

Auf unsere kleine Gruppe hatte tatsächlich noch ein freier Stehtisch im Zelt gewartet. Benedikt bestellte noch eine Runde Hefeweizen. Vincent spendierte schlüpfrige Witze und trällerte obszöne Lieder.

»Was war nun mit dem Verkäufer?«, wollte Juliane von Benedikt wissen.

»Ach, der Arme!« Benedikt nahm seine Brille ab, putzte sie mit Spucke und Taschentuch und strich sich seine lange Mähne aus dem Gesicht. »Seine Geschichte ist interessant. Ich will mich hier und jetzt nicht in Details verlieren, nur kurz zusammenfassen. Der Mann macht die Verkaufsarbeit mit den Massagedingern nur als Job. Er wird nur tageweise hier und da auf irgendeinem Markt eingesetzt. Er sagte, es sei ganz schön schwer, überhaupt etwas an den Mann zu bringen auf den Floh- oder Trödelmärkten. Die meisten Leute würden sowieso nur schauen, alles anfassen, an den falschen Platz zurücklegen. Der junge sympathische Kerl, gerade mal neunundzwanzig und schon geschieden, macht den Job höchst ungern, ist aber darauf angewiesen, da er sowieso kaum über die Runden kommt, wie er meint. Sein ehemaliger Chef, Inhaber einer relativ großen, aber schmierigen Betriebskantine, ist urplötzlich wegen illegalen Drogenhandels in den Knast gewandert. Das Personal, bestehend aus drei Kolleginnen und neben ihm aus einem weiteren Kollegen, hat so von heute auf morgen ihre Stelle verloren. Der Mann stammt aus der ehemaligen DDR, und nach der Wende hatten er und seine Ex leichtsinnigerweise für Schnickschnack und zwei nagelneue Autos einen Konsumentenkredit aufgenommen, den beide zu gleichen Teilen noch lange abzahlen müssen. Dem geht der Hintern auf Grundeis, wenn der nicht bald eine vernünftige neue Stelle findet.«

»Ist er selbst schuld«, meinte Juliane stumpf an Benedikt gewandt und hakte sich dann bei Jo ein, der es sich offenbar gern gefallen ließ. Wie es mir damit ging, ist nicht zu beschreiben. Julianes Selbstzufriedenheit war schon immer eine Waffe, die sie geschickt einzusetzen wusste.

»Es ist nicht immer so, dass jeder die alleinige Verantwortung trägt für alle Irrungen und Unannehmlichkeiten des Lebens. Wer andere unterstützen will – und wenn es nur durch Zuhören ist – sollte es deshalb bedingungslos tun, ohne Fragen nach Schuld.« Benedikts Worte klebten unbeirrt in der Luft, wollten aber an keinem von uns haften, weil heute Abend niemand von uns mehr in der Stimmung war, die Probleme fremder Leute zu diskutieren.

»Der hat selbst Schuld. Da gebe ich Juliane Recht. Punkt. Aus.« Vincent, der mittlerweile die vom Saufen entsprechende Gangart präsentierte, stakste um den Tisch herum, um eine bessere Aussicht auf das Publikum im Zelt zu haben. »Du bist doch nicht die Seelsorge, Ben«, meinte er. »Wieso brauchen die jungen Leute nagelneue Autos? Spinner, meiner Ansicht nach! Allesamt verwöhnte Spinner!« Er zog die Stirn kraus und rümpfte die Nase.

»Nun mal sachte, Vince«, versuchte Maxi zu vermitteln.

»Ach, Schnecke, du bist auch nicht die Seelsorge. Fang' mir nur nicht mit Mutter-Teresa-Geplauder an.« Er kniff sie in den Hintern. »Gleich zu Hause haben wir noch was anderes vor«, sagte er anzüglich und grinste ihr schmierig ins Gesicht.

»Nun halt mal dein Mundwerk im Zaum, Vince.« Maxi musterte den besoffenen Vincent von oben bis unten und kniff die Lider zusammen. »Heute klappt das sowieso nicht mehr, glaub mir.«

Ich pustete kräftig die Luft aus meinem Mund und fragte mich, wie exorbitant das Maß an Höflichkeit und Zartgefühl wohl sein musste, um diesen Abend endlich mit Takt und Anstand hinter mich zu bringen. Jo und Juliane lachten laut. Benedikt schmunzelte. Rieke weinte.

Erschrocken drehten wir uns zu ihr hin. Sie stand mit dem Rücken zu uns und beobachtete die Tanzfreudigen. Jo hockte sich sofort vor sie hin, nahm ihre Hand. Ich ergriff ihre andere.

»Was ist passiert, Schätzchen?« Maxi streichelte Riekes Rücken.

Rieke brachte vor lauter Schluchzen kein Wort hervor. Da kam Benedikt hinzu, fasste sie sachte am Arm und führte sie ab nach draußen, obwohl sie sich anfangs noch wehrte. Wir alle hörten noch, wie Benedikt laut auf sie einredete.

»Heul' diesem Glamourheini nicht hinterher, Rieke. Der trennt sich niemals von seiner Frau.«

Unsere Ohren weiteten sich auf die Größe von Rhabarberblättern und bis auf Vincent, der kopfschüttelnd im Zelt zurückblieb, stapften wir hinter Benedikt und Rieke her. Was wusste Benedikt, was wir nicht wussten? Klar, er war ein Typ, der mit seinem berüchtigten Hundeblick viele Annehmlichkeiten schnell erlangte, Vorzüge, für die andere Menschen erst kämpfen mussten. Und genau mit diesem Blick brachte er besonders Frauen leicht dazu, ihm ihr Herz auszuschütten, wenn sie Probleme hatten. Benedikt hatte auf jeden Fall väterliche Qualitäten. Das war absolut unstrittig. Aber wie konnte er nur gerade wissen, warum Rieke jetzt so verzweifelt war?

»Benedikt!«, rief Juliane.

»Nicht jetzt!«, brüllte er zurück.

Wir sahen, wie er Rieke zu beschwichtigen versuchte, und, weil er ein guter Redner und sehr fürsorglich war, beruhigte sie sich tatsächlich langsam.

»Scheißkerl.« Nacheinander sah sie uns direkt an und endlich machte sie ihrem Herzen Luft und quasselte drauf los.

»Peter, mein Freund, wollte mich um halb elf heute Abend abholen. Das hab' ich ja eben erzählt, weil ich mich dann auch verabschieden wollte. Wir hatten uns vorgenommen, übers Wochenende nach Boltenhagen an die Ostsee zu fahren, nur wir zwei. Ich hab' mich so was von drauf gefreut, so was von ...« Sie begann wieder zu heulen. »Dann rückt der auf einmal im Zelt mit seiner Alten an, macht vor allen Leuten auf total verliebt mit der Gattin. Turtelt mit der auf der Tanzfläche herum, als wenn's mich gar nicht geben würde. Als die Alte mal kurz weg war, schlich er sich zu mir hin – gerade, als Vincent so dämlich gesungen hat – und nimmt mich an die Seite, schleppt mich dahinten hin.« Sie deutete mit dem Finger auf einen schmalen Spalt zwischen irgendwelchen Kisten etwas abseits neben dem Zelteingang, musste dann erst mal Luft holen, um weiter zu erzählen. »Sagt er einfach so, dass es leider nichts werden könne mit unserem geplanten Wochenend-Ausflug. Er hätte gedacht, die Alte sei ab heute Nachmittag für ein paar Tage mit ihren Kegelschwestern im Allgäu. Aber diese Reise sei von den Frauen aus unerfindlichen Gründen kurzfristig verschoben worden. Waaaahrscheinlich!«

Sie riss sich ihren Hut vom Kopf, warf ihn auf die Erde und trat darauf herum. Ich spürte in mir selbst, wie gut Rieke das tat. Möglicherweise trat sie gerade symbolisch kräftig in den Hintern von diesem Peter. Ich kannte den Mann nicht, hatte bisher nur wenig von ihm gehört, nur das, was Juliane und Maxi mir einmal erzählten. Sie hatten Rieke eines Tages mit ihm gesehen, als sie am Helgolandkai in sein Auto stieg. Und tags darauf hatten sie mir erzählt, Rieke habe einen Freund. Er sei etwa fünfzig Jahre, sehe recht gut aus und fahre einen schwarzen Angeberschlitten.

Benedikt ergriff das Wort.

»Als du mir kürzlich von deinem Peter berichtet hast, Rieke, habe ich dir gleich gesagt, das ist ein Strohfeuer. Für ihn und für dich. Der wird nie seine Frau für dich verlassen. Auch wenn du es nicht einsehen willst. Ich kenne den Typen aus einer lange zurückliegenden Geschäftsbeziehung. Du bist jetzt sauer und verletzt, weil er dich gerade eben versetzt hat. Aber in den nächsten Tagen schon wirst du ihm verzeihen und das Drama mit euch geht weiter. Ein Dauerversteckspiel wird das werden. Bis es dann mal richtig knallt. Vergiss ihn und warte auf einen Kerl im zu dir passenden Alter.«

»Er wollte sich von seiner Frau trennen, Benedikt. Aber momentan glaube ich selbst nicht mehr dran.«

Jo trat dicht an Rieke heran und trocknete ihr Gesicht mit einem Papiertaschentuch, das er sich von Maxi besorgt hatte.

Nun kam auch Vincent aus dem Zelt heraus, weil er austreten musste. Er schien vollkommen knülle zu sein, und was hier draußen vor sich ging, war ihm spürbar egal.

»Danke. Ist schon gut«, sagte Rieke und Jo wandte sich nun an uns.

„Ich muss dann jetzt auch los. Aber mit dem Rad fahre ich jetzt doch nicht mehr nach Hause. Ich werde mal sehen, ob ich für heute Nacht hier in der Stadt noch ein Hotelzimmer bekomme. Das dürfte hoffentlich nicht allzu schwierig sein. Ein Bus nach Sengwarden fährt um diese Zeit nicht mehr. Das weiß ich sicher.«

Mein Herz schien sich aufzublähen wie ein Schokokuss in der Mikrowelle. Es begann laut zu pochen und sachte zu schnurren. Vom Magen her bemerkte ich einen angenehmen Schauer.

Ich könnte Jo doch mitnehmen. Er spart so die Suche nach einem Zimmer in der Stadt und unnötige Kosten.

Ich wohnte, wie Kurti und Isa, auch nicht sehr weit von hier. Etwa fünfzehn Minuten würden wir laufen bis zu mir. Im Wohnzimmer hatte ich eine Schlafcouch. Perfekt. Ich öffnete meine Lippen und lugte zu ihm herüber. Wollte es sagen. Wollte ihn fragen. Aber dann schlossen sich meine Lippen wieder in mutloser Manier. Nein. Ich konnte ihm das unmöglich anbieten. Was sollte er von mir denken? Was würden die anderen denken, wenn ich meinem jungen Mitarbeiter eine Übernachtung in meiner Wohnung anböte? Das ging auf keinen Fall. Ich genierte mich, daran so schnell gedacht zu haben und hörte Julianes laute Stimme wie aus weiter Ferne.

»Du suchst dir doch kein Hotelzimmer, Jo. Jetzt doch nicht mehr. Komm doch mit zu mir. Du kannst im Gästezimmer schlafen.«

Mir schien, als schaute Jo mich erwartungsvoll an. Als ich nichts dazu sagte, weil Julianes selbstsicheres Vorpreschen mir die Stimme gestohlen hatte, nahm er das dreiste Angebot an.

»Warum nicht? Wenn es dir keine Probleme schafft, mir eine Decke und ein Kopfkissen zu leihen.«

»Eine frische Zahnbürste habe ich auch noch für dich.«

»Super. Aber wegen meinem Zweitjob im Vogelforschungsinstitut kann ich morgen früh nicht so lange schlafen. Ich würde leise aufstehen und mich zeitig vom Acker machen.«

»Na klar. Mach das. Falls ich noch pennen sollte …, ich zeige dir gleich, wo der Kaffee in der Küche versteckt ist.«

Sie blickte in unsere Runde.

»Dann verabschieden wir uns am besten gleich.« Juliane setzte ihre großen Augen in Szene. »Geht doch in Ordnung, wenn wir jetzt abmarschieren?« Sie lachte fröhlich und schaute direkt mich an.

Mein Lächeln passte perfekt zu Eissorbet mit Sahne. Jo kam zu mir und nahm mich spontan in den Arm, aber nur flüchtig. Dabei drückte er mir etwas in die Hand, etwas Kleines, etwas, das mit einem Papiertütchen geschützt war.

»Tschau, bis Montag.«

Er drückte dann Maxi, gab Benedikt die Hand. Vincent klopfte er auf die Schulter. »Schlaf dich aus, Vince.«

Und Rieke umarmte er fest. »Du hast einen Besseren verdient als diesen Scheinheiligen, Riekchen. Denk mal drüber nach am Wochenende.«

Nachdem Juliane auf ihre viel kühlere Art sich ebenfalls von uns allen verabschiedet hatte, hakte sie Jo einfach unter.

Ich kochte.

Die beiden stahlen sich zusammen davon.

Ich starb.

»Ich werde Vincent jetzt nach Hause geleiten«, meinte Maxi. »Es reicht jetzt.« Und sie schnappte sich ihn und zog den torkelnden Vincent neben sich her.

»Schaffst du das mit ihm allein?«, fragte Benedikt.

»Geht schon. Noch muss ich ihn nicht tragen.« Maxi lachte nur. »Zu Hause halte ich seinen Kopf unter den Wasserhahn. Tschau, ihr drei.«

Sie machte sich mit Vincent auf den Weg.

»Rieke, wir begleiten dich nach Hause«, sagte Benedikt und sah mich auffordernd an.

Wir nahmen sie in die Mitte, und Arm in Arm marschierten wir vom Flohmarkt in Richtung Riekes

Wohnung. Rieke wohnte in der Nähe der Kaiser-Wilhelm-Brücke in einem kleinen Mietshaus.

»Mir ist dein Peter gleich aufgefallen, als er mit seiner Frau ins Zelt kam. Ich habe ihn beobachtet, Rieke. Ich habe auch dich beobachtet, natürlich so, dass du es nicht mit bekommen hast. Mir ist nicht entgangen, wie er dich heimlich an die Seite gezogen hat, der Feigling. Hatte offensichtlich Manschetten davor, dass du ihn ansprichst, während er vor all dem Publikum seine Ehefrau herzt. Das ist ein deutliches Zeichen dafür, dass er es nicht ernst mit dir meint, Kleines. Schon neulich, als ich euch zufällig bei eurem Spaziergang am Südstrand erwischt – er betonte auffällig *erwischt* – und dich beim Namen gerufen habe, ist er zusammengezuckt und ich glaube, er hätte dich am liebsten klammheimlich in eine andere Richtung gedrängt, wenn du nicht auf mich zugegangen wärst.«

»Ich will nichts mehr hören von Peter. Nichts mehr. Hört ihr.«

Benedikt seufzte und ich wechselte das Thema, erzählte von meiner Vorfreude auf ein Wochenende, das ich demnächst in Dresden mit Isa und Marion, einer weiteren Freundin, verbringen wollte.

Wir standen nun vor Riekes Wohnungstür.

»Hier. Nimm am besten gleich ein paar Kügelchen, damit du schlafen kannst«, sagte ich und gab ihr ein paar Beruhigungsglobuli, die ich immer bei mir in der Tasche habe. Zu Hause würde ich selbst ein stärkeres Beruhigungsmittel nehmen, um meine Gedanken hinsichtlich dessen, was Juliane wohl gleich mit Jo anstellen würde, davonzutreiben.

»Danke. Ich hoffe, es hilft. Gute Nacht. Und nochmal Danke für eure Begleitung.«

»Mach's gut«, sagte ich.

»Tschüss, Rieke. Find' ein bisschen zu dir übers Wochenende«, fügte Benedikt hinzu.

Die Luft hatte sich abgekühlt, aber es war angenehm. Es begann, leicht zu regnen. Ich mochte diese feinen leichten Regentropfen und legte meinen Kopf in den Nacken, um sie samtartig im Gesicht zu spüren. Während wir ein paar Schritte gingen, nahm Benedikt mich an die Hand.

»Linda.« Er sah mich an. Mit Hundeaugen.

Das hatte mir noch gefehlt. Es war nicht schwer, mir auszudenken, was jetzt folgen würde. Und richtig.

»Zu dir nach Hause ist es von hier aus noch ein kleines Stückchen zu laufen. Bei mir sind wir in ca. vier Minuten.«

» … ?«

»Mit dem Taxi«, fügte er hinzu. »Willst du nicht bei mir bleiben heute Nacht? Du kennst mich schließlich ziemlich gut. Zu fürchten brauchst du dich bei mir nicht. Aber das weißt du ja.« Er schmunzelte leicht verlegen. »Wenn du willst, mache ich uns noch einen Weißwein auf.«

Ich merkte, wie sich meine Lippen spitz vorwölbten, aber ich konnte noch nichts erwidern, denn zunächst war es mir wichtiger, diesem Hundeblick auszuweichen.

Da nahm er mein Kinn in die Hand und hob es leicht, damit ich ihn ansehen *musste*.

»Hey. Komm schon. Morgen früh bekommst du das tollste Frühstück, das jemals in Wilhelmshaven aufgetischt wurde. Versprochen.«

Er hatte einen Gesichtsausdruck wie ein kleiner Junge, der um Süßes bettelt.

»Und ich mag dich sehr«, fügte er hinzu.

Das reizte mich dann doch zum Lachen. »Klar, und all die anderen Damen magst du auch, die du dir gefügig gemacht hast während deiner Auslandsaufenthalte. Eine ganze Schreibtischschublade ist voll mit Liebesbriefen für dich – von verschiedenen Frauen. Alle Briefe habe ich gesammelt. Da mache ich mal ein Buch draus. Du wolltest ja unbedingt, dass ich alles lese, was an dich geschickt wird, wenn du mal wieder längere Zeit nicht vor Ort bist.«

»Ach, manche Frauen schreiben nur, dass sie mich lieben und mich vermissen, wenn ich fortmuss, und innerhalb kürzester Zeit haben sie schon wieder einen Neuen.«

»Du Armer«, erwiderte ich neckisch. Und dann fiel mir Jo ein, der mit Juliane vielleicht …

»Okay«, sagte ich. »Ich bleibe heute bei dir.« Ich musste mich unbedingt ablenken.

Benedikt gab mir einen Kuss auf die Nase und plante unterwegs zu seiner kleinen Eigentumswohnung, die einen tollen Ausblick auf den Stadtpark möglich machte, all die Köstlichkeiten, die er für das fulminante Frühstück am nächsten Morgen schon ganz früh besorgen wollte.

Es war nicht das erste Mal, dass ich mit ihm schlief. Und als ich es in dieser Nacht tat, war es nur wunderschön, weil ich mir vorstellte, er wäre Jo. Im Leben kommt es nicht selten vor, dass man sich etwas anderes zum Ausgleich für das nimmt, was man in Wirklichkeit liebt, aber unmöglich haben kann.

LAUENBURG

Ein rhythmisches Geräusch lässt mich aufhorchen. Meine Augen schweifen in die entsprechende Richtung. Ach. Das ist Jo, der ans Küchenfenster klopft. Er ruft, er habe alles Unkraut von den Pflastersteinen im Vorgarten entfernt. Richtig lieb. Ich lade ihn zum Mittagessen ein, Sauerkrautauflauf. Den isst er normalerweise besonders gerne, doch er lehnt dankend ab, weil er wegen seines Herzfehlers noch einen Untersuchungstermin beim Internisten hat. Nicht, dass ich mir Sorgen machen müsse, es sei nur eine Routineuntersuchung. Dann ist es ja gut. Ich drücke ihn noch einmal fest, bevor er auf sein Rad steigt und davonfährt. Auf einmal fühle ich mich unfrei. Das passiert mir häufig. Unfrei, weil abhängig von Gefühlsschwankungen, die mir so oft den Alltag verleiden. Tiefe Trostlosigkeit wechselt sich ab mit finsterer Bitternis und helleren wolkenlosen Stimmungsphasen.

Hm ... kein guter Moment, um mich meiner Niederschrift zu widmen. Dann sollte ich vielleicht besser ein bisschen lesen, um die traurigen Gedanken zu verscheuchen.

Also suche ich das Buch, das ich neulich zu lesen angefangen habe. Ein Roman zur Zeit des spanischen Bürgerkriegs. Meine Hüfte nimmt es mir zwar übel, aber zuerst einmal muss ich unter mein Bett schauen. Manchmal, wenn ich abends lese, kann es nämlich passieren, dass ich dabei einschlafe, mir das Buch aus den Händen herausfällt, auf den Fußboden gleitet und ich es am nächsten Morgen versehentlich mit den Füßen unters

Bett stoße. Doch jetzt habe ich mich ganz umsonst so doll gebückt. Gestern Abend habe ich doch im Wohnzimmer gesessen und gelesen. Und, soweit ich mich jetzt wieder erinnere, liegt der Schmöker auf dem Esstisch dort. Vorsichtig hieve ich meinen Rumpf wieder hoch und halte mich dabei gut am Bett fest. Nun durchstreife ich mein Wohnzimmer, und – da auf dem Tisch liegt es – mein Buch. Einen Augenblick lang muss ich mich setzen. Mein Blick fällt automatisch auf die milchige Kugelvase, die selten gefüllt ist und die ihren festen Platz auf diesem Tisch hat. Jene schöne Vase hat Isa mir einst geschenkt. Isa …

Nanu? Wer klingelt denn jetzt an der Haustür? Ich unterbreche meine Gedanken an Isa und deren schöne Vase. Springe auf. Zu hastig. Au, verdammt, die Arthrose in meinem rechten Knie ist heute recht aufsässig. Ich schleppe mich zur Tür. Vor mir steht der Postbote, der eben noch pfeifend seine Runden gemacht hat.

»Guten Morgen, Frau Mondhi«, begrüßt er mich laut und fröhlich. »Ich habe hier noch eine Karte für Sie. Die habe ich vorhin übersehen, als ich Ihre Post in den Briefkasten warf. Bitte entschuldigen Sie. Ich bringe sie Ihnen lieber persönlich, da ich annehme, dass Sie den Postkasten schon geleert haben?« Es klingt wie eine Frage. Ich antworte: »Guten Morgen. Ja, das stimmt. Am Briefkasten war ich vorhin schon.« Ich lächele ihn an. »Das ist aber nett von Ihnen, dass Sie mir die Karte noch schnell persönlich bringen.«

»Für Sie immer gern. Dann wünsche ich Ihnen noch einen schönen Tag.« Er schmunzelt, dreht sich um und trällert ein Lied, während er zum Gartentor marschiert. Ich sehe ihm nach und gleich stellt sich die gute Laune wieder bei mir ein.

Es ist schon außergewöhnlich, dass ich eine Ansichtskarte in meiner Hand halte. Die Leipziger Peterskirche prangt mir sofort ins Auge. Nun weiß ich auch sofort, von wem die Karte ist. Und richtig. Ich erkenne die Handschrift meines Patenkindes Emilia. Sie ist vor ein paar Jahren in diese Stadt gezogen. Sie berichtet kurz über das Wave-Gotik-Fest, an dem sie jedes Jahr so gern teilnimmt. Ich staune, dass es dieses Festival immer noch gibt, schon seit den 90ern. Emilia liebt diese mehrtägige Veranstaltung über alles und hat mich, als sie ungefähr zwanzig Jahre alt war, einmal mitgenommen. Auf ihr unerbittliches Drängen hin sind wir damals mit ihrem alten Renault 4 den weiten Weg von Wilhelmshaven nach Leipzig gefahren und haben dort eine ganze Woche Spaß gehabt. Ich muss zugeben, dass das Festival mir gut gefallen hat. Vielleicht aber lag es auch nur an der ansteckenden Lebensfreude von Emilia, die es geschafft hatte, meine sehr häufig aufkeimenden trostlosen Gedanken für eine Weile in die Ecke zu stellen.

6

Das Rütteln der Fensterläden ließ mich morgens neben Benedikt erwachen. Es stürmte und regnete, als wäre es bereits Herbst. Benedikt bekam nichts mit. Er hatte einen Schlaf wie ein Stein. So schlüpfte ich aus seiner nächtlichen Umarmung und duschte ausgiebig. Tja, mit dem Frühstück, das war wohl nichts. Typisch Benedikt, diese Labertasche. Große Klappe, aber nichts passierte. Wie fast immer. Ich klaute eine Jogginghose aus seinem Schrank. Wollte meine bekotzte, stinkende Hose vom Vorabend nicht noch mal tragen. Gleich nahm ich auch noch ein frisches weißes Shirt von ihm. So fühlte ich mich besser. Dann wollte ich meine Tasche holen, die ich abends zuvor im Wohnzimmer auf die Couch gelegt hatte. Ich wurde jedoch abgelenkt von im Raum stationierten Pflanzen, die mit hängenden Blättern um Wasser bettelten. Ich verspürte absolutes Mitleid mit ihnen. Also marschierte ich in Benedikts Küche und füllte mehrere Messbecher mit Leitungswasser, um sofort Abhilfe zu schaffen. Die Pflanzen taten mir von Herzen leid, Benedikt als Pflegeverantwortlichen zu haben. War klar, dass das nicht funktionierte. Seinen Mitmenschen gegenüber zeichnete er sich meistens durch besondere Fürsorglichkeit aus. Pflanzen kamen leider nicht in diesen Genuss. Ich goss alle Gewächse im Raum und dann goss ich Benedikt. Ich goss ihm ein wenig übers Haupt und das Wasser rann zärtlich über seine Lider, seine Nase und Wangen.

»Iih. Was ist …?«

»Wasserküsschen, Süßer«, antwortete ich und goss nach.

»Linda! Was soll das? Warum tust du das?«

»Weil ich auf mein Frühstück warte, das tollste, das es in Wilhelmshaven heute gibt.«

»Ach, du Scheiße. Daran habe ich nicht mehr gedacht.«

»Schon klar, Ben. Habe auch nicht ernsthaft damit gerechnet.«

Er setzte sich schwerfällig auf. Fuhr sich mit der rechten Hand durch sein wirres Strubbelhaar und gähnte ausschweifend.

»Wir gehen frühstücken in die *Venezianische Ecke.* Das ist teuer, aber geschmackvoll und die Auswahl am Büffet morgens ist phänomenal. Ich dusche so fix wie möglich. Ehrenwort.«

Sprach's und sprang aus dem Bett.

In der Zwischenzeit packte ich meine durch Kurtis Brechakt verschmutzte Hose in eine Plastiktüte. Dabei fiel eine kleine Papiertüte aus der Hosentasche auf den Boden. Ach ja. Da war ja noch etwas, was Jo mir vor dem Abmarsch mit Juliane gestern noch fix in die Hand gedrückt hatte. Ich hatte es irritiert in meine Hosentasche gestopft. Nun hob ich das kleine Etwas auf, entfernte das Papiertütchen und hielt ihn zunächst fassungslos, dann freudig erregt, in meiner Hand – den kleinen Kristallstein, den ich, den wir alle, am Vorabend so toll gefunden, aber letztendlich doch nicht gekauft hatten.

Es dauerte tatsächlich nicht sehr lange, bis Benedikt, appetitlich riechend und locker, aber stilvoll, gekleidet, seine Autoschlüssel vom Schlüsselbrett nahm und mich zur Haustür hinaus bugsierte.

Wir fuhren zuerst zu mir nach Hause, damit ich mich umziehen konnte. Benedikts Jogginghose erschien mir doch etwas zu lässig für den Restaurantbesuch. Also nahm ich einen himbeerfarbenen Kurzarmpulli aus meinem Kleiderschrank und entschied mich für eine leicht glänzende Stoffhose. Diese Hose hatte leicht Hochwasser, aber mit feinen Strümpfen und meinen schwarzen Pumps sah es schließlich ganz gut aus.

Das Frühstücksbuffet, zu dem Benedikt mich einlud, war zweifellos eines der besten, das ich bisher kennengelernt hatte. Wir aßen uns gemütlich und genüsslich durch das ganze Buffet. Als wir satt waren, wandelte sich unser zuvor munteres Geplauder in ein ernsthaftes Gespräch. Benedikt machte plötzlich ein bleiernes Gesicht, als er zu sprechen begann:

»Übrigens Linda, ich habe erfahren, dass du schon Vorstellungsgespräche in deinem Büro wegen der Kochstelle in Le Lavandou hattest. Ich weiß deine investierte Zeit und dein Engagement immer sehr zu schätzen …«

»Ja, Ben?« Was wollte er mir denn jetzt sagen?

Benedikt faltete seine Hände vor dem Gesicht, so als wolle er vor dem zu erwartenden Sturm noch beten. Dann sagte er schnell: »Vergiss alle Bewerber. Ich habe einen Mitarbeiter, dem ich bereits zugesagt habe.« Der nachdrückliche Ausdruck auf seinem Gesicht zeugte keineswegs von einem Scherz.

»Wie jetzt, Ben? Ich habe mich bereits für jemanden entschieden. Und zwar für eine junge tatkräftige Frau. Erst einmal für den Einsatz in unserem Quartier an der Côte d'Azur und im Februar könnte sie vielleicht sogar in Vincents Skiurlaubs-Quartieren kochen. Ich will sie heute anrufen. Sie studiert Maritimes Management, insbesondere Seeverkehrs- und Hafenwirtschaft, und macht auf mich einen tollen Eindruck. Außerdem kocht sie gerne und hat Erfahrungen mit Gruppenreisenden. Willst *du* jetzt wieder unser Personal bestimmen? Du hast doch sowieso nie Zeit für Verwaltungsangelegenheiten.« Ich geriet außer mir und war entsprechend laut geworden.

»Nein, nein«, versuchte er, mich zu beschwichtigen, »du machst das alles toll und wählst gut aus. Keine Frage. Aber diesmal, nur dieses eine Mal, muss ich darauf bestehen, dass ich der Chef bin und dir da reinrede. Ich werde dir das irgendwann erklären, aber nicht heute. Nun gebe ich dir die Adresse von diesem Herrn hier« – er hielt mir einen zerknickten Notizzettel vor die Nase – »und will, dass du genau ihn hier für Südfrankreich einstellst, und zwar von Gruppenreise zu Gruppenreise, von Klassenfahrt zu

Klassenfahrt. Befristet für die nächste Zeit, sagen wir für mindestens zwei Jahre.«

»Was ist mit dir, Benedikt? Das haben wir bisher nie so gehandhabt. Zwei Jahre bedeutet, du musst den Mann auch bezahlen, wenn es keine Klassenfahrt oder Gruppenreise gibt, beispielsweise im Dezember.«

»Stimmt, Linda. Aber mach' es trotzdem so. Bitte fahre zu ihm nach Waldesch, das liegt in der Nähe von Koblenz, und erkläre ihm die Details, also unsere üblichen Konditionen. Ich bitte dich eindringlich, hinzufahren. Er braucht das Geld, hat kein Telefon, und wenn du ihn persönlich triffst, hast du gleich die Möglichkeit, dir auch ein positives Bild von ihm zu machen, so wie ich. Die Gegend ist fabelhaft. Der Ort liegt in der Nähe der Mosel und wenn du möchtest, übernehme ich für zwei Nächte die Hotelkosten, damit du dort noch einen Tag Urlaub machen kannst, wenn du Lust hast.« Er setzte eine Miene auf, die keinen Widerspruch duldete.

Aufgrund des vielversprechenden Beginns dieses Tages mit so einem Superfrühstück verspürte ich zwar Ärger, allerdings kein Verlangen, mich zu streiten. So lenkte ich ein.

»Du bist extrem unvernünftig. Das weißt du! Aber das kenn' ich schließlich von dir«, sagte ich etwas schnippisch.

Er grinste nur und schenkte uns Kaffee nach.

»Wichtig ist noch, wann du ihn antreffen kannst. Das wäre am nächsten Wochenende. Als ich ihm vor kurzem begegnet bin, sagte er mir, grundsätzlich wäre er das ganze Wochenende zu Hause. Das Dreifamilien-Haus, in dem er wohnt, steht ganz am Anfang der Römerstraße. Die liegt ungefähr gegenüber dem Friedhof und in unmittelbarer Nähe der Dorfkirche. Das wirst du leicht finden. Der Ort ist relativ klein. Wolle wohnt im zweiten Stock.«

»Und wie lautet der Nachname von diesem Wolle, lieber Benedikt?«

»Ach, keine Ahnung. Mit Nachnamen hab' ich es nicht so. Das weißt du doch.«

»Die Adresse lautet also Römerstraße in einem Ort, der sich Waldesch nennt. Und den Nachnamen weißt du nicht. Klasse, Ben.«

Das war wieder ein typischer Auftrag à la Benedikt. Und der machte den Eindruck, nichts weiter dazu sagen zu wollen. Also war ich geneigt, die Unterhaltung zu meinen Gunsten fortzuführen.

»Ich würde gern mit Jo fahren. Isa und Juliane werden sich ganz sicher vertretungsweise zwei Tage lang auch um unsere Belange im Büro kümmern. Letztendlich helfen Jo und ich bei Vincent auch aus, wenn es dort bei der Arbeit Engpässe gibt. Ich gehe davon aus, dass du die Hotelkosten für Jo ebenfalls übernehmen wirst.«

»Schaffst du das nicht alleine, einen Vertrag mit einem dir Unbekannten zu machen?«, fragte Benedikt mit viel Sarkasmus.

»Natürlich schaffe ich das. Was für eine dämliche Frage!« Ich hatte große Lust, ihn ordentlich vors Schienbein zu treten. »Aber ich möchte nicht ohne

Begleitung fahren. Es ist mir, schlicht und einfach gesagt, zu langweilig. Ich will wenigstens Unterhaltung während der Fahrt. Wenn Waldesch an der Mosel liegt, fahre ich schließlich nicht nur um die Ecke. Und da du dich schon einmischst in meine Personalplanung, sorge bitte zumindest für eine angemessene Entspannung der Situation. Dir ist hoffentlich klar, wie wenig begeistert ich bin. Warum habe ich einen ganzen Vormittag mit Vorstellungsgesprächen verplempert? Du hättest mir doch früher sagen können, dass du schon jemanden für den Koch-Job in Frankreich ausgesucht hast.«

»Linda, mir ist dein Termin-Management im Büro nicht bekannt. Das regelst du alles selbst. Daher konnte ich nicht wissen, dass deine Planung weiter fortgeschritten war, als ich angenommen hatte und du schon Bewerber eingeladen hattest. Das tut mir leid.«

Darauf ging ich nicht weiter ein.

»Jo könnte im Hotel unsere Geschäftsvorfälle vorkontieren, während ich mit deinem Wolle …«, ich rollte mit den Augen, »… wegen des Vertrags spreche.«

»Jo, Jo! Ich höre immer Jo.« Benedikt versenkte theatralisch seine Pupillen unter den Lidrändern, so dass sie kaum noch sichtbar waren. »Der soll seine Arbeit im Büro erledigen, so wie es der Normalität entspricht, und nicht in einem Hotelzimmer, das ich auch noch bezahlen soll.«

»Jetzt stell' dich doch nicht so an. Das ist wirklich kleinlich von dir, Benedikt.«

Ganz gelassen wagte er eine Frage: »Könnte es sein, dass du auf eine Affäre oder sogar mehr mit ihm spekulierst, Linda-Maus?«

»So ein Quatsch!« Ich geriet außer mir und sprang vom Stuhl. »Was denkst du von mir?«

»Ich denke nicht, ich beobachte. Du benimmst dich nicht wie du, wenn er in der Nähe ist. Der Kleine ist eh zu jung für dich. Versuch's erst gar nicht.«

»Als wenn! Du bist heute Morgen unmöglich! Und was heißt überhaupt *zu jung*? Wer definiert das? Du?« Die Antwort für ihn übernahm ich. »Natürlich du, als Spezialist in Frauenfragen. Du hast antiquierte Vorstellungen, Ben. Für viele Männer ist es keinesfalls widernatürlich, wenn ein 60-jähriger eine 25-jährige poppt oder gar heiratet. Im umgekehrten Fall ist die Frau natürlich die letzte Schlampe und der Typ hat offenkundig einen Ödipuskomplex. Schon klar!«

»Wenn meine Vermutung nicht zutrifft, warum regst du dich dann so auf?«

»Ich rege mich nur über deine Denkmuster auf!«

»Das heißt, du empfindest überhaupt nichts für Jo?«

»Du spinnst doch total. Selbstverständlich nicht!«

Ich wäre lieber gestorben, als es zuzugeben.

»Gut. Nimm ihn mit nach Waldesch. Ich habe keine Lust auf endlose Reibereien mit dir. Du kannst verdammt zickig werden.«

»Nur, wenn ich bis aufs Blut gereizt werde«, sagte ich sanft und gar nicht mehr zickig.

LAUENBURG

Sehr, sehr, sehr, freue ich mich über Emilias Karte. Meine kleine Emilia, die inzwischen eine erwachsene und schöne Frau geworden ist. Zu ihr habe ich noch Kontakt, wie schön das ist. Wir schreiben uns hin und wieder, nicht sehr häufig, aber immerhin regelmäßig zwei- oder dreimal im Jahr. Für mich ist es beruhigend zu wissen, dass es Emilia jetzt gutgeht. Das war nicht immer so. Und ich hatte mit Schuld daran. Ja. Das Schicksal hat es so gewollt, dass etwas Komisches in meinem Leben passiert ist, das ich hinsichtlich Details und Abläufen nicht einreihen kann, das mich dennoch einschließt in ein undurchsichtiges Blendwerk, welchem ich nicht zu entkommen vermag. Ich bin Emilias Patentante, aber ich war seinerzeit nicht für sie da, als sie mich brauchte, als sie allein war, ganz plötzlich, weil Viola, diese verunglückte Mutterseele, nichts Besseres zu tun hatte, als sich mit einer Überdosis Schlaftabletten aus ihrer Verantwortung zu schleichen, kurz nachdem ich damals in die Psychiatrie eingeliefert worden war. Ich war einst zu sehr mit mir selbst beschäftigt gewesen, mit den in meinem Geiste nicht einzuordnenden Vorgängen, die sich am Tag nach meinem Streit mit Jo ereignet hatten. Mein eigenes Leben schien zu jener Zeit kaputt. Zu kaputt, um mich auch noch um das Leben eines kleinen Mädchens zu kümmern, das ich liebte und das mir doch im Rahmen einer Patenschaft anvertraut worden war. So war ich in der Klinik und Emilia wurde nach dem Tod ihrer Mutter vom Jugendamt abgeholt und in einem Heim aufbewahrt, wo das knappe Personal keine Zeit hatte für individuelle Sorgen und Ängste der Kinder. Und schon gar nicht für Kuscheleinheiten. Natalia und David haben Emilia einmal auf meinen Wunsch hin besucht, ich selber konnte es nicht, nachdem ich aus der Klapse entlassen wurde. Ich war damals innerlich wund und zerrissen. Aber Emilia hat mir verziehen oder besser ausgedrückt, sie hat es mir nicht übelgenommen, dass ich sie damals allein gelassen habe. Nur traurig sei sie gewesen, schrieb sie mir einmal, traurig, weil sie keine Mama mehr hatte, traurig, weil sie gehört hatte, dass es mir nicht gut ging. Kleine Emilia. Wie sensibel sie ist. Und klug. Und wie sie sich selbst aus der eigenen Misere befreit hat! Immer schon habe ich ihren Kampfgeist bewundert, mit dem sie Problemen in ihrem Leben die Stirn bot. Ihr Lebensweg sah folgendermaßen aus: Das Heim hatte ihr den Besuch der Realschule ermöglicht. Dort hatte Emilia den Abschluss der 10. Klasse mühsam geschafft. Sie bekam eine Lehrstelle als Verkäuferin in einer Supermarktkette, brach diese jedoch nach einem halben Jahr ab. Die nachfolgende Ausbildung als Arzthelferin in einer Allgemeinmedizinischen Praxis hielt sie ebenfalls nicht durch, dafür ließ sie der Gedanke, Schauspielerin zu werden, nicht mehr los. So bewarb sie sich an mehreren Schauspielschulen, nicht ohne Erfolg, jedoch fehlte ihr das Geld, um sich an einer dieser Schulen tatsächlich einschreiben zu können. Ein cleverer Regisseur nutzte ihre Leichtfertigkeit und ihre Sehnsucht, Filme zu drehen dazu, ihr ein für sie und sich selbst einträgliches

Angebot zu machen. So verdiente Emilia ihr erstes gutes Geld mit schmierigen Pornostreifen. Später, als sie schon eine gute Summe angespart hatte und diese Arbeit sie nur noch langweilte, begann sie, an verschiedenen Kursen in der Volkshochschule teilzunehmen, die ihren Bildungsstandard deutlich aufbesserten. Ein Jahr später kündigte sie ihrem fetten Pornoregisseur und arbeitete zunächst einige Monate als Hostess in einer Begleitagentur. Hier lernte sie eine Kollegin kennen und lieben. Emilia verdiente sehr gut und wieder häufte sie ein kleines Vermögen an. Und dann war es soweit. Mit ihrer Freundin, deren Verwandtschaft zum größten Teil in Leipzig wohnte, zog Emilia in diese Stadt und gründete dort selbst eine Begleitagentur – eine, in der es keine weiblichen Hostessen gab, dafür jede Menge Callboys in sämtlichen Alterskategorien. Das Geschäft lief gleich gut an und es ist noch heute lukrativ. Emilia ist mit Sicherheit eine gute Chefin und Unternehmerin, wenn sie auch keinen alltäglichen Bürojob verrichtet, aber einen, der ihr Spaß macht, wie sie sagt.

Ich sehe sie vor mir, die große Kleine. Und als ich ihre Postkarte noch einmal lese, fällt mir erst auf, dass noch etwas in winziger zusammengestauchter Schrift am rechten seitlichen Rand geschrieben steht:

Ach Linda, bevor ich's vergesse, unter Mamas altem Porzellan habe ich noch ein Pillendöschen gefunden. Auf der Unterseite klebt ein kleines Etikett mit deinem Namen. Anscheinend ist es also deins. Warum ich es erst jetzt unter Mamas Sachen gefunden habe, weiß ich nicht. Brauchst du es noch oder kann es weg?

7

Den Samstag verbrachte ich anschließend entspannt mit Benedikt in seiner Wohnung. Ich hatte keine Lust verspürt, zu Hause zu putzen und all die Arbeit nachzuholen, die unter der Woche liegengeblieben war. Stattdessen schaute ich mir, Benedikts Bauch als Kopfkissen nutzend, mit ihm einen Film an. Und im Anschluss daran mit Hochgenuss noch einen – im Kino, wo ich in der letzten Zeit viel zu selten gewesen war. Nicht einmal mit der kleinen Emilia hatte ich es geschafft, obwohl ich es ihr versprochen hatte. Emilias Mutter, meine depressive Nachbarin aus dem Haus gegenüber, hatte keinen Job, wenig Geld und kümmerte sich mehr um ihre diversen Liebhaber als um ihre kleine Tochter. Ich fühlte mich für Emilia verantwortlich. Sie war ein aufgewecktes Mädchen, und als ich die Patenschaft für sie übernahm, hatte ich mir vorgenommen, sie zu fördern. Am kommenden Wochenende wollte ich etwas mit ihr unternehmen, Kino, Zoo oder Eis-Essen. Ich hatte es ihr geschworen und zwei Finger gehoben. Und nun musste ich unbedingt genau dann in ein unbekanntes Kaff fahren, weit weg von Wilhelmshaven, wegen Benedikts wunderlichen Einfalls, eine ihm am Herzen liegende Aushilfe aus Waldesch einzustellen. Toll, Benedikt!

Am Sonntag wischte ich gerade bei lauter Musik das Bad, als ein durchdringendes Klopfen mich erschreckte.

Womöglich kam es von der Haustür. Wenn ich Musik hörte, konnte es schon mal vorkommen, dass ich die Türklingel überhörte. Ich warf den Wischlappen ins Waschbecken und schlurfte zur Haustür. Es könnte Marion sein. Des Öfteren kam sie sonntags ohne Anmeldung vorbei. Aber nein! Es war Benedikt mit Jo im Schlepptau. Hervorragend. Ich war gerade vortrefflich angezogen. Außer einem Slip, dicken grauen Stoppersocken und einem weißen, mit Kühen und bunten Blumen verzierten Oversized-Shirt, das zum Glück über meine Oberschenkel reichte, trug ich nichts – außer einem Rotton im Gesicht.

»Ben … Jo … Tut mir leid, dass ich euch in diesem brillanten Outfit die Tür öffne.«

Ich blickte verlegen zu Boden. Dabei war es mir vollkommen wurscht, dass Benedikt mich so sah. Scheinbar aber nahmen weder Benedikt noch Jo überhaupt Notiz von meinem Sonntagsstaat. Keiner von beiden grinste dämlich. Keiner sagte etwas dazu. Im Gegenteil. Sie schauten vielmehr ernst drein.

»Ist jemand gestorben?«, fragte ich eher zum Spaß, dennoch leicht beunruhigt.

Benedikt reckte den Hals und bemühte sich schon wieder um ein wichtiges Gesicht – wie immer, wenn er noch überlegte, wie er was sagen sollte. »Keine Panik, Linda. Du präsentierst gerade deinen berühmten wirren Blick. Wir müssen eine kleine Planänderung vornehmen. Weiter nichts. Können wir reinkommen?«

»Ach. Ja. Klar.« Ich öffnete die Tür einen Hauch weiter und wies mit dem Finger Richtung Wohnzimmer. Hatte ich sie einfach draußen stehen lassen. Manno! Das machte ich normalerweise nie. Jeden, den ich gut kannte, bat ich sofort hinein. Es lag daran, dass unerwartet Jo bei mir auftauchte. Das machte mich einfach perplex. Ich war gespannt, was die zwei mir sagen wollten. Nachdem die beiden sich gesetzt hatten, wollte ich mich umziehen gehen.

»Das ist doch Blödsinn, Linda. Wir haben dich eh jetzt so gesehen, und du bist ja schließlich nicht nackt. Bleib' hier. Es dauert nicht lang«, sprach Benedikt in väterlicher Tonart. Also setzte ich mich zu ihnen und dachte seltsamerweise einen kurzen Augenblick an Juliane, die wahrscheinlich von Anfang an lockerer gewesen wäre bei diesem Überraschungsbesuch.

Jo, der bisher noch gar nicht gesprochen hatte, saß auf der Couch und schlug seine Beine übereinander, bevor er erst zur Seite blickte, um mich dann direkt anzusehen. Etwas wie Trübsal bewölkte das Spiel seiner Augen.

»Linda, ich kann nicht mit.«

Ich glaubte zu spüren, wie sich meine Brauen ein bisschen zur Nase hin zusammenzogen. Was wollte er mir sagen?

»Nach Waldesch, meine ich.«

»Von vorne, Jo«, ermahnte Benedikt ihn und sprach dann für Jo weiter, während ich mit offenem Mund lauschte. Benedikt spie eine gewaltige Lawine von Sätzen in den Raum. »Piet Winske, mein guter Kumpel, hatte von mir den Auftrag erhalten, nach Le Lavandou zu fahren, um dort die beiden großen Wohnwagen für die Saison startklar zu machen. Du weißt auch, die waren von vornehrein nicht mehr in allerbestem Zustand, aber sauber und nutzbar. Wir brauchen schließlich einen als Quartier für den Koch und den anderen für Jo. Jo oder Wolle könnten sich einen Wohnwagen teilen. Oder Wolle und eventuell eine zweite Animationskraft, die wir für andere Sportarten oder Strandbelustigungen brauchen, sollen dort zusammenwohnen. Mal sehen. Hängt davon ab, wie die Saison läuft.«

»Na und?«, fragte ich. Worauf wollte Benedikt hinaus?

»Piet ist seit gestern Abend vor Ort. Er hat heute sehr früh schon bei mir angerufen. Beide Campingwagen sind vollkommen vergammelt. Überall sind Stockflecken. Außen hat sich extrem viel Rost angesetzt. Linda, die Jungs letztes Jahr haben versäumt, die Wohnwagen winterfest zu machen. Ich hatte doch diese beiden französischen Studenten dafür eingestellt, die auch das Haus während der Saison geputzt und gepflegt haben neben dem Mädchen, Carla, die nur für das Haus selbst zuständig war. Die Jungen wurden von mir allerdings auch dazu verpflichtet, die Wagen nach Saisonende richtig winterfest zu machen. Ich hatte ihnen schriftlich eine Anleitung dazu gegeben. So sollten sie die Campingwagen von der Grasfläche weg auf die Betonfläche stellen, damit die Räder im Winter nicht im Nassen versinken und die Feuchtigkeit aus der Erde nicht so heftig aufsteigen kann.

Die beiden Studis haben die Wagen lediglich ein Stück versetzt. So standen die Campingwagen immer noch im Gras, dafür aber unter einem dicken Baum. Die Wagendächer sind voller Blätter, die alles verfärbt haben.« Benedikt bekam kaum noch Luft, als er aufgewühlt fortfuhr: »Das ist aber nicht das Schlimmste. Ein Wagen hat eine dicke Delle abbekommen, weil ein schwerer Ast aufs Dach gestürzt ist. Wie kamen diese Idioten darauf, die Wohnwagen im Winter unter einen dicken Baum zu stellen? Warum, Linda?«

»Das französische Personal stellst doch du vor Ort ein. Da musst du dich auch darum kümmern, dass die Arbeit richtig gemacht wird. Du bist oft genug dort unten. Von hier aus kann ich nicht kontrollieren, ob alles nach Plan läuft.«

»Du hast Recht.« Benedikt schnaufte so ausgiebig, als würde er sich im Fitness-Studio verausgaben. Dann lehnte er sich mit hinter dem Kopf verschränkten Armen zurück. »Es ist auch nicht deine Schuld. Ich bin es, der vor dem Winter noch einmal hätte hinfahren und nachsehen müssen, ob alles okay ist, so wie ich es mit den beiden Jungs besprochen hatte. Ich rede mich gerade in Rage. Tut mir leid.«

Benedikt biss sich auf die Lippen, pustete dann kräftig aus und raufte sich anschließend die Haare. Er stützte seine Hände auf die Knie, als er sich vorbeugte, um mit seinem Bericht fortzufahren. Man sah ihm an, wie fertig er war. »Die Außenöffnungen für die Kühlschränke wurden in beiden Wagen nicht verschlossen. Es waren oder sind immer noch Mäuse in den Wagen. Die konnten natürlich ganz prima dadurch ... durch diese Löcher!«

Er raufte sich abermals die Haare, sprach dann vor Aufregung schneller. »Die Caravans sind zumindest außen nicht gesäubert worden, jedenfalls nicht so, wie es wünschenswert gewesen wäre. Der Dreck hat sich über den Winter in die Außenwände gefressen. Überall in den Ecken seien jetzt noch kleine Erdklumpen zu sehen, sagt Piet. Dreck und Schmutz überall, der im vergangenen Winter die Feuchtigkeit so prima gespeichert hat, dass die Außenwände, vor allem an den Unterseiten der Wagen nun völlig verwittert sind.«

»Bei einem der Wagen sind wohl die Wasserleitungen geplatzt, weil versäumt wurde, es vor Einbruch von Frost abzulassen. Das ist der Wagen mit der dicken Delle auf dem Dach, worauf der Ast geknallt ist«, fügte Jo in ruhigem Ton hinzu.

Benedikt sah ruhelos zu Jo rüber, dann wieder zu mir.

»Nicht nur deswegen werden wir wohl zumindest diesen Caravan verschrotten müssen. Piet meinte, den bekommen wir auch mit allergrößter Anstrengung nicht mehr durch den TÜV. Jo und ich werden Anfang der Woche einen neuen Wohnwagen kaufen. Ich denke an einen gebrauchten. Wir werden heute noch alle entsprechenden Zeitungsinserate studieren. Den anderen bereiten wir auf Deubel komm raus noch einmal auf für dieses Jahr. Das bedeutet, dass ich Jo möglichst schon am nächsten Wochenende nach Le Lavandou schicke. Zusammen mit dem neuen Wohnwagen hoffe ich, wenn es bis dahin damit klappt. Er wird Piet helfen, den anderen wieder wohnfähig zu machen. Dabei ist es allerdings nicht nur mit Putzen getan.«

Jo presste die Lippen zusammen und stülpte die Oberlippe auf die untere, so dass diese nicht mehr zu sehen war. Er zuckte mit den Achseln, als er sagte:

»Das werden wir schon schaffen.« Es klang jedoch resignierter als er wohl beabsichtigt hatte.

Sein eindringlicher Blick sprang mir ins Gesicht, so als dulde er keinen Widerspruch.

»Ich bin kein geborener Handwerker, aber ich werde sehen, was ich tun kann, um Piet zu helfen. Piet ist Fachmann, wie Benedikt sagt, und mit ihm zusammen werden wir die Instandsetzung des einen Caravans schon hinbekommen.«

Dann übernahm wieder Benedikt: »Ich habe Jo heute Morgen nach dem Gespräch mit Piet sofort angerufen, damit wir so schnell es geht, alle Einzelheiten durchsprechen und uns um einen neuen Caravan kümmern können.« Er sah mir geradewegs fest in die Augen. »Natürlich habe ich ihm vorhin erzählt, dass du ihn gern nächstes Wochenende mit nach Waldesch genommen hättest, um dort diesen Vertrag mit dem Koch zu machen. Aber es geht nun einmal nicht, Linda. Es ist effektiver, Jo mit dem neuen Wohnwagen gleich nach Le Lavandou runterfahren zu lassen, wo er mit Piet zusammen versuchen kann, den anderen Wagen halbwegs wieder startklar zu bekommen. Das Haus ist in der Regel ausgebucht. Und bisher haben sowohl unser jeweiliger Surflehrer als auch der Koch immer in den Caravans gelebt während der Saison. Wenn dir im Büro eine Hilfe fehlt für einen Monat, stell' dir eine Aushilfe ein.«

Ich schloss kurz die Lider, wollte nicht akzeptieren müssen, dass Jo ab nächster Woche schon mindestens drei Monate in Frankreich sein würde.

»Den Wohnwagen kann er ja hinfahren. Aber Jo sagt selbst, er sei kein Handwerker. Kann Piet sich dort unten nicht selbst Unterstützung suchen? Wie du immer sagst, kennt der doch eine Menge Leute!«

»Ich will, dass Jo mitfährt«, bestimmte Benedikt mit frostiger Stimme. »Nicht nur, weil er den neuen Wohnwagen hinbringen soll. Es ist am besten, wenn er gleich da bleibt und anpackt. Schließlich will er nicht in einem der versüfften Caravans hausen müssen. Und du glaubst doch nicht, dass er vierzehn Stunden am Stück dort runterfährt und am nächsten Tag wieder zurück. Das wäre doch hirnschissig.«

Benedikt reckte sein Kinn ein wenig vor und sah mich mit halb geschlossenen Augenlidern an. Sein Blick hatte etwas leicht Arrogantes, als er fortfuhr: »Jo würde zunächst mit dem Hochdruckreiniger den gröbsten Schmutz an den Außenwänden vernichten und den Wassertank ordentlich reinigen und desinfizieren.«

»Die Dichtungen an Türen und Fenstern zu überprüfen und notfalls zu ersetzen, schaffe ich auch noch. Wenn du mir einen gut funktionierenden Akkuschrauber mitgibst und einen vernünftigen Kugelkopfschleifer, der darauf passt, könnte ich damit wahrscheinlich außerdem gut ein paar Roststellen an dem Wagen beseitigen«, meinte Jo. Er presste wie zum Bedauern wieder seine Lippen zusammen und schaute zu mir herüber, als würde er mir sagen wollen, dass er keine andere Möglichkeit sieht, als nun schon eher nach Frankreich auszubüchsen. Er schien sich verantwortlich zu fühlen für unsere Firmenprobleme, was ich einerseits bewunderte, andererseits fühlte ich mich wie verstoßen. Ich hatte so viel Arbeit auf dem Schreibtisch!

»Einen genialen Akkuschrauber hat Vincent. Den Schleifeinsatz könntest du morgen im Baumarkt besorgen, Jo. Piet sagte, vor allem – Moment, ich hab's mir aufgeschrieben ...«, er stand auf und fuddelte in seiner Hosentasche herum, ...»also, die Anhängerkupplung ist komplett verrostet, die Gelenke des Bremsgestänges und die Scharniere der Kurbelstütze. Der Unterboden hat Korrosionsschäden davon getragen, und so wie Piet es darstellte, will ich mir von der Verwitterung am Lack an den Außenwänden erst gar kein Bild machen. Es sei jede Menge Arbeit, das einigermaßen annehmbar wieder herzurichten, wie Piet meint. Aber mit einem sehr guten Willen sei es zu schaffen.«

Jo lugte zu Benedikt hinüber, als meide er absichtlich den Blickkontakt mit mir. Er sprach nur zu Benedikt, als er anbot:

»Den Lack können wir zum Teil runterschleifen und neue Farbe drauf geben. Am besten wäre, wenn ich die auch gleich morgen im Baumarkt besorge.«

»Du wolltest mir morgen bei den neuen Angeboten helfen. Die müssen diese Woche noch verschickt werden«, machte ich mich in ärgerlichem Ton bemerkbar. Mich integrierte man anscheinend gar nicht mehr in die Planung. Aber ich musste mir eingestehen, dass es nicht das war, was mich nervös werden ließ.

»Linda, nun halt dich mal flauschig«, sagte Benedikt. »Jo wird dir diese Woche weniger zur Hand gehen können. Erst einmal ist diese Wohnwagengeschichte wichtiger.«

Ich schüttelte den Kopf, setzte eine beleidigte Miene auf und hätte auf der Stelle geheult, wenn ich darauf etwas erwidert hätte.

»Neue Bereifungen brauchen wir auch. Die alten Reifen haben Risse in den Flanken.« Benedikt redete unaufhörlich auf Jo ein. »Des Weiteren müssen Handbremse und Batterie überprüft werden .... Scharniere, Türen, Schlösser, Rollos ... Unterboden renovieren, Heißwachs ... Hauptuntersuchung ...«

Ich hörte nicht mehr richtig hin, was er palaverte, sondern versank in argem Mitleid mit mir. Jetzt musste ich blöderweise eine neue Ersatz-Aushilfe für die Büroarbeit einstellen ... Nein, das würde ich nicht machen! Zwar ist um diese Jahreszeit das Arbeitspensum besonders hoch, aber es war mir egal. Einfach nur egal.

Jo würde also schon nächstes Wochenende nach Südfrankreich fahren. Und ich musste allein nach Waldesch.

Meine Unerschütterlichkeit, meine kontrollierte Beherrschung und die ganze Vorfreude auf ein Wochenende mit Jo war eh dahin und so haftete meiner Mimik bestimmt ein provozierender Ausdruck an, als ich ihn unverblümt ansah und abrupt fragte: »Wie war deine Nacht mit Juliane? Hast du gut schlafen können?«

»Linda ...«, hörte ich nur mahnend aus Benedikts Richtung.

Zunächst stutzte Jo und schmiss mir einen irritierten Blick zu. Dann begann er, erfrischend zu lachen.

»Doch. Ja. Ähm ... ganz gut. Die Matratze im Gästebett war für meinen Rücken zu weich, aber ich hab's gut überstanden.« Er grinste. »Erst letzte Woche habe ich Juliane und Lutz im Bettenfachhandel getroffen. Sie waren gerade dabei, sich neue Matratzen der Luxusqualität zu kaufen. Natürlich hätte ich wohl besser geschlafen, wenn ich mich gestern auf die neue Matratze zu Juliane ins Ehebett gelegt hätte, auf Lutz' Seite. Er war doch wegen der Fortbildung nicht zu Hause«, – jetzt schüttelte er den Kopf und zog die Augenbrauen zusammen, – »aber das hätte bestimmt 'ne Menge Ärger nach sich gezogen.«

Er zwinkerte mir zu in der Art und Weise, wie man jemanden ein bisschen neckt.

Benedikt stützte das Kinn auf seine Faust und sah sehr nachdrücklich zu mir herüber.

DAS MANUSKRIPT

1991

8

Selbstverständlich bekam Benedikt es rechtzeitig hin mit der Beschaffung eines neuen Wohnwagens. Nach Durchsicht aller möglichen Zeitungsannoncen hatten er und Jo tatsächlich in den zwei Tagen nichts anderes im Sinn, als sich einen nach dem anderen in der Umgebung anzusehen. Letztendlich fuhren sie am späten Dienstagabend aber nach Hamburg und kauften dort einen, der ihren Ansprüchen genügte.

In der Zwischenzeit durfte ich mich größtenteils allein um die Büroarbeit kümmern. Ich suchte Notizen für ein Gruppenreisen-Angebot, welches Jo hatte vorbereiten sollen. Dabei fand ich in der Schreibtischschublade, die ich ihm zur Verfügung gestellt hatte, ein Glasfläschchen ohne Etikett, gefüllt mit kleinen rosa Kapseln. Ich nahm mir vor, ihn danach zu fragen. Natürlich ging mich das nichts an, welche Medikamente er nahm, dennoch wollte ich es wissen. Wenn er es nicht sagen wollte, war es eben so und ich würde es natürlich akzeptieren.

Am Mittwoch war Jo den ganzen Tag bei mir im Büro. Er erzählte, dass er nicht nur angefangen habe, wieder vermehrt Gedichte zu lesen, sondern auch zu schreiben.

»Hast du Lust, mal eines zu lesen?«, wollte er gegen Mittag wissen.

»Na klar, her damit, wenn du es dabeihast.«

Es war ein unglaublich schönes Gedicht über die Naturgewalten, welches er mir zum Lesen gab, und er versprach, mir von Frankreich aus noch zwei oder drei weitere zu schicken, wenn ich daran interessiert sei. Er sagte, er schreibe fast immer und liebend gern über die Urkraft der Schöpfungen.

Aha. Über die Urkraft der Schöpfungen. Klar, war ich interessiert. Ich freute mich darüber, dass ich seine Verse lesen durfte – und auf Post von ihm.

Ein Blick auf das Gruppenreise-Angebot, das auf meinem Tisch lag und für welches ich gestern in Jos Schublade ein paar Aufzeichnungen gesucht hatte, lenkte meine Gedanken auf etwas anderes.

»Sag' mal, gestern habe ich bei der Suche nach Angebotsnotizen Tabletten in deiner Schreibtischschublade gefunden … deine?«

Ganz wohl war mir nicht bei der Frage, aber Jo nahm es gelassen. »Meine Betablocker. Ich habe seit meiner Kindheit Herzrhythmusstörungen. So kann es schnell mal zu unangenehmen Stichen in der linken Brustseite kommen oder zu Schwächeanfallen mit oder ohne Bewusstlosigkeit. Mach' dir keine Gedanken. Das kleine Manko ist nicht außergewöhnlich und war mit diesem Medikament bisher recht gut zu händeln. Allerdings soll es nach neuesten Erkenntnissen bei meiner Form von Herzrhythmusstörungen eventuell doch nicht das Optimalste sein. Sagt die Wissenschaft. Und so nehme ich auf Ratschlag meines Arztes die Pillen in der Schublade momentan nicht ein und warte auf die nächsten Forschungsergebnisse, was das Medikament betrifft. Deswegen liegen die Tabletten bis auf Weiteres in der Schublade herum. Ich kann normal leben und Sport machen. Mir geht's gut, Linda.« Er kramte ein Schächtelchen aus einem seiner Rucksackfächer. »Guck' hier. Ein Ersatzpräparat für den Übergang.«

Ich kniff meine Lippen aufeinander, nickte stumm und mein Blick blieb liebevoll an ihm kleben. Ich war halbwegs beruhigt.

»Du hast es versprochen!« Emilias Stimme, ein Gemisch aus Enttäuschung und Hoffnung, zielte aus dem Telefon direkt auf mein Gewissen und boykottierte meine mir mühsam zurechtgelegte Entschuldigung dafür, dass ich meine Versprechungen hinsichtlich Kino, Eis-Essen und Zoobesuch am Wochenende wieder nicht würde einhalten können.

»Schatz, lass mich mal schnell nachdenken. Wir finden eine Lösung.«

»Du sollst aber nicht nachdenken. Du hast gesagt, wir gucken »Bernhard und Bianca« im Kino! Meine Freundinnen im Kindergarten haben den schon gesehen. Und ich nicht. Die wissen, was im Känguruland passiert ist. Nur ich weiß es noch nicht so genau!«

»Weißt du was, Schätzchen? Ich nehme mir morgen Nachmittag einfach frei. Der Film läuft doch bestimmt auch in der Woche. Dann gehen wir zwei eben morgen ins Kino und danach haben wir unbedingt auch noch Zeit für ein Eis. Wäre das was?«

»Jaaaa!«

»Dann gib' mir mal Mama. Ich muss ihr doch Bescheid sagen, wenn du morgen mit mir ausgehen willst.«

»Brauchst du gar nicht. Ich kann das selber bestimmen!«

»Ach so?« Ich lachte, berührt von Emilias spitzbübischem Ton. Dann klärte ich natürlich mit Viola ab, um wie viel Uhr Emilia am nächsten Tag startklar sein sollte. Viola war merklich erfreut darüber, dass ich mit ihrer Tochter etwas unternehmen wollte. Selbst kam sie nicht darauf. Ich fand es schade, denn die Kleine war ein herziges und scharfsinniges Mädchen. Die Kleine zu lieben und zu verwöhnen fiel mir nicht schwer.

Emilias Wangen glichen der Farbe von Erdbeeren, so aufgeregt empfing sie mich tags darauf an der Haustür. Benedikt zeigte sich nicht unbedingt begeistert, dass ich heute Nachmittag etwas anderes vorhatte, als mich um seine und die Bedürfnisse der Reiseagentur zu kümmern. Es interessierte mich nicht. Ich hatte meinem Patenkind ein Versprechen gegeben und ich würde es einhalten. Sollte Benedikt doch eine Schnute ziehen, schließlich würde ich wegen seiner seltsamen Alleingänge das nächste Wochenende in einem Ort namens Waldesch verbringen statt, wie geplant, mit Emilia im Kino.

Tatsächlich hatten wir einen tollen Nachmittag. Mit einem Kind machte Kino richtig Spaß. Mich faszinierte die Vorfreude, die ganze Aufregung, die Emilia umwickelte wie der Speck, der ein schönes Filetstück einmummte. Nach dem Film genossen wir beide noch einen famosen Eisbecher, wobei ich Emilia nochmals den angekündigten Zoobesuch versprach. Das würde allerdings erst nach meiner Rückkehr aus Waldesch etwas werden. Aber das war für sie ganz in Ordnung. Jetzt aber wollte sie mit mir gern noch ein bisschen durch die Geschäfte bummeln. In einem Kaufhaus waren spezielle Mädchenjeans im Angebot, von denen sie sich eine wünschte, welche ich in einem Werbeprospekt zu Hause entdeckt hatte. Also machten wir uns auf in die Fußgängerzone. So hatte ich gleich die Gelegenheit, Emilia noch etwas Hübsches zum Anziehen zu kaufen.

»Der Bernd ist komisch«, sagte Emilia, als wir die Eisdiele verließen. »Er hat ganz laut zu Mama gesagt, dass seine Frau krank ist und Mama ihr nichts erzählen darf. Welche Frau denn, Linda?«

»Das weiß ich auch nicht, Emilia.« Ich hatte ein schlechtes Gefühl, als ich log. Selbstverständlich wusste ich es, wusste es von Viola selbst. Aber wie sollte ich es anstelle von Viola Emilia erklären? Bernd war verheiratet, seine Frau hatte Krebs, würde aller Voraussicht nach sterben und Bernd war nach meiner Einschätzung kein Mann, der einer Todgeweihten zur Seite stand, sondern sich lieber den schönen Seiten des Lebens zuwendete. Ebenso würde er niemals zu Viola stehen, wenn sie ein Schicksalsschlag träfe, davon war ich überzeugt.

Dort drüben zwischen der Apotheke und der noblen Herrenboutique entdeckte ich schon das Geschäft, in dem ich für Emilia immer schöne Sachen zum Anziehen fand. Der Prospekt mit dem Kinderjeans-Angebot stammte ebenfalls von hier.

»Mama will gerne, dass Bernd zu uns in die Wohnung zieht, aber das geht nicht wegen der Frau«, redete Emilia weiter. »Mama möchte unbedingt ...«

Ich konzentrierte mich auf das, was Emilia sagte und gleichzeitig kreisten meine Gedanken um Viola und ihre

Marotte, ohne Mann nicht leben zu können. So nahm ich den wilden Radfahrer, der rücksichtslos hinter uns angeprescht kam, erst wahr, als ich ihn schnauzen hörte: »Schaff' deinen fetten Arsch aus meinem Weg!« Und noch ehe ich die Situation greifen konnte, stolperte Emilia zur Seite weg, weil er sie fast umgefahren hätte. Sie stürzte und landete scharf auf den Knien. Erschrocken bückte ich mich zu ihr hinunter, um zu sehen, ob ihr außer dem schmerzhaften Aufprall noch Schlimmeres passiert war.

»Besser 'nen fetten Arsch haben als ein fetter Arsch sein, Sie Flachpfeife. Dies ist eine Fußgängerzone. Sind Sie kopfgestört oder einfach zu plump, um sich den gängigen Verkehrsregeln anzupassen?«, fauchte ich dröhnend hinter ihm her. »Warten Sie!«

Zwei etwa 16-jährigen Jungen blieb keine andere Wahl, als eilig an die Seite zu springen, um von diesem Vollhonk nicht über den Haufen gefahren zu werden. Mit den weit über ihren Lenden hängenden Baggy-Jeans, wobei der Hosenschritt bis zu den Knien reichte, und dem breitbeinigen, betont männlichen Gang, boten sie einen possenhaften Anblick.

Emilia, die sich ihr Knie aufgeschlagen hatte, weinte. »Das brennt so.«

Verdammt. Dieser Wichser! »Halten Sie an!«, brüllte ich dem rücksichtslosen Radler nach und drückte das Kind fester an mich.

In Höhe der Boutique sah ich ihn seine Fahrt lediglich verlangsamen, als er sich zu uns umdrehte.

»Ich denk' nicht dran, dumme Sau«, gab der Radler lautstark zurück.

»Sie bleiben auf der Stelle stehen und geben uns Ihre Adresse!« Von irgendwoher vernahm ich auf einmal Julianes laute Stimme, bevor ich sie erspähte. Sie stand, ihre beiden zierlichen Arme fest auf das Lenkrad gepresst, mit vernichtendem Blick vor dem Radfahrer, der so seine rasante Fahrt nicht fortsetzen konnte. Der Gepäckträger seines Rades wurde von einem mittelgroßen athletisch wirkenden Mann mit Halbglatze blockiert, der ihm mit einer drohenden Gebärde kundtat, sofort abzusteigen. Erst als dieser sich kurz umschaute, erkannte ich Lutz. Ich war erst einmal ganz damit beschäftigt gewesen, Emilia zu trösten und gleichzeitig mit einem Papiertaschentuch ihr blutendes Knie abzutupfen. Das Taschentuch klebte jedoch zu sehr an ihrem Blut fest und löste sich stellenweise in kleine Fetzen auf. Von der Seite näherte sich Emilia und mir ein älteres Paar, um Hilfe anzubieten.

»Was soll der Scheiß? Lasst auf der Stelle mein Fahrrad los, ihr blöden Dumpfbacken«, keifte der Radfahrer Lutz an. »Das ist ganz klar Nötigung«, dröhnte es bis zu Emilia und mir herüber.

Lutz schnaubte, packte den Burschen, den ich auf Anfang zwanzig schätzte, mit einer Hand unter das Kinn, mit der anderen griff er um seine Taille und riss ihn vom Rad, während Juliane dieses weiterhin am Lenker festhielt. »Pass' mal auf, du Windbeutel. Du stellst jetzt deine Alugurke mal schön an die Seite, gehst dort hinüber …«, er zeigte auf Emilia und mich, »… und entschuldigst dich! Für die ›dumme Sau‹ und für deine Rücksichtslosigkeit als Verkehrsteilnehmer. Und danach erkundigst du dich, wie du helfen kannst. Zum Grundgedanken der Nötigung passt sicher eher deine Fahrrad-Raserei hier in der Einkaufszone. ›Dumme Sau‹ und ›Blöde Dumpfbacken‹ kosten dich im Falle einer Anzeige gute tausend Kröten.«

Der Radler guckte dämlich drein.

Lutz fuhr fort: »Wegen Beleidigung, mein Lieber. Also mal schön vorsichtig, Kleiner.«

»Es blutet.« Emilia wurde panisch, als sie die Wunde am Knie bemerkte. Vor ihr hockend hielt ich ihren kleinen Kopf zwischen meinen Händen und versuchte sie zu beruhigen. Ich sah, wie die alte Dame neben mir ein Feuchttuch sowie ein Fläschchen Merfen Orange aus ihrer schwarzen Tasche zog und damit Emilias Wunde desinfizierte. Weitere Personen, darunter die beiden Jungen, ein junges Pärchen mit einem gewaltigen Bernhardiner im Schlepptau und eine ökomäßig gekleidete Frau in meinem Alter hatten sich zu uns gesellt, um ihre Empörung auszudrücken. Die Ökofrau hatte gleich ein passendes Pflaster zur Hand. Mich wunderte immer wieder aufs Neue, wie durchorganisiert die Handtaschen mancher Frauen sind. In meiner fand man lediglich meine Globulis, mein Portemonnaie, meine Schlüssel, transparentes Lipgloss, mit viel Glück ein oder zwei Papiertaschentücher und Verhüterli.

»Hier, nehmen Sie. Ach nein, warten Sie. Ich mach' das schon«, sagte die Frau, bückte sich zu Emilias Knie hinunter und machte sich daran, das Pflaster auf die allmählich versiegende Blutung zu kleben. Emilia drehte unterdessen ihren Kopf und drückte ihn gegen meine Oberschenkel, so als wollte sie nicht mitbekommen, was da mit ihrem Knie passierte. »Warum blutet das so, Linda?«

»Das muss bluten, Schatz. Damit Dreck aus der Wunde gespült wird. Der kann sonst die Verletzung entzünden. Da kann sie doch besser ein bisschen bluten, oder?«

Sie nickte mit zusammengepressten Lippen und hängenden Mundwinkeln, womöglich ohne recht zu verstehen, und schmiegte sich noch fester an mich. »Das hört gleich auf. Du wirst sehen.«

Als das Knie schließlich verarztet und die offene Schramme nicht mehr zu sehen war, malte sich ein zartes Lächeln in ihr Gesicht. »Im Kindergarten erzähle ich morgen von dem da«, ihr kleiner Finger zeigte gebieterisch in die Richtung des Übeltäters. Alles in allem schien in dem ganzen Tumult nun gehörig etwas in Fluss gekommen zu sein.

»Ey, Alter, bist du behindert oder was?«, brüllte einer der Baggy-Jeans-Jungen dem Radfahrer entgegen.

»Halt's Maul, Eckenkind«, schrie der Radfahrer zurück. Der Junge machte ein paar Schritte auf den Radler zu und stemmte die Hände in die Hüften.

»Pass' auf, wie du mit mir redest. Du hast gerade ein kleines Mädchen angefahren, hast du's nicht geschnallt, Penner?«

»Was hast du damit zu tun, ey, waaas?«

»Ich bin Zeuge. Alex, mein Kumpel auch.« Empört zeigte der Junge auf seinen Freund. »Dein Nachteil.«

»Genascht! Ihr könnt mir gar nichts!« Der Radfahrer drehte seinen drahtigen Körper so lange hin und her, bis er sich von Lutz, der ihn immer noch festhielt, knapp losreißen konnte. Lutz war stärker. Als Leiter einer Judosportgruppe wusste er, wie er den Mann so an den Armen festhalten musste, dass dieser keine Möglichkeit fand, davonzulaufen. Juliane schob jetzt das Rad weiter weg und stellte es an einem Beton-Blumenbeet ab.

Auch Alex, der andere Junge, schob seinen Körper in bedrohlicher Weise ein paar Bewegungen auf den Radler zu.

»Wie abgefuckt du bist. Fährst ein Kind über'n Haufen und willst abhauen. Dann spuckst du der Frau gegenüber auch noch erniedrigende Äußerungen aus. Das ist voll hardcore, Mann. Das fickt echt meinen Kopf.« Er schob die Lippen vor, als er Tobi zunickte. »Komm Alter, wir gehen da in die Apotheke und rufen die Bullen.«

»Ja … korrekt, Mann.« Mit einer seitlichen Kopfbewegung bedeutete Tobi seinem Freund, mitzukommen. »Die werden diesem Minusmenschen schon zeigen, was Sache ist.«

Beide wollten sich gerade auf den Weg machen, als wir die Ökofrau aus der Herrenboutique kommen sahen. Ich hatte sie in dem ganzen Chaos hier nicht einmal hineingehen sehen.

»Ist schon erledigt«, rief sie laut. »Polizei ist auf dem Weg.«

»Ich zeig' dich an wegen Freiheitsberaubung!« schrie der Radfahrer Lutz ins Gesicht. Und dann an Juliane gewandt: »Sag' dem Alten, er soll mich sofort loslassen, damit ich rechtzeitig zu meinem Termin komme.«

»Bei Ihnen piept's wohl. Nachdem die Polizei gleich Ihren Namen und Anschrift notiert hat, kann mein Mann Ihnen gern ein Fußtaxi besorgen, damit Sie rechtzeitig zu Ihrem Termin kommen können«, antwortete Juliane trocken und ohne mit der Wimper zu zucken. *Rechtzeitig zu Ihrem Termin kommen können* brachte sie preziös und mit hochgezogenen Augenbrauen hervor.

Die Ökofrau lachte. »Was meinen Sie denn mit einem Fußtaxi?«, fragte sie Juliane.

»Das ist ein sogenannter Arschtritt«, erwiderte Juliane und sah den Radfahrer keck und herausfordernd an. Der hatte sich endlich seiner dicken Sonnenbrille entledigt und der Blick aus seinen kaffeebraunen Augen war hart und voller Wut, als ich mich mit Emilia zu ihm gesellte.

»Ganze Arbeit haben Sie geleistet.« Ich sah im direkt ins Gesicht und schaute kurz zu Emilia hinunter und dann wieder ihn an. »Die Kleine hatte sich sehr auf einen schönen Nachmittag gefreut, und dann stürzt sie wegen Ihrem gewissenlosen Fahrverhalten.«

Anstatt auch nur ein Wort des Bedauerns auszusprechen, blaffte er die Kleine an.

»Du musst einfach besser aufpassen!« Und an mich gewandt:

»Kinder fallen doch sowieso dauernd auf die Fresse«, war der einzige Kommentar, den ich ihm entlocken konnte. Ich ließ ihn genervt in Ruhe und wandte mich an Juliane und Lutz, der unermüdlich dafür sorgte, dass der Radler sich kaum bewegen konnte.

»Das ist aber eine Überraschung, dass ihr beide ausgerechnet in einer solchen Situation auftaucht. Wie ist das möglich?«, fragte ich.

»Lutz braucht einen neuen Anzug. Da hatten wir spontan die Idee, heute mal ein wenig zu shoppen.«

»Ärztekongress nächsten Mittwoch in München«, sagte Lutz nur, so als würde es ihn langweilen, dorthin fahren zu müssen. Immer noch hatte er den Radfahrer fest im Griff.

Das Paar mit dem Bernhardiner kam heran, um zu sagen, dass es weiter müsse. »Falls Sie unsere Aussage brauchen, Moment …«, der Mann kramte eine Visitenkarte aus seiner Geldbörse, »…unsere Adresse und Telefonnummer.«

Ich nahm die Karte und steckte sie in meine Tasche. »Danke. Ich hoffe, das wird nicht nötig sein.«

Die beiden nickten höflich und zogen mit ihrem Hund von dannen.

»Hast du denn etwas Entsprechendes gefunden?«, wandte ich mich wieder an Lutz, der den ungeschliffenen Burschen stumpf festhielt, als wäre es etwas Alltägliches.

»Nicht wirklich. Hab' auch keine Lust mehr, lange zu suchen.« Er blickte zu Juliane hinüber. »Juliane meinte, ein neuer Anzug wäre vonnöten. Aber ich bin mit meinen zwei alten Modellen grundsätzlich noch zufrieden.«

»Klamotten kaufen nervt ihn«, sprach Juliane weiter und sah dann eher Emilia an als mich.

»Wie wär's? Lutz will eh' schon nach Hause. Habt ihr beiden Lust, mit mir noch mal dort reinzugehen?« Sie zeigte auf das Kaufhaus.

»Das hatten wir sowieso vor, Juliane. Deswegen sind wir hergekommen«, antwortete ich an Emilias Stelle.

»Oh, prima«, jubelte sie. »Dann müssen wir nur noch kurz auf die Polizei warten. Und dann shoppen wir ein bisschen.« Sie schien sich zu freuen.

Auch die Ökofrau und die beiden Jungen blieben bis zum Eintreffen des Polizisten. Wir mussten gar nicht lange auf ihn warten. Er rauschte mit einem Motorrad heran und wirkte auf mich gleich sehr sympathisch. Er begrüßte uns freundlich, wobei er dem Radfahrer ernst zunickte. Er bat Lutz mit leicht belustigter Miene, den fluchenden Radfahrer loszulassen und wandte sich diesem dann in strengem Tonfall zu. Hart wie zwei Bohrer stach der Blick des Radlers dem Polizisten ins Gesicht, doch der ließ sich davon keineswegs beeindrucken. Er belehrte ihn stoisch in einem sachlichen Ton, dass Fahrerflucht, ob mit dem Auto oder einem Fahrrad, keine Bagatelle sei und das Festhalten einer straffällig gewordenen Person bis zum Eintreffen der Polizei nicht den Tatbestand der

Freiheitsberaubung erfülle. Während er darauf die Personalien des Mannes aufnahm, fragte mich Juliane, ob ich gleich im Geschäft nach etwas Bestimmtem suchen wollte oder ob wir einfach nur mal schauen wollten.

»Wir suchen etwas für *mich* aus.« Emilia war schneller mit der Antwort als ich.

»Ach so«, sagte Juliane mit einem verständnisvollen Zwinkern.

»Ja. Linda hat in der Zeitung gesehen, dass die dort Jeanshosen mit Minnie-Maus und welche mit den Panzerknackern drauf haben. Und hat mir das gezeigt. Soooo eine möchte ich. Am liebsten mit den Panzerknackern.«

»Die Panzerknacker habe ich alle eingelocht«, lachte der Polizist und stupste Emilia auf die Nase.

»Glaub' ich dir nicht.« Sie verschränkte die Arme und sah ihn altklug an. »Und wenn schon? Die entkommen sowieso immer wieder!« Sie grinste.

»Na, sowas.« Der Blick des Polizisten schweifte von Emilia zu mir. »Will deine Mama denn morgen noch mit dir zur Polizeidienststelle kommen und eine richtige Anzeige erstatten«, er zeigte auf den muffig dreinblickenden Radfahrer, »wegen ihm hier und deinem kaputten Knie?«

Emilia nickte eifrig und anhaltend, während sie den Radler böse anschaute und vermutlich gar keine Ahnung hatte, was eine Anzeige überhaupt war. Aber ich ruderte dagegen.

»Ich denke nicht, dass es sein muss.« Einerseits war es nicht okay, den Burschen einfach so davonkommen zu lassen, andererseits hatte ich wirklich keine Lust, einen halben Vor- oder Nachmittag für eine Anzeige auf der Wache zu opfern.

Im Gesicht des Radfahrers glaubte ich, Erleichterung zu beobachten. Seine Hand strich über sein in einem kühnen Fassonschnitt frisiertes Haar, seine andere glättete den spitzen Kinnbart.

»Also gut.« Der Polizist schaute von mir zum Fahrradwüstling und sah diesen streng an, als er ihm seinen Ausweis zurückgab. »Sie können dann fahren.« Dann schrieb er etwas von seinem Formularheft ab, und zwar auf einen kleinen Notizblock, riss den Zettel ab und reichte ihn mir. »Es ist besser, wenn Sie die Anschrift des Mannes parat haben, falls mit dem Knie noch Komplikationen auftreten sollten.«

Er zwinkerte Emilia an. »Aber meistens heilen solche Wunden ganz, ganz schnell.«

Er verabschiedete sich und brauste mit seinem Motorrad davon. Den Zettel, den er mir gab, steckte ich in meine Jackentasche und betrat mit Juliane und Emilia das Geschäft, in dem wir uns noch ein bisschen umsehen wollten. Ich hegte schwer die Hoffnung, dass die Panzerknacker-Jeans noch nicht ausverkauft waren, da das Angebot schon länger als eine Woche lief.

Zwei nicht mehr ganz junge Verkäuferinnen standen schwatzend und lachend vor einem Ständer mit

Damenblusen. Das grelle Kaufhaus-Licht schraffierte ihre stark geschminkten Gesichter in unnatürliche Masken und ich fühlte mich gleich unwohl, irgendwie nicht geborgen – wenn man sich in einem Kaufhaus überhaupt geborgen fühlen kann.

»Guten Tag. Die Kinder-Comic-Hosen vom Angebot, wo finden wir die?«, fragte ich die beiden Plaudertaschen.

»Na. Wo wohl?«, raunzte die Dunkelhaarige. »Natürlich unten. In der Kinderabteilung.« Sie schüttelte verächtlich den Kopf, so als würde sie denken, ich wäre nicht ganz helle, ihr so eine blöde Frage zu stellen. Das Kaufhaus hatte kürzlich umgebaut, nur deswegen hatte ich gefragt. Vormals war die Kinderabteilung in der obersten Etage untergebracht.

Mein ›Danke‹ klang daher etwas schnippisch. »Wissen Sie, ob noch die Jeans mit den Panzerknackern vorrätig sind?«, fragte ich dennoch.

»Gute Frau«, wagte die Verkäuferin mit den weißblonden Engelslocken eine schnodderige Antwort. »Glauben Sie, wir zählen die Restposten eines Angebotes täglich nach? Sie müssen sich schon selbst in die Abteilung bemühen, um nachzusehen. Oder wissen Sie nicht, wie Sie zur Rolltreppe gelangen?«

»Da werden wir uns bestimmt noch lange durchfragen müssen«, schaltete sich Juliane patzig ein. »Wissen *Sie* denn, wo die Volkshochschule hier in Wilhelmshaven ist?«

»Was …? Ja. Wieso?«

»Dort bieten sie regelmäßig erfolgversprechende Kurse an.«

Die Verkäuferinnen glotzten wie dumme Kühe.

»So? Und welche?«, fragte die Dunkelhaarige mit hochmütig in die Luft gestreckter Nase.

»Positive Umgangsformen allgemein, gutes Benehmen und Verkaufstraining.«

Juliane drehte sich von den frechen Tussen weg, schubste mich an und wir gingen in Richtung Rolltreppe.

Sie hatte es wieder richtig drauf, sich wehren zu können. Warum war ich nicht so? Ich beneidete Juliane so ausnehmend um ihre unverblümte Art, mit der sie andere konfrontierte. Hätte Jo sich in ihr Herz geschoben, sie hätte keinen Hehl daraus gemacht und ihn, wenn nötig, sogar mit schlüpfrigen Anspielungen problemlos und geradlinig für sich gewonnen. Da war ich mir sicher. Zum Glück stand sie auf Männer mit Geld. Und ich? Meine Worte schwammen in Rudeln davon, wenn Jo in meiner Nähe war. Ich stolperte über meine eigene Befangenheit, schmiss mich stattdessen abends auf mein Bett und träumte von ihm, bis der Morgen das Dunkel der Nacht vertrieb.

Emilia hatte ihr aufgeschlagenes Knie schnell vergessen, denn eine letzte Jeanshose in ihrer Größe ergatterten wir noch, eine mit dem Abbild von Panzerknacker Kuno Knack auf den Gesäßtaschen, Bankjob Knack auf dem einen Hosenbein und Karlchen Knack auf dem anderen. Dazu kaufte ich noch ein flottes rosa Mädchen-Hoody, ein paar Prinzessinnen-Söckchen und eine Haarspange in

Erdbeerform. Mit vor Glück strahlendem Gesichtchen offenbarte Emilia mir alsdann, wenn sie groß wäre, würde sie mir auch so schöne Anziehsachen kaufen.

Juliane wurde auch fündig. Sie probierte ein figurbetontes silbergraues Shirt an, das ihren Körper in eine strahlende Pracht tauchte.

»Wie findest du es?«, fragte sie mich kokett.

»Ganz gut. Sieht toll aus. Steht dir hervorragend.« Ob es irgendein Kleidungsstück auf der Welt gab, das Juliane nicht gut stand, wagte ich zu bezweifeln.

Sie wiegte ihren Body, so wie sie es im Gespräch mit Geschäftspartnern und attraktiven Männern ständig zu tun pflegte, aalförmig hin und her, eine Hand in die knöchrigen Hüften gestemmt, den Kopf seitlich geneigt, ein süßes Lächeln auf den Lippen und ganz sicher mit der Vorstellung in ihrem Kopf, die begehrenswerteste Frau der Welt zu sein. Wenigstens schien es mir jedes Mal so, wenn sie ihre Formen ganz bewusst und immer auf dieselbe Art und in denselben Situationen in Pose setzte. Ich bewunderte Juliane wegen ihrer Schlagfertigkeit und um ihre Energie, die es ihr ermöglichte, selbst bei größter Hektik und schwierigen Kunden im Büro gelassen zu bleiben. Um ihre unfassbare Konzentration auf Äußerlichkeiten, auf Details, die das Leben nicht zwingend lebenswerter machten, darum beneidete ich sie nicht. Im Gegenteil. Sie tat mir leid in ihrem Kampf um jedes angeblich zugenommene Gramm, in ihrer Art, die Welt in schön und hässlich zu unterteilen. Ich erlebte Juliane häufig, dass sie von ihrem eigenen Ego gedrosselt, zu blockiert war, um sich auf Begegnungen mit anderen Menschen wirklich einzulassen, weil sie ständig und ausschließlich an die Früchte ihres Auftretens nach außen dachte. Ihre Kontakte waren immer nur oberflächlich geblieben, wie sie mir einmal erzählte. Eine Freundin hatte sie nicht.

»Ich verstehe einfach nicht, wie du dich freiwillig noch um ein kleines Kind kümmern kannst«, tuschelte Juliane mir auf dem Nach-Hause-Weg leise zu. »Meine Freizeit wäre mir viel zu schade für so etwas. Ich kann mich noch gut erinnern, wie schwer es für dich war, allein deine eigenen Rangen durchzufüttern. Warum machst du das mit Emilia?«

»Weil ich sie gernhabe, Juliane. Es fällt mir nicht schwer.« Ich sah sie schärfer an, als ich wollte, weil ich mich in Emilias Gegenwart nicht über die Kleine unterhalten wollte. Aber Emilia hatte gar nicht hingehört. Sie schwang ihre kleine Shoppingtasche hin und her und summte ein Kinderlied.

Juliane zuckte mit den Schultern, machte einen Karpfenmund und sagte dazu nichts mehr.

»Wie wär's mit einem leckeren Eis?«, fragte sie stattdessen mit Blick in Richtung der kleinen Eisdiele an der Straßenkreuzung.

Das jedoch hatte Emilia sofort gehört. »Wir hatten schon Eis«, rief sie Juliane zu. »Bestimmt darf ich nicht noch eins, oder Linda?»

Ich hob meine Augenbrauen. »Na ja. Wenn du mir versprichst, dass du noch ein klitzekleines verputzen kannst, ohne dass dir schlecht wird …« Ich wartete auf ihre Antwort, wunderte mich aber gleichzeitig, dass Juliane in aller Öffentlichkeit Eis essen wollte. Wegen dem Zucker, den sie doch, zumindest ihrem dauernden Reden nach, verpönte.

»Ich schaff' bestimmt noch ein kleines. Ich ess' das auch auf. Versprochen.« Emilia schaute mich auffordernd an.

»Aha. Und du Juliane? Du hast heute Lust auf Süßes?«

»Manchmal brauch' sogar ich das. Aber erzähl's nicht überall herum.« Sie machte ein betretenes Gesicht. »Mit Lutz und mir läuft's gerade nicht so rund und ich habe richtig Lust, mich jetzt mit einem großen bunten Eisbecher zu trösten. Am besten noch mit viel Sahne oben drauf.«

Sie bestellte tatsächlich eine Rieseneisportion mit Sahne und Schokoraspeln. Dazu trank sie Kakao. Ich enthielt mich besser jeglichen Kommentars und nahm nur einen Cappuccino, weil ich noch satt von der Eisportion war, die ich nach dem Kino verdrückt hatte. Emilia bekam noch einen Kinderbecher. Vorsichtig sprach ich Juliane noch einmal auf Lutz an.

»Er hat kaum noch Interesse an mir«, sagte Juliane. »Das vermute ich zumindest. Er macht mir keine Komplimente mehr, so wie früher. Weißt du noch? Früher war er stolz auf mich und hat das anderen gegenüber immer ziemlich deutlich gemacht.«

»Warum ist es so wichtig für dich, dass Lutz dich ständig lobt und anhimmelt? Ich meine, du weißt, dass du dich auf ihn bisher immer verlassen konntest. Mir, uns allen, fällt doch auf, dass er immer sehr um dich besorgt ist und auch besonders achtsam dir gegenüber, Juliane.«

»Das reicht aber nicht. Ich brauche mehr Aufmerksamkeit von ihm. Manchmal fühl' ich mich wie betäubt, weil auf nichts, was ich tue oder sage, mehr ein Echo von ihm kommt.« Sie schluckte, räusperte sich.

»Auch im Büro reiße ich mir den Arsch auf. Letztes Jahr hat Vincent wegen meinem unermüdlichen Einsatz für sein wichtiges Belgienprojekt einen phänomenalen Umsatz erreicht. Er sollte stolz auf mich sein. Aber meine Anstrengungen waren ihm auf der Weihnachtsansprache nur sehr wenige Worte wert.« Sie senkte den Kopf, aber ich nahm noch ein verräterisches Zucken ihres Kinns wahr, bemühte sie sich doch offensichtlich, nicht zu weinen. »Komm, lass' uns von etwas anderem reden. Ich will mein Eis wirklich genießen«, schloss sie das Ganze abrupt ab.

Also machte sie sich mit sichtlichem Appetit über ihren Eisbecher her. Wir redeten kaum. Ich schlürfte in Ruhe meinen Cappuccino und Emilia schaffte, wie ich es geahnt hatte, nur die Hälfte ihres Kinderbechers. Während ich später für uns drei bezahlte, huschte Juliane noch einmal zur Toilette und ich fragte Emilia, ob sie auch noch mal müsse.

»Nein, ich muss nicht!«, sagte sie entschieden. Und so warteten wir draußen, bis Juliane nach zwanzig Minuten endlich zurückkehrte. Auf dem Heimweg unterhielten wir uns über Banalitäten.

Nachdem ich die Kleine wieder ihrer Mutter zurückgegeben hatte, freute ich mich auf ein warmes Bad bei mir zu Hause. Ich würde den Rest vom gestrigen Brokkoli-Auflauf erwärmen, mit einem Buch und einem Glas Wein in orientalisch duftendem heißen Wasser schwelgen und mich danach ins Bett legen, endlich einmal früh schlafen gehen.

Als ich den Auflauf vollständig verputzt hatte, fiel mir der Notizzettel wieder ein, den mir der Polizist gegeben hatte und den ich in meiner Jackentasche verstaut hatte. Also huschte ich zur Garderobe und entnahm meinem Jeans-Blazer die Notiz. Ich setzte mich an den Küchentisch, um den Zettel zu lesen. Es war die Anschrift und die Telefonnummer des ungehobelten Radfahrers darauf vermerkt. Nachdem ich den Namen gelesen hatte, interessierte mich weder die Straße, in der er wohnte, noch die Telefonnummer. Ich las nur den Namen immer wieder und wünschte, dass es einen Bastian Beinke mehrfach geben würde. Von dem hatte ich bisher nur über Jo einiges gehört – und das war nichts Nettes.

Am nächsten Morgen nahm ich den Zettel mit ins Büro. Jo hatte einen Tag vor seiner Abreise nach Frankreich zwar noch etliche andere Dinge zu erledigen, aber er wollte vormittags auf jeden Fall noch vorbeikommen. Ich wartete sehnsüchtig auf ihn und als er mich begrüßte, vergaß ich vor Aufregung, seinen Gruß zu erwidern, sondern hielt ihm sofort den Notizzettel mit der Radfahrer-Adresse unter die Nase. »Das ist aber nicht dein Bruder, der hier, oder?«, fragte ich.

Er nahm sein Käppi ab, schmiss es auf meinen Schreibtisch, schnappte sich den Zettel und studierte das Handgeschriebene auf dem Blättchen Papier. *Bastian Beinke, Am Mühlentief 2, Jever.*

»Doch. Isser. Wieso? Wie kommst du an die Adresse von dem verdammten Dreckskerl?«

Jo hörte mir zu, ohne ein Wort zu sagen. Sein Gesichtsausdruck verriet zunehmende Wut, während ich erzählte. Nachdem ich meine Berichterstattung beendet hatte, griff er gleich zum Telefon.

Ohne jegliche Einleitung stieß Jo in den Hörer: »Du kommst sofort hierher in die Reiseagentur, für die ich nebenbei arbeite. Die Frau, die das kleine Mädchen gestern bei sich hatte, das du beinahe überfahren hast, ist meine Chefin.«

Jo setzte sich auf den Schreibtisch, während er mit seinem Bruder durch das Telefon schimpfte. »Ja, tatsächlich. So ein Zufall, was? Du machst dich jetzt auf die Socken, kommst her und entschuldigst dich noch einmal explizit. Ansonsten werde ich die Frau überreden, doch noch Anzeige zu erstatten. Erst recht wegen deiner Titulierungen wie *dumme Sau*. Zeugen gibt es zum Glück dafür. Viel zu gutmütig von Linda, dass sie im Grunde von einer Anzeige absehen will … Ja. Ich bin noch mindestens bis mittags hier. Mach' dich auf die Socken ... Du wirst dich nie ändern ... Pack' dir an deinen eigenen Kopf ... Du bist selbst ein Affe, ein arroganter besonderer Güte, wenn du es genau wissen willst ... du mich auch ... und wenn du binnen zwei Stunden nicht herkommst, sind Linda und ich auf der Polizeiwache. Freu dich auf weitere Unannehmlichkeiten. Wäre auch gut, wenn du mir die Kohle gleich mitbringst, die du mir noch schuldest. Also, bis gleich.«

Er legte auf. »Dieses Arschloch.«

Ich stimmte ihm bei, war aber überhaupt nicht scharf darauf, Bastian gleich wiederzusehen.

Wir besprachen noch ein paar Angebote, die Jo selbständig erstellt hatte und dann stand sein Bruder plötzlich vor mir. Einen Gruß sparte er sich.

»Ich soll mich bei Ihnen offiziell entschuldigen«, ließ er verlauten, wobei er die Lippe auf der linken Seite leicht nach oben zog, was ihm einen süffisanten Ausdruck verlieh. Da stand er breitbeinig, repräsentierte sich ganz betont selbstbewusst und unerschütterlich im schwarzen Shirt mit Designer-Label und grauen Designer-Turnschuhen, die Hände in den Taschen seiner ausgebeulten schwarzen Jeans vergraben, und war in seiner Haltung und Mimik an Arroganz wohl kaum von irgendjemandem zu überbieten. Kein Anflug wirklicher Reue war in seinem Gesicht zu erkennen.

»Spar's dir, wenn du es nicht wirklich meinst«, antwortete ich, genauso hochnäsig. Ich duzte ihn unwillkürlich.

Vermutlich nur, weil er irgendwie zu Jo gehörte. »Wäre schön, von dir zu hören, dass du in Zukunft mit mehr Rücksicht auf andere auf deinem Fahrrad unterwegs sein wirst.«

Er kratzte sich lediglich am Kopf und zog eine belustigte Schnute.

Jo hatte sich hinter mich gestellt und mir wie zum Schutz seine Hände auf die Schultern gelegt. »Das ist mein Bruder, wie er leibt und lebt. Er läuft durch die Welt und sieht rechts und links von ihm und vor und hinter ihm nichts außer sich selbst.«

»Und du Wichser?«, schnaubte Bastian zurück. »Nimmst dir nicht mal Zeit, um unseren Vater im Seniorenstall zu besuchen.«

»Du weißt genau, der Alte kann mich mal!«, knurrte Jo zurück und ließ seine Hände immer noch sehr angenehm auf meinen Schultern ruhen. Ich wehrte mich nicht. Wäre ja blöd gewesen.

»Du weißt aber schon, dass er langsam ganz schön seltsam wird dort, oder? Aber nein! Woher auch?« Bastian fühlte sich anscheinend wie auf einer Bühne. »Woher solltest *du* schon wissen, dass Vater den halben Tag mit seinem Rollstuhl den Fahrstuhl auf seiner Etage blockiert, diesen rauf und runter rollen lässt und dabei brüllt: »Ihr Hurensöhne. Wo habt ihr mein Geld versteckt?« Die Schwestern und Pfleger sind überfordert, haben mich gefragt, ob ich der einzige Angehörige bin, der ihn wenigstens ab und zu besucht oder ob es da nicht noch weitere Kinder gebe. Sie können unmöglich den ganzen Tag nur Vater beaufsichtigen. Schließlich sind noch andere alte Herrschaften in diesem Heim untergebracht. Erst vor ein paar Tagen habe ich den Pflegekräften noch Geld in die Kaffeekasse gesteckt, damit sie sich um Vater in besonderer Weise kümmern.«

»So. Geld in die Kaffeekasse! Was ist mit den 200 Kröten, die ich dir vor zwei Jahren geliehen habe, he, waaas?«

»Du verdienst genug, wenn du mit dem Studium fertig bist«, schrie Bastian. »Da brauchst du mich jetzt nicht nach 200 Kröten fragen, die ich mir im letzten Jahrhundert aus Not von dir geliehen hatte. Stell' dich nicht so an.«

»Weißt du was? Ich schäme mich, dass du mein Bruder bist.« Jo sprach auf einmal ruhig, in normaler Tonlage. Wie ein Nachrichtensprecher hörte es sich an.

Kurti klopfte und ohne dass jemand von uns *Ja* gerufen hätte, kam er herein. »Alles in Ordnung, Linda, Jo?« Er fixierte Bastian wie einen Schwerverbrecher.

»Wir kommen klar. Danke, Kurti«, sagte ich und da ich immer noch Jos Hände auf meinen Schultern spürte, glaubte ich daran.

Kurti nickte kurz, drehte sich um und zog die Tür hinter sich zu.

Bastian sah mich plötzlich seltsam hinterhältig an. »Sie haben doch nie ernsthaft daran gedacht, mich anzuzeigen? Ich habe Ihnen ja jetzt gesagt, dass es mir leidtut, die kleine Göre zu Fall gebracht zu haben. Dennoch hätte sie besser aufpassen müssen und Sie erst recht als Verantwortliche.«

Seine Arroganz war nicht zu toppen. »Ich überlege mir das noch mit der Anzeige«, antwortete ich ganz gelassen.

Als er sich ein paar Schritte auf mich zu bewegte, hörte ich seine Schuhe quietschen, etwa in dem Ton seiner überheblichen Stimme. »Überlegen Sie auch, wie Sie meinen Bruder ins Bett kriegen?«, fragte er mit einem glitschigen Grinsen in den Mundwinkeln.

Ich fühlte alles Blut in meinem Körper zu Kopfe steigen und war außerstande, etwas, irgendetwas, darauf zu erwidern.

»Was hast du gerade gesagt?«, herrschte Jo ihn an.

Bastian dehnte kampfeslustig sein Kinn hervor und die durch seine halbseitig hochgerissenen Mundwinkel geblasenen Worte übersättigten den Raum mit Häme. »Na, sieht man der untervögelten Tusse doch unmissverständlich an, dass sie scharf auf dich ist. Aber von mir aus kannst du uneingeschränkt ablaichen auf wem du willst, Bruderherz.«

Noch ehe ich die Situation begriff, hatte Jo seinen deutlich schmächtigeren Bruder gepackt und ihn grob an die Wand gedrückt.

»Du selbstgefälliger Hohlkopf. Lernst nichts, kannst nichts, schmeißt jede Ausbildung, bringst Vaters Geld durch und erlaubst dir Urteile und Bewertungen über Menschen, die du nicht einmal kennst. Verschwinde und trete mir nicht mehr unter die Augen.«

Er fasste Bastian an die Gurgel und ich fühlte nackte Angst. Nie hätte ich erwartet, dass Jo dermaßen in Rage geraten könnte. Ich rief intuitiv nach Kurti, nach Hannes, nach Benedikt und Vincent, obwohl ich wusste, dass die letzteren beiden gar nicht da waren. Hannes und Kurti stürmten auf der Stelle herein, rissen Jo von Bastian weg und schleppten ihn auf die Besuchercouch im Nebenbüro, wo sich Isa und Juliane um ihn kümmerten. Ich stand nur starr da und nahm wahr, wie Bastian in Windeseile davonlief.

Ich sah Isa auf Jo einreden und Juliane, wie sie ihre Gazellengestalt aufreizend vor ihm hin und her wiegte, während sie ihm ein Glas Wasser reichte und Isa dann wortreich unterstützte. Ich selbst brauchte erst einen langen Moment, um aus meiner Erstarrung zu erwachen, setzte mich nun auch auf die Besuchercouch neben Jo und streichelte seine Hand, was ganz automatisch passierte. Er wandte sich mir zu und legte seine freie Hand über meine. Isa und Juliane verzogen sich daraufhin. Ich hatte Jo noch nie außer Fassung geraten sehen. Und dann schallte mir noch diese Anprangerung seines Bruders nach: »*Na, sieht man der untervögelten Tusse doch unmissverständlich an, dass sie scharf auf dich ist.*« Man sah es mir also an. Man sah, dass ich … Bastian war ein Fremder für mich. Ein Fremder, dem es nicht entging, dass ich …

»Trink das. Päppelt dich vielleicht wieder ein bisschen auf.« Isa reichte mir eine Tasse dampfenden Melissentee. Jo verabschiedete sich. Er hatte für heute die Faxen dicke.

Tags darauf war es leider soweit. Lebewohl sagen war dran. Lebewohl auf Zeit. Jo musste nach Frankreich. Oh. Oh. Ich vermisste ihn schon, bevor er sich von mir verabschiedete und unmittelbar vor seiner Abreise speicherte ich seine Umarmung tief in meiner Seele. Das kleine, in rosa Papier eingewickelte Herz aus Marzipan, das er mir beim Abschied in die Hand drückte, war für mich ein Geschenk besonderer Güte.

Abends stellte ich meinen Wecker auf 5.30 Uhr, denn auch für mich stand am nächsten Tag eine Fahrt an. Der Anreisetag nach Waldesch würde morgen sein. Mindestens fünf Stunden mit dem Auto würde ich unterwegs sein und ich wollte nicht erst nachmittags ankommen. Das Suchen nach Wolles Wohnung musste ich schließlich auch noch mit einkalkulieren.

Als das Radio mich weckte, war mein erster Gedanke der an Jo, wie immer. Ich drehte mich noch einmal um und knuddelte die Bettdecke. Nein, ich wollte nicht aufstehen. Nein. Nein. Nein. Und schon gar nicht wollte ich nach Waldesch. Ich beschimpfte meinen Radiowecker und hatte das Gefühl, als maule er zurück und schelte mich eine blöde Kuh, deren Verstand von dem Aufruhr ihres Herzens gelähmt war. »Gnädigste, Sie sind nicht ganz bei Sinnen …« Ich haute dem Wecker eine drüber und wünschte mir, meine Sehnsucht nach Jo würde sich mit der Zeit verflüchtigen. Ich wollte keine Tantalusqualen mehr erleiden, nicht nur träumen und wissen, dass Träume oftmals Träume blieben, wenn kein Wunder geschah.

Mit dem Zitronenduschbad, das Isa mir geschenkt hatte, seifte ich mich ordentlich ein. Es roch extrem erfrischend und anschließend fühlte ich mich wacher. Der Kaffee mit viel Milchschaum tat sein Übriges. Ich räumte die Küche auf, goss die Blumen, sah nach, ob alle Türen und Fenster verschlossen waren und, mit einer weiten Jeans und einer lockeren himbeerroten Bluse bekleidet, stieg ich in meinen nachtblauen Ford Sierra.

Es ging über mehrere Autobahnen ziemlich gut ohne Behinderungen voran und gegen 12.30 Uhr, als es anfing zu regnen, nahm ich auf der A 61 die Abfahrt Koblenz/Waldesch und fädelte mich entsprechend der Beschilderungen in den spärlichen Verkehr ein. Die endlose Straße wand sich auf einmal das Tal hinunter und irgendwann, ungefähr gegen 13.00 Uhr, fuhr ich am Ortsschild vorbei und hinein in das kleine beschauliche Dorf. Ich parkte vorerst in einer Parkbucht nahe der Kirche, um von dort nach Wolles Wohnung Ausschau zu halten und war schon gespannt. Dieser Wolle musste bestimmt eine außergewöhnliche Person sein, wenn Benedikt sich so für ihn ins Zeug legte.

Zuerst spannte ich meinen Schirm auf und spazierte die Dorfstraße entlang. Allem Anschein nach gab es hier nicht einmal ein Café. Einen Supermarkt hatte ich ganz am Anfang des Dorfes gesichtet, eine Tankstelle, eine Sparkasse. Und ja, einen Friedhof. Den gab es auch hier. Ich wollte ihn mir anschauen und gleich merkte ich, dass er eine deutlich andere Atmosphäre ausstrahlte als alle

Friedhöfe, die ich bisher besucht hatte. Etwas Besänftigendes ging von ihm aus. Ich kramte in meiner Jacke nach einem Taschentuch, mit dem ich die Bank, die unter einer duftenden Linde stand und von der aus ich über die relativ kleinen Grabstätten schauen konnte, an einer Stelle trockenwischte. Ich setzte mich, schützend den Schirm über meinem Kopf. Und dann weinte ich. Denn es regnete immer noch. Und in Frankreich, um die Gegend von Le Lavandou herum, waren es laut Wetterbericht bereits knapp 30°C.

Die Römerstraße war vom Friedhof aus leicht zu finden. Das von Benedikt beschriebene Dreifamilien-Mietshaus entdeckte ich auch direkt. Es lag am Anfang der Straße, die sehr schmal war und eine beträchtliche Anhöhe hinaufführte, so wie ich das auf den ersten Blick erkennen konnte. Auf mich machte das Haus einen gepflegten Eindruck. Zwar gab es keinen Vorgarten, da es direkt an der Straße lag, nichts Grünes lugte am engen Gehweg hervor, was dem Gesamtbild einträglicher gewesen wäre, aber die Fassade war gut in Schuss und in einem warmen Gelb gestrichen. Die Fensterrahmen schienen erneuert worden zu sein. Die Haustür mit ihren weißen, längs verteilten Streben und lichtundurchlässigen Glaseinsätzen, wirkte dagegen recht unmodern. Auf den Klingelschildern suchte ich nach dem Vornamen Wolfgang, woraus meiner Einschätzung nach der Spitzname Wolle abgeleitet worden war. Das Haus schien in drei Stockwerke mit je zwei Mietparteien aufgeteilt zu sein. Leider waren die Schilder völlig unzureichend beschriftet. Auf zweien stand gar nichts, auf den anderen nur der Anfangsbuchstabe des jeweiligen Vornamens und der Nachname. Für den zweiten Stock gab es ein Schild ohne Namen und eines mit der Bezeichnung W. Czerny. Das könnte Wolle sein. Ich schellte. Niemand öffnete. Ein erneuter Versuch. Nichts. Dann probierte ich es am Schild ohne Namen, wenngleich es gut möglich war, dass niemand dort wohnte. Aber der Türsummer ging und ich marschierte durch den auf den ersten Blick gepflegt erscheinenden Korridor die Treppe zum zweiten Stock empor. An der linken Tür erschien eine junge Frau mit dunkelbraunen Locken.

»Hallo, guten Tag. ich möchte zu einem Wolle. Leider weiß ich den Nachnamen nicht. Wohnt jemand, der so heißt, hier im Haus?«, fragte ich die Frau, die ziemlich mürrisch dreinblickte.

»Wolle. Der wohnt hier, das ist richtig. Dort drinne.« Sie machte eine Halbseitendrehung und wies mit dem Finger in die Wohnung, aus der sie soeben herausgekommen war.

»Der ist noch fertig vom Saufen gestern Abend. Was immer Sie von ihm wollen, machen Sie's kurz. Ich muss jetzt leider gehen.«

Sie schob die leicht heruntergekommene mahagonifarbene Holztür zu Wolles Wohnung so weit auf, dass ich hineinschlüpfen konnte, nickte mir zu und verschwand die Treppe hinunter.

Gleich hatte ich das Gefühl, in einem Stall gelandet zu sein. Es roch übel nach Körperausdünstungen, so als hätte jemand tagelang nicht geduscht oder als läge ein Haufen getragener Wäsche in irgendeiner Ecke herum. Dann sah ich ihn. Er ruhte, mit einer roten Boxershorts bekleidet und sonst nichts, auf einer grauen schäbigen Ledercouch, den Rücken gestützt von zwei großen roten Satinkissen, die kontrastmäßig eine ideale Bühne für sein strähniges schwarzes Haar abgaben. Eines seiner braungebrannten, muskulösen Beine wurde gehalten von einem großen runden Tisch aus Marmor, das andere verweilte faul auf dem grauen Teppichboden. Sein fahles, jedoch gut geschnittenes Gesicht, bot alle Zeichen einer anstrengenden Nacht und ich glaubte, er würde mich vor lauter Erschöpfung heute gar nicht mehr wahrnehmen. Ich hatte nämlich vor Überraschung und Schrecken über Benedikts bizarre Personalauswahl das Grüßen ganz vergessen, stand mitten in einem fremden Wohnzimmer wie ein Gespenst ohne Hirn, das ohne Anmeldung hereingeschwebt war, und war im ersten Moment nicht fähig, auch nur eine Silbe von mir zu geben. Er fuhr zusammen, als er mich plötzlich erspähte, und daher schob er sein Bein viel zu hastig vom Tisch. Der volle Aschenbecher neben seinem Oberschenkel rutschte zu Boden.

»Was machen Sie in meiner Wohnung? Wer sind Sie?«

»Bitte entschuldigen Sie, dass ich hier so einfach eindringe. Eine Dame hat mich hereingelassen. Vermutlich Ihre Freundin.«

»Hab' keine Freundin. War bestimmt 'ne Nutte.« Er räusperte sich und setzte sich ordentlich hin.

»Wie dem auch sei …« Ich stutzte. Wo zur Hölle war ich hier gelandet?

»Mein Name ist Linda Mondhi. Ich komme aus Wilhelmshaven und habe von meinem Chef, Benedikt Rosenkemper, den Auftrag, mit Ihnen einen Zwei-Jahresvertrag für eine Stelle als Koch in unserem Unternehmen abzuschließen. Wie er mir mitteilte, haben Sie schon einige Details untereinander abgesprochen. Ich möchte heute eher die Feinheiten mit Ihnen durchgehen und den Vertrag mit Ihnen unterzeichnen.«

»Ah ja. Verstehe. Gut. Dann nehmen Sie doch Platz.« Er wies auf einen der beiden grauen Ledersessel. »Kann ich Ihnen etwas anbieten?«

»Ein Café scheint es hier am Ort nicht zu geben. Ich habe schon vergeblich danach Ausschau gehalten. Wenn Sie für mich einen Kaffee machen könnten, wäre ich Ihnen dankbar. Ich möchte Ihnen keine Umstände machen, aber ich habe eine lange Fahrt hinter mir und Kaffee würde mich im Augenblick bestimmt aufmuntern. Natürlich nur, wenn es Ihnen nichts ausmacht. Allerdings vermute ich, dass Sie selbst auch einen vertragen könnten.«

Tatsächlich verspürte ich eine unglaubliche Gier nach dieser Koffein-Erquickung und betete insgeheim, dass die Tasse, in der er mir den Trunk servieren würde, nicht dreckbesudelt war.

»Stimmt.« Er grinste breit. »Kaffee kommt gleich. Überhaupt kein Problem. Warten Sie.« Er stand auf und lief eiligen Schrittes in die Küche. Die Boxershorts war ihm beim Aufrichten von der Couch ein Stückchen heruntergerutscht und entblößte nun den oberen Teil des Gesäßes. Er zog sie nicht hoch. Aber ich war schließlich nicht gezwungen, dort hinzusehen.

Das brodelnde Geräusch einer Kaffeemaschine hallte einige Minuten später aus der Küche, und ich freute mich einfach nur auf das Gebräu.

»Nett, dass Sie vorbeischauen. Wann genau soll ich denn anfangen, als Koch für Ihr Unternehmen zu arbeiten?«, rief er aus der Küche.

»Das wäre schon gegen Ende des Monats, weil wir dann eine Schulklasse in Le Lavandou haben. Die muss teenagergerecht bekocht werden. Aber Sie haben ja ausreichend Erfahrung, wie Benedikt mir erzählte.«

»Sicher doch. Ich kann kochen. Sie werden es nicht bereuen, mich eingestellt zu haben.« Er schlurfte aus der Küche und lachte. Aber es klang irgendwie bizarr. Und ich hoffte, Benedikt hatte sich gut überlegt, wen er da engagieren wollte. Gerade ein Koch musste meiner Auffassung nach eine gepflegte und respektable Erscheinung hergeben. Der hier ging meiner Ansicht nach überhaupt nicht. Aber wer weiß? Vielleicht war ich nur zum falschen Zeitpunkt und ohne Anmeldung aufgekreuzt? Oder ich war einfach eine sogenannte Spießbürgerin? Oder die Chemie zwischen diesem Milchbart und mir passte nicht überein? Warum machte ich mir schon wieder Gedanken? Es war Benedikt, der diesen Menschen einstellen wollte und dann sollte es so sein. Wenn er sich unbedingt in meine Aufgaben einmischen wollte – bitte. Ich hatte lediglich die Rolle der Vermittlerin inne.

Wir gingen die Einzelheiten des Vertrages, den ich provisorisch schon mal schriftlich aufgesetzt hatte, noch einmal durch. Unser Gespräch entwickelte sich erstaunlich gut, besser als ich angenommen hatte. Der Kaffee hatte Wolle wohl etwas munterer und zugänglicher gemacht und mich auch.

»Mit dem Gehalt bin ich einverstanden. Sicher. Das ist absolut in Ordnung und ich werde mir die allergrößte Mühe geben, die Gäste geschmacklich nicht zu enttäuschen.«

»Wir haben einen geräumigen Bulli für Sie bereitstehen, mit dem Sie in Le Lavandou anreisen werden. Das hat Benedikt Ihnen sicher schon erzählt.«

»Sicher, Benedikt hat mich bereits über das Meiste umfassend informiert.«

»Also gut. Dann wissen Sie schon Bescheid. Die Schulklasse wird mit einem ordentlichen Busunternehmen von Wilhelmshaven aus nach Südfrankreich transportiert. Darum brauchen Sie sich nicht zu kümmern. Ein Mitarbeiter wird Sie zwei Tage, bevor die Schüler eintreffen, in Le Lavandou in Empfang nehmen. Sie müssten also mindestens drei Tage vor Abreise der Schulklasse zu mir ins Büro kommen, damit ich Ihnen zeigen kann, was es alles in den Bulli einzuladen gilt. Da wären etliche Kisten an

Wasser und Sprudel, haltbare Lebensmittel wie Nudeln, Tütensuppen, Dosengemüse, Getreide, Reis, Tunfischkonserven und eine kleine Auswahl an verschiedenen Fertigsoßen, so dass Sie auch dann den Gästen etwas servieren könnten, wenn eine Schneeverwehung eine Fahrt zum nächsten Supermarkt absolut unmöglich machen würde. Aber Schnee im Frankreich-Sommer wäre unrealistisch. Ich sage das nur, damit Sie informiert sind, welche Dinge als Vorrat notwendig sind und keinesfalls vergessen werden dürfen.«

Ich versuchte, ein Lächeln aus ihm herauszuholen. Stattdessen huschte etwas wie Verachtung über sein Gesicht.

»Geht schon klar. Schön locker bleiben. Das können Sie nicht, stimmt's? Sie scheinen sich zu viele Gedanken zu machen.«

»Ist mein Job«, antwortete ich lapidar und hatte auch Recht. »Einen kleinen Tresor mit Bargeld müssten Sie auch mitnehmen und gut darauf aufpassen.«

»Na gut.« Sein Blick verriet Arroganz. »Ich werde damit türmen«, sagte er verächtlich und sah mich provozierend dabei an. »Ich hätte Sie in meiner Wohnung mit Anzug und Krawatte empfangen sollen?« Er grinste dreckig.

»Wie kommen Sie darauf?«

»Sie sehen mich die ganze Zeit über schon so herablassend an. Das fällt Ihnen selbst nicht einmal auf, was?«

Ich fühlte sofort Hitze auf meinen Wangen, demnach errötete ich wieder einmal. Mann! – Dass das in meinem Alter manchmal noch passierte, war mir sehr unangenehm.

»Also gut. Auch wenn Sie mich für spießig halten, denke ich, es wäre angemessener gewesen, mit mir normal gekleidet die Vertragsangelegenheiten durchzusprechen und nicht fast nackt.«

»Entschuldigung! Daran hätte ich denken müssen.« Er versuchte es mit dem Blick eines Kindergartenkindes und senkte die Augen, sozusagen, als wäre er gerade einmal vier Jahre, seine Hände vom Spielen mit Sand und Erde verklebt, während er mit ernster Miene beteuert, sie vor dem Essen noch sorgfältig gewaschen zu haben.

»Gestern Abend bin ich auf einer Party leider versackt. Ich bin noch nicht ganz wach und hatte keinen Plan, wann genau Sie kommen würden.« Er erhob sich. Zog eine Schnute. Legte den Kopf schief. Stellte die Frage direkt: »Wie wär's, wenn ich jetzt schnell unter die Dusche hüpfe und als Entschädigung lade ich Sie irgendwo draußen zum Mittagessen ein?«

Mit ihm zu lunchen, hatte ich nun überhaupt keine Lust. Ich stand nun ebenfalls auf und schnappte mir meinen Schirm aus dem Flur, den ich einfach dort auf die Fliesen gelegt hatte, was sicher auch nicht die feinste Art war. Aber es war mir momentan wurscht.

»Danke. Aber das ist nicht nötig. Wir haben soweit alles besprochen. Legen Sie sich wieder hin.«

»Wie Sie wollen.« Es war mehr ein unfreundliches Brummen als eine Erwiderung der normalen Art. Er begleitete mich dennoch zur Tür.

Noch im Treppenhaus kribbelte mir sein unangenehmer Schweißgeruch in der Nase.

Zurück im Auto fuhr ich zunächst ins Hotel, welches innerhalb Felder und Wiesen verwachsen mit der Natur zu sein schien und wo ich schon vor zwei Tagen ein Zimmer gebucht hatte. Dort lud ich erst einmal meine Reisetasche ab. Ich benutzte die Toilette, machte mich ein bisschen frisch, bürstete mein Haar und verließ nach einer knappen Viertelstunde mein Zimmer schon wieder. Die Rezeptionistin erklärte mir sehr freundlich den Weg zu einem ihrer Ansicht nach sehr schönen Café, direkt an der Mosel gelegen, in dem man neben einer riesigen Auswahl an Kuchen und Torten auch regulär speisen konnte.

Der Regen ordnete sich plötzlich dem Willen der Sonnenstrahlen unter und verkroch sich wieder in den Wolken, während ich eine enge kurvenreiche Straße durch ein bewaldetes Tal hinunter zur Mosel fuhr. Auf seltsame Weise fühlte ich mich frei. Traurig, aber frei. Traurig, weil ich kaum noch an etwas anderes denken konnte als an den einen Mann, der sich wie eine Zecke in meinem Herzen festgebissen hatte und für den ich andererseits unmöglich von Interesse sein konnte. Frei, weil ich innerlich davon überzeugt war, dass es hinsichtlich aller Herzensangelegenheiten keine Unmöglichkeiten geben durfte, so närrisch manches auch sein mochte. Frei außerdem, weil ich bis morgen Abend ohne zu erwartende Behinderungen meinen vielfältigen Träumereien unkontrolliert nachhängen und die herrliche Gegend genießen durfte.

Nun saß ich in dem mir empfohlenen Café, trank Cola und zusätzlich noch einen Cappuccino mit Sahne. Dazu genoss ich Stück für Stück eine Pizza mit Spinat, Knoblauch und unglaublich vielen Zwiebeln. Ohne Reue. Denn ich war schließlich alleine heute Nacht. Da ich die Freiheit dieses Restwochenendes vollkommen ausschöpfen wollte, gestattete ich mir, ohne Rücksicht auf die Summe der Kalorien, als Nachspeise noch eine Vanillecreme mit Früchten.

Als ich mich anschließend auf einer Bank am Ufer niederließ, betrachtete ich verträumt die charmanten Lichtstrahlen, die auf dem Moselwasser blinkten und flimmerten. Der Fluss spielte mit dem Sonnenlicht und es war angenehm, in der Gegenwart eines tröstenden Naturbildes einfach meinen Gedanken nachzuhängen.

Meine Phantasien kreisten in erster Linie mal wieder um Jo. Um die Geschichte, die er mir von seinen Pflegeeltern erzählt hatte. Um seine Mutter, deren Tod er lediglich zur Kenntnis genommen hatte, wie er sich ausdrückte. Ohne Trauer. Um seinen Vater, der hier im Seniorenheim lebte und dem er nie mehr begegnen wollte. Tausend Fragen hatte ich nach Jos Schilderung seiner Kindheit noch auf den Lippen, tausend Fragen, die ich nicht zu stellen wagte, aus Angst, noch mehr Dreck in diesem schäbigen Kapitel seines Lebens aufzuwühlen. Und da war noch etwas anderes, was mich bewegte. Etwas, das mir einige Zeit später nach seiner vertrauensvollen Erzählung beim Griechen aufgefallen war. Ich war ihm in gewisser Weise ähnlich. Und es ist mir durch seine Geschichte erst bewusst geworden, wenngleich meine eine ganz andere ist, jedoch mit nahezu den gleichen Nachwehen.

Sowohl mein Vater als auch meine Mutter arbeiteten im Management einer großen Textilfabrik. Sie schufteten beide mindestens zehn Stunden am Tag. Mit sieben Jahren öffnete ich nach der Schule unsere Haustür mit einem Schlüssel, der in unserem Kräutergarten unter einem flachen ovalen Stein versteckt war. Wenn ich mittags unser Haus betrat, war ich allein, fühlte mich allein. Aber es fehlte mir die Zeit, um hierüber Trübsal zu blasen, denn es galt, die am Vorabend von meiner Mutter bereits geschälten und in einem Topf mit kaltem Wasser ruhenden Kartoffeln zu kochen oder den von meiner Mutter vorgekochten Gemüsereis in einer Pfanne mit etwas Butter aufzuwärmen, bevor sie um dreizehn Uhr in ihrer Mittagspause nach Hause kam, um mit mir gemeinsam zu essen. Sie bereitete meistens auf die Schnelle noch ein Spiegelei oder ein kleines Schnitzel zu sowie Gemüse, welches wegen der knappen Zeit aus der Dose kam. Für meinen Vater mussten wir nur selten etwas vom Mittagsgericht aufheben. Er war kaum zu Hause, reiste stattdessen dauernd für die Firma herum. Wenn er dann mal anwesend war, wich dennoch nicht die irritierende, beängstigende Distanz, die er mir und meiner Mutter gegenüber an den Tag legte. Manchmal aß er mittags in seinem Stammlokal ganz in der Nähe der Textilfabrik.

Beim Essen erzählte ich meiner Mutter manchmal etwas von dem, was sich so in der Schule ereignet hatte – vielmehr setzte ich an zu erzählen – aber ihre Mittagspause war stets so knapp bemessen, dass sie nur mit halbem Ohr zuzuhören vermochte. Sie stand meistens schlagartig auf, zog ihren Mantel vom Kleiderbügel an der Garderobe und verschwand wieder, kaum, dass unsere Teller leer waren. Ich kümmerte mich dann um den Abwasch, saugte, räumte ein bisschen auf. Manchmal kaufte ich später im Tante-Emma-Laden um die Ecke noch ein paar Lebensmittel ein. Regelmäßig schrieb meine Mutter mir auf, was in unserem Haushalt fehlte und ließ immer ein wenig Geld in der Küchenschublade. Wenn die gröbste Hausarbeit erledigt war, holte ich häufig noch die Wäsche aus einem Korb im Badezimmer und steckte sie in die Waschmaschine, bevor ich meine Hausaufgaben für die Schule machte.

Abends kehrte meine Mutter zu unregelmäßigen Zeiten von der Arbeit nach Hause zurück, aber ich deckte immer schon gegen achtzehn Uhr für unser Abendbrot ein und wartete am Esstisch, bis sie kam. Währenddessen mischten sich freudige Gefühle hinsichtlich ihrer Rückkehr mit der bangen Erwartung, wie Mutter heute Abend gelaunt sein würde. Gelegentlich kam es vor, dass sie nur erschöpft, aber zufrieden heimkehrte. Mitunter aber war ihre Stimmung nach der Arbeit dermaßen im Keller, dass sie nur noch herummaulte, wenn ich ihrer Meinung nach zu nachlässig gesaugt oder das Geschirr nur gespült, nicht aber abgetrocknet hatte. Um sie zu entlasten und um mir die zeitweilige hysterische Schreierei abends nicht anhören zu müssen, hatte ich mir mit der Zeit angewöhnt, alles so perfekt wie möglich zu machen. Damit ich mir der Liebe meiner Mutter sicher sein konnte, musste ich ihr helfen, so gut ich es vermochte. Daran bestand für mich nie ein Zweifel. Schließlich hatte sie auf ihrer Arbeitsstelle schon Stress genug.

Mein Vater war also kaum zu Hause, vielleicht jedes zweite Wochenende oder hin und wieder auch mal für einen Tag innerhalb der Woche. Von Mutter erfuhr ich irgendwann beim Abendbrot, dass er vorhatte, in eine andere Stadt zu ziehen, nämlich nach Freiburg, wo die Textilfabrik, in der meine Eltern arbeiteten, eine Filiale unterhielt, die ausgebaut worden war. Ich spürte, dass, wenn es so weit war, der feine Leim, der meine Eltern noch zusammenhielt, noch dünner werden und sich schließlich auflösen würde. Ich spürte es nicht nur in mir selbst, ich las es in den feuchten Blicken meiner Mutter, als sie mir von dem Vorhaben meines Vaters berichtete. Warum wir ihm als Familie nicht folgten, meine Mutter nicht einmal erwägt hatte, auch umzuziehen, traute ich mich nicht zu fragen. Als mein Vater seine letzten Sachen aus unserem Haus trug, wusste ich instinktiv, dass wir ihn nie wiedersehen würden. Fortan sorgte ich mich nicht nur um unseren Haushalt, sondern auch um das Leid meiner Mutter, die ständig weinte und nach der Arbeit nur noch übel gelaunt war. Nichts konnte ich ihr recht machen, an allem hatte sie etwas auszusetzen.

Manchmal kaufte ich von dem Haushaltsgeld, mit dem ich unsere Einkäufe erledigte, in unserem Tante-Emma-Laden etwas Süßes für sie, um sie aufzumuntern. Natürlich gab es deswegen jedes Mal eine Rüge, dennoch fühlte ich, dass sie sich insgeheim über diese Fürsorge – oder wie man es sonst nennen mochte – freute.

Bestimmt hatte ich es immer noch diesen Umständen zu verdanken, dass ich mich für alles verantwortlich fühlte. Jo hatte mir mit seiner eigenen Kindheitserzählung die Augen geöffnet. Mein Lebensmotto war es auch, alles so gut wie nur möglich zu machen, mir immer wieder darüber Gedanken zu machen, ob es anderen gutging, ob meine Arbeit perfekt genug war, ob mein Verhalten in alltäglichen Situationen vertretbar war, oder ob hier und da noch Verbesserungen anzustreben sind. Ich glaubte, erst, wenn alles absolut zufriedenstellend erledigt war, für mich selbst, aber auch für andere, hatte ich ein Anrecht, geliebt zu werden. Anerkannt fühlte ich mich allzu oft nur dann, wenn Freunde, Bekannte, Verwandte, Kollegen von sich aus einen Schritt auf mich zu machten oder sich gleichsam für gemeinsame Unternehmungen und Pläne engagierten, also nicht ich diejenige sein musste, die ständig alles in die Hand nahm. Aber aus unerfindlichen Gründen heraus war oft doch ich diejenige, die handelte, Pläne schmiedete, einlud und dergleichen, und in diesen Situationen fühlte ich mich gerade deswegen nicht in dem Maße bestätigt, wie es mir lieb gewesen wäre.

Ich lebte in ständiger Angst, fremde Erwartungen nicht bis zur Vollkommenheit zu erfüllen und etwas falsch zu machen und dachte an meine Mutter, für deren Wohlergehen mir keine Mühe zu groß war, und an Tom, den Vater meiner beiden Kinder. Tom und ich waren nie verheiratet gewesen, was mir damals zu schaffen machte, aber Tom war strikt gegen eine Hochzeit, denn in seiner Phantasie war diese nicht höher einzuschätzen als eine Trauerfeier. Er hatte ein überaus forderndes Wesen und ich glaubte zu jener Zeit, als wir zusammenwohnten, seine Liebe nur verdient zu haben, wenn ich ihm seine Wünsche, so gut ich konnte, erfüllte. Schwierig wurde es immer, wenn ich in einem Punkt anderer Meinung war. Tom akzeptierte keine normale Frau, also eine mit eigenen Ansichten, die sie auch äußerte. Nein. Er wollte eine, mit der er keinerlei Konflikte hatte.

Die Melancholie meiner Beziehung zu Tom wurde abgelöst durch einen anderen Mann, bei dem das trügerische Spiel von vorne begann, bis ich eines Tages begriff: Bedingungen sind keine Basis für die Liebe. Ich wollte um meiner selbst Willen geliebt werden, um meiner selbst Willen von anderen geschätzt werden. Aber nicht zwingend von jedermann, denn dieses Bestreben ist pure Illusion, weiter nichts. Mir war es gelungen, diese Tatsache in meinem Kopf abzuspeichern, nicht aber, sie vollauf zu akzeptieren. Und so kämpfte ich, ohne dass es mir bewusst war, mit meinem Perfektionsstreben bisweilen um Zuneigung – wie Jo.

Als die Sonne sich mit einem Mal zurückzog, verspürte ich ebenfalls Lust, mich zu verdrücken und ins Hotel zurückzufahren, was ich dann auch gleich tat. Bequem mit Boxershorts und Trägershirt und einem spannenden Buch, das ich mitgenommen hatte, verkrümelte ich mich sehr früh ins Bett.

Ich schlief relativ gut. Mein Radiowecker begleitete mich immer, wenn ich verreiste. Er meldete Alarm um 7 Uhr Sonntagmorgen. Weil ich gern noch ein bisschen vor mich hindöste nach dem Aufwachen, hatte ich ihn so früh eingestellt. Aus dem Radio ertönte Popmusik, aber ich wollte keine hören und drückte die Stop-Taste.

»Gnädigste, passt diese Musik etwa nicht zu den romantischen Einbildungen, denen Sie erliegen, wenn Sie morgens noch einige Zeit vor sich hinträumen wollen?«, schien der Wecker mich zu fragen.

»Halt' die Klappe«, erwiderte ich in Gedanken, zog mir die Decke über den Kopf und erlag meinen romantischen Einbildungen, die um Jo kreisten.

Um 8.00 Uhr stand ich auf, duschte ewig lang, schlüpfte in eine Jeanshose und eine weiße Sweatjacke mit Kapuze und ging frühstücken. Da mittlerweile die Sonne wieder hervorgekrochen war, entschied ich mich danach für einen langen Streifzug durch die Felder. Das Hotel lag mitten in freier Natur – total schön – und so marschierte ich munter die langen Wald- und Feldwege entlang, die den Ort

Waldesch auffingen wie ein großes flauschiges Nest. An einem plätschernden Bach gab es einen Baum, es könnte Ahorn gewesen sein, der mich wegen seiner Stärke und Geborgenheit, die er vermittelte, in den Bann zog, und so ließ ich mich darunter nieder. Beim Frühstück hatte mich die Idee gefangengenommen, ein Gedicht zu schreiben, nur für mich selbst, eines, das niemand sonst lesen würde. Der Platz hier am Bach schien mir geeignet für eine kreative Pause. Also holte ich einen Block und Stift aus meiner Umhängetasche, stärkte mich mit Apfelschorle aus einer Plastikflasche und begann zu sinnieren. Und spontan schossen die Reime aus meinem verliebten Holzschädel wie der langsam aufsteigende, sodann ungestüme Dampf von kochendem Wasser.

Jede Mimik von dir im Herzen verstaut,
kann nicht schlafen, kaum noch essen.
Hast mich schon wieder süß angeschaut,
möcht' bei dir sein
und träum' stattdessen.
Sonne sickert durch die Bäume.
hübsche Wolken, blau und klar,
bewachen meine kühnen Träume,
in welchen ich dir bin ganz nah.

Hab' dir so vieles preiszugeben,
tausend Worte zwischen den Lippen,
doch wieder werd' ich stumpf erleben,
wie alle meine Wörter kippen,

wenn du lächelnd vor mir stehst
und mir global den Kopf verdrehst.

Hab' Gänsehaut, ohne zu frieren,
lass' mich von Gefühlen führen.
Und weiß, dass meine Fassung
zusammenbricht,
sobald jemand nur deinen Namen spricht,
und dass deine Stimme meine Seele küsst,
und man Liebe nicht am Alter misst.

Die schönen Wolken verfärben sich,
und auf einmal regnet es fürchterlich.
Ich verharre unter den wippenden
Zweigen, und wünsch' mir nur eins:
mein Herz würde schweigen.

»Linda, du bist kitschig«, sagte ich zu mir selbst, als ich kopfschüttelnd die fertigen Verse begaffte. Ich zerknüllte das Papier und stopfte es in meinen Beutel. Es war Zeit, nach Hause zurückzufahren.

10

Der Büroalltag umfasste mich am Wochenanfang wieder fest mit seinen hektischen Armen. Benedikt würde den ganzen Sommer über nicht in Wilhelmshaven sein.

»Ich fliege morgen Mittag für einige Wochen nach England, um mir Cornwall und auch die schöne Umgebung um Gravesend anzusehen«, teilte er uns allen mit.

»Linda, wir hatten schon darüber gesprochen. Die Gegend bietet hervorragende Voraussetzungen für unsere Gruppenreisen«, sagte er mir zugewandt, während er, so dass jeder im Büro es sehen konnte, liebevoll mit seiner großen rauen Hand über meine Wange strich. »Von dort fliege ich direkt weiter nach Österreich. Dort treffe ich mich mit Vincent, um ein paar taugliche Unterkunftsmöglichkeiten für unsere Ski- und Kletterurlauber zu finden. Zwischenzeitlich unternehme ich einen kurzen Abstecher nach Frankreich, um zu sehen, wie es mit den Gästen dort unten klappt, und danach bin ich im Erzgebirge. Dort gibt es recht schöne Häuser, die wirklich günstig zu erwerben sind, und ich bin nicht abgeneigt, mir eines zu kaufen, entweder als Altersvorsorge oder auch zur Nutzung als Ferienhaus.«

Juliane sagte ruhig: »Kein Problem. Die Arbeit hier im Büro wird Linda bestimmt auch ohne deine Anwesenheit schaffen. Sie hat meistens alles besser im Griff als du, Benedikt.« Sie lachte verschmitzt. Benedikt legte den Kopf schief, spitzte die Lippen und lächelte dann ebenfalls.

»Und ich bin auch noch da. Wenn es zu turbulent wird, helfe ich euch aus«, redete Juliane weiter und schickte mir einen durchdringenden Blick der forschenden Art. »Jetzt, wo Jo nicht mehr da ist, hast du bestimmt eine Menge um die Ohren. Willst du dir keine neue Aushilfe suchen?«

»Nein, werde ich nicht«, erwiderte ich aphoristisch.

»Juliane, ich kann auch bei Linda mit einspringen«, hörte ich Rieke, der es wieder recht gut ging. Sie hatte ihrem verheirateten Lover inzwischen den Laufpass gegeben und es war ihr wider Erwarten nicht einmal so sehr schwer gefallen. »Wenn du's mir erlaubst, heißt das natürlich.« Sie lächelte Juliane fröhlich an.

»Sicher. Wenn du deine Arbeit bei uns erledigt hast, kannst du noch Überstunden bei Linda machen«, sprach Juliane mit gespielter ernster Miene. »Geht klar. Linda braucht unsere Hilfe, wenn sie niemanden mehr einstellen will. Tja, dass Jo schon fortmuss, ist schade.« Ihr Lachen klang wie das eines frechen Monsters, das sich in ihrer Kehle niedergelassen hatte.

»Juliane, möglicherweise müsst ihr mehr von meiner Büroarbeit übernehmen, als euch lieb ist«, vernahm ich auf einmal von Benedikt. »Wenigstens für drei Wochen.«

Ich sah ihn verwundert an. Juliane ebenso.

Isa sagte: »Ach so, verstehe« und grinste, während sie zu mir herüberblinzelte. »Ich habe gestern Abend unsere Verabredung nicht einhalten können wegen der Enkelkinder, sonst hättest du mir es bestimmt gestern schon gesagt.«

Alle blickten verständnislos drein. Dann fuhr Isa fort. »Du fährst also mit Benedikt?«

Mir verschlug es die Sprache. »Nein Isa, wie kommst du darauf?«

Benedikt rüttelte leicht mit dem Kopf und kam Isa zuvor. »Isa hat einen guten Instinkt und vermutet schon richtig. Bitte komm' mit mir nach England, zumindest die drei Wochen, in denen ich in Cornwall umherreise. Ob ich hinsichtlich der Unterkünfte die Gegend um Gravesend direkt abklappere, weiß ich noch nicht so genau. Vielleicht mache ich das später. Aber ich möchte, dass du mit mir nach Cornwall kommst. Ich werde jetzt längere Zeit verreisen, Linda, und dort hätten wir wenigstens noch ein bisschen Zeit für uns. Ich habe zwei Flugtickets in der Tasche.«

Was ich schlagartig spürte, war ein Kloß aus Verblüffung und Überrumpelung in meinem Rachen.

»Du kannst mich doch nicht einfach mit dieser Idee überfallen!«, rief ich, eine Spur zu laut, aber Unmut und Schrecken mussten sich blindlings Luft machen.

»Meine Annahme war, dass du dich freust, etwas herauszukommen aus dem Bürotrott. Wir könnten, zumindest für den Telefondienst, kurzfristig eine Hilfe durch einen Personaldienstleister anfordern.«

»Benedikt, nein. Ich bleibe hier.« Mein Ton war ungewohnt hart, und hätte ich an Benedikts Stelle so dagestanden, ich hätte bestimmt geheult. Er tat mir leid. Was hatte er erwartet? Dass ich wieder eine längere Affäre mit ihm begann, wie schon einmal, eine, aus der kein vernünftiges Band entstehen konnte, weil Benedikt nicht treu zu sein vermochte und er in halb Europa Liebhaberinnen hatte, die sich wünschten, ihn endlich für sich allein zu gewinnen? Er war warmherzig und väterlich und großzügig, aber kein Mann, der meine Seele so erhitzte, dass ich mich an ihn binden wollte.

Ich musste es ihm schonend erklären. Wir verzogen uns kurzerhand in mein Büro, weil ich nicht vor den anderen mit ihm diskutieren wollte. Anschließend huschte ich auf die Toilette, um mein verheultes Gesicht zu waschen. Währenddessen hörte ich Benedikt nach Rieke rufen. Er gab ihr barsch den Auftrag, sogleich in Frankreich anzurufen und ihn mit Jo zu verbinden. Vermutlich war es deswegen, weil er Jo, der unseren Koch empfangen sollte, ein paar Anweisungen geben wollte.

Am nächsten Tag flog er allein nach England. Er würde nun wochenlang nicht mehr hier und in der Zeit auch schwer erreichbar sein, wie er verkündet hatte. Unheilvolle Angelegenheiten sollte Vincent klären. Dringende sollten notfalls liegenbleiben.

Aha. Das würde sicher heiter werden.

Als ich an dem Tag im Nachbarbüro Angebote kopierte, erspähte ich auf Riekes Schreibtisch ein Marzipanherz, welches genau dem glich, das Jo mir vor seiner Abreise geschenkt hatte. Ich war verblüfft, sagte aber erst einmal kein Wort, sah mich nur verstohlen um. Und entdeckte dabei dasselbe Herz neben Isas Büroklammerkörbchen.

Dass auch meine Kolleginnen dieses süße Etwas von Jo bekommen hatten, war mir bis jetzt nicht aufgefallen.

»Wo habt ihr denn die Marzipanherzen her? Sind die etwa auch von Jo?« Die Frage ging mir recht schwer von den Lippen, aber ich wollte es wissen. Unbedingt.

»Ja. Hat er uns doch allen geschenkt«, rief Juliane vom Faxgerät aus. »Wieso fragst du?«

»Nur so.« Wie sollte ich meine dämliche Frage begründen? »Ich wundere mich nur, weil er wohl für alle das Gleiche gekauft hat.« *Weil er wohl für alle das Gleiche gekauft hat.* Papperlapapp. Eine sinnlosere Antwort hätte erst noch erfunden werden müssen.

Ich packte meine Papiere zusammen, steuerte meinen Schreibtisch an, holte das Herz aus Marzipan, dem ich eine persönliche Gewogenheit zugeschrieben hatte, aus meinem Regal hervor und warf es aus dem Fenster.

Bei seinem Abschied hatte Jo also *allen* Kolleginnen ein Marzipanherz geschenkt. Nicht nur mir. Schade. Vielleicht war es ein Wunschtraum von mir gewesen, reine Phantasie. Okay. Nicht schlimm. Ich hatte mich inzwischen wieder eingekriegt. Und – es war ebenso töricht wie hanebüchen – bei unseren wenigen Telefonaten suchte ich zwischen seinen Worten weiterhin unentwegt nach Zeichen seiner Zuneigung, die ich mir in den vergangenen Wochen manchmal eingebildet hatte, ohne sie bestätigen zu können.

Ja, ich wollte. Ich wollte ihn so gern an meiner Seite, aber es war zunächst nichts weiter als ein Traum.

Nur wenige Male hatten wir in der Zwischenzeit telefoniert. Ihm schien es gut zu gehen in der Sonne Südfrankreichs und er hatte schon mit dem Surfunterricht für ein paar junge Franzosen begonnen. Voller Enthusiasmus berichtete er, dass er zu seinen Schülern gleich einen guten Draht gefunden hatte. Das wunderte mich nicht.

Jo wohnte im neuen Caravan.

»Geile Kiste! Ich kann's gut drin aushalten«, verdeutlichte er sein Wohlbefinden.

Den anderen Campingwagen hatte er mit Hilfe von Piet und zwei jungen Männern aus der Region, die Piet gut kannte, ordentlich aufgemöbelt.

»So ungeschickt bin ich gar nicht beim Handwerkeln«, fuhr es stolz aus ihm heraus. »Wenn du diesbezüglich mal Hilfe brauchst …«

»Wir werden sehen«, sagte ich lachend. »Freut mich, dass es dir so gut geht dort unten.«

Das stimmte. Aber es wäre auch schön gewesen, wenn er mir irgendwie zu verstehen gegeben hätte, dass er mich – ein kleines bisschen ja nur – vermisst.

11

Wolle traf pünktlich am Wilhelmshavener Bahnhof ein, von wo Hannes ihn abholte. Wolle war seinem Puma-Verlies in Waldesch also entwichen und sah heute tatkräftig, gewaschen und unverdorben aus, als ich ihn dabei beobachtete, wie er die Lebensmittel in unseren Bulli lud. Demnach schien er also doch zuverlässig zu sein. Juliane hatte ihm den Schlüssel zu unserem Lagerraum ausgehändigt. Zu mir sagte sie:

»Was hattest du denn mit dem? Der sieht doch vollkommen normal, eher noch ganz kernig aus.« Sie grinste.

»Ach, lass' gut sein. Er hatte sich am Abend vor meinem Besuch offensichtlich so richtig derbe einen auf die Birne geschüttet und bis der Alkohol in seinem Blut verdampft war, brauchte es eben seine Zeit. Dementsprechend sah er aus wie ein Herumtreiber. Und ein Gespür für sittsame Kleidung habe ich bei ihm auch nicht bemerkt.«

»Ich finde den ganz nett.« Rieke war hinzugekommen. »Ich kann ihm einladen helfen, wenn ihr wollt.«

Juliane war dagegen.

»Die Kartons sind zu schwer für dich. Das schafft der schon allein.«

»Schade.« Rieke machte eine Schmollschnute.

»Du kannst aber schon mal eine Quittung vorbereiten, die er nachher unterschreiben soll. Wegen der

Geldkassette, die er mit nach Le Lavandou nehmen muss. 6000 Kröten sind drin. Das muss er quittieren.«

»Mach' ich sofort.« Rieke huschte hinter ihren Schreibtisch.

»Alles drin im Bulli.« Laut ertönte Wolles Bassstimme. Und da kam er auch schon. Beim Gehen tänzelte er wie ein verspieltes Kind. Ich wusste immer noch nicht genau, was ich von ihm halten sollte, aber dennoch hatte ich ihm heute das *Du* angeboten.

»Deine Kollegin hat mir gerade einen Batzen Bargeld in einer Kassette mitgegeben. Zum Glück habt ihr einen Tresor in eurem Gästehaus. Ganz wohl ist mir nicht mit der ganzen Kohle im Auto.«

»Das handhaben wir Jahr für Jahr so. Mein Chef fühlt sich besser, wenn er weiß, dass das Geld sofort parat liegt, wenn es gebraucht wird, und jederzeit eingekauft werden kann. Hast du die Schlüssel für den Bulli, den Tresor und auch für die Gästehaustüren in Le Lavandou eingesteckt?«

»Klar, hier.« Er klimperte mit dem Schlüsselbund in seiner Hosentasche.

»Gut. Pass' drauf auf. Wo übernachtest du denn?«

»Ich hatte gehofft, du hättest ein Zimmer für mich klargemacht. Ansonsten würde ich den Bulli nehmen für diese eine Nacht.«

»Kommt gar nicht in Frage. Das ist unser Firmenbulli und keine Notunterkunft. Außerdem hättest du dann weder eine Toilette noch eine Wasch- und Duschgelegenheit. Wie stellst du dir das vor? Willst du morgen früh wie ein Penner, ungewaschen und verschwitzt, nach Frankreich fahren?«

Er strich sich über sein Kinn, sah mich etwas von oben herab an.

»Wie ich dir schon einmal gesagt habe, du kannst nicht locker bleiben.«

Ich straffte wie auf Kommando meinen Körper. »Es ist auch nicht immer angebracht.«

»Ich fahre morgen um 5 Uhr los. Da habe ich ausreichend Zeit, um unterwegs auf einer Raststätte zu duschen. Das machen die LKW-Fahrer schließlich auch, oder?«

Ich rollte mit den Augen, ließ ihn gewinnen und gestattete ihm die Übernachtung im Bulli. Aber mir war nicht wohl dabei. Und dann buchte ich im Nachhinein für ihn doch noch ein Hotel in der Stadt. Danach machte ich mich auf den Weg zu Isa.

»Pst … sag' erst mal nichts, wenn du in die Küche gehst«, bestimmte die mittelgroße schlanke Frau, die mir bei Isa die Tür öffnete. Sie umarmte mich kurz und schüttelte ihren dunkelblonden Pagenkopf à la Mireille Mathieu. Ihre Augen hinter der silbernen runden Intellektuellenbrille ruhten mehrere Sekunden lang bedeutsam auf meinem Gesicht. »Isa versucht gerade, Nora zu trösten.«

Meine Freundin Marion nahm mir die Jacke ab, hängte sie an Isas Garderobe und dirigierte mich sanft am Arm zur Küchentür.

»Und das war wirklich das Allerscheußlichste! Das hätte ich nicht von ihm gedacht.« Nora löste sich ruckartig aus Isas Armen und rannte wortlos und heulend an mir vorbei zur Toilette.

Isa schüttelte den Kopf, während sie ihrer Tochter nachsah.

»Is' schon eine schräge Type, dieser Kollege von ihr, dieser Finn. Tzz ...« Sie schüttelte abermals den Kopf. Dann erst nahm sie mich richtig wahr, strich mir über die Schulter. »Hi, Linda. Schön, dass du da bist.«

Isa, Marion und ich hatten uns heute Abend in Isas Wohnung verabredet, nur so zum Plaudern, bei Wein und Kerzenschein.

»Ich hatte mit Nora heute Abend nicht gerechnet«, sagte Isa. »Sie stand plötzlich weinend vor der Tür. Für sie ist heute Vormittag eine Welt zusammengekracht.«

Marion ergänzte: »Nora hatte nach der ewigen Umtauscherei ihrer Geschenke für diesen Lehrer letztendlich zwei Karten für ein Musical besorgt. *Für Phantom der Oper*«, fügte sie an. »Sie hat es sich ja so schwergemacht, ein möglichst tolles Geschenk für Finns Hilfeleistungen zu finden. Und sie dachte, das könne jetzt wirklich etwas für ihn sein. Sie wollte es ihm in der großen Pause vor ihrer Freistunde geben.«

»Ja und?«, fragte ich. War doch eine tolle Idee, wie ich fand.

»Na, der unsensible Scheißkerl hat die Karten nicht nehmen wollen.« Marion schürzte verächtlich die Lippen, als sie fortfuhr. »Er meinte, er hätte gern geholfen und ein Geschenk dafür sei nicht nötig. Sie solle es wieder einstecken. Nora glaubte zunächst, er mache Spaß. Als sie sein todernstes Gesicht betrachtete und nichts weiter auf einen Scherz hindeutete, vermutete sie, er denke, er müsse unbedingt mit *ihr* in diese Veranstaltung gehen. Und natürlich hätte sie sich gern mit ihm zusammen das Musical angesehen. Aber für Nora wäre es auch in Ordnung gewesen, wenn er in diesem Punkt an jemanden anderen dachte. Das sagte sie ihm auch genauso. Auch, dass sie ihm lediglich eine Freude bereiten und sich als dankbar erweisen wollte. Ohne ihn hätte sie die Renovierung niemals so hinbekommen. Er hat sich nur umgedreht, und während er eilig mit seinem Kaffee davoneilte, hat er Nora mit zugewandtem Rücken zugerufen, sie möge mit den Karten anstellen, was sie wolle, aber er könne keine Begeisterung empfinden für überflüssige Geschenke. Nora hat dann eine Weile geschockt und allein vor dem Kaffeeautomaten im Pausenraum gestanden, da der Unterricht gerade wieder begonnen hatte. Dann hat sie sich für den restlichen Tag im Sekretariat krankgemeldet, ihre beiden Mädchen von der Tagesmutter geholt und mit ihnen den Nachmittag verbracht.«

Marion nahm sich nach diesem Kurzbericht ein paar Salzstangen aus dem Becher auf dem Küchentisch und nuschelte mit vollem Mund: »Also, so ganz dicht ist der nicht. Eine Frau so zu demütigen!«

Isa lehnte sich resigniert an den Kühlschrank und verschränkte die Beine. Während sie ihr Kinn auf eine Faust stützte, murmelte sie unanständige Bezeichnungen – auf Finn gemünzt – vor sich hin.

»Gibt es einen Grund, warum der so krass reagiert hat?« Ich war sprachlos. War doch süß von Nora, sich auf diese Weise erkenntlich zu zeigen.

»Der hat vielleicht ein grundsätzliches Problem. Mit Frauen generell, mit Sozialkompetenz, mit Normalreaktionen. Was weiß ich?!«, schimpfte Isa laut durch die Küche.

Da kam Nora von der Toilette zurück. Sie hatte ihr hübsches Gesicht gewaschen und strich sich nun das feuchte Ponyhaar aus der Stirn. »Und weißt du was, Linda?«

Ich sah diese wunderschöne junge Frau mit dem dunklen, im Nacken zu einem dicken Knoten gebundenen Haar, neugierig an. Sie trug ein kurzes schwarzes, ärmelloses Kleid, eine lange silberne Kette darüber und graue Turnschuhe. Und sah auf jeden Fall umwerfend aus.

»Geht's noch schlimmer?« Meine Frage war nicht so ganz ernst gemeint, denn das Gehörte war bereits entmutigend genug für Nora.

»Ja. Finn ist abscheulich.« Mit zitternden Händen reichte sie mir ein zerknittertes Blatt Papier. Es war von einem Collegeblock herausgetrennt. »Das hat er am späten Nachmittag unter meiner Haustür durchgeschoben, Linda.«

Nora, du bist übereilt nach Hause gefahren und hast dich unfairerweise krankgemeldet. Unfair, weil wir anderen nun für dich einspringen müssen und weil du, bevor du mir dein unnötiges Geschenk übergeben wolltest, so gar nicht krank ausgeschaut hast. Wenn du also so freundlich wärst, dein Beleidigt-Sein ad acta zu legen und morgen in die Schule zurückkehren würdest statt dich in Selbstmitleid zu suhlen, wäre ich dir äußerst dankbar. Bei der Renovierung habe ich dir gern geholfen. Bei deinem handwerklichen Geschick hättest du sonst vermutlich Kleinholz aus deiner Küche gemacht. Wie schon gesagt, dafür verlange ich nichts. Ich möchte kein Aufheben wegen einer solchen Sache machen und erwarte im Sinne der Vernunft dein Entgegenkommen und deine Arbeitsbereitschaft.

Finn

Ich las verdutzt die mit erstaunlich kleiner Schrift – vermindertes Selbstwertgefühl? – hingekritzelten Sätze. »Welcher Hochmut! So ein Widerling.« Das waren tatsächlich meine ersten Gedanken. Macht, Überlegenheit, der Wille, andere zu beugen, schienen die Triebfedern dieses Mannes zu sein. »Was zum Teufel bildet der sich ein, Nora? Er ist doch nicht dein Chef!«

»Ich glaube, ich war die ganze Zeit blind. Zwar ist mir aufgefallen, dass der dauernd danach trachtet, der Tollste im Kollegium zu sein, indem er beispielsweise versucht, jeden, außer den Direktor – bei ihm traut er sich nicht – mit harten Worten in seiner Meinung niederzuringen. Und dennoch hab' ich ihn irgendwie anziehend gefunden. Aber das ist seit heute vorbei.«

Nora schniefte. »So einen gefühlsamputierten Mann braucht niemand.« Sprach's und versuchte, tapfer zu lachen. »Ich muss auch wieder los. Meine Freundin hat bestimmt nicht den ganzen Abend Lust, auf meine Gören aufzupassen.«

Sie drückte uns alle noch einmal.

»Und? Gehst du morgen zurück in die Schule?«

»Wahrscheinlich. Aber ich werde dem Ekel keine Beachtung schenken. Und garantiert keine Gefühle mehr.« Sie hob zum Abschied noch einmal die Hand und verschwand.

An diesem Abend verweilten wir drei in Isas Küche. Wir saßen zusammen um Isas Küchentisch, lästerten über diesen seltsamen Finn und machten uns gleichzeitig in hemmungsloser Manier über Isas griechischen Wein her, ohne daran zu denken, dass wir am nächsten Morgen fit zur Arbeit kommen mussten. Es passierte einfach so beim Plaudern. Die erste Flasche genossen wir im Rahmen der Gemütlichkeit, die zweite tranken wir wegen der außergewöhnlichen Geschmacksnote dieses Weines, die dritte, weil wir sowieso schon mal dabei waren, die Vierte, weil das gute Tröpfchen uns weiterhin so gut schmeckte …

»Du bist ganz schön fahrig in letzter Zeit, Linda. Ist was? Bist du verliebt oder arbeitest du zu viel?« Die Frage richtete Marion ganz unvermittelt an mich. Da waren wir gerade bei der zweiten Flasche.

»Blödsinn. Mir geht es gut. Du kommst auf Ideen!«

»Ich kenn' dich schon ein paar Jahre, Liebste. Und irgendetwas ist mit dir.« Dabei hatte sie herausfordernd Isa angeschaut. Doch die schwieg. Ich auch. Aber nur solange die dritte Flasche noch nicht geöffnet war. Und dann rollte ich gemächlich den Vorhang hoch und gewährte den törichten Wunschbildern meines Herzens Einlass in Isas großer Küche. Ich erwähnte Jos Klugheit und Wärme, seine Anwandlungen von Poesie, seine Stimme, die so viel Beruhigendes in sich barg, das Verantwortungsbewusstsein, die Hilfsbereitschaft und sein riesiges Empathievermögen.

Ich betrachtete dabei die ganze Zeit gespannt Marions offenen Mund, der sich anscheinend nie mehr schließen wollte. Ihr Unterkiefer streifte schon fast ihre Brust, während sie hin und wieder die Augen sehr weit aufriss. Auch die dritte Flasche war schnell geleert. Und als der Wein aus der Vierten unsere Sinne schon so gut wie außer Gefecht gesetzt hatte, hörte ich mich selbst lallen, dass alles, was Jo sage, einen Schimmer von Magie in sich berge. Ich hörte noch vage, wie die Türglocke ging und Isa jemandem etwas zurief. Dann wurden Marion und ich in ein Auto gesetzt. Es war, wie sich später herausstellte, Marions Mann, der uns abholte und nach Hause fuhr.

Am anderen Tag kam ich nicht aus den Federn. Mir war übel und mein Kopf schien zu platzen.

Der Dialog mit meinem Wecker hatte in den letzten Tagen zugenommen. »Verehrteste, wollen wir uns im besten Alter nicht allmählich Gedanken machen über die Bekanntschaft eines soliden, angesehenen und im Alter zu Ihnen passenden Herrn, der …«

»Lass mich zufrieden mit deinem moralischen Gequassel!« Ich stieß ihn zur Seite und rannte ins Bad. Übergab mich. Legte mich wieder hin. Mein Kopf war nicht meiner.

Als ich erneut erwachte, war zumindest die Übelkeit weg. Ich setzte mich auf die Bettkante und dachte zunächst, mein Radiowecker brauchte wieder eins über die Rübe, als ich bemerkte, dass es das Telefon war, das klingelte.

Also tippelte ich schwerfällig und todkrank dorthin und riss genervt den Hörer an mich.

»Wo bleibst du denn?« Es war Juliane. »Jo hat angerufen. Er wollte wissen, wann ungefähr der Koch heute in Le Lavandou eintrifft.«

Ich konnte nicht sofort antworten, war zu benommen. Wie spät war es denn überhaupt? Ach du Schreck. 12.45 Uhr. Das durfte nicht wahr sein.

»Komme gleich. Sorry. Ist Isa schon da?«

»Isa hat sich krankgemeldet für heute. Und du hörst dich auch seltsam an.«

»Wir sind versackt gestern Abend. Das kommt bei mir so gut wie nie vor. Das weißt du. Und ich muss sooo büßen dafür, Juliane. Aber ich bin gleich da. Ich hoffe, es war sonst nichts Wichtiges im Büro?«

»Alles gut. Wegen meiner bleib' doch auch den Tag im Bett. Sag' mir, wann der Koch ungefähr ankommt und ich rufe in eurem Gästehaus in Frankreich an. Da erreiche ich Jo in der nächsten Stunde auf jeden Fall, wie er sagt.«

»Danke. Ich glaube, ich nehme deinen Vorschlag an und hau' mich noch mal hin. So viel trinke ich für gewöhnlich nie.«

»Ja, ja, der Alkohol. Vergiftet Kopf, Geist und Seele.« Sie lachte und sagte: »Dann regeneriere dich. Bis morgen in aller Frische – hoffentlich.« Sie legte auf.

Schlaff schlurfte ich ins Bad, ging auf die Toilette, hielt mir den Kopf unter den Wasserhahn und putzte meine Zähne. In der Küche spülte ich eine Schmerztablette mit zwei Gläsern Wasser hinunter und verkrümelte mich abermals ins Bett. Ich schlief, bis mich erneut das Telefon aufstörte. Es war bereits 21.00 Uhr.

»Jo hier, hallo Linda. Ich habe gehört, du hast gestern getrunken?«, fragte er verschmitzt. Es war wohlig, seine Stimme zu hören.

»Ein bisschen. Soll mal vorkommen. Hab' den ganzen Tag geschlafen. Jetzt geht es wieder.«

»Ah. Prima. Mir gefällt es nicht, wenn es dir nicht gut geht.« Und samtiger: »Wirklich nicht.«

Verlegen rang ich um Worte. Da sprach Jo auch schon weiter.

»Benedikt erzählte mir, er hätte dich gern mit nach England genommen, aber du hättest nicht mitkommen wollen.«

»Nein, nein, mir war nicht nach Reisen. Und hier im Büro stehen die ganzen Angebote für die umliegenden

Pfarrgemeinden und Schulen noch aus. Die Bank hat wiederum die Erhöhung unseres Geschäfts-Dispos abgelehnt. Das bedeutet, dass ich allein einige geschäftliche Planänderungen vornehmen muss. Benedikt hat sich komplett abgemeldet für die nächsten drei Monate.«

»Wie ich dich kenne, regelst du das bestimmt zu aller Zufriedenheit. Wann siehst du Benedikt denn wieder? Wann kommt er zurück?«

»Kann ich dir nicht genau sagen. Von England aus will er noch hierhin und dorthin reisen und plant in der Zwischenzeit auch noch einen Besuch bei euch, um nach dem Rechten zu sehen. Und wie war dein Tag heute?«

»Sehr schön soweit. Wir haben hier 28° C mit viel Wind, ideales Surfwetter. Heute Nachmittag musste ich allerdings den Kurs unterbrechen, weil die Strömung zu heftig wurde. So hängen wir morgen noch eine Stunde dran. Gleich hau' ich mich erst auf das Sofa hier im Eingangsbereich von eurem Gästehaus, lese was Spannendes.«

»Aha«. Ich schmunzelte. »Wieder etwas über das Sexualverhalten der Tintenfische?« Darüber hatte er ein paar Tage vor seiner Abreise nach Le Lavandou gelesen und mir einen reizenden Vortrag darüber gehalten.

»Diesmal nicht.« Er lachte laut. »Jetzt ist das Sozialverhalten der Haubenmeise dran. Während ich lese, warte ich auf euren Wolle. Die Couch könnte übrigens auch mal ausgetauscht werden. Sieht etwas abgegriffen aus.«

»Ist mir bekannt. Aber Benedikt findet, gerade das Abgegriffene habe ein besonderes Flair.«

»Der will seine Kohle beisammenhalten, weiter nichts.« Jo lachte wieder. Es klang nicht wie gerade eben. Es klang nicht wie Jo, wenn er fröhlich ist. Es klang, wie … Ach. Keine Ahnung.

»Nee, mit Kohle kann der nicht gut, Jo. Du hast unsere Kontoauszüge gesehen. Mit unserer Geschäftsbank steht er seit Ewigkeiten auf dem Kriegsfuß. Wie er das schafft, von den übrigen Banken immer wieder Geld herauszubekommen, ist mir schleierhaft. Aber er ist unzweifelhaft stets übertrieben charmant, wenn er etwas erreichen will, besonders den weiblichen Bankangestellten gegenüber. Seinen Charme so richtig sprühen zu lassen, das hat der drauf wie kein anderer.«

»Weiß ich, Linda. Ich beneide ihn auch darum. Ziemlich sogar.«

»…«

»Sag' mal, wann ist denn der Koch von Wilhelmshaven aus losgefahren, Linda? Ich meine, 15 Stunden reine Fahrtzeit müssen wir schon einkalkulieren. Wenn man noch Pausen und Verkehrsbehinderungen einrechnet, könnte es auch Mitternacht werden, ehe er hier ist, nehme ich an.«

»Könnte gut sein. Tut mir leid, dass du solange wach bleiben musst.«

»Piet bleibt auch so lange hier. Kein Problem.«

Ohne Übergang hörte ich mich sagen: »Demnächst soll bei uns an der Küste irgendwo in einem Kunstmuseum eine

Ausstellung eröffnet werden, so etwas zwischen Buchmesse und Gemäldegalerie. Den genauen Ort weiß ich nicht mehr. Ich nehme an, es geht um Maler, die sich auch literarisch betätigt haben, und Autoren, die gemalt haben. Genaues weiß ich noch nicht. Aber es hört sich interessant an. Ich denke, ich werde hingehen, wenn es soweit ist.«

»Klingt gut. Falls Benedikt nichts dagegen hat und diese Ausstellung läuft noch, wenn ich zurückkomme, könnte ich meine Lieblingschefin Linda vielleicht dorthin einladen.«

Seine Worte schossen wie ein Pfeil in meinen Bauch, nahmen sich dort viel Raum und versprühten im ganzen Körper Endorphine. Jo wollte mit mir zusammen die Ausstellung besuchen. Und was sollte Benedikt dagegen haben? Mir verschlug es die Sprache.

»Wie wäre das?«

»Sehr gerne«, flüsterte ich, vor Aufregung fast unhörbar.

Lieblingschefin. Versuchte er gerade, charmant wie Benedikt zu wirken?

»Du weißt, mir liegt viel an der Natur. Ich habe inzwischen wieder ein neues Gedicht darüber geschrieben. Es ist an dich unterwegs. Du darfst es rezensieren.«

»Ich freu' mich drauf.«

»Bis dann, Linda. Träum' was Schönes.«

»Du auch, nachdem Wolle endlich angekommen ist.«

»Das kann nicht mehr so ewig lang dauern. Und ich hab' genug Lektüre dabei. Tschau.«

Nachts um drei war mein Schlaf erneut zu Ende. Wieder einmal das Telefon. Oh Mann. Ich schlurfte barfuß durch die Wohnung und grapschte schlaftrunken nach dem Hörer. Piets raue Stimme quoll daraus hervor.

»Wolle ist noch immer nicht aufgekreuzt. Jo sagte mir, ich soll dich schlafen lassen, aber ich dachte mir, es ist besser, wenn du Bescheid weißt. Ist Verlass auf den Typen?«

»Kann ich dir nicht mit Sicherheit bestätigen. Er ist rechtzeitig ins Büro gekommen, um alles abzuholen, was er mitnehmen sollte. Und er wollte um fünf Uhr morgens aufbrechen. Eigentlich müsste er jetzt längst bei euch sein. Was das letztendlich für einer ist, kann ich dir nicht sagen. Benedikt war es, der ihn unbedingt hat einstellen wollen.«

»Benedikt hat sich für eine Zeit ausgeklinkt. Den können wir jetzt nicht kontaktieren. Er will in Ruhe seine Geschäftsreisen durchziehen und keine Telefonnummern von seinen Hotels hinterlassen. Er sagte, er melde sich selbst ab und zu von unterwegs aus.«

»Ist schon klar. Legt euch einfach hin und pennt. Es sind im Erdgeschoss, soweit ich weiß, noch zwei Zimmer frei. Nehmt die. So kriegt ihr eher mit, wenn Wolle ankommt als im Wohnwagen. Ihr müsst nicht wach bleiben, bis er eintrudelt. Es kann Stau schuld daran sein, dass er noch nicht da ist, oder er hat sich irgendwo auf einen Parkplatz zur Ruhe gelegt. Der hat seinen eigenen Kopf. Er wird sich schon lautstark bemerkbar machen, wenn er da ist.«

»Wie du meinst. Du weißt Bescheid.« Ohne weiteren Kommentar legte er auf und ich mich wieder ins Bett.

Auch am nächsten Morgen kam Wolle noch nicht in Le Lavandou an. Abends warteten alle immer noch, in schon nervöserem Gemütszustand. Am nächsten Tag machten wir uns ernsthaft Sorgen um ihn, und Jo und Piet riefen verschiedene Polizeidienststellen an, um nach den Unfällen der letzten zwei Tage zu fragen. Ohne etwas zu erreichen. Noch einen Tag später hatten wir die Gewissheit. Benedikts Favorit war mit unserem Bulli, den sechstausend Kröten und dem kompletten Proviant durchgebrannt. Der Bulli wurde mit ausgetauschtem Nummernschild im Gestrüpp eines Parkplatzes in Spanien, an der N-121-A in der Nähe von Pamplona, gefunden. Bis auf ein paar volle Getränkekisten war alles futsch.

Vincent war der Meinung, es geschehe Benedikt ganz recht, Lehrgeld zu bezahlen. Schließlich hatte er mir grob in meine Arbeit gefingert und über meinen Kopf hinweg, halsstarrig, wie er manchmal sein konnte, diesen Kerl aus Waldesch engagiert. Da Vincent sich als Erstvertretung von Benedikt betrachtete, orderte er an, erst einmal Stillschweigen zu bewahren. Benedikt wollte nicht gestört werden, er hatte sich schlecht erreichbar gemacht und an der Situation war sowieso nichts mehr zu ändern. Es war, wie es war. Wir würden es ihm zu einem späteren Zeitpunkt schonend beibringen. Ich würde jemanden Neues nach Frankreich schicken müssen. Samstag wollte jedenfalls die Schulklasse eintreffen und dazu noch eine Gruppe junger Leute aus Köln.

»Jo, du und Piet müsst kochen«, befahl ich am Telefon. »Übergangsweise.«

»Gedacht haben wir uns das schon.« Es klang keineswegs sauer und die Art, wie er es sagte, hatte nicht den Anschein, als wenn er sich überrumpelt gefühlt hätte.

»Piet kannst du vergessen. Der kann nicht mal Kartoffeln schälen. Er hat gleich gesagt, ohne ihn. Ich könnte nur so vorgehen, dass ich abends nach dem Unterricht schlichte Speisen vorbereite, die ich am nächsten Tag nur warm zu machen brauche. Als Notlösung erst mal sozusagen. Die Putzfrauen vom letzten Jahr, die habt ihr doch weiterhin eingestellt?«

»Das ist Benedikts Aufgabe, sich um das französische Service-Personal zu kümmern. Aber ich bin überzeugt davon, dass sich bei den weiblichen Aushilfen nichts geändert hat. Es müsste Annemarie kommen, eine Studentin aus Marseille, die haben wir seit vier Jahren. Und Carla, die wohnt am Ort und ist seit zwei Jahren während der Sommermonate im Gästehaus tätig. Carla übernimmt auch diverse Dienste auf Abruf während der übrigen Zeit – also ganzjährig. Eventuell hat sie Lust, auch in der Küche zu helfen oder ein paar schnelle Gerichte hinzuzaubern. Fragt sie doch mal. Ich gebe dir am besten gleich die Telefonnummern, unter der die beiden erreichbar sind.«

»Beide Frauen habe ich schon gesehen. Sie haben sich bereits bei uns vorgestellt und ihre Telefonnummern an die

Pin-Wand geheftet.« Dann lachte er ein bisschen. »Linda …«

»Gibt es sonst noch etwas zu besprechen hinsichtlich der Verköstigung?«

»Wovon sollen wir die Lebensmittel kaufen? Gibt es irgendwo hier verborgene Schatztruhen? Wir brauchen Bares.«

Ach, du lieber Himmel. In all dem Chaos hatte ich daran überhaupt nicht gedacht. Unser ganzes Bargeld hatte Wolle, wo immer er auch nun steckte.

»Um ehrlich zu sein, Jo, ich weiß es gar nicht. Mensch, dass ich das mit dem Geld irgendwie verdrängt habe … Ich werde direkt zur Bank marschieren und eine Blitzüberweisung vornehmen. So etwas müsste problemlos funktionieren. Ich glaube, dass dauert einen Tag. Kannst du mir mal eben Piet geben und ihn nach seiner Bankverbindung fragen? Wir haben selbst kein Konto bei einer französischen Bank, so dass ich auf Piets Konto erst einmal eine bestimmte Summe einzahlen möchte. Das Geld müsste er dann abheben und in den Tresor im Gästehaus einschließen. Schlüssel hat er.«

»Warte. Ich hole ihn.«

Piets rauchig-brüchige Stimme drang derart spröde aus dem Hörer, dass ich automatisch an meinem Ohr kratzte.

»Jo hat mir deinen Vorschlag gerade erklärt. Geht in Ordnung. Du kannst das so machen. Hast du einen Zettel? Dann diktiere ich.«

Mindestens ebenso flott wie ein Durchfall-Erkrankter eine Toilette aufsucht, spurtete ich zur Bank und regelte mein Anliegen. Der Auftrag wurde von der jungen neuen Bankangestellten glücklicherweise sofort problemlos ausgeführt, obwohl das Limit unseres Dispos dadurch bereits schon wieder überstrapaziert wurde.

Wieder im Büro, rief ich Simone an. »Linda hier. Linda von der Reiseagentur. Hallo Simone.«

»Linda …«

»Du … Also, wie fange ich an? … Ich hatte dir leider absagen müssen für die Kochstelle in Le Lavandou, weil mein Chef – ohne mein Wissen – bereits einen anderen Bewerber im Visier hatte, obwohl ich gern dich genommen hätte.«

»Ich hätte das gern gemacht, eure Reisegruppen mit tollem Essen versorgt. Ist halt schade.«

»Simone …«

»…«

»Könntest du nun *doch* für uns arbeiten?«

»Wie? Braucht ihr eine zweite Kraft?«

»Nur eine. Eine, die kochen kann und nicht mit unserem Bulli und einer prall gefüllten Geldkassette untertaucht.«

»Soll das heißen, die Person, die ihr eingestellt hattet, hat das ernsthaft so abgezogen?«

»Genau. Und nun frage ich dich, ob du noch einspringen magst. Es ist mir unangenehm, dich nach der Absage doch noch um deinen Einsatz zu bitten. Der Dickkopf von meinem Chef lässt sich nun mal nicht abschrauben. Hätte er mich allein walten lassen, wäre das alles anders gelaufen – auch wenn sich das im Moment nicht so loyal ihm gegenüber anhört. Ansonsten ist er aber wirklich in Ordnung.«

»Ich würde das immer noch gern machen, eure Gäste in Frankreich bekochen. Sehr gern!« Es klang auch entsprechend. »Wann müsste ich denn los?«

»Möglichst sofort«, erwiderte ich trocken.

»Ups ... Okay, sofort also.« Es entstand eine kurze Pause. Linda wartete gespannt auf eine weitere Reaktion. Dann sagte Simone: »Sagen wir morgen Mittag. Bis dahin hätte ich meine Sachen gepackt.«

»Wirklich? Das ist grandios. Kannst du heute noch zu mir ins Büro kommen?«

Sie erschien eine knappe Stunde später in bester Laune.

»Was sagt denn die Polizei wegen dem Kerl, der mit eurem Hab und Gut durchgebrannt ist? Haben die ihn?«

»Leider nicht. Auf dem Vertrag, den er unterzeichnet hat, hat er einen falschen Namen angegeben. Wolfgang von Braubach. Schon bei dem Namen hätte es bei mir im Kopf klingeln müssen. Ich war so dumm, mir seinen Personalausweis nicht zeigen zu lassen. Ist auch nicht Usus bei uns. Wir sind in unserer Reiseagentur nicht besonders misstrauisch, was Bewerberdaten angeht, weil wir uns mehr an der Ausdruckskraft und dem Auftreten eines Menschen orientieren, wenn wir jemanden einstellen. So handhabe ich das und meine Kollegen machen das auch so. Was wir durch die Ermittlungen der Polizei inzwischen wissen, ist Folgendes: Die Wohnung, in der ich Wolle – also diesen vermeintlichen Koch – angetroffen hatte, gehörte nicht ihm. Der echte Mieter war selten zu Hause. Mal wohnte er bei einer Freundin, mal hielt er sich bei einem Freund in einer anderen Stadt auf. An dem schicksalhaften Wochenende hatte er seine Wohnung seinem besten Freund für einen kleinen Geburtstagsumtrunk überlassen. Er selbst war in Darmstadt bei seinen Eltern und hatte keineswegs damit gerechnet, dass auch Unbekannte an der Feier teilnehmen würden. Sein Freund wollte sich nachmittags selbst um das Aufräumen kümmern, betrat, nichts Böses ahnend, die Wohnung und war recht bestürzt, als er diesen Mann entdeckte, der sich bei unserer Vertragsunterzeichnung Wolfgang von Braubach nannte, und immer noch auf der Couch in der Wohnung seines Freundes herumlungerte. Er setzte ihn kurzerhand gewaltsam vor die Tür.«

Bei der Berichterstattung wurde mir wieder mulmig. Instinktiv hatte ich schon seit dem Diebstahl von unserem Firmen-Bulli eine Ahnung in mir getragen, dass es den Wolle, den Benedikt meinte, in dieser Wohnung nie gegeben hat. Durch meine Unaufmerksamkeit hatten wir nicht nur viel Bargeld verloren. Obendrein mussten auch noch sämtliche Schlösser im Gästehaus ausgetauscht werden, da der vermeintliche Wolle im Besitz aller Zweitschlüssel war. Das war ein Risiko.

Der gestohlene und zu meiner Erleichterung in Spanien wieder aufgetauchte Bulli war zwar nach polizeilicher

Spurensicherung nach ein paar Tagen von Piet und einem seiner vielen Kumpel nach Frankreich gebracht worden, aber in keinem verkehrstauglichen Zustand. Das alles würde noch eine Menge Ärger nach sich ziehen, sobald Benedikt von der Geschichte erfuhr. Und wie peinlich mir das war ... so verdammt, verflixt, verteufelt unangenehm!

Mit Simone sprach ich alles ab, was sie wissen musste, und händigte ihr die Schlüssel von unserem Ersatz-Bulli aus. Sie hatte vorgeschlagen, den weiten Weg mit ihrem eigenen kleinen Renault zu fahren, aber ich hatte das abgelehnt, denn sie musste noch einiges an Lebensmitteln und Getränken mit nach Frankreich nehmen. Da war unser Ersatz-Bulli geeigneter als ein kleiner PKW.

DAS MANUSKRIPT

12

Es lief nun zunächst alles perfekt in Le Lavandou. Zwar hatten wir in diesem Jahr deutlich weniger Anmeldungen als in den Jahren zuvor, aber zumindest die Hoffnung, dass sich das bald ändern würde, war immer noch da. Schließlich taten wir alles dafür, auch die kompliziertesten Reisegruppen vollends zufriedenzustellen, denn deren Weiterempfehlungen waren unser geschäftliches Überleben.

Inzwischen hatte ich von Jo per Post schon das zweite Gedicht erhalten. Das Erste hatte er mir kommentarlos gesandt, dieses hier wurde von ein paar lieben Zeilen begleitet. Ich behütete die schönen Verse in meiner Nachttischschublade.

Eines Tages kam erneut Post von ihm. Es war jedoch kein Gedicht beigefügt, nur ein Brief, in dem er zunächst seine Erlebnisse mit den Surfschülern ausführte, um anschließend viel zu häufig Benedikt zu erwähnen, wie mir schien. Benedikt, der sich bei mir noch nicht einmal telefonisch gemeldet hatte. Lediglich eine Postkarte mit roten Telefonzellen hatte er mir geschickt. Gut. Ich hatte gerade eine erneute Liaison mit ihm verschmäht. Das hatte ihn mehr getroffen, als ich vermutet hätte. Bei Jo hatte er mehrmals angerufen. Gemäß den Informationen, die er Jo telefonisch gegeben hatte, würde Benedikt doch keinen Kontrollbesuch in Le Lavandou mehr machen. Er hatte von der Schule erfahren, wie zufriedenstellend alles bei der

Klassenreise gewesen war und das reichte ihm. So sollte man hinsichtlich der nächsten Reisegruppen weitermachen.

»Wie lange kennst du deinen Chef eigentlich schon?«, fragte Jo in seinem Brief. »Ist es für dich in Ordnung, wenn er so lange umherreist und du ihn gar nicht siehst?«

Warum wollte Jo das wissen? Ich war eine unabhängige Frau und weder geschäftlich noch privat auf Benedikts Anwesenheit angewiesen. Also antwortete ich nicht darauf.

Bald darauf fischte ich noch mal einen Brief von Jo aus dem Posthaufen. Auch für Isa und Juliane war je eine Ansichtskarte unter dem Postberg. Diese enthielt jedoch nur einen kurzen Gruß an beide mit dem Wunsch, Grüße an alle im Büro auszurichten. Juliane gab zu, ein bisschen neidisch auf meinen Umschlag zu sein. Sie hatte dabei ein spitzes Lächeln auf den Lippen, so, als würde sie meine Empfindungen für Jo erahnen.

Es war wieder ein Gedicht in dem Brief, ein eher melancholisches über einen ergründlichen See und dessen Verbindung zum Innersten im Menschen. Jo schrieb ansonsten nichts Besonderes, nur das Übliche, was man eben schreibt, wenn man neuen Eindrücken und Leuten gegenübersteht und unter Frankreichs glühender Sonne professionellen Surfunterricht abhält. Für mich lag dennoch ein Zauber zwischen seinen Zeilen von der gleichen Art, die während unserer Zusammenarbeit in Deutschland zwischen uns vibriert hatte. Aber mir leuchtete ein, dass ich meine Gefühle für Jo für mich behalten musste und deren Geständnis einem Windstoß gleichkäme, der diesen Zauber zum Erlöschen bringen könnte.

Schon einen Tag später hatte ich die Gelegenheit, mein Geheimnis so tief unten in meiner Seele zu verstecken, dass es strampelte und trat wie ein Säugling im Bauch der Mutter. Es schmerzte, denn es wollte empor, hinaus, gelüftet werden und dies durfte es keinesfalls. Jo war am Telefon. Wie immer erzählte er zunächst seinen Tagesverlauf und fragte, wie es mir und den anderen ginge. Aber diesmal meinte ich zu spüren, dass er meiner Antwort nicht wirklich zuhörte. Und dann fragte er ohne Vorwarnung: »Hast du eine Affäre mit Benedikt? Ist das so, oder stimmt es nicht?«

Mein Sprachzentrum war auf den Schrecken hin zunächst wie gelähmt, bis ich endlich irritiert hervorzubringen vermochte: »Ähm ... also nicht direkt.«

»Wie funktioniert sowas indirekt?«

»Ach, Jo!«

»Was meinst du denn mit *Ach, Jo*?«

Was war heute mit ihm? Ich war ihm überhaupt keine Rechenschaft schuldig, aber seine bohrenden Fragen klangen, als wenn er dies glaubte. Ich fühlte mich hilflos, konzentrierte mich auf die Geräusche, die aus dem offenen Fenster von draußen zu mir hereindrangen, Töne, die ich vorher nicht wahrgenommen hatte. Ein Hund bellte, zwei Mädchen stritten miteinander um einen Puppenwagen.

»Jo, ich frage mich, warum du das wissen willst ... Na gut, ich bin hin und wieder mal mit ihm ins Bett gegangen. Es hat nichts zu bedeuten. Ich mag ihn. Mehr nicht. Keine großartigen Gefühle ... du weißt schon.« Ich stammelte armselig und schutzlos herum.

»Und warum machst du's dann mit ihm?«

»Jo!«

»Geht mich nichts an, willst du mir sagen.« Ich hörte ihn wütend schnauben.

»Korrekt! Doch. Nein. Also, natürlich geht es dich nichts an. Aber ich will es dir sagen, auf die Gefahr hin, dass du nun schlecht von mir denkst.«

Jo war gerade unmöglich! Ich rang nach Luft. Mir wurde finster vor Augen, als würde ich in ein schwarzes Loch sinken, als ich weitersprach. »Es ist so ... manchmal braucht doch jeder Mensch ein wenig Nähe und Wärme. Es kann vorkommen, dass man unglücklich verliebt ist, nur von jemandem träumen anstatt ihn lieben darf ... dann gleicht man es aus ... irgendwie, mit irgendwem, den man auch gernhat, aber natürlich nicht so, nicht wie den anderen ...« Himmel. Wie umständlich konnte ich sein. Ich sprach von *man* anstatt von mir selbst. Und dann fügte ich auch noch mit vorgetäuschtem Selbstbewusstsein hinzu: »Machen doch die meisten so.«

»Nicht, dass ich wüsste«, replizierte Jo mit gereiztem Unterton. »Heißt das, wenn du jemanden liebst, jedoch keine reelle Chance bei diesem Mann erkennst, dann suchst du die Nähe zu einem anderen, der dir sympathisch ist und dir über deine wahren Gefühle hinweghelfen soll?«

Mein Gott, ich schämte mich so. »Vielleicht.«

»Vielleicht?«

»Ja. Und falls du es genau wissen willst, ich spiele niemandem Gefühle vor, die ich nicht für ihn empfinde.«

»Also weiß Benedikt, dass du ihn nicht wirklich liebst?«

»Klar weiß er das.« Davon ging ich auf jeden Fall aus.

»Und wer ist der Glückliche, der deine wahren Gefühle verdient?«, fragte Jo zynisch.

Mein Magen rebellierte plötzlich, ich spürte, wie mir leicht übel wurde, aber ich hatte es unter Kontrolle – so wie es mir oft gelang, einiges unter Kontrolle zu bringen, was mir Angst machte. Manchmal betraf es auch meine Gefühle. Ich war nicht mutig genug, um auf Jos Frage ehrenhaft und aufrichtig zu antworten und verfluchte mich dafür.

»Komm, lass‘ uns von etwas anderem reden.«

»Hast du Zweifel an meiner Verschwiegenheit? Argwohn ist immer aufreibend und eine Sperre für die schönsten Seiten im Leben. Ich dachte an und für sich, dass du mir vertraust.«

»Darum geht es doch nicht.«

»Worum dann?«

»Jo, bitte. Hör auf. Stop, stop, stop.« Ich heulte, obwohl es für eine erwachsene Frau sicher präzisere Mittel gibt, sich auszudrücken, und Jo hörte es an meiner versagenden Stimme.

»So schlimm?«, fragte er.

»Ja.«

»Dann lass' uns ein anderes Mal weitersprechen.« Er legte auf.

Ich ließ den Hörer einfach am Schreibtisch baumeln, bettete meinen Kopf auf meine im Nacken zusammengefalteten Hände und lehnte mich weinend im Drehstuhl zurück.

DAS MANUSKRIPT

13

Der Mann, der plötzlich in meinem Büro vor mir stand, war etwa Ende Zwanzig.

»Guten Tag, wie kann ich Ihnen helfen?«

»Guten Tag. Entschuldigen Sie, dass ich einfach ohne Anmeldung in Ihr Büro komme.« Fahriges Umherschauen signalisierte seine Verlegenheit.

Mir war bewusst, dass ich ihn kannte, aber mir fiel nicht ein, woher. Aber ganz sicher war ich ihm schon einmal begegnet.

»Ich kenne Ihren Chef, Benedikt Rosenkemper. Er hat mich als Koch engagieren wollen – irgendwo in Frankreich – und wollte sich melden, um einen Arbeitsvertrag mit mir zu abzuschließen. Da ich nichts mehr von ihm gehört habe, dachte ich mir, da ich sowieso gerade in der Gegend zu tun habe, schaue ich selbst kurz vorbei in Ihrem Reiseunternehmen.«

WAS?

Ich verstand nicht sofort. Und von einer Sekunde auf die andere schwante mit etwas. Etwas wenig Erfreuliches. Etwas Erschreckendes. Mir wurde flau im Magen. Hatte ich, naiv und gutgläubig, also doch mit dem falschen Wolle einen Arbeitsvertrag geschlossen? Ich schluckte und befahl mir selbst, locker zu atmen.

Der Mann stand etwas unbeholfen mitten im Raum, und ich sah ihm seine Unsicherheit deutlich an. Er wirkte sympathisch, sah mir geradewegs in die Augen und versteckte nicht seine Hände in den großen Taschen seines Trenchcoats, sondern ließ sie seitlich an seinem Körper baumeln. Er stutzte, weil er meinen verdatterten Gesichtsausdruck wahrnahm. »Ach so. Ich habe mich noch gar nicht vorgestellt. Mein Name ist Wolfgang Czerny. Ich wohne in Waldesch und reise als gelegentlicher Messerverkäufer durch die Gegend. Herrn Rosenkemper habe ich im Frühjahr hier in Wilhelmshaven beim Stadtfest kennengelernt.«

Das war nicht gespielt. Der Typ war zu echt in seinem Verhalten, als dass mir Zweifel gekommen wären. Und darum war es sonnenklar. Sonnenklar! Konnte sich in meiner prekären Lage nicht ein feenhafter Zauber auftun, der mich daraus erlöste? Alles Blut in meinem Körper schien sich in meinem Gesicht zu treffen. Ich hatte das Gefühl, kurz zu schwanken, fasste mich aber gleich wieder, obwohl meine Beine mich kaum halten wollten. Mein Gott, wie peinlich. Hatte ich tatsächlich einen falschen Koch eingestellt!! Einen mit klebrigen Fingern. Einen Übeltäter. Einen echten Gangster. War auf ihn hereingefallen. *Benedikt wird mir den Hals umdrehen.*

Ich öffnete den Mund, ohne etwas zu sagen, denn aus dem Spuk heraus entstand ohne Vorwarnung in meinem Kopf das Stadtfest, welches wir alle zusammen besucht hatten. Zwischen diversen Anbietern war doch da ein Stand gewesen, der Elektroartikel im Angebot hatte und vor dem Benedikt lange verweilt hatte. Das Gesicht eines Mannes, mit dem er in einer unendlich lange dauernden

Unterhaltung verwickelt gewesen war, erblühte zunächst schemenhaft vor meinen Augen, die Konturen wuchsen zunehmend deutlicher zu einem Höllenwerk heran, welches sich flugs in mir festbrannte. Denn es war unzweifelhaft das Gesicht des Mannes, der damals versucht hatte, uns ein Massagegerät zu verkaufen. Das Gesicht des Mannes, der jetzt vor mir stand. Er war der wahre Wolle! Benedikt hatte uns später im Zelt von dessen Schicksal berichtet. Also *ihn* hatte er einstellen wollen. Und uns, nicht einmal mir, kein Wort davon gesagt! Jetzt sah ich es auf einmal gespenstisch scharf vor mir: das Türschild und der Name an der Klingel im zweiten Stock rechts. *W. Czerny.* Da hatte ich sogar geklingelt. Es hat niemand geöffnet. Und dann bin ich schnurstracks in die gegenüberliegende Wohnung marschiert, gemäß der Auskunft der Frau, die diese Wohnung gerade verlassen wollte, nämlich, dass Wolle hier wohne. Wie ärgerlich, das alles.

Er sah mir mein Entsetzen an, erfasste aber nicht die Ursache.

»Tut mir leid, bei Ihnen einfach ohne Termin hereinzuplatzen. Ich hätte vorher anrufen sollen.«

»Ist schon gut. Ich bin diejenige, die sich entschuldigen muss. Setzen Sie sich.« Ich deutete mit dem Finger auf die beiden Polstersessel vor meinem Schreibtisch. Er blickte mir überrascht in die Augen und entledigte sich kurzentschlossen seines Mantels. Dann nahm er auf einem der Stühle Platz und faltete seinen Trench über beide Beine.

Mit verzweifelter Miene fragte ich ihn, ob er etwas trinken wollte. Er verneinte, wollte keine Umstände machen. Meine Beine waren weich wie geschlagene Sahne und in meinem Kopf drehte sich das Wilhelmshavener Stadtfest. Dieser Blödmann von Benedikt. Er hätte mir doch sagen können, um wen es sich handelte. Hatte er Angst, dass ich ihn verhöhnt hätte? Das wäre eher Vincents Art gewesen. Oder Julianes. Aber da konnte ein Benedikt doch drüberstehen. Mann, Mann. Benedikt!

»Verzeihen Sie vielmals. Ich halte Sie bestimmt auf.« Bedrückt wandte er seinen Kopf Richtung Ausgang, so als würde er am liebsten wieder gehen.

Nachdem ich ihm nachdrücklich beteuert hatte, dass er überhaupt keine Umstände mache, schenkte ich ihm einfach eine Tasse Kaffee ein und stellte Milch und Zucker dazu. Rieke hatte nämlich kurz zuvor eine frische Kanne für mich gekocht. Hiermit versuchte ich, mein schlechtes Gewissen und den peinlichen Umstand, den ich verantwortete, für Sekunden zu überbrücken.

»Ich wiederhole es noch einmal. *Ich* bin diejenige, die sich entschuldigen muss, Herr Czerny. Ich habe einen Fehler gemacht und Sie verwechselt. Versehentlich habe ich für die Ihnen versprochene Kochstelle in Frankreich einen anderen Mann eingestellt, einen, der letztendlich mit unseren Habseligkeiten stiften gegangen ist.«

Er starrte mich ungläubig an, so als würde ich ihm einen Bären aufbinden wollen. Um mit der Situation nicht allein zu bleiben, entschuldigte ich mich kurz und fragte nebenan im

Büro nach Vincent oder Juliane. Beschämt erklärte ich ihnen knapp, was passiert war. Beide sahen sich sekundenlang fragend an, kamen in Anbetracht der außergewöhnlichen Situation aber gleich mit in mein Büro. Sie begrüßten Herrn Czerny besonders freundlich und setzten sich dann zu mir und ihm an den Schreibtisch. Und nun tischte ich dem echten Wolle endlich die ganze Geschichte auf, während Juliane und Vincent brav lauschten und hin und wieder bestätigend zu meinen Erläuterungen nickten.

Herr Czerny äußerte sich die ganze Zeit über gar nicht. Er hörte nur gespannt zu, nickte oder neigte seinen Kopf leicht zur Seite. Nur einmal sagte er, dass er an dem verhängnisvollen Tag für eine knappe halbe Stunde seine Wohnung verlassen habe und ausgerechnet zu diesem Zeitpunkt müsse ich bei ihm geklingelt haben.

Vincent ergriff später das Wort: »Es ist nicht allein die Verantwortung von Frau Mondhi, dass das Ihnen von Herrn Rosenkemper gemachte Versprechen – sagen wir mal so – in die Hose gegangen ist. Keiner von uns hatte ahnen können, dass Herr Rosenkemper Sie, den Massageräte-Verkäufer vom Wilhelmshavener Stadtfest, meinte, als er Frau Mondhi gegenüber von einem Wolle aus Waldesch sprach. Wie Sie gerade gehört haben, hat Herr Rosenkemper diese wichtige Information, warum auch immer, für sich behalten. Ein lieber Kerl, der Rosenkemper, bestimmt, aber ein Chaot, sage ich Ihnen. Ein Chaot! Ich weiß, ich darf so nicht über ihn reden. Er ist mein

Geschäftspartner und der beste Freund, den ich mir wünschen könnte. Aber es ist eine regelrechte Tatsache, dass er dauernd irgendwelches Durcheinander stiftet.« Vincent stützte seine Hände auf die Knie, wand den Kopf zu allen Seiten und atmete tief aus.

Herr Czerny nickte, beinahe konnte man es sogar als verständnisvoll bezeichnen. Ich fuhr also mit meinem Bericht fort:

»Der falsche Wolle ist mit unserem Bulli, dem gesamten Proviant und einer Kiste mit Bargeld nach Nimmerland abgetaucht, anstatt seine Pflichten in Le Lavandou auszuführen.«

»Waaas?« Herr Czerny sperrte seine Augen vor Ungläubigkeit weit auf. »Da kriegt einer eine Chance auf so einen spannenden Job, wenn auch nicht auf reguläre Weise, und verspielt dann dieses Glück? Ich muss Ihnen sagen, ich bin fassungslos.«

»Sind wir auch«, fügte ich an. »Er hatte mir einen falschen Namen genannt, diesen auch in den Vertrag geschrieben, falsche Adresse, vermutlich falsches Geburtsdatum, und ich war leider so naiv und habe nichts von alldem kontrolliert. Bisher war das nie nötig bei meinen Personalentscheidungen. Demnach konnte weder die Polizei noch die Staatsanwaltschaft positiv ermitteln.«

Herr Czerny presste die Lippen zusammen, nickte: »Das tut mir leid für Sie.« Er erhob sich. »Ich werde Ihre Zeit nun auch nicht länger in Anspruch nehmen. Ich hätte gern als Koch für Sie gearbeitet, glauben Sie mir. Aber es hat nicht sein sollen. Danke dennoch, dass Sie sich trotz meines unangekündigten Besuchs so viel Zeit genommen haben.«

Vincent war auch aufgestanden. Gerade, als Herr Czerny sich seinen Mantel wieder anziehen wollte, hielt Vincent ihn am Oberarm fest. »Bleiben Sie. Setzen Sie sich doch bitte wieder. Wir werden eine Lösung finden.«

Ach, Vincent. Seine große Klappe hatte mich so manches Mal schon halb wahnsinnig gemacht, aber wenn es drauf ankam, bewies er oft auch ein großes Herz – wie Benedikt.

»Was machen wir also jetzt mit der Situation?«, fragte Juliane überrascht und dabei Vincent anschauend.

»Nun, Benedikt ist nicht erreichbar. Also bestimme ich«, antwortete Vincent mit Blickrichtung auf Juliane. Dann wandte er sein Gesicht Herrn Czerny zu: »Sie können von mir einen Arbeitsvertrag bekommen. Ihre Zuverlässigkeit setze ich voraus. In Österreich fehlt immer Personal, vor allem Köche. Die brauchen wir in unseren größeren Quartieren sowohl im Sommer als auch im Winter. Österreich ist unser Hauptreisegebiet, ist rundum ausgebucht. Deshalb wäre es nicht schlecht, dort auf Dauer einen angestellten Koch zu haben, der die Oberhand behält. Ihre Geschichte hatte Herr Rosenkemper uns seinerzeit knapp geschildert, ohne sein Vorhaben mit Ihnen näher einzugrenzen. Ich gehe somit davon aus, dass für Sie ein regulärer längerfristiger Arbeitsvertrag vonnöten wäre, um Ihr Leben wieder vollends in den Griff zu bekommen?«

Herr Czerny riss den Mund weit auf. Sprang hoch und umarmte ganz spontan Vincent, der sich wohl ein wenig überfordert fühlte und ihn sachte wieder von sich stieß.

Juliane – Vincents rechte Hand – stand auf und sagte: »Also, lieber Vincent, lieber Herr Czerny – oder darf ich gleich Wolle sagen? – auf in mein Büro. Vertrag besprechen.«

LAUENBURG

Nachts schlafe ich, vermutlich altersbedingt, nicht so gut. Ich nicke für kurze Zeit ein, doch ich werde häufig wach und drehe und wälze mich umher, bis ich erneut ein bisschen schlafe – und träume – und wieder aufwache – und träume, träume, träume ... Ich träume erstaunlich viel. Ein Traum kehrt immer wieder, ich werde ihn offensichtlich nicht mehr los. Es ist einer, in dem ich eine Wiese – so ähnlich ausschauend wie eine Alm – hinunterrenne. Ich versuche irgendetwas einzuholen, kann mich jedoch beim Aufwachen nie entsinnen, was es ist. Ich hetze diese Alm hinab, weil ich fürchte, nein, weil ich weiß, dass ich das, was ich versuche einzufangen, nicht werde halten können. Mein schwarzes Kleid weht im Wind. Ich stürme immer weiter die endlose Wiese hinunter und werde unterdessen immer panischer. Dann, sobald ich merke, dass ich fallen werde, bin ich schon wieder erwacht und ich zittere wie mein im Traum vom Wind durchgepustetes schwarzes Kleid. Unablässig, ausdauernd verfolgt mich dieses Nachtgespenst und ich weiß noch genau, wann dieser Traum mich das erste Mal aufsuchte. Es war die Nacht, bevor Jo verfrüht aus Frankreich zurückgekehrt war, denn ...

… die Saison lief immer noch unerwartet schlecht in diesem Jahr. Grobe Unwetter hatten mit einem Mal Südfrankreich in den Fängen, ließen es nicht mehr frei und in Wilhelmshaven stornierten die Kunden reihenweise ihre Buchungen. Dadurch fielen auch die Surfstunden in Le Lavandou flach. Das Animationsteam, das im Großen und Ganzen aus jungen Männern aus der Gegend um Le Lavandou bestand, hatte nichts anderes mehr zu tun, als eilig die Sport- und Spielgeräte von unseren Strandplätzen zu entfernen und im Lagerraum unseres Gästehauses zu verstauen. Die Wohnwagen drohten abzusaufen und Simone hatte sich vorsichtshalber schon in einem freien Zimmer im Gästehaus einquartiert. Piet und Jo schafften die beiden Caravans in eine große Fabrikhalle am anderen Ende der Stadt und zogen ebenfalls ins Gästehaus. Sie waren ratlos, was sie tun sollten und warteten gespannt auf Benedikts Anruf.

»Packt ein, Jungs«, befahl dieser tags darauf am Telefon. »Das wird nichts mehr dieses Jahr, wenn man dem längerfristigen Wetterbericht glauben darf. Der Strand ist unterspült, dem Campingplatz und unseren Sportstätten geht es nicht anders und jetzt weiterzumachen, hieße, zu riskieren, dass ein größerer finanzieller Schaden entstünde, als wir verkraften könnten.«

»Linda, was sollen wir machen?«, hatte Benedikt mich zuvor am Telefon gefragt. Ein Wunder, dass er sich überhaupt einmal bei mir meldete. »Die Südfrankreich-Unwetter machen uns einen gehörigen Strich durch die Rechnung. Was sagst du? Haben wir viele Buchungen offen?«

»Fast alles storniert, Ben. Unsere Frankreich-Saison geht in die Hose dieses Jahr. Die meisten Kunden sind wegen der dauerhaften Unwetter abgesprungen. So etwas gab es noch nie, seit ich für dich arbeite. Und wir haben gerade einmal Anfang August.«

»Ist nicht zu ändern. Wir brechen ab. Ich melde mich ein anderes Mal.« Er legte auf, und ich starrte verdutzt den Hörer an.

»Was ist denn mit Benedikt los?«, fragte ich Juliane irritiert.

»Der ist gestresst. Merkst du doch. Du sagtest selbst, die Bank lehne eine Erhöhung eures Dispos ab. Dann der Reinfall mit der diesjährigen Saison in Le Lavandou. Ich möchte nicht in seiner Haut stecken. Nur gut, dass er von der Wolle-Geschichte und dem gestohlenen Geld sowie den Ausgaben für eure Frankreich-Lebensmittel, die nun zum Fenster hinaus sind, noch nichts weiß.«

»Du hast recht. Ich möchte zu gern wissen, womit der falsche Wolle unsere Vorräte überhaupt abtransportiert hat. Und wozu er die hat mitgehen lassen.« Ich zuckte ratlos mit den Schultern. »Zum Glück ist wenigstens der Bulli bei Pamplona gefunden worden.«

»Der wird Helfer gehabt haben, nehme ich an. Die werden am Grenzübergang Frankreich/Spanien gewartet haben. Alles raus aus dem Wagen, rein in einen anderen. Und ab die Post.« Juliane machte eine ausholende Geste mit ihren Armen und gab dann Rieke irgendwelche Anweisungen.

Mein Telefon klingelte. Es war Jo.

»Benedikt will, dass wir einpacken. Macht auch meiner Meinung nach keinen Sinn, hier unten weiter herumzuhocken. Ich schau' den Tag lang aus dem Fenster, kann nicht unterrichten und nicht mal an den Strand. Übermorgen fahre ich mit dem einen Bulli zurück zu mir nach Sengwarden und lass' den erst vor meiner Wohnung stehen, damit ich ausschlafen kann. Ich bring' ihn euch am nächsten Tag, frühmorgens schon. Dann komme ich auch ins Büro. Simone fährt morgen schon mit dem anderen Bulli.«

»Alles klar. Du musst noch aufräumen?« Ich hatte meine Stimme unter Kontrolle, konnte nicht unumwunden zeigen, wie sehr ich mich freute, weil ich befürchtete, auf ihn zudringlich oder schwulstig zu wirken.

Seit unserem Telefongespräch, in dem er mich nach meiner Beziehung zu Benedikt gefragt hatte, waren seine Telefonate kürzer geworden, klangen abgekühlter, nicht kalt, aber eben weniger warm, weniger mir zugewandt. Es verunsicherte und verletzte mich zutiefst, aber ich wollte ihn auf keinen Fall danach fragen.

»Das meiste haben wir wegen der Unwetter schon geschafft. Da sind nur noch ein paar Kleinigkeiten, die ich mit Piet zusammen erledigen will.«

»Dein Vertrag läuft zunächst weiter bis Ende des Jahres. Schön, dass ich dann hier vor Ort wieder Hilfe habe.«

Er erwiderte nichts darauf, sagte nur: »Wir sehen uns.« Und legte auf.

DAS MANUSKRIPT

15

Der Tag seiner Rückkehr war da und ich freute mich wahnsinnig, ihn heute, wie vereinbart, im Büro wiederzusehen. Einen Anschlussvertrag bis zum Jahresende hatte ich schon vorbereitet, ohne ihn zu fragen. Normalerweise machte ich mit Aushilfen keine Saisonverträge, die über den Oktober hinausgingen, diesmal aber wollte ich eine Ausnahme schaffen. Benedikt würde brummeln. Aber das war mir gleich.

Morgens verließ ich schon um halb fünf mein Bett. Vor lauter Freude, Jo wiederzusehen, war ich zu aufgedreht, um noch schlafen zu können. Dann brauchte ich Stunden für mein Aussehen. Als erstes putzte ich mir die Zähne, wusch dann am Waschbecken Gesicht und die Haare. Anschließend bekamen die Haare eine Kur einmassiert, das Gesicht beschmierte ich mit einer Antifaltenmaske. Während die Balsame ihre Zeit zum Einwirken brauchten, schnitt und feilte ich an meinen Nägeln herum, rasierte meine Beine, zog eine Pinzette aus der Waschtisch-Schublade und zupfte hier und da an mir herum. Anschließend duschte ich ausgiebig und ölte hiernach meinen Körper mit den edelsten Essenzen. Gestern noch hatte ich mir für diesen Tag ein neues Outfit besorgt, das etwas gewagter ausfiel, als mein gewöhnlicher Style. Auch hatte ich mir gleich vier neue Rundbürsten gekauft, damit ich meine Haare aufwändig und umständlich föhnen konnte - wie ein Frisör. Allein das hielt mich eine Stunde in Aktion.

Anschließend stellte ich mir eine Mini-Schale Müsli zusammen und trank Kräutertee. Für Weiteres war mein vor lauter Überschwang fiebernder Körper nicht aufnahmefähig. Endlich, endlich, endlich war Jo wieder da.

Das Telefon klingelte gleich, als ich, ziemlich aufgestylt, mein Büro betrat. Jo. Er erklärte mir lapidar, er brauche wieder mehr Zeit für sein Studium und könne deswegen nicht weiter für mich arbeiten. Er bedankte sich für meine Freundlichkeit und für alles Entgegenkommen.

Wie betäubt legte ich auf. Mein Körper fühlte sich an wie ein zerbrochenes Porzellangefäß.

Es war Isa, die mich endlich aus meinem Scheintod erlöste. Sie hatte seit zwei Stunden keinen Laut aus meinem Büro gehört. So kam sie, um zu fragen, ob alles in Ordnung sei. Meine Betäubung verwandelte sich in ohnmächtige Verzweiflung, unter der ich wie vom Blitz getroffen vom Drehstuhl hochsprang, ans Fenster stürmte, um gierig die frische Luft einzusaugen und dann exzessiv in Tränen auszubrechen. Isa schloss ab und blieb, sehr besorgt um mich, bis nachmittags bei mir.

Jo holte seine Sachen am nächsten Tag. Er umschlang mich mit seichten Armen, so oberflächlich und vorsichtig, als könnte ich daran zerbrechen. Ich sagte nicht viel, um vor ihm nicht zu heulen. Er zog seine Schublade in unserem Schreibtisch auf und griff nach allem Hab und Gut, das er seines nannte, packte es in seinen grünen

Lieblings-Rucksack und sagte nur: »Tschüss. Und danke für alles.«

Verwirrt spähte ich durch die offene Tür zum Nebenbüro und sah ihn, wie er noch längere Zeit mit Juliane und Rieke sprach und dann Juliane sehr fest und lange in seinen Armen hielt. Ich lugte wie versteinert durch die Tür und hoffte, dass es keiner bemerkte. Jo überreichte den Frauen im Büro, also Juliane, Rieke und Isa – Maxi war heute nicht da – je ein winziges Tütchen. Anschließend gab er allen noch einmal die Hand zum Abschied. Dann ging er. Er schlich sich fort durch die Eingangspforte der Agentur und drehte sich nicht einmal mehr zu meinem Büro um.

Von Isa erfuhr ich, was in den kleinen Beuteln enthalten war, nämlich zierliche Glückssteine. Einen winzigen Malachit-Stein für Juliane. Rieke hatte von Jo ein Rosenquarz-Stückchen bekommen, Maxi ein kleines Tigerauge, welches er für sie bei Isa deponiert hatte, und für Isa hatte er ein Aquamarin-Steinchen ausgesucht. Ich war leer ausgegangen. Verstanden habe ich es nicht. Und Isa auch nicht. Und darum nahm sie mich so fest in den Arm wie sie konnte und lud mich zum Wochenende ins Kino ein, in einen Horrorfilm, von dem sie wusste, dass ich ihn unbedingt sehen wollte. Sie selbst mochte dieses Genre gar nicht und dennoch drängte sie darauf, mit mir hinzugehen. Immer war Isa für mich da, baute mich auf, wenn es mir schlecht ging. Menschen wie ihr begegnete man viel zu selten.

Auf dem Nachhauseweg sah ich an den Litfaßsäulen die Werbeposter für die Ausstellung »Maler und Dichtung«. Wie schön wäre es gewesen, wenn Jo sich an sein Versprechen erinnert hätte und ich ihn nicht zu den Menschen zählen müsste, die ohne es wirklich zu meinen, nur dumm daherreden.

DAS MANUSKRIPT

16

Drei Wochen später traf ich ihn wieder. Er fuhr mit seinem Rad über einen holprigen, im Grunde unbefahrbaren Pfad am Flussufer der Maade vorbei, ein Ort, an dem ich oft und gern spazieren ging, da dieser Platz von Spaziergängern eher selten aufgesucht wurde und ich in Ruhe meinen zuweilen zwanghaften Grübeleien nachhängen konnte. Von meiner Wohnung aus musste ich fast vierzig Minuten laufen, um dorthin zu gelangen, aber das machte mir nichts aus. Es gab auch ausgewiesene Wander- und Spazierwege um den Fluss herum, die in Anbetracht des Stolperrisikos gefahrloser waren als die holprigen Zwergenpfade hier. Aber ich liebte diese wildere naturbelassene Umgebung am Fluss. Jo sah mich nicht gleich, erst als ich ihn rief.

»Hey.« Er stieg vom Rad.

»Hey, Jo. Wo fährst du hin?« Ich versuchte, normal zu klingen. Mein Atem ging schnell, als wäre ich gerannt.

»Zum Vogelinstitut. Tabellen anfertigen. Und du gehst wieder mal frische Luft schnappen in dieser Ecke?«

»Wie du siehst.« Ich wollte ihn fragen, unbedingt fragen, warum er mir gegenüber so reserviert gewesen war – neulich bei seinem plötzlichen Abschied. Warum er überhaupt so schnell das Handtuch bei mir im Büro geworfen hatte. Ich wusste, er war auf das Geld angewiesen und es hätte ihn freuen müssen, dass sein Vertrag im Gegensatz zur ursprünglichen Planung verlängert worden war. All die entsprechenden Worte waren in meinem Mund versammelt, all die Worte, die für eine so bedeutende Frage nötig waren, sprangen und hüpften auf der Zunge und zwischen meinen Zähnen umher, und doch verließ keines meine Lippen. Ich traute mich einfach nicht, sie herauszulassen.

»Du siehst gut aus«, sagte ich stattdessen.

»Danke. Du auch. Wie immer.«

Für einen Moment starrten wir beide intensiv auf die vielen Findlinge, die zwischen Gräsern und Unkraut in großen und kleinen Brocken hinunter zum Fluss führten. Mir war, als hortete Jo ebenfalls Worte, Sätze, Fragen zwischen den Lippen und hielt sie gefangen.

Es war inzwischen September, aber noch angenehm warm mit einem sanften Wind in der Luft. Jos Haar war länger geworden oder es kam mir so vor, und seine Stirnlocken, die ihm sonst ins Gesicht fielen, richteten sich in dem Lüftchen auf, was mir einen ausgezeichneten Blick auf seine mit zwei schmalen Fältchen besäte Stirn und seine bestrickenden Augen erlaubte.

»Warum siehst du mich so an? Gibt es etwas, das dich beunruhigt?«

»Hab' dich so lange nicht gesehen, du fehlst mir«, kam es aus mir herausgeschossen, ohne dass ich jetzt auch nur ein Wort hätte zurückhalten können.

Er straffte sich und schien für einen Moment verdutzt.

»So? Ich fehle dir? Das wird Benedikt schon auszugleichen wissen.« Seine Äußerung hatte einen bissigen Unterton.

Ich glotzte ihn an. »Was meinst du? Benedikt ist gar nicht da.«

»Er kommt schon zu dir zurück. Mach' dir keinen Kopf.«

Was sollte dieser schnodderige Effekt zwischen seinen Worten?

»Das nehme ich doch mal an. Er kommt nämlich genau übermorgen nach Hause. Wieso sollte ich mir deswegen einen Kopf machen? Warum sagst du so was, und dazu in diesem Ton, Jo?«

Sein Körper straffte sich abermals, und er schob sein Kinn weit vor. »Am Tag bevor Benedikt nach England geflogen ist, an dem Tag, an dem er dich hatte mitnehmen wollen, rief er mich an. Ich dachte, er hätte neue Details wegen des Kochs oder allgemein, aber es ging um dich.«

»Wie bitte?« Mein Unterkiefer klappte herunter.

»Er sagte, er hätte seit einiger Zeit den Eindruck, dass, … wie drückte er sich nochmal aus? … ich scharf auf dich sei. Aber ich sollte meine Luftschlösser ruhig abbauen. Du spieltest gern, so wie manche Frauen das gern mit einem Mann machen, um seine Sehnsucht anzustacheln … und du wärst mit ihm zusammen, noch nicht wirklich so fest, wie er sich das vorstelle, aber das würde die Zeit bringen. Er erzählte freimütig, du hättest leider keine Lust, ihn auf seiner Reise zu begleiten, aber das hätte nichts zu sagen, da er sich an deine Launen gewöhnt hätte. Heute so, morgen so. Bei einer Frau wie du, da dürfe man einfach nur nie die Nachsicht verlieren. Ich muss sagen, ich hatte ihn da noch nicht so ganz ernst genommen.«

Seine seltsamen Ausführungen erweckten ein Schwindelgefühl in meinem Kopf.

»Bei unserem letzten Telefonat, das er mit mir in Le Lavandou wegen der spontanen Rückreise geführt hat, wiederholte er seine Worte, sagte wiederum, du spieltest gerne. Und sollte es so aussehen, als wenn du Interesse an mir hättest, sei auch das nur Spiel, eines, das ich von vorneherein verloren hätte. Ich hätte doch wohl nicht ernsthaft die Absicht, mich vor einer so viel älteren Frau zum Affen zu machen.«

Er schaute erst nach oben. Sah mich nun wieder an. »Und er avisierte eure anstehende Hochzeit, wenn er von seinen Reisen zurück sei.«

Ich lehnte mich an einen dicken Baum, welche Baumart es war, ich weiß es nicht mehr. Mein Mund stand offen, weil ich Sauerstoff nötig hatte. Mein Herz schien mich erschlagen zu wollen, es hämmerte so intensiv, dass ich es im Kopf noch zu spüren glaubte.

»Wie kommt er darauf, dir so etwas mitzuteilen? Nichts davon ist wahr. Ich war auf dem Beziehungsgebiet noch nie eine Spielerin. Wir werden nicht heiraten. Und du glaubst ihm seine Geschichten auch noch?«

»Warum hätte ich daran zweifeln sollen? Ich hatte dich in einem meiner Briefe vorsichtig nach Benedikt gefragt, wollte herausfinden, ob er Recht hat mit dem, was er sagte, nämlich, dass du mit ihm verbandelt bist. Ich wollte eine Antwort darauf, ob du ihn vermisst, wenn er solange auf Reisen ist und gern wissen, wie lange ihr euch schon kennt, um mir Klarheit zu verschaffen, ob es stimmt, was er sagt. Du hast mit keinem Wort auf meine Fragen geantwortet! Daraus konnte ich nur folgern, dass es etwas gibt, was du mir nicht sagen willst. Mir gegenüber hattest du nie davon gesprochen, dass du mit ihm etwas am Laufen hast. Erst als ich dich in einem Telefonat danach fragte, hast du es zugegeben – mit dem entzückenden Hinweis darauf, dass er nicht derjenige sei, den du liebst, das sei ein anderer. Nähere Einzelheiten hast du mir vorenthalten.«

»Ich dachte, es wäre alles zu problematisch.« Eine blödere Erwiderung hatte ich gerade nicht auf den Lippen.

»*Was* wäre problematisch?«

»Dem anderen zu sagen, dass ich ihn liebe oder dir zu sagen, wer er ist.«

»Wovor hast du Angst?« Jo griff nach einem niedrig hängenden Ast und hakte sich an ihm fest, so dass er nun eine leicht überhebliche Erscheinung annahm. »Sag's mir!«

»Wenn du es unbedingt wissen willst – Mann, ich habe einfach Angst, mich lächerlich zu machen.«

»Aha.« Mehr Worte folgten darauf nicht. Ein paar Sekunden lang sagte keiner von uns mehr etwas. Dann fuhr er fort:

»Zu meiner Einladung zu der Ausstellung, die du gerne besuchen wolltest, hast du nur schwach hörbar deine

Zustimmung gegeben. Ich hatte gehofft, es freut dich, aber ich habe keine Begeisterung bei dir heraushören können und alles zusammen so ausgelegt, dass es wahr sein könnte, dass du im Ernst kleine Spielchen abziehst, so wie Benedikt andeutete.«

»Das ist lächerlich, Jo. Ich hatte mich sehr über die Einladung gefreut. Glaub' mir bitte. Ich war so überrascht und benommen vor Rührung, dass ich so schnell nicht wusste, wie ich meine Freude ausdrücken sollte. Es muss für dich wie eine Art von Zurückweisung geklungen haben. Das tut mir ehrlich leid, wenn es so rübergekommen ist.«

»Gut.« Er löste seine Hand vom Ast und seine Gesichtszüge entspannten sich, wurden merklich weicher. Dennoch sagte er: »Ich hatte vermutet, es wäre dir wohl lieber gewesen, der Typ, an dem dein Herz so hängt, hätte dich eingeladen, sofern er auch Interesse an derlei Ausstellungen hat. Ich kenn' ihn ja nicht.«

»Doch«, antwortete ich.

Meine Antwort riss Jos Brauen nach oben. Ich registrierte, wie er den Mund öffnete.

»Du kennst ihn«, sprach ich weiter, wobei mir vor Aufregung schon ein bisschen schwarz vor Augen wurde.

»Dann sag' es doch.«

»Ja.«

»Also, Linda, los jetzt. Wer ist es? Wen liebst du tatsächlich?«

In meiner altmodischen Vorstellung galt immer noch, dass der Mann den ersten Schritt macht und sich outet, und in meinem Kopf hämmerte es gewaltig, als ich rief:

»Dich, du Idiot!« Irgendwie musste ich meine Seele doch schützen, und wenn dies durch einen aggressiven Ton geschah.

Jo schluckte hörbar, aber er schien keineswegs verärgert über meine ungewöhnliche Art, ihm eine Liebeserklärung zu machen. Im Gegenteil, seine Stimme wurde sanft: »Wirklich? Und was war mit dem Herz?«

»Herz? Was meinst du?«

»Ich hatte dir, bevor ich nach Frankreich abreiste, ein kleines Herz aus Marzipan geschenkt.«

»Richtig. Aber so eines hattest du meinen Kolleginnen auch geschenkt!«

»Ja.« Mehr wusste er dazu anscheinend nicht zu sagen.

»Ich hatte es aufbewahrt wie einen Schatz, bis ich bemerkt habe, dass es gar nichts Besonderes war, nichts Besonderes, das mir persönlich gegolten hätte.« Es tat mir gut, dieses jetzt sagen zu können.

»Es war für dich persönlich. Aber ich gebe zu, mich dumm benommen zu haben. Ich wollte meine Gefühle für dich mit dem kleinen Geschenk andeuten, und, da ich nicht sicher wusste, ob du diese erwiderst, bin ich zunächst auf Nummer Sicher gegangen und habe allen Kolleginnen ein solches Herz geschenkt. Damit es nicht so … auffiel. Ursprünglich wollte ich nur dir eines schenken. Glaub' mir.«

Ich stierte entgeistert zu ihm herüber und bemerkte, wie seine Augenlider sich senkten.

»Du hast das Herz aus dem Fenster geworfen«, hörte ich ihn fortfahren. »Juliane hat's gesehen. Sie hat es mir erzählt, als ich neulich bei euch anrief. Ich vermutete, dieser Akt war ein Indiz dafür, dass dein Verstand im Wesentlichen für eine moralisch vertretbare Verbindung plädiert, eine mit Benedikt, eine vernünftige Verbindung, die du in gesellschaftlicher und moralischer Hinsicht nicht zu rechtfertigen brauchst.«

Ich stieß mich heftig von dem Baumstamm ab, der mir bis jetzt ein bisschen Halt geboten hatte. »Ich brauche mich für gar nichts zu rechtfertigen. *Niemals*. Ich bin frei und selbständig genug, um zu tun und zu lassen, was *mir* gefällt.«

Er kam einen Schritt näher.

»Ach ja?«

»Ich habe tatsächlich das Marzipanherz aus dem Fenster geschmissen. Ja! Und nur, nachdem ich bemerkt hatte, dass du allen Kolleginnen auch eines gekauft hattest. Zuvor war es etwas Besonderes für mich!«, wiederholte ich hitzig. Ich schnaufte vor Aufregung. »Und ein Moralapostel war ich noch nie. Was soll dieser Quatsch? Moralisch vertretbare Verbindung? Hast du …«

Er war plötzlich bei mir. Schneller, als ich es überhaupt mitbekommen hatte. Ich spürte seine Hände auf meinen Wangen, in meinem Haar, sein Mund erkundete mein gesamtes Gesicht. Wie in Trance sog ich seinen Atem ein, während seine Finger unter mein Sweatshirt glitten, die Träger meines BHs streiften. Unwillkürlich öffnete ich meine Lippen, ließ es zu, dass seine sich darin verfingen und ich unternahm nichts, um diese unvernünftigen Gelüste aufzuhalten und seine unanständigen Gebärden abzuwehren, nichts, um mich von seinen Händen zu lösen, die wie bei einem Modellierer an meinem Körper auf- und abglitten, nichts, was meinen Fingern Einhalt gebot, als sie unter seinen Pullover griffen. Unsere Lippen waren wie zusammengeleimt, während wir uns gegenseitig aus unserer Kleidung schälten, uns demaskierten, uns nicht zu wehren vermochten gegen das Feuer in unseren Bäuchen und gegen eine Welt, die nur uns beiden gehörte.

Dass es angefangen hatte zu nieseln, hatten wir während unseres gemeinsamen Liebesrausches nicht mitbekommen. Also streiften wir uns nach dem Akt voller Glückseligkeit lachend die feuchten Klamotten wieder über und damit einstweilen unseren Anstand, unsere Tugend und unsere Sittsamkeit.

LAUENBURG

Die Vase von Isa lacht mich weiter an. Sie weiß vermutlich, dass sie einen ganz besonderen Wert für mich hat. Plötzlich mischen sich so viele Bilder in meinem Kopf.

Isa war nicht nur eine prima Kollegin gewesen, sondern auch eine tolle Freundin. Zwei Jahre nachdem ich hierher nach Lauenburg gezogen bin, ist sie an abscheulichem Bauchspeicheldrüsenkrebs gestorben. Das ist nun mehr als zwanzig Jahre her. Ich habe lange gebraucht, um ihren Tod zu verschmerzen.

Isa war die Einzige, die von Anfang an von meiner Liebe zu Jo wusste. Niemals, wirklich niemals, hätte sie anderen gegenüber etwas darüber gesagt. Alles, was ich jemals auf dem Herzen hatte, konnte ich ihr erzählen. Bei ihr musste mir nichts peinlich sein. So sagte sie eines Nachmittags, wenige Tage nachdem ich von Jo die pinkfarbene Rose geschenkt bekommen hatte, zu mir:

»Linda, es ist, wie es ist. Du kannst deine Gefühle nicht abstellen wie einen heißen Backofen. Sie sind in dir verankert an einer Stelle, die undurchlässig ist für Behelligungen, die das Loslösen erzwingen wollen. Lass‘ sie zu. Unüberwindliches, Aussichtsloses gibt es nicht, wenn man jemanden wirklich liebt. Die Zeit wird dir helfen. Jo wird, wie die anderen Aushilfen auch, nur bis zum Herbstende für dich arbeiten und zwischenzeitlich Wochen in Frankreich sein. Und dann wirst du sehen, ob irgendeine Bindung zwischen euch bleibt. Ich kann dir heute nicht sagen, wie er zu dir steht, aber ich habe den Eindruck, er sieht dich oft gedankenverloren an. Wenn da etwas ist zwischen euch, wird es geschehen.«

DAS MANUSKRIPT

17

Nachdem wir wieder vollständig bekleidet waren, standen wir minutenlang dicht voreinander, verschämt und ein wenig scheu, und hielten uns an den Händen. Nein. Vielmehr war es so, dass Jo mit seinen Fingerspitzen unter die meinen fasste und sie ergeben festhielt. Der Regen benetzte unsere Gesichter, wusch langsam die Verlegenheit von uns. Und erst, als die Wolken sich weiter öffneten und uns völlig zu durchnässen drohten, fanden wir unsere Sprache wieder.

»Benedikt hat mich zunächst einmal glauben lassen, du seist mit ihm zusammen, locker noch, aber es wären schlicht deine Launen, die eine *feste* Verbindung zum jetzigen Zeitpunkt noch verhindern würden«, begann Jo, während er sich das Wasser von der Stirn strich.

»So ein Blödsinn. Ich hatte vor Jahren mal was Festes mit ihm. Das dachte ich zumindest, bis ich irgendwann erkannte, dass er noch andere »feste« Liebschaften am Laufen hatte. Nein, da ist nichts mehr. Auch wenn ich kürzlich mit ihm wieder einmal ein Mini-Techtelmechtel hatte, hat das nichts zu bedeuten. Ich verstehe mich gut mit ihm. Das ist absolut alles. Und von Heirat war überhaupt nie die Rede. Ich habe keine Ahnung, was da in ihn gefahren ist, dir gegenüber davon zu sprechen. Am Tag vor seiner Abreise nach Cornwall habe ich ihm noch erklärt, dass ich kein echtes Verhältnis mehr mit ihm will. Ich kann mir nicht vorstellen, dass er das nicht verstanden hat.«

»Ich glaube, er hat deine Abfuhr falsch interpretiert. Am Telefon klang er sehr enttäuscht, weil du nicht mit ihm nach England fliegen wolltest, dennoch schien er restlos optimistisch, was die weitere Aussicht auf ein gemeinsames Leben mit dir betrifft.«

»Dann irrt er sich gewaltig.« In meinem Dachstübchen purzelten die Gedanken von einer Ecke in die andere. Es war nur Jo, den ich wollte.

In meinem Kopf stromerst seit Wochen nur du und sonst keiner. Nur du. Es fiel mir auch jetzt noch schwer, es zu sagen. Zu sehr schämte ich mich, war er doch so viel jünger als ich. Und dann, blitzartig, überwand ich mich, gewann mein törichtes Gefühl die Oberhand und ich hörte mich laut und deutlich sagen:

»In meinem Kopf schleichst Tag und Nacht nur du herum, niemand sonst. Nur du.«

Ein Hauch von Erleichterung und erkennbarer Freude schlich über sein Gesicht.

»Mit meinen bearbeitungswürdigen Tabellen in der Vogelwarte werde ich heute nicht mehr weiterkommen. Die müssen liegenbleiben bis nächste Woche. Lass' uns in die Stadt zurückfahren. Setz' dich auf meinen Gepäckträger. Mein Rucksack mit Unterlagen und den Büchern ist im Institut geblieben. Somit hab' ich Platz hinten auf dem Rad. Komm.«

»Ah. Und wo geht's dann hin?« Ich lachte in Anbetracht unserer inzwischen tropfnassen Erscheinung, und mir war nicht klar, was wir in diesem Aufzug in der Stadt unternehmen konnten.

»Weiß nicht«, sagte er und lachte ebenfalls.

»Ich schon.« Ich wurde mutig. »Du schiebst dein Rad über diese unebenen Wege hinweg. Ich laufe nebenher, und wenn wir die Straße erreicht haben, radeln wir in die Stadt. Das heißt, *du* radelst und ich hocke mich tatsächlich auf deinen Gepäckträger, wenn du willst. Ich sage dir dann, wo es langgeht.«

»Ach so?«

»Ja.«

»Wo geht's denn lang?«

»Zu mir.«

»So.« Er grinste wie ein Spitzbube.

»Wir sind beide pitschnass, brauchen trockene Klamotten und etwas Warmes zum Trinken. Du kannst eine Jogginghose und ein Shirt von mir ausleihen. Es sieht ja keiner außer mir. Mit dem Rad nach Sengwarden zu fahren bei dem Wetter, das kannst du jedenfalls vergessen.« Ich blieb ernst, während ich das sagte, aber in meinem Bauch lachte ein Strolch.

»Einverstanden.« Mehr gab er nicht von sich. Stattdessen küsste er mich noch einmal ausgiebig. Dann schnappte er sich sein Rad, nahm es an die eine Seite, nahm mich an die andere. So liefen wir tropfnass nebeneinander her, Jo in einer Hand ein in die Jahre gekommenes Fahrrad, in der anderen eine in die Jahre gekommene Frau.

Als wir die Landstraße erreichten, kletterte ich rasch auf den Gepäckträger. Wir fuhren vorüber an kleinen geheimnisumwitterten Waldgebieten, die sich vereinzelt direkt am Straßenrand oder weiter hinaus zwischen den Feldern entlangzogen wie die Flecken einer Kuh.

Endlich erreichten wir die Innenstadt. Ich wohnte in der Mozartstraße in einer geräumigen Wohnung mit Balkon in der dritten Etage. Jos Fahrrad brachten wir in den Innenhof, ein Platz, auf den ich von meinem Wohnzimmerbalkon so gern herabsah, weil er mit schmalen, fantasiereich gestalteten Wegen und einer Mischung aus gemischten kleinen Büschen und großen Bäumen einem Zaubergarten glich, dessen allmorgendlicher Anblick mir den Tag versüßte.

Vor dem Hauseingang schüttelten wir uns beide wie nasse Hunde und stiegen Hand in Hand die Stufen zu meinem Quartier hinauf. Ich schloss auf, wir huschten hinein, ich schloss wieder zu. Ich wollte uns ein Handtuch holen, danach Wasser aufsetzen für einen heißen Tee oder Kaffee. So zog ich Jo an der Hand zum Bad, doch wir schafften es nicht mehr hinein. Unsere Lippen fanden zu schnell wieder zueinander, noch bevor wir überhaupt ein Wort gesprochen hatten. Wir kickten eiligst unsere nassen Schuhe von den Füßen, entfernten einander atemlos unsere einengenden nassen Kleidungsstücke, abwechselnd, er eines von mir, ich eines von ihm, bis wir endlich hüllenlos waren und ich ihn aufs Bett dirigierte. Es war dämmerig im Schlafzimmer, weil die Jalousien noch halb heruntergelassen waren. So knipste ich eine kleine Bambuslampe auf der Konsole an, bevor ich mich zu Jo legte, weil ich hoffte, dass das weiche Licht meinen Körper hinreichend schöner malte, als er war. Jo drehte mich auf den Bauch, fasste mein Haar und hob es an, um mit unendlichen kleinen Küssen, vom Nacken angefangen, an meinem Rücken entlangzuschleichen bis über den Po und die Beine, während ich seine Hände überall an meinem Körper zu spüren glaubte. Es war mehr als atemberaubend, so dass ich dieses faszinierende Gefühl kaum noch aushalten konnte. Ich wand mich aus seinen Fängen, wies ihn an, sich auf den Rücken zu legen und schlängelte mich auf seine Oberschenkel. So war es mir vergönnt, mich mit meinen Lippen an seiner Brust und an seinem Bauch hinunterzuarbeiten zu der Stelle, die ihm ein geflüstertes *Du bringst mich um den Verstand* entlockte. Gewiss abweichend von den Erwartungen unserer von moralisierenden Vorstellungen gelähmten Gesellschaft warfen wir wiederum jeglichen Anstand über Bord und ließen dem Fieber in uns freien Lauf – stürmisch und unkultiviert.

Anschließend umfasste ich, verschwitzt und glücklich, mit beiden Händen sein Gesicht und sah ihn nur stumm an.

»Ich liebe dich«, sagte Jo auf einmal.

»Du musst das nicht sagen.«

»Wenn es doch so ist ...« Er drehte sich auf die Seite, zog mich zu sich heran. »... dann darf ich es doch sagen, oder?«

Ich zauderte, war bemüht, mir selbst Mut zuzusprechen. »Ich liebe dich auch. Ich weiß nicht, wie lange schon. Womöglich schon ab dem Moment, als du dich bei mir im Büro persönlich vorgestellt hast. Aber ganz sicher weiß ich es, nachdem du mir beim Griechen die Geschichte von dir und deinen Pflegeeltern erzählt und mich danach gebeten hast, dich in den Arm zu nehmen. Es war ziemlich beeindruckend für mich, dass du mich so direkt darum bitten konntest.«

Jos Zunge fuhr schnell über seine Unterlippe, dann grinste er. »Ich wusste ziemlich sicher, dass du in dem Moment auch nicht ablehnen würdest.«

»Trotzdem. Ich selbst bin manchmal komplizierter in solchen Dingen.« Ich schmiegte mich fester an ihn und genoss den Wohlgeruch und die Geborgenheit seines Körpers, als er sagte:

»Manchmal denke ich auch ein wenig umständlich, weil ich Angst habe, nicht gut genug für etwas zu sein. Als wir vorhin hierher geradelt sind, hatte ich mir insgeheim Sorgen gemacht, dir als Liebhaber nicht zu genügen. Ich hatte noch nicht viele Freundinnen und deshalb verfüge ich bestimmt nicht über die Fertigkeiten und Techniken eines Casanovas.«

»Ah. Was für Fertigkeiten Casanova hatte, kann ich nicht beurteilen.« Ich piekte ihn mit dem Finger in den Bauch. »Aber ich habe überhaupt keinen Grund, mich zu beklagen. Im Übrigen sind mir keine Techniken wichtig, sondern du.«

»Das beruhigt mich.« Seine Hände fuhren gelassen über meinen Rücken und ich streckte mich in behaglicher Manier.

»Was wird Benedikt sagen, wenn er erfährt, dass wir beide …«, er stockte, »… zusammen sind?«

Auf einmal war mir nicht mehr so wohl. Waren wir das? Ein ungleiches, nicht den allgemeinen Moralvorstellungen entsprechendes Paar? Und ja, was würde Benedikt sagen? Was würden die anderen sagen? Ich setzte mich auf, lehnte mich an eines meiner flauschigen Kopfkissen. Jetzt erst bemerkte ich, dass meine nachtblaue Bettwäsche einen wunderbar neutralen Kontrast zum Gesamteindruck meines kunterbunten Schlafzimmers lieferte, das heute nämlich aussah, als beabsichtigte ich, hierin einen Flohmarkt für Frauen zu veranstalten. Überall lagen noch Kleidungsstücke herum, die ich heute Morgen quer im Raum verteilt hatte. Ich hatte noch nicht gewusst, was ich anziehen werde und deswegen den halben Kleiderschrank ausgeräumt. Hoffentlich dachte Jo jetzt nicht, ich sei immer so unordentlich.

Ich wich seiner Frage, ob wir nun zusammen sind, ängstlich aus.

»Wenn Benedikt zurück ist, werde ich ihn zunächst einmal fragen, was die Mär von unserer bevorstehenden Hochzeit bedeuten sollte. Jetzt habe ich Hunger, du auch?«

»Hm.« Er spitzte seine samtenen Lippen und nickte. »Ziemlich großen sogar.«

Ich sprang aus dem Bett. »Gut. Dann rufe ich direkt den Home-Service an. Hab' nämlich nicht viel Vernünftiges zum Kochen im Haus momentan. Was magst du? Pizza, Chinesisches Nudelgericht oder Pommes mit Currywurst?«

»Was *du* möchtest.«

»Nein, sag' *du*.«

»Nein, *du*.« Er lachte breit, während er sich auf die Bettkante setzte.

Ich war schon beim Telefon und griff nach dem Hörer. Die Nummern diverser Lieferdienste waren bereits eingespeichert, weil ich manchmal nach der Arbeit einfach zu faul war, um für mich noch etwas zu kochen.

»Also, bevor wir uns gleich streiten …«, ich überlegte kurz, »… bestelle ich Schinken-Paprika-Pizza und Salat mit Tunfisch? Für uns beide?«

»Klar. Gerne.« Er stand auf, und vor dem Bett stehend streckte er sich hingebungsvoll, während er rief:

»Ich muss mal.«

Ich deutete mit dem Finger aufs Bad. »Dort bitte. Wo ich ursprünglich nach dem Betreten meiner Wohnung direkt hinwollte, um uns ein Handtuch zu holen.«

»Manche Dinge haben eben Vorrang vor anderen«, sagte er nur lachend.

Während ich am Telefon unser Essen bestellte, konnte ich beobachten, wie Jo zur Badezimmertür schritt. Verträumt schaute ich ihm hinterher und bewunderte still sein Hinterteil, das selbst eine überzeugte Jungfer wuselig gemacht hätte. Natürlich war das mit dem Hinterteil nichts

Elementares. Jo war vor allem klug und sensibel, aufrichtig und zuverlässig. Es tat beinahe weh, so verliebt war ich.

Unser Essen würde in einer halben Stunde kommen. Ich stellte mich ans Küchenfenster und sah auf die Straße hinunter. Draußen wehte Laub umher. Es schüttete so stark, dass die Rinnsteine, die ohnehin schon so früh zu Herbstbeginn mit Blättern verstopft waren, überzulaufen drohten. Ich verlor mich in dem hypnotisierenden Geplätscher und spürte es in mir selbst rieseln, als wäre es in mir drin, als wären wir eins, der starke Regen und ich. In mir floss ein intensives Empfinden, das mich mit Wohlbehagen und Zuversicht ausfüllte, aber gleichzeitig einen leicht überspannten Beigeschmack an sich hatte.

»Bist du nicht glücklich? Du schaust so nachdenklich?« Jo war aus dem Bad gekommen, stellte sich hinter mich und legte seine Hände auf meine nackten Schultern, um sie leicht zu massieren.

»Natürlich bin ich glücklich. Fast schon wonnetrunken.« Ich drehte mich zu ihm hin, nahm seinen Kopf in meine Hände und küsste ihn auf die Nase. »Aber ich mache mir Gedanken, wie das mit uns werden soll, Jo. Ich bin so viel älter als du. Du fragst mich, was Benedikt sagen wird, wenn er von uns erfährt. Das kann ich dir sagen. Er wird mich auslachen und behaupten, ich hätte den Verstand verloren. Ich kenne Benedikt schon recht lange und so, *wie* ich ihn kenne, wird er sich lustig machen, Sprüche maulen wie ›Wenn du etwas zum Spielen brauchst, kauf' dir einen Hund‹ oder etwas in der Art.«

Jo lachte unbekümmert. »Na und. Lass' ihm doch den Spaß. Lass' ihn Sprüche machen, wenn er dann zufriedener ist. Allerdings habe ich den Eindruck, dass du selbst mit dem Altersunterschied nicht klarkommst, aber, um von deinen Ängsten abzulenken, lieber auf Benedikt verweist.«

Insgeheim wusste ich, dass er recht hatte. Ich zog ihn auf die Eckbank, die nahe dem Küchenfenster um einen großen Holztisch herum platziert war und setzte mich auf seinen Schoß. »Mag sein. Es ist nicht so, wie du glauben magst, dass ich unseren Altersunterschied zu abstrus finde, um eine Beziehung zu führen, aber du hast deine ganze Lebensplanung noch vor dir im Gegensatz zu mir. Wir können nicht wie ein gewöhnliches Paar sein, kein gemeinsames Leben aufbauen, nur auf der Basis von Liebe und Begehren. Ich weiß nicht, was genau für dich ‚zusammen sein' bedeutet. Was auch immer du damit meinst, es wird keine Zukunft haben. Ich will dich, will dich unbedingt und habe nichtsdestotrotz die grässliche Befürchtung, es geht nicht, es ist aussichtslos mit uns.«

Manchmal, während unserer früheren Gespräche in der Agentur, sandte Jos Gesichtsausdruck einen bestimmten weisen Kern voraus. Es lag in seiner Eigenart, die Dinge so rein und hellerleuchtet zu betrachten, wie sie sind. Nun sah er mich wieder mit eben dieser Mimik an, wach, ernst und aufmerksam. »Gefühle scheren sich nicht darum, was möglich oder unmöglich ist, weil sie willkürlich kommen und die Vernunft bevormunden. Das ist einfach so. Was du fühlst, kann deinen Verstand ausschalten, aber es geht nicht umgekehrt. Also, was willst du machen? Wir sind beide erwachsen. Du verführst keinen Teenager!«

Aha. So einfach sollte es ein. »Du meinst, einfach meinen Gefühlen nachgeben, löst das Problem?« Seine Unbekümmertheit irritierte mich immer wieder – und ich schätzte sie, schätzte sie so sehr.

»Bestimmt. Deinen Gefühlen nachgeben und die Zeit, die wir miteinander haben, genießen, das wäre ein Anfang. Ganz gleich, wie viel Zeit es sein wird, einige Wochen, ein Leben. Das wissen wir nicht, und gerade deshalb ist diese Zeit zu kostbar, um sie mit trübseligen Gedanken zu tränken. Du musst aufhören, dir ständig zu überlegen, was sein wird, was passieren kann. Das lähmt dich irgendwann komplett und du kannst keine augenblickliche Freude mehr genießen, weil du dich fragst, wie lange sie wohl andauert oder welche Nachteile sie für die Zukunft bringt. Es ist doch nicht wichtig, dass du schon einen Teil deines Lebens hinter dir hast und ich noch plane. Das kann auch eine Ergänzung sein.«

Diese Unbeschwertheit und Sorglosigkeit in Jos Lebenseinstellung! Er hatte eine scheußliche Kindheit gehabt und dennoch wohnte eine Zuversicht in ihm, die ihm angeboren zu sein schien und von der ich selbst nur zu träumen wagte.

»Du bist lebenstüchtig, gradlinig und aufgeweckt, Jo. Das bewundere ich. Aber ich habe nicht deine Leichtigkeit. Ich bin grüblerischer veranlagt und frage mich, ob Liebe genug ist, um eine derart ungleiche Verbindung einzugehen. Ich kann nicht umhin, mir darum Sorgen zu machen.«

»Ich weiß. Ich wollte dich auch nicht kritisieren, sondern nur, dass du uns eine Chance gibst. Wir werden sehen, was sich daraus entwickelt. Liebe reicht immer, sie ist ein Geschenk und das Wichtigste im Leben. Meine Lebensplanung steht auch noch gar nicht. Was ich nach dem Studium mache, weiß ich noch nicht. Vielleicht mache ich mit der Ornithologie weiter, eventuell aber auch etwas im sportlichen Bereich oder beides. Auf jeden Fall etwas, das mir Spaß macht, auch wenn es nicht das wahnsinnig große Geld bringt. Geld und Macht sind mir weniger wichtig als mein soziales Umfeld. Das Wichtigste für mich ist das, was mir in meiner Kindheit gefehlt hat, nämlich einen Menschen wirklich zu lieben und von ihm geliebt zu werden.«

Als Isa und ich uns bei einem gemeinsamen Restaurantbesuch einmal über einen jungen Mitarbeiter unterhielten, den wir für ein paar Monate beschäftigt hatten und dessen Zukunftsvisionen pausenlos um Geld und Karriere kreisten – um nichts anderes –, hatte Isa gesagt, dass man den Entwicklungsstand und die wirkliche Reife eines Menschen gut danach beurteilen könne, mit welchen Zielen und Wünschen er in die Zukunft blickt. Daran musste ich sofort denken und einmal mehr erschien Jo mir reifer und älter, als er war, reifer als dieser ehemalige junge Mitarbeiter.

Es klingelte. Oh, oh. Meine Butterdose aus Porzellan polterte vom Küchentisch, weil ich zu schnell aufsprang, um mir etwas überzuziehen. Immerhin war ich nur mit einem Slip bekleidet und dem Pizzaservice wollte ich natürlich meinen anstößigen Anblick verwehren.

Jo war schneller. Er flitzte zur Tür und nahm unser Essen unverkrampft in Unterhosenmontur entgegen. Bezahlte aus eigener Tasche, übereichte dem jungen, im triefenden Regenmantel vor ihm stehenden Pizzafahrer ein großzügiges Trinkgeld und bestand beharrlich darauf, mich einzuladen und nicht umgekehrt. Inzwischen hatte ich es geschafft, mir zumindest mein hellblaues Lieblings-Negligé überzustreifen. Jo schlüpfte in ein weißes Shirt von mir. Wir entschieden, in der Küche zu essen.

Während ich zwei große Teller und Besteck auf den Tisch legte, entfernte Jo mit dem Handfeger die Scherben der Butterdose vom Fußboden. »Scherben bringen … sag's…«, forderte er mich neckisch auf, als er dieselben in den Müll befördert hatte.

»Glück?«, fragte ich unschuldig.

Er nickte mehrmals wie ein Kind und blickte wieder so unwiderstehlich verschmitzt drein, dass ich ihn zwingend küssen musste. Es war schon dunkel draußen, und es stürmte und regnete immer noch. Das Wasser rammte mein Küchenfenster, als wäre es ein Sondereinsatzkommando der Polizei, das sich irgendwo Einlass verschaffen will. Es war ein beispielloses Unwetter, das mich faszinierte und gleichzeitig beunruhigte.

»Ich hoffe allerdings nicht, dass die Fensterscheiben auch noch zerspringen. Derlei Scherben halte ich für glückswidrig.«

»Keine Bange. Deine Fensterscheiben sind stark. So wie du«, flüsterte er. »Und jetzt machen wir uns über unser Abendessen her, oder?«

Ich schüttelte amüsiert den Kopf, zündete eine Kerze an und setzte mich zu ihm an den Tisch.

Wir aßen mit gutem Appetit und tranken Bier dazu. Während des Essens sprachen wir nicht viel, sahen uns vielmehr verliebt an oder beobachteten das Toben draußen.

Als wir satt waren, sagte ich: »Ich weiß, dass ich zu viel über Allerlei nachdenke. Meine Absicht ist sicher nicht, dich zu verunsichern. Aber ich mache mir trotzdem Gedanken, wie es mit uns weitergehen soll. Ich möchte nur noch einmal verdeutlichen, dass ein Mann, der mit einer wesentlich jüngeren Frau zusammen ist, generell toleriert wird, aber eine Frau mit einem jungen Lover gilt immer noch als unanständig und ist dreisten Bemerkungen ausgeliefert. ›Was das Gesetz nicht verbietet, verbietet der Anstand‹, sagte vor vielen, vielen Jahren auch einmal Lucius Annaeus Seneca, der römische Philosoph.«

»Der gute Seneca hat nicht uns gemeint. Ihm geht es vor allem um Rücksichtnahme, Achtsamkeit und Respekt im Umgang miteinander. Wüsste er um unsere Liebe, würde er uns niemals zürnen, Honey.«

»Ach so?« Die Ernsthaftigkeit, mit der er das sagte, war filmreif und entlockte mir ein entspanntes Lachen.

»Sich nur lieben ist wunderschön, aber oft ist es nicht genug, gerade dann nicht, wenn andere denken könnten, es ist nicht gut … ich meine, dass wir uns lieben, ist nicht gut.«

Jo schob seinen Teller beiseite. »Gut ist für viele Menschen nur das, was sie gewohnt sind oder was sich für sie zu lohnen scheint. Was nicht lohnenswert ist, scheidet aus. Es mag schon sein, dass eine Beziehung, in der gerade die Frau älter ist, für einige Menschen eine nutzlose Investition darstellt, sozusagen eine fruchtlose Affäre, eine charmante oder anregende Episode im Leben, ohne Zukunft, ohne Zinsen, ohne Ertrag. Ich will aber keine Geschäftsbeziehung mit dir und verzichte auf jegliche Art von Profit.«

Über seine Augäpfel huschte der Schatten von einem Schelm, als er lachte, und noch ehe ich etwas sagen konnte, kitzelte er mich so unvorhergesehen am Bauch, dass ich gleichzeitig kicherte und kreischte und im Gewühl meinen leer gefutterten Teller vom Tisch fegte. Ach nein! Das war heute schon der zweite Scherben-Streich.

»Oh. Sorry.« Jo ließ von mir ab und stand auf. Schon wieder holte er den Handfeger aus dem Küchenspint hervor, um die weißen Trümmer aufzufegen. »Deine Scherbenproduktion beschafft uns ganz sicher einen riesigen Glücksregen. Glaub' dran«, erklärte er fröhlich während des Fegens.

»Bestimmt.« Ich spitzte den Mund und sah ihm keck ins Gesicht, während ich ihm das Kehrblech abnahm und die Scherben in den Müll schüttete. Dann zog ich ihn dicht an mich heran, um ihn zu umarmen und um diese wunderschöne Akkumulation von Unbekümmertheit und Lässigkeit mit stählernem Griff zu umklammern. Ich war nicht willig, so schnell wieder loszulassen. Es fühlte sich gut und ungewohnt an, so viel Zuversicht und jungenhaften Optimismus zwischen meinen Armen festzuhalten.

»Was brauchst du, damit du dich von mir geliebt fühlst?«, fragte er mit einem Mal und hauchte einen Kuss auf mein Haar.

Darauf war ich nicht vorbereitet, nicht auf eine im Grunde so einfache Frage, weswegen ich zunächst, vor ihr fliehend, meinen Blick auf meine sturmerprobten Fensterscheiben umleitete. Der Regen hatte Wilhelmshaven weiterhin fest im Griff. Meine Blicke schwenkten am Fenster vorbei, blieben kurz kleben an dem Kornblumenfeld, das sich seit langem schon in Form eines gigantischen Wandbildes in meiner Küche eingenistet hatte und das ich aufgrund seiner positiven Ausdruckskraft nicht mehr missen wollte. Die Kaffeemaschine auf der Küchenzeile darunter musste dringend entkalkt werden. Ich vergaß es jedoch dauernd. Und einkaufen musste ich auch unbedingt, denn mein Kühlschrank, so dunkelgrün wie ein Tannenwald, sah mich mahnend an, denn er war wieder nicht gut gefüllt.

Wieso lieferte ich mich gerade solch banalen Gedankenflügen aus, wo Jo mir doch soeben eine grundlegende Frage gestellt hatte, eine, die eine klare Antwort verdiente? Ich löste mich ein wenig von ihm, fasste ihn an den Händen, suchte seine Augen, deren Pupillen von dem warmen Licht der Pendellampe über uns in ein sattes Moosgrau getuscht wurden. Sie ähnelten nun der Farbe des Meeres bei Sonnenuntergang und die Kraft dieser Imagination half mir auf die Sprünge. Und binnen Sekunden beanspruchte ich viel zu viel.

»Ich will dir jederzeit vertrauen, mich auf dich verlassen können, ich will, dass wir uns gegenseitig respektieren, so wie wir sind, ich brauche deine Wärme, deine Stimme, deinen ruhigen Verstand, aber auch ausreichend Zeit für mich, für eigene Unternehmungen, für meine Freundinnen und mein Patenkind. Ich wünsche mir, dass du mir gegenüber ehrlich bist und vor allem, dass du niemals etwas zu mir sagst, was du nicht wirklich meinst«, sprudelte es aus mir heraus, ohne dass ich es aufhalten konnte. »Schon meine Oma belehrte mich in diesem letzten wichtigen Punkt, denn sie meinte, man solle niemals den puren Worten eines Mannes arglos vertrauen, denn entscheidend seien am Ende nur seine Taten.«

Jo schaute nur spitzbübisch.

»Natürlich gibt es auch Frauen, die nur oberflächlich daherreden und es steckt nichts dahinter«, fügte ich schnell hinzu.

»Besser hätte ich nicht antworten können, wenn du mir meine Frage gestellt hättest. Hinsichtlich unserer Beziehungswünsche stecken wir im gleichen Sack. Ich will auch deine Wärme, deine Stimme, dein Vertrauen. Ist doch selbstverständlich, dass du nicht jede freie Minute nur noch mit einem Mann verbringen möchtest. Du kannst dir Zeit für dich nehmen, so viel du willst und brauchst. Demnächst werde ich sowieso mehr in der Vogelforschung arbeiten. Die haben einige zusätzliche interessante Jobs zu vergeben. Mal sehen. Ich will mich dort auf jeden Fall noch weiter engagieren. Und was das oberflächliche Daherreden betrifft, verspreche ich dir, verdammt aufzupassen, damit du auf meine Worte zählen kannst. Im Übrigen halte ich mich nicht für den Hallodri, der auf seine Versprechungen keine Taten folgen lässt.«

»So hat es auf mich auch nicht den Anschein, Jo. Aber es ist eine Einstellung, die mir ganz besonders am Herzen liegt.«

Wir hielten uns immer noch an den Händen.

»Hast du mit dieser Einstellung schon viel Bullshit erlebt, Linda-Schatz?«

»Geht so. Mich macht diese ungezwungene Art von Oberflächlichkeit halt richtig ärgerlich. Ich kann dir einige Beispiele nennen.«

Er dirigierte mich auf die Eckbank zurück, wo wir uns erneut aneinander kuschelten.

»Die harmloseste Variante hat sich bei einer Freundin von mir einquartiert, nicht gerade meine beste Freundin, aber wir kennen uns schon sehr lange und unternehmen hin und wieder gemeinsam etwas. Sie verspricht manchmal, mich im Laufe der nächsten Woche anzurufen, um einen Tag zum gemeinsamen Joggen festzulegen, oder für einen Kinobesuch. Ich weiß genau, sie wird sich melden, aber erst Wochen später. Das ärgert mich enorm. Einmal war ich auf der Suche nach einem Maler, der mir hilft, während meines vierzehntägigen Urlaubs mein Wohnzimmer zu tapezieren. Elisabeth sagte sofort, sie kenne jemanden, der gut und zuverlässig arbeite und sie würde ihn gleich heute noch anrufen und mir Bescheid geben, ob und ab wann er Zeit habe. Ich habe zehn Tage gewartet, in denen ich nicht einmal eine Rückmeldung von ihr bekam, ob sie diesen Mann erreicht hatte oder nicht. Auf meine spätere Nachfrage sagte sie lapidar, sie wäre noch nicht dazu gekommen, ihn anzurufen. Ich verstehe so eine Haltung nicht. Wenn ich doch jemandem verspreche, in der nächsten Woche wegen einer Terminabsprache anzurufen oder jemandem zusichere, zu helfen, dann mache ich das auch. Ich notiere es mir, im Kalender, auf einen Zettel, wo auch immer, damit ich es nicht vergesse. Natürlich geht jeder von seiner eigenen Denkweise aus. Und schnell ist man sauer, wenn andere etwas anders machen, als man selbst, weil es für einen selbst meistens schlecht nachzuvollziehen ist. So ist es bei mir auch.«

Jo sagte kein Wort, strich lediglich in einer liebevollen Weise über meinen Kopf.

Ich fuhr fort: »Schlimmer war mein letzter Ex. Ein Problem mit ihm war nicht nur, dass er schnarchte, dass es sich anhörte wie eine Kettensäge und ich mich nachts, wenn er bei mir war, immer mit meiner Decke ins Wohnzimmer auf die Couch verkroch, zudem war er auch kein Freund von Verantwortung und Zuverlässigkeit. Seltsamerweise habe ich ihm seinen Wunsch, mit mir einmal nach New York zu reisen, wirklich geglaubt. Genau drei Jahre habe ich mir angehört, er würde mir die Reise zu Weihnachten oder zum Geburtstag schenken. Jedes Mal habe ich mich darauf verlassen, wahrscheinlich, weil ich an seine Absicht unbedingt glauben wollte. Schön blöd. Dauernd hat er mir etwas geschenkt, was ich mir gar nicht gewünscht hatte, etwas, das *er selbst* als unentbehrlich betrachtete. Irgendwann wurde es mir zu bunt und ich habe ihn gefragt, wie ernst er es denn wirklich meine mit unserem New York-Trip. Mit todernster Miene beteuerte er, er habe es tatsächlich immer vorgehabt, aber wir hätten doch noch massig Zeit, um irgendwann dorthin zu fahren. Ich will nicht lange über diverse Diskussionen reden, die wir daraufhin wochenlang geführt haben. Letztendlich ist es natürlich nie zu dieser Reise gekommen. Eines Tages offenbarte mir Willy – ohnehin nicht der sensibelste Mann auf der Welt – er hätte da noch eine kleine Überraschung für mich, ohne besonderen Anlass, einfach so zwischendurch. Ich war wirklich gespannt. Als er mir ein recht kleines viereckiges Kästchen, umbunden mit einer zierlichen goldenen Schleife, übergab, glaubte ich zunächst, es handele sich um einen Verlobungsring. Was sollte in solchem Schmuckkästchen auch anderes enthalten sein? Mein Herz pochte natürlich, als ich es nervös öffnete.«

Nun konnte ich nicht gleich weitererzählen, weil sich die Szene augenblicklich in meinen Kopf malte und ich im Nachhinein selbst deftig darüber lachen musste. Jo lachte mit, ohne zu wissen, was folgen würde. Sein Augenspiel aber war gewürzt mit Neugierde, als wir uns beruhigten und ich fuhr fort:

»Meine Gesichtskonturen entgleisten gewiss vollends, als ich schließlich den Inhalt aus der kleinen Schachtel nahm ...«, es war die Hölle, schon wieder bekam ich einen Lachkrampf, »... zwischen meinen Fingern hielt ich ...«, Jo guckte sensationsgierig und sein Mund stand offen, »... zwei hochwertige Ohrstöpsel.«

Er sprang auf, hielt sich seinen Bauch und quietschte vor Vergnügen.

»Es war wirklich nicht so, dass Willy mich auf seine Weise verarschen wollte, nein, er war halt so ... rational. Die Ohrstöpsel betrachtete er als zwingend notwendig, damit ich nachts nicht mehr umziehen musste, weil er Geräusche machte. Auf die Idee, dass eine Frau in einer kleinen, mit Schleifchen versehenen Schachtel etwas ganz anderes als triviale Zweckmäßigkeiten vermuten könnte, wäre Willy niemals gekommen. Sachlich und vernünftig denkend offenbarte er mir, die Stöpsel wären auch schon einmal für unsere New York-Reise gedacht, als Vorboten sozusagen, damit ich im Hotelzimmer in Ruhe schlafen könne.«

»Und ihr seid dann wirklich gar nicht mehr dorthin geflogen?«

»Nein. Nur ein paar Wochen nach diesem sensationellen Geschenk waren wir getrennt.«

Jo wurde wieder ernst. »Ich verstehe dich. Ich bin ebenfalls verletzt, wenn jemand so flatterhaft mit mir umgeht. Zuverlässigkeit ist mir nämlich ganz wichtig, nicht nur in einer Beziehung, sondern genauso hinsichtlich meiner Freundschaften. Meine Ex hat das anders gesehen. Die war eher sprunghaft, beinahe leichtfertig. Ich kann mich erinnern, dass ich mich einmal wochenlang auf eine kleine Wochenend-Städtetour gefreut hatte, die sie mir zum Geburtstag schenken wollte. Yvonne hatte mich gefragt, was ich von einem Kurztrip nach London halten würde. Davon hatte sie etwa vier Monate, bevor ich dreiundzwanzig wurde, immer wieder gesprochen. Sie hatte beabsichtigt, mir eine Hotelübernachtung inklusive einem Gutschein für Madame Tussauds Wachsfigurenkabinett zu spendieren, weil sie wusste, dass ich das unbedingt einmal besuchen wollte. Ich war ziemlich entzückt von ihrem Vorschlag und das habe ich ihr auch gesagt. Danach haben wir nie mehr darüber gesprochen und ich traute mich auch nicht, sie darauf anzusprechen, obwohl ich mich die ganze Zeit wie ein Blödmann auf diese Kurzreise gefreut hatte.« Er lachte, und ich spürte an der Art, wie er es tat, nämlich wie ein Lausebengel mit vorgeschobener Zungenspitze, dass er ganz sicher darüber hinweg war. »Meinen Geburtstag hatte sie womöglich zunächst komplett vergessen, jedenfalls rief sie mich an dem Tag erst etwa eine halbe Stunde nach Mitternacht an – also, genaugenommen am Tag nach meinem Geburtstag – und entschuldigte sich, mir so spät, nämlich zu spät, zu gratulieren. Ich war richtig am Arsch, so traurig war ich. Bin dann eingeschlafen in der Hoffnung, sie käme am nächsten Tag oder wenigstens recht bald vorbei, um mit mir über unsere London-Reise zu sprechen. Aber Flötepiepen. Sie kam zwei Tage später und redete nur von ihrer Arbeit und davon, wie viel Häuser und Wohnungen sie in der letzten Zeit verkauft hatte. Du musst wissen, Yvonne ist Immobilienmaklerin und war außerordentlich engagiert in dem Unternehmen, in dem sie arbeitete. Sie ist auch älter als ich, vier Jahre, um genau zu sein. Sie verdiente schon richtig gutes Geld, als wir zusammen waren. Und ich konnte ihr als Student kaum etwas bieten. Ich wohnte noch in Oldenburg, zusammen mit zwei weiteren Jungs in einer bescheidenen Wohngemeinschaft in einer heruntergekommenen Mansarde. Yvonne hatte schon eine eigene Eigentumswohnung in der Stadt mit allem Pipapo. Zwei Wochen nach meinem Geburtstag trennte sie sich von mir. Sie habe sich in einen Bohemien verliebt, erklärte sie mir damals. Kürzlich habe ich sie hier in der Stadt getroffen. Wir haben ein Bier zusammen getrunken und dabei erzählte sie mir, mit dem Neuen habe sie es damals nur einen Monat ausgehalten, der sei auf Drogen gewesen.

Und nun sei sie verheiratet. Mit einem Bankdirektor, was zwar lukrativ sei, aber ihr Mann habe Angst vor jedweder Veränderung. Für ihn müsse alles in Unbeweglichkeit verharren. Ausnahmesituationen könne er schwer akzeptieren. Sie seien Auslöser für seine Panikattacken. Damit könne sie schwer umgehen. Und ebenso unbefriedigend sei, dass er keine Kinder zeugen könne. Somit harmonisiere sie mit der Idee – so sagte sie es -, sich einen Liebhaber zu suchen, mit dem sie hin und wieder mal so richtig über die Schnur hauen könne.« Jo grinste. »Ehrlich, ich bin froh, dass es damals zur Trennung gekommen ist.« Sein Blick war zärtlich, als er mir wiederholt mit seiner Hand über den Kopf fuhr.

»Wie sah sie denn aus?« Das interessierte mich nun doch brennend.

»Ich hab', glaube ich, noch ein Foto von ihr in meinem Portemonnaie. Das hat aber nichts zu sagen. Willst du es sehen?«

Mich wunderte, dass er das Bild seiner Ex noch mit sich herumtrug, aber da er so offen damit umging, ließ ich meine misstrauischen Gedanken gleich wieder davonwehen. »Ja. Zeig mal.«

Er schnappte sich sein Portemonnaie, das er nach dem Bezahlen unseres Abendessens lässig auf eine Ecke meiner Küchenbank geschmissen hatte und kramte umständlich ein in der Mitte gefaltetes, schon reichlich mitgenommenes, Standard-Foto heraus. Das Bild zeigte Yvonne und ihn auf einem Weihnachtsmarkt. Jo sah bemerkenswert gut aus. Sein Gesicht strahlte unter einer schneebedeckten, geschmückten Riesentanne. Seine ebenfalls mit Schneeflocken gesprenkelte hellgraue Pudelmütze lümmelte etwas verrutscht über seiner rechten Stirn, durch sein Lachen lugten die nach oben geschwungenen Mundwinkel schelmisch unter dem silberfarbenen Schal hervor, den er leicht über das Kinn gezogen hatte. Der dunkelblaue Parka stand ihm hervorragend. Seine verwaschenen Jeans und die hohen braunen Boots waren exemplarisch für seine lässige, jedoch nicht nachlässige Art, sich zu kleiden. Jos' faszinierende Augen leuchteten in die Kamera, anstatt Yvonne anzusehen. Einen Arm hatte er über ihre Schulter gelegt, wobei seine Hand von ihrem langen dunkelbraunen Haar verdeckt war.

Yvonnes snobistischer Style mit grauer Kaninchenfell-Jacke und einem Glockenhut mit asymmetrischer Krempe in Lila passte sich vorzüglich ihrem affektierten Lächeln an.

»Ah. Das ist sie also.« Mehr Worte war sie nicht wert.

»Ja.«

»Du bist toll getroffen auf dem Foto. Wer hat es aufgenommen?«

»Ein Kumpel, mit dem ich studiert habe. Er hat das Studium letztes Jahr aufgegeben und macht jetzt eine Ausbildung in Bremen. Wir haben vieles zusammen gemacht, als wir beide noch in Oldenburg wohnten. Guten Kontakt haben wir noch, aber wir sehen uns nicht mehr so häufig, einmal im halben Jahr vielleicht. Jedenfalls war auch er mit seiner Freundin auf dem Weihnachtsmarkt in Oldenburg.«

Jo steckte das Foto zurück ins Portemonnaie. »Zu Hause vergesse ich ständig, das Foto herauszunehmen.«

Meine Augenbrauen zogen sich leicht zusammen. Er bemerkte es und stupste mich auf die Nasenspitze. »Hey. Wenn du willst, tausche ich es gleich aus gegen ein Bild von dir. Hast du ein aktuelles von dir?«

»Ich glaube nicht.«

»Gut, dann fotografiere ich dich morgen. Unten am Fluss?«

»Ach, Jo. Ich bin gar nicht fotogen.«

»Du willst nur kneifen.«

»Quatsch.«

»Doch. Also, morgen nach deinem Feierabend?«

»Na gut. Aber es muss nicht unbedingt morgen sein.« Ich war wirklich nicht der fotogene Typ einer Frau und hatte arge Bedenken. Wollte Jo wirklich das Foto einer durchschnittlichen Frau gegen das einer kleinen Diva wie Yvonne austauschen? Ach, was soll's? Ich beschloss, mich auf die Fotosession mit ihm einzulassen, denn Yvonnes Foto musste aus seinem Portemonnaie verschwinden. Definitiv.

»Super.« Jo begann schon wieder, mich am Bauch zu kitzeln. Ich schimpfte und schubste ihn von mir weg.

»Ich muss dich noch etwas fragen.«

»Ja?«

»Jo, warum bist du eigentlich so ruckartig und ohne jegliche Vorwarnung aus meinem, aus unserem, Büroalltag verschwunden? Ich begreife das einfach gar nicht. Du hast während deiner Telefonate aus Frankreich nie etwas gesagt und plötzlich hast du behauptet, du brauchst mehr Zeit für dein Studium. Ohne nähere Erklärung. Das hat mich wirklich getroffen.«

Seine fröhliche Miene schmolz und über sein Gesicht wandelte ein bitterer Ausdruck.

»Wie schon gesagt, Benedikt hatte mir unmissverständlich zu verstehen gegeben, dass ihr heiraten wollt. Ich hatte keinen Grund, ihm nicht zu glauben, obwohl ich mich sehr darüber gewundert hatte. Ich war fernab davon, seine Bemerkung mit Gelassenheit zu betrachten, das kannst du mir glauben. Ich war schon längere Zeit richtig verliebt in dich. Als ich überstürzt nach Frankreich fahren musste, war es für mich gar nicht so abwegig, dass dir etwas an mir liegt, weil du beim Abschied so traurig gesagt hattest, du würdest mich jetzt schon vermissen, jetzt schon, obwohl ich noch nicht wirklich fort war. Du hast auf einmal geweint und gesagt, es sei, weil ein alter Mann am Abend zuvor mit seinem fetten BMW aus Versehen einen süßen Hund überfahren habe. Dieser habe Robbi gehört, einem kleinen Jungen, der zwei Häuser weiter wohne und den du gut kennen würdest. Und der sei nun untröstlich, weil der Hund noch auf der Straße gestorben sei. Das täte dir so leid und du würdest es dir mehr zu Herzen nehmen als angemessen. Bestimmt war der überfahrene Hund ein Grund für deine Tränen, aber instinktiv hatte ich zu fühlen geglaubt, dass du vor allem wegen meiner Abreise betrübt warst. Als Benedikt mir von eurer bevorstehenden Hochzeit erzählte, ist in mir ein Traum zerplatzt. Zerplatzt wie ein allzu fest aufgeblasener Ballon, der sich an eine Illusion geklammert hat, an die Illusion von einer Frau, die viel mehr ist, als alles, was ich mir je ersehnt hatte, viel mehr als nur irgendeine Frau.« Sein Blick war gleichzeitig zärtlich und verletzt.

»Benedikts Darstellung hatte sämtliche Hoffnungsstrahlen in mir zertrümmert, so dass ich dachte, du hast tatsächlich Spaß an bizarren Spielen und lachst über mich. Denn, dass du mir außergewöhnlich viel bedeutest, hattest du inzwischen wohl begriffen, denke ich.«

»Ich spiele nie in dieser Kategorie, Jo. Eine Erklärung für Benedikts Verhalten habe ich nicht. Er war keine Option für eine richtige Beziehung und außer vertraute Sympathie und ab und an ein bisschen Sex war nichts zwischen uns. Und die Geschichte mit dem Hund … war gelogen.« Ich senkte den Kopf, denn ich schämte mich jetzt ein bisschen dafür, dass ich ihm nicht gleich gesagt hatte, dass ich beim Abschied wegen seiner Abreise geweint hatte.

»Ich glaube dir ja, aber du hast anscheinend Benedikts Gefühle für dich falsch interpretiert. Er wollte, dass ich die Finger von dir lasse, um es einmal salopp zu sagen.«

»Mag sein, aber ich kann es mir schwer vorstellen, dass er wirklich vorhatte, mich zu heiraten. Er hat wohl gemerkt, was ich für dich empfinde und war eifersüchtig. Aus verletzter Eitelkeit oder aus Liebe, das sei dahingestellt. Ich werde so bald wie möglich mit ihm sprechen.«

Jo nickte nur.

»Da ist auch noch etwas anderes, was ich nicht so ganz verstehe.« Es war mir peinlich, es anzusprechen, es gehörte sich nicht so richtig, aber ich wollte eine Erklärung. »Ich verstehe jetzt, warum du dich nach deiner Rückkehr aus Frankreich so kalt von mir verabschiedet hast. Ist Benedikts Mitteilung über unsere vermeintlich anstehende Hochzeit auch der Grund dafür, dass du allen einen kleinen Glücksstein zum Abschied geschenkt hast, selbst Maxi, mit der du am wenigsten zu tun hattest, nur mir nicht? Als Isa es mir sagte, war ich echt geknickt.«

»Die Glückssteine hatte ich schon Tage vor Benedikts Mitteilung auf einem Markt in Frankreich erstanden. Ich hatte für jeden von euch ein Mitbringsel in der Tasche haben wollen, also kein Abschiedsgeschenk. Für dich hatte ich keinen Glücksstein. Das ist richtig.«

Dann sagte er nichts mehr und schaute mich nur an, schätzte meinen Gesichtsausdruck ab – und lachte dann. »Für dich hatte ich eine Kette mit einem kleinen Rubin gekauft. In Anbetracht einer Hochzeit mit einem anderen hätte mein Geschenk wohl ziemlich lächerlich gewirkt. Die Kette liegt bei mir in der Wohnung irgendwo herum. Ich würde sie dir gern nachträglich schenken. Ist das in Ordnung?«

Sprachlos haute ich mich in seine Arme. Dieser Jo. Wohltuend und undurchschaubar.

»Wie sieht's denn nun wirklich mit der Fortführung deiner Arbeit bei uns aus?«, fragte ich ihn ein paar Minuten darauf. »Normalerweise läuft ein Vertrag nur für eine Saison, so etwa von Mai bis Oktober, für dich hatte ich diesen allerdings schon verlängert bis Ende des Jahres, erst einmal. Bei mir im Büro ist noch einiges liegen geblieben, was aufgearbeitet werden muss und nebenan bei Vincent brauchen sie auch Unterstützung.«

»Ich würde euch gern weiterhin im Büro behilflich sein. Allerdings könnte es sein, dass ich demnächst weniger Stunden machen kann, weil ich bereits meinen Kollegen in der Vogelwarte zugesagt habe, mich dort vermehrt um die Statistiken zu kümmern. Ist das ein Problem?«

»Das werden wir schon regeln können.«

»Und wie, denkst du, soll das mit uns beiden im Büro laufen, vor den anderen?« Er neigte den Kopf leicht Richtung Schulter. »Sollen wir ein Paar abgeben oder ist dir das unangenehm? Von meiner Seite her können wir ruhig offenlegen, dass wir uns lieben.«

»Okay, ich verstehe dich. Ich kapiere, dass du kein Fan von Heimlichkeiten bist, aber mir wäre lieb, wenn wir es vorerst noch nicht den anderen sagen. Ich brauch' einfach noch ein bisschen Zeit.«

»Schade. Wie du willst«, bemerkte er feierlich. »Wir werden unsere Situation also kalibrieren. Aber das darf kein geheimer Dauerzustand werden. Dafür gibt es außer deinen gesellschaftlichen Vorbehalten keinen bedeutsamen Grund.«

»Versprochen. Ich werde dich nicht ewig im Geheimkästchen verstecken. Gib mir Zeit. Bedenke, ich bin etwas mehr als doppelt so alt als du.«

»Und doppelt so süß, doppelt so brillant, doppelt so …«

Telefon.

Ungern nahm ich ab. Es war Benedikt.

»Hi, Linda. Bin endlich wieder im Lande und würde dich gern sehen. Hast du Lust? Ich bring' uns eine Flasche Wein mit.«

»Hallo, Benedikt«, erwiderte ich laut genug, so dass Jo es mitbekam. »Ähm, heute Abend ist es etwas ungünstig.«

»Wieso? Hattest du einen anstrengenden Tag? Bist du müde?«

»Nein, das ist es nicht.« Was sollte ich sagen? Hilfesuchend blickte ich zu Jo. Der nickte nur stumpf, was ich wie ein ‚Sag' die Wahrheit' deutete. Flüchtig lenkte ich meinen Blick wieder zum Fenster und registrierte, dass es nicht mehr regnete und nur der Wind sich noch aufspielte. Ein paar bunte Blätter klebten an der Fensterscheibe, ein kleiner Zweig schrappte am Glas.

»Ich habe Besuch. Jo ist bei mir, Benedikt.«

Die Stille am anderen Ende der Leitung war lang genug, um mein schlechtes Gewissen ins Maßlose zu steigern. »Es tut mir leid.«

»Verstehe ich das jetzt richtig, Linda? Du hast was mit diesem Frischling angefangen?« Er schrie, als sendete er mehrere tausend Volt durch die Leitung.

»Ja«, entgegnete ich nur.

»Mensch, Linda. Bist du verrückt? Der Kleine riecht doch noch nach Milch!«

»Betrachte es, wie du magst, Benedikt. Es ist meine Entscheidung.«

»Lass' uns dieses Gespräch jetzt beenden. Ich würde dich gern morgen Mittag wegen der Sache mit *Wolfgang Czerny* sprechen.« Seine Worte hatten einen bedrohlichen Unterton, als er diesen Namen aussprach. Er wusste es also schon.

»Geht in Ordnung. Um eins?«

»Ja. Ein Uhr ist okay. Bei mir im Büro. Tschüss!«

»Benedikt!«

»Waaas?«

»Hättest du die Güte, die Sache mit Jo und mir vorerst nicht den anderen zu erzählen? Ich bitte dich darum! Wir müssen morgen auch wegen Jo noch einmal reden.«

Benedikt erwiderte nichts, legte einfach auf.

Mir blieb keine Zeit, mich groß darüber aufzuregen. Gerade als Jo auf mich zulief, um mich in den Arm zu nehmen, läutete es an der Tür. Wer konnte das jetzt noch sein? Es war 22 Uhr durch.

»Mami ist nicht da und ich habe gaaanz schlimm geträumt«, sagte die kleine Emilia, die im Haus gegenüber wohnte und jetzt wie das Sterntaler-Mädchen im weißen

Nachthemd und bunten Pantöffelchen, zitternd vor Angst und Kälte, wie selbstverständlich meine Wohnung betrat.

Ich ging in die Hocke und wischte mit einem Finger eine Träne von ihrer Wange. »Schatz, wo ist Mama denn?«

»Sie wollte mit Bernd in eine Kneipe fahren. Sie hat gesagt, ich soll schön schlafen und sie würde nicht so spät wiederkommen. Aber sie ist noch nicht wieder zurück und ich habe jetzt Angst. Ein Mann wollte mir den Kopf abschneiden, hab' ich geträumt.« Sie weinte jetzt ganz doll.

Wortlos nahm Jo sie an der Hand und führte sie zur Couch im Wohnzimmer. Ich setzte mich hinzu und hielt sie im Arm, während Jo ihr den Rücken streichelte.

»Emilia ist mein Patenkind. Ich geh' rüber und mache für Viola einen Zettel an die Tür. Wenn sie zurückkommt, weiß sie, dass die Kleine bei mir ist. Einen Schlüssel für die Haupteingangstür drüben habe ich.«

»Dann lass' mich das machen. Das Mädchen möchte bestimmt nicht, dass du jetzt weggehst, wenn auch nur kurz. Mich kennt sie doch gar nicht.«

»Ok. Gerne.« Ich erklärte ihm genau, wo Viola mit Emilia wohnte und blieb mit der Kleinen auf der Couch sitzen. Ständig ließ Viola sie allein, um mit irgendeinem Typen auszugehen. Viola trank zu viel, rauchte zu viel, vögelte zu viel, das Letztere scheinbar ziemlich wahllos. Sie sorgte sich nicht um eine Arbeitsstelle und liebte es, wenn die fünfjährige Emilia sie mit allen selbstverständlichen Erwartungen, die ein Kind hatte, in Ruhe ließ und sich stattdessen allein mit ihren Puppen oder Buntstiften beschäftigte.

Viola hatte ich auf einer gemeinsamen Nachbarschaftsfeier kennen gelernt. Sie hatte damals gerade ihren Job als Kassiererin in einem Supermarkt verloren. Kurze Zeit später war sie schwanger, aber der Vater hatte sich fix aus dem Staub gemacht. Er hatte einen guten Job, war Lehrer, aber eine arbeitslose Frau und ein Kind unterstützen zu müssen, hatte nicht in sein bisher bequemes Leben gepasst und er hatte mit allerlei Tricks versucht, sich an den Zahlungen vorbeizudrücken. Noch während der laufenden Unterhaltsklage, die beim Familiengericht eingereicht worden war, war er mit seinem Motorrad tödlich verunglückt. Oft heulte Viola sich bei mir aus. Sie war hübsch mit langem schwarzem Haar, schlank und modisch stets up to date, woher auch immer sie die stylischen Klamotten herhatte, denn sie verfügte über wenig Geld. Doch ihr Leben erschien ihr freudlos und trist, was sie immer wieder seufzend kundtat. Mit ihren 32 Jahren hätte sie reif genug sein müssen, um ein Kind aufzuziehen, aber sie schaffte es nicht, sich auf ihr kleines Mädchen zu konzentrieren. Eine Tagesmutter für Emilia zu suchen, damit sie zumindest wieder halbe Tage arbeiten gehen konnte und soziale Kontakte hatte, erschien ihr zu anstrengend und kostspielig, obwohl das Jugendamt in ihrem Fall als alleinerziehende Mutter die Tagespflege bezahlt hätte. Aber es war nichts zu machen. Viola *wollte* so weiterleben wie sie lebte und sollte es ihr noch so trostlos erscheinen. Ihr einziger Halt war bedauernswerterweise nicht Emilia, sondern ihre Männer. Wie sie es anstellte, war mir schleierhaft, aber sie hatte ununterbrochen einen Freund oder Liebhaber, wenn auch nie einen von Bestand. Die Angst, mit Emilia allein zu bleiben, blockierte ihr Verantwortungsbewusstsein und fraß ihr Pflichtgefühl.

»Möchtest du etwas essen oder trinken, Schatz?« Ich war aufgestanden, um für Emilia eine Decke zu holen.

»Hab' keinen Hunger. Aber Duuurst.« Sie sah mich mit großen Augen an und ein winziges Lächeln stahl sich über ihr Gesichtchen.

»Ok. Und worauf? Limonade oder Früchtetee?«

»Limonade.«

Ich ging in die Küche, suchte nach der Flasche, denn ich wusste, irgendwo hatte ich noch eine Limo. Ah, da unten im Regal. Ich nahm die Flasche und ein kleines Glas, ging zurück ins Wohnzimmer, steckte Emilia eines von meinen Sofakissen in den kleinen Nacken und deckte sie mit meiner kuscheligen lila Fleecedecke zu. Dann machte ich das Glas halbvoll, hob ihren Kopf und ließ sie trinken, gerade so, wie man es bei Kranken macht. Sie genoss die Fürsorge und weinte nicht mehr. So wie ihr Kopf zurück aufs Kissen sank, schloss sie die Augen und es sah aus, als wäre sie fast schon wieder eingeschlafen. Da kam Jo zurück.

»Zettel hängt an ihrer Tür. Den sieht Viola bestimmt sofort.«

»Danke, Jo.«

Er setzte sich neben mich, nahm meine Hand. »Wie kommst du denn an ein Patenkind?«

»Warte, ich erzähle es dir gleich.« Ich tippte mit einem Finger auf meine Lippen und deutete auf Emilia. Ein paar Minuten später war sie tatsächlich fest in den Schlaf gesunken und Jo und ich schlichen uns zurück in die Küche.

Jo wollte wissen, wie ich Viola kennengelernt hatte. »Anfangs tat sie mir leid, so wie sie darunter litt, mit dem Baby allein zu sein. Manchmal klingelte sie bei mir an der Tür, wollte nur einen Kaffee mit mir trinken und sich ein bisschen ihren Kummer von der Seele reden. Irgendwann habe ich dann angefangen, auf die Kleine aufzupassen, wenn Viola ins Kino oder auf eine Party wollte. Das war zunächst nicht allzu häufig und für mich war es okay. Später ging sie immer öfter aus, traf sich mit verschiedenen Männern, hat mir oft nicht mehr Bescheid gesagt, wenn sie Emilia allein ließ. Als ich sie einmal darauf ansprach, meinte sie nur, Emilia sei sowohl tough als auch alt und vernünftig genug, um ein paar Stunden abends allein zu verbringen, da sie sowieso im Bett sei und schliefe.«

»Die hat vielleicht Nerven.« Jo schüttelte den Kopf. »Und als sie auf die Idee kam, die Kleine taufen zu lassen, hat sie dich gebeten, Patentante zu werden?«

»Ja. War doch in Ordnung. Ich mag Emilia sehr. Es gab für mich keinen Grund, die Patenschaft abzulehnen.«

»Verstehe. Aber hättest du *Nein* gesagt, dann hätte Viola jetzt nicht die Möglichkeit, dir ständig eine Mitverantwortung für ihr Kind aufzudrängen.«

»Dass ich als Patentante vage mitverantwortlich sein würde für die Kleine, war mir von Anfang an klar und ich brauchte auch zwei Tage Bedenkzeit, bis ich mich auf ihren Vorschlag einließ. Aber ich fühlte mich so oder so schon zuständig, frag' mich nicht, warum. Als ich *Ja* gesagt habe, war es von mir gut überdacht und kam absolut von Herzen.«

»Na gut.« Er zog eine spitze Schnute, sah mich jedoch dabei liebevoll an.

»Heute wird meines Erachtens viel zu viel darüber palavert, dass man doch lernen soll, möglichst oft *Nein* zu sagen, um sich nicht zum Mittel anderer machen zu lassen, um sich selbst näher zu sein, um selbst mehr Freiraum zu haben, selbst, selbst, selbst … Nicht wenige Menschen scheinen zu glauben, ein *Ja* bedeute Schwäche oder mangelndes Durchsetzungsvermögen. So ein Blödsinn. Ich habe oft darüber nachgedacht und meine Meinung ist, dass ein *Ja* auch unendlich viele Chancen und Wege, für beide Seiten, im Leben öffnen kann und eher ein Gewinn als eine Schwäche ist. Dass ich nun Emilias Patentante bin, habe ich nie bereut. Ich liebe dieses Kind.«

Jo antwortete gar nichts. Er beugte sich zu mir herüber und küsste mich innig, bis das Schrillen meines verflixten Telefons unserem Geknutsche ein jähes Ende setzte. Wie unerfreulich.

»Hey, danke, dass du dich gekümmert hast. Bin zurück.«
Viola lallte ein kleines bisschen, war wohl nicht mehr ganz
nüchtern.

»Lass' Emilia bei mir. Ich bring' sie dir morgen früh
vorbei.«

»Alles, klar. Danke nochmals, Linda.« Sie legte auf.

Jo trug Emilia, die immer noch in meiner Fleecedecke
eingekuschelt war, ins Schlafzimmer, und dort schlief die
Kleine friedlich zwischen uns.

Mitten in der Nacht musste ich aufs Klo. Emilia
schlummerte fest, Jo ebenso. So nutzte ich die
Gelegenheit, um ein paar Minuten auf den Balkon
hinauszugehen und noch einmal den gestrigen Abend
Revue passieren zu lassen. Es war eine stürmische Nacht,
deren geschmeidiges Dunkel mit diversen Geräuschen
ausgefüllt war, eine Eule, eine Katze, irgendwo in weiter
Ferne die Alarmanlage eines Autos …

Ich duldete dieses übermächtige Gefühl für Jo in meinem
Bauch, und doch wich die Angst vor dem Urteil anderer
nicht. Es war unumgänglich, dass ich lernte, meine Feigheit
zu überwinden. Ich wollte ihn nicht verlieren, weil ich nicht
den Mut aufbrachte, ganz zu ihm zu stehen. Ein paar
Sterne waren noch am Himmel zu sehen, und ich bildete
mir ein, einer winke mir ermutigend zu. Ich würde meine
Scheu überwinden, da war ich mir jetzt sicher. Aber ein
kleines bisschen Zeit, nur ein bisschen, würde noch nötig
sein. Wieder sah ich zum Himmel hoch und erinnerte mich
an die Tage, als ich noch jung war – so alt wie Jo – und so

gern, in einer großen, zwischen zwei Birnbäumen befestigten Schaukel sitzend, den Sternen beim Aufgehen zugesehen habe. Als ich tief Luft holte, spürte ich beim Ausatmen plötzlich Jos Hände auf meinen Schultern.

»Komm ins Bett. Du musst schlafen, grübeln kannst du tagsüber, wenn es unbedingt sein muss.« Er legte seinen Arm um mich und bugsierte mich zurück aufs Bett. Emilia schlummerte ganz friedlich. Vorsichtig legte Jo sich auf die eine Seite, ich mich auf die andere. Wegen Emilia konnte ich mich nicht an ihn herankuscheln. Deswegen berührten wir uns mit den Füßen, was in mir ein so wohliges Gefühl auslöste, dass ich nicht lange brauchte, um wieder einzuschlafen.

Als ich erwachte, durchzog Kaffeeduft meine Nase. Oder bildete ich mir das ein? Ein schöner Song, es war *SOS* von ABBA, tönte aus meinem Radiowecker, während dieser mich dreist anflötete. Es war halb neun Uhr durch. »Geschafft, Gnädigste. Er war heute Nacht bei dir. Was sagt man dazu?« Ich musste mich erst einmal sammeln, zwinkerte meinem durchgeknallten Wecker nur zu und stutzte dann, denn ich war allein im Bett. Emilia und Jo waren bereits aufgestanden.

An der Fensterscheibe klebte nasses Laub, angetrieben vom gestrigen Sturmregen. Heute war Samstag, heute Mittag hatte ich einen Termin mit Benedikt. Die Vorstellung entfachte nicht gerade ein Hochgefühl in mir. Da würde ich durchmüssen. Wie heißt es doch so schön? *Das Leben ist wie eine Fibel, in der das Schicksal jeden Tag eine Seite umblättert*. So ähnlich jedenfalls. Das hatte ich irgendwo gelesen. Wer hatte das gesagt? Ein Philosoph? Ich erinnere mich nicht. Vielleicht wird das Gespräch gar nicht so schlimm. Benedikt sollte begreifen, woran er mit mir wirklich war. Jo wollte ich nicht auf Dauer verleugnen, nur jetzt am Anfang, nur ein bisschen, nicht für immer. Der Gedanke an ihn ließ mich aus den Federn springen. Ich sah ihn in der Küche mit einem Messer herumhantieren. Er schnitt ein Brötchen in feine Scheiben und reichte diese Emilia, die fröhlich am vollständig gedeckten Frühstückstisch saß und Limonade trank. Als Jo mich sah, sprintete er in meinen Arm.

»Ausgeschlafen, Honey?«

»Ja. Und ihr beiden? Habt mich einfach liegengelassen!«

»Weil wir Brötchen und Nutella und Pflaumenmus und Schinken gekauft haben. Wir wollten dich überraschen.«

»Überraschung gelungen.« Ich küsste ihn auf den Hals. »Ich husche nur blitzschnell unter die Dusche. Dauert wirklich nicht lange. Versprochen.«

Ich freute mich riesig.

Mit nassem Haar, Schlabberhose und Top hockte ich mich an den Tisch. Wie eine kleine Familie saßen wir nun in meiner Küche und ließen es uns schmecken.

Emilia erzählte sehr ernst von Bernd. »Der hat komische Zähne und spielt mit Mama in unserer Wohnung nackig fangen.«

»…?« Ich fand keine Worte. Emilia tat mir wahnsinnig leid.

Jo hielt sich an seinem Bauch fest, wie er es immer tat, wenn er lachte oder, wenn er verdammte Mühe hatte, einen Lachkrampf abzuwehren. Er wollte Emilia nicht das Gefühl geben, verhöhnt zu werden und erklärte ihr, er hätte einen Mückenstich im Hals.

Viola schlief vermutlich noch. Jedenfalls hatte sie sich noch nicht gemeldet. Emilia bettelte, noch hierbleiben zu dürfen, aber Jo wollte zunächst nach Sengwarden zurück, um sich um eine Hausarbeit in seinem Studienfach Meeresbiologie zu kümmern, die dringend auf Fertigstellung wartete. Und ich musste unbedingt einkaufen und dann ins Reisebüro. Also nahmen wir Emilia nach dem Frühstück an die Hand, ich links, Jo rechts, und marschierten auf die andere Straßenseite. Viola bewohnte eine der drei Wohnungen im Erdgeschoss des vierstöckigen Mietshauses.

Unangenehme Essensgerüche durchzogen den schmucklosen Hausflur. Ich war nicht neugierig zu erfahren, welch sonderbare Speise hier jemand kreierte. Viola öffnete, noch leicht verschlafen, im halbdurchsichtigen cremefarbenen Negligé, was ihr anscheinend weniger peinlich war als mir.

»Moin.« Sie strich sich ihr langes Haar aus dem Gesicht, zog Emilia zu sich heran und gab ihr einen Kuss.

»Iih, du stinkst aus dem Mund, Mami.« Emilia rümpfte ihr Näschen.

»Hab' ja auch meine Zähne noch nicht geputzt, Schätzchen.«

»Moin, Viola. Alles klar?« Unsere Augen trafen sich kurz, dann senkte sie jedoch schnell den Blick.

»Schon.«

Ich fasste sie kurz am Arm. »Emilia hat gut geschlafen und schon gefrühstückt.«

»Das ist klasse.« Viola strich ihrer Tochter rasch über die Wange und schickte sie in ihr Zimmer mit dem Auftrag, etwas Schönes zu malen.

»Das ist Jo, mein Kollege«, brachte ich unsicher an.

»Kollege? Ah so.« Sie grinste flüchtig. Es war schwer zu sagen, was sie dachte.

Dann schaute sie herausfordernd Jo an.

»Kann dein Kollege vielleicht einen tropfenden Wasserhahn reparieren?«

»Klar, kann ich das. Aber ich brauche entsprechendes Werkzeug.« Jo wieder mit seiner Gutmütigkeit …

»Habe ich nicht. Geld für einen Klempner leider auch nicht.«

»Kein Ding. Zu Hause habe ich ein paar Utensilien, die für solche Zwecke zum Einsatz gebracht werden können. Aber dann müsste ich noch mal herkommen. Heute Abend?«

Ich hörte wohl nicht recht. Jo ließ sich von Viola glatt vereinnahmen.

»Wenn du das machen würdest, wäre das toll. Ich darf doch *du* sagen?« Viola bewegte ihren grazilen Oberkörper wie eine Königsboa, die wartet, bis ihre Beute nahe genug herankommt und dann zuschnappt. Zumindest kam es mir so vor.

»Natürlich, Viola. Freut mich, dich kennenzulernen«, sagte Jo höflich.

»Ganz meinerseits.« Ihr Lächeln war pure Verheißung, eine latente Ouvertüre zu einem potentiellen Liebesspiel. Und Jo lächelte genauso zurück. Hatte ich Wahnvorstellungen?

»Allerdings wäre es gut, wenn ich mir den Wasserhahn eben ansehen könnte. Dann weiß ich genau, was ich mitbringen muss. Wahrscheinlich brauchst du nur eine neue Dichtung. Die kostet kaum etwas.«

»Ja. Kommt doch herein.«

Sie zog mich am Arm, zupfte an Jos Shirt-Ärmel und bugsierte uns durch den Flur. Der defekte Wasserhahn befand sich an der Küchenspüle. Mir schwante Böses und ich hatte recht. Hier in diesem Saustall war Kochen mal wieder kaum möglich. Violas hochwertiger Elektroherd, ein Geschenk ihrer Großeltern, war wehrlos gegenüber all den ausgefressenen Tellern, den Töpfen mit verkrustetem Inhalt und einer Pfanne mit Ei-Resten. Die Backofentür glänzte von Fettsprenkeln. Auf der Arbeitsplatte wetteiferten alte Zeitungen, zwei mit Gummiband zugebundene Tüten mit Müll, mehrere volle Aschenbecher, eine mit Zwiebel- und Kartoffelschalen gefüllte Rührschüssel, leere Bierflaschen und eine halbvolle Flasche Rotwein um Platz eins der Deutschen Dreckliste. Insgeheim befürchtete ich, die kleine süße Emilia würde in die Fußstapfen ihrer Mama treten und später den gleichen traurigen Lebensstil führen wie sie. Oft machte ich mir Gedanken, ob ich dies verhindern konnte, jedoch war es Viola, die ihrem Kind die Orientierung vorgab, nicht ich. Kommentarlos begutachtete Jo zunächst ausschließlich den tropfenden Wasserhahn, das war für ihn das Nächstliegende. Er bat um einen Zettel und notierte irgendetwas. Dann schien er erst das gewaltige Chaos zu bemerken.

»Du hattest wohl jede Menge Besuch?«, fragte Jo mit einer beispiellosen Naivität.

»Ähm, nein. Ich hatte in den letzten Tagen keine Zeit, sauber zu machen. Entschuldigt bitte den Anblick.« Viola sah etwas beschämt drein und ich drehte den Kopf weg, als sie mich anzuschauen versuchte, um diese hanebüchene Ausrede nicht noch bestätigen zu müssen.

»Ich komme dann gegen Abend noch einmal zu dir«, sagte Jo unbekümmert und sah dann zu mir. »Linda kommt mit. Ich bin sowieso bei ihr. Wir müssen vorher noch etwas zusammen durcharbeiten. Stimmt's?« Er wartete auf meine Antwort.

»Ja, stimmt«, erwiderte ich, ohne meine Gedanken richtig sammeln zu können. »Aber jetzt müssen wir auch los.«

Viola lächelte uns mit geschlossenem Mund zu. »Ist gut. Bis heute Abend, ihr beiden. Und danke noch einmal, Linda. Wegen Emilia. Wegen allem.«

Ich presste die Lippen aufeinander, nickte und trottete mit Jo davon. Auf einmal schämte ich mich, weil ich instinktiv unlautere Absichten bei Viola vermutet hatte. Und dass Jo betont hatte, heute Abend mit mir zusammen zu Viola zu gehen, war ein untrügliches Zeichen dafür, dass meine misstrauischen Gedanken mich nur unnötig erschöpften.

Wir verabschiedeten uns für ein paar sehnsuchtserfüllte Stunden mit einem langen Kuss, verborgen in einer stillen Ecke im Hinterhof, wo Jo sein Rad holte, um nach Sengwarden in seine Wohnung zurückzufahren. Wir würden uns am frühen Abend wiedersehen. Zurück in meiner eigenen Bleibe, machte ich mich ans Aufräumen.

Später trat ich den Weg zum Reisebüro an. Mein Herz klopfte laut vor Aufregung. Ich wollte Benedikt nicht verletzen. Vielleicht hatte er in seiner Wut doch den anderen etwas gesagt? Hatte sich über mich und Jo lustig gemacht. Was würden meine Kolleginnen und Kollegen sagen? Gerade bei Vincent und Juliane passten lästernde Kommentare fast immer gut ins Programm. Ich wollte, dass außer Benedikt nur Isa weiß, dass ich das Glück genießen durfte, von Jo zurückgeliebt zu werden. *Sie* würde ich heute Nachmittag noch anrufen. Zu ihr hatte ich uneingeschränktes Vertrauen. Isa war die beste Freundin und Verbündete, die man sich wünschen konnte.

Ein paar Meter vor der Eingangstür unseres Reisebüros begegnete ich zwei auffällig beleibten Menschen. Ihre massigen Körper drohten, mich umzurennen, da sie den kompletten Bürgersteig einnahmen. So flink wie möglich, hüpfte ich an den Straßenrand, um der Gefahr zu entkommen und nahm noch wahr, wie die beiden, Arm in Arm, ihre strahlenden Gesichter spazieren führten, ohne sich um den Rest der Welt zu scheren. Dieses Gemüt wünschte ich mir manchmal auch herbei – ohne Erfolg.

Unsere Agentur hatte jeden zweiten Samstag geschlossen. Hin und wieder traf man Vincent oder Juliane an diesem Tag im Büro an. Der geschlossene Samstag war auch heute. Also öffnete ich die seit Tagen erbärmlich quietschende, bäuerliche Holz- Eingangstür zum Büro mit meinem Schlüssel und betrat Vincents Geschäftsraum, in den man unmittelbar nach Passieren dieser Tür gelangte. Benedikt stand erhobenen Hauptes mitten im Raum, flankiert von Juliane an der rechten und Vincent an der linken Seite. Alle drei blickten mit einer Art durchtriebener Miene auf mich herab wie auf einen reuigen Sünder. Jedenfalls hatte ich diesen Eindruck. Also hatte Benedikt doch …

Da fragte Juliane plötzlich mit einem frechen Grinsen auf dem Gesicht: »Hast du die beiden Dicken gerade noch gesehen?«

»Ja, wieso fragst du?«, antwortete ich irritiert.

»Das waren mein Onkel und seine Frau. Er wird sechzig, sie ist zweiundvierzig. Sie wollten nur eben vorbeischauen, um mir mitzuteilen, dass sie Eltern werden.« Juliane gluckste, dann brach sie in schrilles Gackern aus.

»Na, ist doch schön«, sagte ich, erleichtert, dass anscheinend doch nicht Jo und ich Thema waren.

»Ich kann mir beim besten Willen nicht vorstellen, dass die beiden ein Kind bekommen.« Juliane sah mich von Herzen belustigt an.

»Und wieso nicht?« Manchmal verstand ich sie nicht sofort.

»Linda!? Du hast das Paar soeben gesehen! Sahen die beiden etwa aus wie Akrobaten?« Sie lachte künstlich und es klang wieder einmal so, als wohne ein gehässiger kleiner Waldkauz in ihrer Kehle.

Ich antwortete nicht. Es war mir zu blöd. Vincent hingegen quietschte wie unsere Eingangstür vor Vergnügen. »Vielleicht haben die es so gemacht ...«, er vollführte eine seltsame Armbewegung von oben nach unten und wieder nach oben, »... er hat sie an den Füßen gepackt und auf den Kopf gestellt.«

Eine phantastische Interpretation von einer armseligen Großbacke! Und selbst auch nicht der Schlankste. Mir stand momentan überhaupt nicht der Sinn nach solchen Schlüpfrigkeiten.

Benedikt war ernst geblieben. Er schien dem Theater um den Ablauf der Befruchtung einer sehr stabilen Frau von einem sehr stabilen Mann auch nicht viel Lustiges abzugewinnen. Trocken sagte er:

»Linda. Schön, dass du jetzt schon da bist. Komm, lass' uns beide kurz in mein Büro gehen. Wir müssen zuerst unter vier Augen sprechen.«

Ich presste meine Lippen fest aufeinander und nickte nur.

»Also, dann.« Benedikt legte mir seinen Arm um die Schulter und führte mich ab wie ein Vater, der sein kleines Mädchen vom Spielplatz abholt. Als ich mich umdrehte, um die Tür zu Benedikts Büro hinter uns beiden zu schließen, bemerkte ich, wie Juliane demonstrativ darauf schielte, so, als wollte sie liebend gern mit hineinkommen, damit ihr das zu erwartende Drama nicht entging. Typisch für sie. Manchmal dachte ich, dass sie auf Sensationen lauerte, denn auch wenn es mir so erschien, als lebe sie beinahe sorgenfrei und durchgehend mit einer gewissen Leichtigkeit, die meinem grüblerischen Geist so fehlte, mangelte es Juliane an irgendetwas, das ich nicht näher zu bezeichnen vermochte. Sie hatte sich zweimal lukrativ scheiden lassen. Außer für ihren Job brauchte sie für nichts und niemanden Verantwortung übernehmen und wirkte offenbar aufgrund dessen leichtlebiger, flatterhafter, manchmal sogar oberflächlich. Wer konnte schon wirklich hinter menschliche Fassaden schauen?

Benedikts neue Lampe an der Decke warf ein kaltes Licht auf die feinen, transparenten Vorhänge der neuen modernen Kunststofffenster mit den innenliegenden Messingsprossen. Draußen war die Welt grau untermalt und finster. Grau und finster war auch meine Verfassung in diesem Moment, als ich mich auf die Besuchercouch setzte und direkt Benedikts herausfordernde Worte vernahm.

»Sag' doch mal Linda …«, er geriet ins Stocken, setzte sich nicht hin, sondern schritt auf eines der Fenster zu, wo er mit dem Rücken zu mir gewandt, stehen blieb. Er schaute hinaus, während er wissen wollte: »Habe ich dir etwa überhaupt nicht gefehlt in den letzten Wochen?«

Wieso begann er unser Gespräch mit so einer Frage? Ich war gereizt und vollkommen angespannt.

»Nein, Benedikt«, platzte es aus mir heraus, viel härter, als ich es beabsichtigt hatte. »Warum hast du Jo erzählt, wir würden heiraten. Bist du nicht ganz bei Trost?«

»Ich hatte angenommen, wir beide hätten kürzlich, nach unserem Stadtfest-Abend, einen schwachen Neustart versucht. Schwach, ja. Aber immerhin. Für dich war es anscheinend nur eine schale Liaison. Linda, wir sind aus dem Alter heraus, in dem wir uns mit Affären durch das Leben schleppen. Ich war der Meinung, es würde irgendwann alles passen zwischen uns – bis auf dein Faible für deine Aushilfskraft. Allerdings konnte und wollte ich das nicht ernst nehmen. Es ist einfach lächerlich, darüber nachzudenken, dass ein junger Grünschnabel mir ans Bein pinkeln und mir die Frau wegschnappen könnte. Als du partout nicht mit mir nach England reisen wolltest, hielt ich das für weibliche Spielerei. Nichts weiter. Anmachen und Abwehren oder Rar-Machen. Auf einmal vorgeben, keine Zeit zu haben, den Mann zappeln lassen, na sowas eben ... was Frauen oft machen.«

»Mach dich nicht lächerlich, Benedikt. Du weißt genau, dass ich mit solchen Späßchen nichts am Hut habe. Ich bin für Aufrichtigkeit von Anfang an, wenn es um das Verhältnis zwischen Mann und Frau geht. Was denkst du von mir? Dass ich derlei Spielchen nötig habe? Ich mag keine Jäger, weder diejenigen, die Wild erschießen, noch diejenigen, die auf diese Weise Frauen erobern wollen.«

»Was immer du auch meinst, jedenfalls hatte ich nach der Rückkehr von meinen Reisen ehrlich vor, dich zu fragen, ob du mich heiraten willst. Ich war sicher, du würdest zustimmen. Die tiefe Vertrautheit, die Freundschaft, die sich in all den Jahren, die wir uns kennen, zwischen uns manifestiert hat …« Er rang nach Worten. »Wir respektieren uns, verlassen uns aufeinander, haben so lange hervorragend zusammengearbeitet. Das ist doch nicht Nichts! Du willst mir doch nicht ernsthaft sagen, dass du diesen Milchbart mir vorziehst, geschweige denn ihn liebst!«

Der Mief nach verwundetem Herzen und zerrissener Seele wachte im Raum und sorgte mit seinen Ausdünstungen für Groll und Bitternis in uns beiden.

»Ja, ich liebe ihn, ob es dir gefällt oder nicht!« Meine Stimme wurde laut und ich befürchtete, man könnte uns nebenan hören.

»Linda. Krieg' dich wieder ein. Das glaubst du doch wohl selbst nicht.« Benedikt schüttelte den Kopf, ganz so, als wäre es undenkbar, dass irgendwer auf der Welt an meiner Liebe zu Jo glauben wollte.

»Gib es zu. Der Junge ist nur ein Mittel, um dich gut durch die Wechseljahre zu bringen«, sagte er gekränkt.

Benedikts Worte verwandelten die Luft um uns herum in den fauligen, röchelnden Atem einer erschöpften Kreatur, einer Gülle gleich, gebunden an tiefgründiger menschlicher Verletzung.

»Du kannst richtig gemein sein. Das hätte ich nicht von dir gedacht. Übrigens, den Vertrag mit Jo habe ich verlängert, dein Einverständnis vorausgesetzt.«

Ich rechnete mit heftigem Widerstand, aber dann sah ich plötzlich, dass Benedikt weinte. »Entschuldige, Linda.« Er wollte sich abwenden.

Da ging ich auf ihn zu und legte meine Hände auf seine Schultern. Er befreite sich unverzüglich auf eine unwirsche Art, straffte sich und sagte relativ gefasst: »Lass' uns den Vertrag mit Czerny besprechen. Der ist wichtiger als dein Vertrag mit Jo. Nebenan warten sie auf uns.«

Ich zitterte noch leicht, als wir Benedikts Büro abschlossen und uns zu Juliane und Vincent an den runden Tisch in unseren Besprechungsraum setzten. Inzwischen war auch Wolfgang Czerny eingetroffen. Ich hatte nicht gewusst, dass er kommen würde. Aber es ging schließlich um seine zukünftige Arbeit bei Vincent, möglicherweise auch bei Benedikt. Das würde ich gleich bestimmt erfahren. Wolle legte gerade seinen Mantel ab und hing ihn über einen leeren Stuhl. Er ging auf Benedikt zu und gab ihm die Hand. Dann reichte er sie mir.

»Guten Tag, Linda. Wir kennen uns schon flüchtig.« Er lachte breit.

»Hallo, Wolle. Schön, dich zu sehen.« Ich lächelte gezwungen zurück. Die Verwechslung, die ich verschuldet hatte, berührte mich immer noch peinlich, zumal ich, nachdem ich den falschen Wolle zum ersten Mal zu Gesicht bekommen hatte, Benedikt beinahe geistige Umnachtung bei seiner Personalauswahl bescheinigt hätte. Ich riss mich zusammen. »Ich hoffe, du hast mir meinen Fehler verziehen.«

»Du hast doch gar keinen gemacht. Es waren die äußeren Umstände und die Unkenntnis meines richtigen Namens«, registrierte Wolle. Er war wirklich nett. Ein ganz anderes Kaliber als dieser lausige Lump, den ich versehentlich eingestellt hatte.

Juliane hatte Tee und Kaffee serviert und nachdem wir alle eine dampfende Tasse vor uns stehen hatten, begann Benedikt zu sprechen. »Wir sitzen nun hier an einem Tisch, um den vertraglichen Rahmen abzustimmen, in dem du, Wolle, für Vincent und mich in Zukunft mit einem Festvertrag arbeiten wirst. Ich freue mich, dass du dir heute Zeit genommen hast und von Waldesch bis hierher zu uns gekommen bist.«

»Kein Thema. Ich bin sowieso gerade dabei, mir hier in Wilhelmshaven meine neue Wohnung einzurichten. Juliane hat sich sehr ins Zeug gelegt, damit ich so kurzfristig ein geeignetes Domizil hier in der Stadt finde. Sie hat sich in meinem Namen umgeschaut und sehr schnell etwas Geeignetes ausfindig gemacht. Ich bin vollkommen zufrieden mit ihrer Auswahl. Danke nochmals, Juliane. Ohne deine Hilfe hätte ich so schnell nichts Passendes gefunden.«

»Gerne.« Juliane lächelte, aufrichtig erfreut über das Lob, das Wolle ihr zuteilwerden ließ.

Wieder ergriff Benedikt das Wort. »Zunächst, Wolle, möchte ich mich im Namen aller noch einmal entschuldigen für das beispiellose Versehen, das meiner Mitarbeiterin …« – er sah Linda provokativ an – »… passiert ist.« Niemand äußerte sich dazu. Juliane zog kurz die Nase hoch. Vincent starrte scharf zu Benedikt herüber. Wolle blickte, offensichtlich peinlich berührt, zu Boden und sagte kaum hörbar: »Das hat sich doch inzwischen längst aufgeklärt. Ich bin nicht sauer, sondern heilfroh, einen festen Job bei euch zu bekommen.«

Benedikt hielt seinen innerlichen Frust, den ich verschuldet hatte, nicht im Zaum. An Wolle gewandt, fuhr er eiskalt fort: »Du hast gedacht, ich halte mein Wort nicht. Ich hatte dir auf dem Stadtfest einen Job zugesichert und auf einmal stand ich wie ein Lügner da. In Le Levandou ging kurzfristig ohne Koch alles drunter und drüber. Und warum?!« Er sah jeden von uns der Reihe nach an. Keiner hatte Lust, ihm zu antworten, sondern wartete gespannt auf eine weitere Einlage von ihm. Die folgte. »Weil Linda nicht fähig war, sich die Personalien dieses Verbrechers aus Waldesch näher anzusehen. Ihr Hirn war dermaßen mit anderen Dingen gefüllt, dass sie mit Gewissheit auch einen Triebtäter oder einen vollständig Geisteskranken unter Vertrag genommen hätte, ohne sich bei mir rückzuversichern, dass alles seine Richtigkeit hat.«

Juliane verlor sichtbar die Geduld wegen Benedikts brutaler Show und verdrehte die Augen. »Benedikt! Jetzt mach' mal einen Punkt«, sagte sie laut und entschieden. »Es reicht.«

Ich hatte Benedikt noch nie dermaßen bösartig und unbeherrscht erlebt. All das sprach dafür, wie sehr ich ihn verletzt hatte. Er tat mir unendlich leid, aber meine Gefühle sprachen für Jo. Ich hatte sie nicht im Griff. Meine Vernunft wehrte sich, riet mir, es doch mit Benedikt zu versuchen. Mein Bauch boxte dagegen. Er plädierte für Jo.

Vincent sprach in die bedrückte Stille: »Lasst uns nun endlich die beiden Verträge besprechen, den einen zwischen mir und Wolle, den anderen zwischen dir, Ben, und Wolle.« Er kämpfte mit Benedikts halsstarrigem Blick. Benedikt ließ sich weder auf Julianes noch auf Vincents Kommentar ein.

»Wer kommt für die Kosten der fatalen Verwechslung auf? Linda, du?«

»Welche Kosten meinst du konkret?«, fragte ich zurück, obwohl mir schwante, an was er dachte. Sollte ich die Alleinschuld an der Verwechslung und damit gleich alle Folgekosten übernehmen? Das konnte er nicht ernsthaft in Erwägung ziehen! Schließlich war er es, der versäumt hatte, mir den kompletten Namen des Bewerbers zu nennen, auch wenn er ihn zu dem Zeitpunkt wahrscheinlich selbst nicht einmal gewusst hatte.

Vincent und Juliane stierten Benedikt mit offenen Mündern an, als dieser meinte: »Wir hatten

Überführungskosten für unseren nach Spanien entführten Bulli, ferner Werkstattaufwendungen für nicht unerhebliche Reparaturen an diesem Wagen, wie immer der falsche Wolle es auch angestellt haben mag, neben anderen Mängeln auch derart immense Lackschäden zu verursachen. Die Barkasse mussten wir ersetzen und Lebensmittel und Getränke mussten doppelt besorgt werden, damit für unsere Frankreichurlauber ein halbwegs normaler Aufenthalt gewährleistet war. Ach ja. Nicht zu vergessen. Besonders kostspielig war natürlich auch der Austausch sämtlicher Türschlösser im Gästehaus-Haupttor und an den weiteren Türen.«

Er sah mich an, offensiv und selbstgerecht. Wie besiegt senkte ich meinen Kopf und dachte daran, wie oft ich für ihn schon die Kastanien aus dem Feuer hatte holen müssen, weil er selbst von Zeit zu Zeit kopflose Entscheidungen getroffen hatte. Beispielsweise führte ich seit Jahren kriegerische Gespräche mit seiner Hauptbank, verhandelte oft stundenlang, bettelte um neue Kredite, rang manchmal um Stundungen der Ratenzahlungen und in der Regel hatte ich dabei Erfolg, da der Bankdirektor mir mehr vertraute als Benedikt als Geschäftsinhaber.

Einmal hatte ich für Benedikt die Kuh vom Eis gezogen, als dieser einem Hotelbesitzer an der Ostsee für teures Geld einen Diskjockey vermittelt hatte, der von Musik überhaupt keine Ahnung hatte. Schnell jemanden ködern und an das Hotel vermitteln, lautete damals Benedikts Devise. Das Hotel hatte ganz dringend einen DJ gebraucht und so hatte Benedikt blauäugig einen ihm bekannten Masseur angeheuert und diesen ins Hotel geschickt, wo eine außerordentliche Veranstaltung stattfinden sollte. Es war nicht zu erwarten gewesen, aber Fakt: Der vermeintliche DJ hatte bei der Probe am Nachmittag vor der großen Abendveranstaltung nichts auf die Reihe gekriegt, keinen Musiktitel gekannt, die Technik nicht begriffen. Benedikt hatte das Geld für die Vermittlung schon vorab erhalten. Damit der Abend nicht platzte und er die bereits erhaltene Kohle nicht zurückzahlen musste, hatte Benedikt spontan einen anderen DJ engagiert, einen weiblichen, ebenfalls ohne Erfahrung, aber in Kenntnis der gängigsten Songs, nämlich mich. Ich war kurzerhand an die Ostsee gereist, hatte mich im Hotel als professionelle DJane ausgegeben und den Abend ohne Peinlichkeiten gemeistert. Ich war damals stolz gewesen – auf mich, und darauf, Benedikt so gut geholfen zu haben.

Ein anderes Mal hatte Benedikt einem Studenten, der für ihn als Animateur gearbeitet hatte und dessen Drogenabhängigkeit bekannt war, eine wahnsinnige Summe an Bargeld zwecks Einreichung bei der Bank ausgehändigt und sich darauf verlassen, dass der Mann dieses Geld tatsächlich zur Bank bringt. Schlimmes vorausahnend, hatte ich Benedikt gewarnt und ihm eindringlich abgeraten. Doch er wollte nicht hören. Selbstverständlich war der Student mit dem Geld über alle Berge. Es gab viele Geschichten, die bestätigten, dass auch Benedikts Hirn häufiger mit anderen Sachen beschäftigt war, als der gerade anstehenden. Dennoch war es ihm wichtig, mich vor Vincent, Juliane und Wolle herunterzuputzen, um seine eigenen seelischen Blessuren zu verarzten.

»Du hast mir oft vorgeworfen, ich hätte manchmal keinen Zugang zu meiner eigenen Verantwortlichkeit. Doch. Den habe ich. In diesem Fall, nun ja, anteilmäßig, was ich dir zugutekommen lasse und nur aus diesem Grund davon absehe, dir die exorbitanten Kosten, die mir durch deine Schluderei entstanden sind, aufzuerlegen. Ich hatte damals selbst nicht mehr den vollständigen Namen von Wolle im Kopf, hatte jedoch auf deinen Instinkt und deine Menschenkenntnis gesetzt, Linda.«

Ich schwieg. Ließ ihn reden. Lächelte auf einmal in mich hinein und ruhte wieder in mir bei dem Gedanken, dass ich gestern den wundervollsten Hintern der Welt geküsst hatte.

Benedikt hatte sich allmählich wieder im Griff. Vincent und Juliane hatten ihm gedroht, nach Hause zu fahren, falls er vorhätte, mich weiter zu verunglimpfen anstatt zur Sache zu kommen, nämlich zu der Vertragsbesprechung mit Wolle. Ein paar bissige Bemerkungen folgten noch, dann besannen sich endlich alle auf den eigentlichen Grund unserer Zusammenkunft. Nach einer Stunde war besiegelt, dass Wolle nun bei uns in einem festen und langfristigen Arbeitsverhältnis stehen würde. Zwischen Juli und Dezember war er für Benedikts Agentur als Koch und Handwerker verantwortlich und von Januar bis Juli würde er für Vincent im Einsatz sein.

Etwa eine Stunde, nachdem ich wieder zu Hause war, rief Benedikt mich an, entschuldigte sich für seine Entgleisungen und seine Anschuldigungen und beteuerte mehrfach, wie leid es ihm tat. Er plante, die nächsten Monate in Ostdeutschland zu verbringen, nach geeigneten Ferienunterkünften und vielleicht sogar nach einem Häuschen dort Ausschau zu halten.

Abends machten Jo und ich uns auf zu Viola. In rosa Shorts und schwarzem Spaghetti-Top öffnete sie die Tür. Sie begrüßte mich fröhlich. Jo begrüßte sie auch fröhlich, aber beschwingter und in Begleitung eines strahlenden Lachens.

Die heute Vormittag noch extrem schmuddelige Küche war ausradiert. Stattdessen tauchte eine aufgeräumte Ablage, sauberes Geschirr und ein Teller mit frischem Obst den Raum in ein gemütliches Ambiente. Da hatte Viola sich aber richtig verausgabt. Jo schien die Neugeburt der Küche nicht zu registrieren. Er stellte seinen Werkzeugkoffer vor die Spüle, entnahm eine Zange und irgendwelche Dichtungsgummis in verschiedenen Größen und schraubte am Wasserhahn. Er würdigte auch Viola keines Blickes, die sich sichtlich abmühte, ihm zu gefallen. Während Jo sich bückte, um Kleinteile aus seinem Koffer zu nehmen, schob sie ihre nackten Beine allzu dicht vor ihn, so dass ihm kaum eine andere Wahl blieb, als darauf zu schauen. Als er wieder aufrecht vor ihr stand, schüttelte sie ihre Mähne hin und her, um sie dann in aufreizender Manier glattzustreichen. Ihr anrüchiges Gehabe erinnerte mich in gewisser Weise an Juliane. Als Jos Augen einen kurzen Moment auf ihr ruhten, weil er sie fragte, ob sie ihm einen Putzlappen bringen könne, nutzte sie den Moment, um – nur ein paar Sekunden lang – vor seiner Nase mit ihren Hüften wild umherzuschwingen, rechts, links, rechts, Pause. Dann pfefferte sie, auch nur für einen minimalen Augenblick, ihr Hinterteil an seinen Oberschenkel und sagte lächelnd: »Klar. Hol' ich dir sofort.«

Ich saß stumm und sauer am Küchentisch. Mir fehlten die Worte. Wie so oft.

»Wo ist denn Emilia?«, konnte ich nur fragen, weil es mich wunderte, dass die Kleine um diese Zeit nicht da zu sein schien.

»Bei einer Freundin aus dem Kindergarten. Die pennt da heute Nacht.«

»Aha.«

»Ja. Bärbel bringt sie morgen zusammen mit Luisa in den Kindergarten. Ich hab' also heute kinderfrei.« Sie wirbelte zum Schrank mit den Putzutensilien und dem Staubsauger und zog einen alten Lappen heraus.

»Schön für dich«, murmelte ich fuchsig.

Viola reichte Jo das Putztuch, irgendwie geziert, mit ausgestrecktem Arm. Jo war gerade nicht so konzentriert, um es sicher zu greifen, so dass es auf den Boden fiel. Ich beobachtete, wie beide sich zum Tuch hinunterbückten, Violas Blick plötzlich innehielt und belustigt in der Werkzeugtasche kleben blieb.

»Jo!«, rief sie und lachte. »Du hast ja Kondome in deiner Arbeitstasche.«

»Ich hab' immer Kondome dabei«, sagte Jo ganz ernst. »Man kann nie wissen ...«

Viola schoss einen schnellen Blick zur Seite, auf mich, die ich immer noch am Küchentisch hockte und mir wünschte, wir wären nicht hierhergekommen.

»Verantwortungsbewusst, mein Lieber«, raunzte sie und warf sich neben ihn wieder in Pose.

Jo zeigte nicht das gewünschte Interesse an ihr, sondern wandte sich stumpf dem Wasserhahn zu, so dass Viola nachlegte.

»Hm.« Sie biss sich auf die Lippen. »Du machst Sport, was?«

»Sicher. Wieso?«, fragte Jo zurück, während er mit einem neuen Dichtungsring den Rohrauslauf einfasste.

»Tolle Figur hast du.«

»Danke.« Jo lachte amüsiert auf und schraubte den Wasserhahn fest. Mir kam es beinahe vor, als gefiel ihm diese Art von Anmache.

Ich fasste mich an den Haaren. Am liebsten hätte ich Viola einen Eimer mit Eiswasser über den Kopf geschüttet, damit sie sich wieder abkühlte. Die einzige Entschuldigung, die ich gelten lassen konnte, war, dass sie nicht mit Sicherheit wusste, dass Jo und ich ... Schließlich hatte ich ihn nur als Arbeitskollegen vorgestellt.

»So, das wär's. Der dürfte nicht mehr tropfen«, stellte Jo fest.

»Danke dir.« Viola machte Riesenaugen, ganz so wie ein Kind.

»Wenn noch mal was ist, darf ich dich anrufen?«

Das war doch wohl nicht ihr Ernst?

»Klar. Gern. Wenn ich helfen kann …«

»…?« Wie konnte Jo nur …? Ich erhob mich aus meiner Zuschauerecke. »Helfen musst du bereits mir. Und zwar im Büro«, versuchte ich mich einzumischen.

»Prima, Jo. Nett von dir«, triumphierte Viola, ohne sich um meine Worte zu kümmern

»Wir müssen los. Müssen dringend den Kino-Spot für unsere Angebote durchsprechen«, fuhr es aus mir heraus.

»Was?« Jo guckte perplex.

»Wie? Jetzt noch?« Viola lehnte gelassen an der Spüle und gaffte mich an.

»Ja. Jetzt noch«, geiferte ich zurück und fasste Jo am Arm.

Er zuckte nur mit den Schultern als er Viola entschuldigend zulächelte. Dann begleitete sie uns zur Tür.

»Nochmals vielen Dank. Und arbeitet nicht mehr so lange. Irgendwann musst du doch auch Feierabend haben, Linda.«

»Schon klar. Mach's gut. Bis dann.«

»Tschüss«, flötete Jo in allzu sanfter Tonlage.

»Was meintest du denn eben mit Kino-Spot, Honey?« Auf dem Weg zurück zu mir puffte er mich vergnügt in die Seite. »Gibt Benedikt tatsächlich seine Moneten für sowas her?«

»Niemals! Im Grunde meines Herzens meinte ich das auch nicht«, erwiderte ich angesäuert.

»Ach, und was sollte das dann eben? Was genau meintest du denn?«

»Viola hat gerade auch einen Kino-Spot geboten. Mit dir. Sie war die Praline, die sich gern von dir vernaschen lassen wollte. Oder so ähnlich.«

»Mach mal halblang, Linda. Ich glaube, sie flirtet einfach nur ganz gern.« Er blieb abrupt stehen und nahm meinen Kopf in seine Hände. »Eifersüchtig?«

»Nein. Ich fand es nur blöd, dass du nichts gesagt hast gegen ihr Flirten, wie du es so harmlos ausdrückst.«

»Honey, was sollte ich denn sagen?? Ich wollte nur schleunigst den Wasserhahn repariert bekommen, um mich dann von *dir* umflirten zu lassen. Gerade gehen dir aber weniger schöne Sachen durch den Kopf, oder?«

Er nahm irgendwie alles sooo leicht im Gegensatz zu mir.

»Lass gut sein.« Wir standen vor meiner Wohnungstür. »Magst du Portwein? Hab' noch welchen im Kühlschrank.«

»Sehr gern.«

LAUENBURG

Isa hatte zwei Enkeltöchter, Estella und Lilly. Sie waren oft bei ihr. Als sie vier oder fünf Jahre alt waren, habe ich ihnen häufig Märchen erzählt, die sie, wie die meisten Kinder, mochten, aber vor allem fanden sie Gefallen an Geschichten, die ich für sie erfand.

Ich fahre zusammen, noch ganz in Gedanken. Die Haustür wird von jemandem aufgeschlossen. Da ich allein wohne, kann es nur Jo sein. Nur Anna und Jo haben nämlich einen Schlüssel für mein Haus. Allerdings klingelt Anna trotzdem. Jo macht das eher selten, gewöhnlich dann, wenn er den Schlüssel vergessen hat. Ansonsten betritt er mein Haus ohne Vorankündigung. Mir macht das nichts aus, im Gegenteil, ich freue mich, dass er bei mir so oft ein und aus geht und seine Familie nichts dagegen hat. Da ist er schon. Immer noch attraktiv, immer noch bezaubernd in seiner Ausstrahlung. Seine bemerkenswerten schlauen Augen schubsen heute einen fröhlichen Glanz in die Welt. Sein kurzer Kinnbart ist frisch gestutzt und sein immer noch relativ dichtes braunes, mit feinen grauen Strähnen durchzogenes Haar ist zu einem Pferdeschwanz gebunden, was bei den meisten Männern um die fünfzig lächerlich aussieht. Bei ihm sieht es toll aus. Er scheint gerade die beste Laune in ganz Lauenburg in meine Wohnung zu tragen.

»Ich habe mir endlich ein Haus-Boot gekauft, Linda! Es steht auf der Elbe. Ich habe ein paar Fotos mitgebracht.«

»Wie schön, das freut mich sehr, dass du dir diesen besonderen Traum erfüllt hast.« Ich drücke ihn ganz fest. Es fühlt sich gut an, so warm und vertraut. »Du hast mir gar nicht erzählt, dass du dir momentan wieder solche Boote anschaust, um jetzt tatsächlich eines zu kaufen.« Ich bin ein bisschen erstaunt, gewöhnlich informiert mich Jo über alles, was er so anstrebt.

»Ich wollte es dir sagen, wenn der Kaufvertrag unter Dach und Fach ist. Und das ist er – seit einer Stunde. Auf diesem Boot habe ich die passende Atmosphäre zum Schreiben.«

Mein Lächeln zeigt ihm, dass ich ihn verstehe.

Jo geht vollkommen auf in seiner Arbeit als Schriftsteller. Er schreibt Gedichte, Geschichten, vorwiegend Jugendromane, und das mit großem Erfolg. Gleich bei zwei großen Verlagen steht er unter Vertrag, in dem einen veröffentlicht er umfangreiche Gedichtbände, im anderen seine Romane. Er schreibt unter dem Namen Zac Martinson. Zac von Zacharias. Jo-Niklas Zacharias. Ja, so hatte er sich damals bei mir vorgestellt, als er sich um die Stelle des Surflehrers bewarb. Wie lange das schon her ist! Nun setzt er sich auf einen Küchenstuhl und hält mir sein Smartphone entgegen.

»Schau. So sieht das Boot aus.«

Ach, diese neumodische Technik. Mir macht es wenig Spaß, mir Fotos auf einem kleinen Telefon anzusehen, aber ich meckere nicht. Greifbare Bilder wären mir eindeutig lieber. Aber mit der Zeit schreitet eben auch die

Technik voran. Es ist nur schwer, sich daran zu gewöhnen, wenn man alt ist. Da stehe ich doch eher auf Vertrautes, Gewohntes. Auf Fotos zum Anfassen.

»Das Boot passt zu dir«, sage ich und streichele über seinen Oberarm.

Das Boot gefällt mir tatsächlich. Es ist azurblau mit relativ großen Fenstern, die bestimmt viel Licht ins Innere lassen. Die Böden sind mit Holzdielen gedeckt. Neben der geräumigen, gemütlich eingerichteten Küche gibt es ein kleines Wohnzimmer, ein Bad und einen Schlafraum.

»Da kannst du auch mit deiner Frau gut ausspannen.«

»Ach, eher nicht. Sie steht nicht so auf Boote. In erster Linie habe ich es für mich gekauft. Du weißt, wie viele Jahre ich davon schon gesprochen habe. Jetzt habe ich endlich einmal zugegriffen. Der Preis war unschlagbar. Ein paar Renovierungsarbeiten müssen zwar gemeistert werden, aber das kann ich selbst.«

»Sicher. Was sagen deine Kinder?«

»Meine Jungs kommen morgen vorbei, um sich das Boot anzuschauen. Wir wollen darin zu Abend essen. Hast du nicht Lust, auch zu kommen?«

»Ein anderes Mal. Mach' du dir erst einen schönen Abend mit deiner Familie. Ich kann ja hoffentlich jederzeit vorbeikommen.«

»Wie du willst. Natürlich kannst du kommen, wann immer du magst.« Er verstaut das Smartphone wieder in seiner Jackentasche. »Ich habe ein neues Kapitel für meinen Roman fertig geschrieben. Darf ich es dir vorlesen?«

Ich genieße es, wenn er mir vorliest, sei es aus eigenen Werken oder von anderen. So koche ich uns eine Kanne Kakao und wir setzen uns ins Wohnzimmer, Jo auf die Couch und ich auf meinen Lieblingsplatz, ein schwerer hellgrau-rot-weiß gemusterter Ohrensessel im Landhausstil. Den hat mein Sohn David vor ein paar Jahren für mich auf einer Auktion erstanden. Zuerst wollte ich ihn nicht, da ich dachte, er passt überhaupt nicht zu meiner Wohnzimmereinrichtung. Das stimmt auch, doch das macht mir nun nichts mehr aus. Er ist sehr bequem und ich kann wunderbar tagträumen, wenn ich darin sitze.

Jos Stimme entführt mich in eine andere Welt. Wie angenehm dieser Klang immer noch ist. Wie ausgefeilt und durchdacht die Worte sind, die aus seiner Feder schlüpfen. Wie sehr würde er mir fehlen, wenn er nicht mehr käme, um mir vorzulesen! Aber er schaut herein, beinahe täglich, manchmal nur kurz, manchmal für ein paar Stunden. Ich erinnere mich nun gerade an seine Worte, diese Worte, die er damals zu mir sagte, als wir bei Isa zu Besuch waren und ich ihn fragte, was passieren würde, wenn er sich in eine jüngere Frau verliebte. »Du wirst immer zu meinem Leben gehören, Linda. Immer. Egal, was passiert. Selbst, wenn unsere Liebe aus noch unbekanntem Grund nicht zu halten ist, selbst, wenn ich jemals eine andere Frau an meiner Seite haben sollte, du bist ein Teil von meinem Leben und ein Teil von mir.«

Eine Stunde lang höre ich ihm zu und versinke im Rausch seiner Erzählung. Wie von Geisterhand öffnet sich dabei ein Portal der Erinnerungen. Dabei erliege ich immer wieder den unvermittelt auftauchenden Schattenrissen an die wenigen Wochen, die mir das Schicksal als seine Freundin und Geliebte geschenkt hatte.

DAS MANUSKRIPT

18

Jo bestand darauf, endlich ein paar Fotos von mir machen zu dürfen. Also kauften wir in der Stadt ein paar Filmrollen für seinen Fotoapparat, um später zu meiner Lieblingsstelle am Fluss zu fahren. Das Fotografieren in wilder Natur hielten wir für lohnender. Ich fand nun nicht, dass ich fotogen war und hoffte insgeheim, dass die Aufnahmen dennoch einigermaßen ansprechend wurden. Jo nahm mich innig in den Arm und brachte es fertig, wie mit Netzen meine Bedenken einzufangen und fortzuschleudern.

»Für mich bist du schön. Ist doch einerlei, ob eine Haarsträhne nicht perfekt liegt oder ein bis zwei kleine Augenfältchen zu deutlich rauskommen.«

Während der Autofahrt zur Maade ließ ich meinen Blick über die prachtvollen herbstlichen Pastelle da draußen gleiten. Ein milder Wind wehte das Laub auf der Straße umher. Heute am frühen Morgen waren es draußen schon 19 Grad, also ganz schön warm für einen Herbsttag. Die Sonne tüpfelte glitzernde Partikel auf die vom Regen noch feuchte Straße, die meine Gedanken in *Alles ist momentan wunderschön* und *Ich habe so ein Glück nicht verdient* zu marmorieren schienen. Gleichzeitig genoss ich Jos Hand auf meinem Oberschenkel und spürte seine Zuneigung besonders intensiv, doch mein stümperhafter Geist signalisierte mir wie so häufig in letzter Zeit, vorsichtig mit meinem Glück umzugehen. Trotzdem war ich bemüht, mir immer wieder Mut zuzusprechen.

Wir parkten irgendwo am Straßenrand und liefen ein langes Stück durch den Wald hinunter zur für mich eindrucksvollsten Stelle am Fluss. Dort, wo sich bemooste Baumwurzeln unbezähmbar aus der Erde gruben, größere Steine festverankert aus dem Boden stierten und kleinere sich im wilden Gras versteckten. Wo es galt achtzugeben, um nicht auszurutschen auf dem steinigen Pfad, der einen hinunter zum Wasser trug.

»Imposante Kulisse.« Jo grinste.

»Ja.« Ich stellte meine Tasche ins Gras und warf mich in Pose.

»Moooment.« Jo zog die Träger seines Rucksacks von den Schultern und richtete seine Kamera aus. Und dann ging es los. Ich umarmte einen Baum, dann einen anderen, hockte mich ins Gras, setzte mich auf einen Stein, hob die Hände hinter meinen Kopf, beugte mich keck nach vorne und verteilte Handküsse, neigte mich zur einen Seite, wieder zur anderen und allmählich kam ich mir vor wie ein Modell. Jo gab Anweisungen, denen ich prompt folgte. Und während ich den Pfad zum Wasser hinunterlief, jagte Jo immer noch mit seinem Fotoapparat hinter mir her. Er schien Vergnügen daran zu finden, mich zu knipsen. Ich rannte den Weg wieder hinauf, zog meinen roten Parka aus, weil es mir langsam zu warm wurde, und warf ihn über einen schweren Ast.

»Jetzt hab' ich dich für immer hierauf festgehalten.« Jo verstaute seine Kamera wieder. »Die Bilder sind bestimmt richtig gut geworden. Und bevor ich's vergesse …«

Fragend schaute ich ihn an. »Ja …?«

»Ich liebe dich. Weißt du, warum?«

»Weil ich so charmant, attraktiv und sexy bin.« Ich bemühte mich um eine ernste Stimme, schaffte es aber nicht ganz, weil mich ein Lachen überkam.

»Das auch«, bestätigte er lautstark. »Aber vor allem, weil du warm und verlässlich bist und zudem ein gewissenhaftes Wesen hast, Honey.«

»Wir werden noch sehen, ob das stimmt«, erwiderte ich außer Atem, neckisch und gutgelaunt. »Hast du eine Flasche Wasser eingesteckt? Ich hab' total Durst. Und nichts zu trinken eingepackt.«

Hatte er. So entnahm Jo seinem Rucksack die Flasche und reichte sie mir. Als ich mich bedient hatte, nahm auch er einen kräftigen Schluck. Dann zog er seine dicke Sweat-Jacke aus und hängte sie ebenfalls über den Ast, an dem auch meine Jacke baumelte.

»Von dir möchte ich aber gleich auch noch ein paar Fotos schießen, mein Lieber«, neckte ich ihn und stupste ihn auf die Nase.

»Eilt nicht«, erwiderte er. »Ich glaube, ich hab' gar keinen Film mehr für den Apparat.« Sprach's, fasste meine Arme, verschränkte sie hinter meinen Rücken und hielt sie dort gefangen, während er mich heißblütig küsste. Als er mich wieder losließ, stattdessen seine Hände unter mein T-Shirt grub und ich mich mit meinen an seinem Hosenbund zu schaffen machte, merkte ich plötzlich, dass wir beobachtet wurden – von einem Berner Sennen Hund.

»Stop!«, schrie ich und wies auf den ungebetenen Zuschauer.

Jo drehte sich um und starrte ebenfalls erschrocken den Hund an. Der stand einfach nur auf der Stelle, blickte in unsere Richtung und hechelte. Er erinnerte mich an einen Artgenossen. Ja. Er erinnerte mich an Joop, den Hund meiner ehemaligen Freundin. Eine Freundin, die ich für eine hielt.

»Joop?« Der Hund bellte, als hätte er verstanden und trabte auf mich zu. Dann schnupperte er an meiner Hand.

»Er ist es, Jo. Ich glaube, es ist wirklich Joop. Den Hund kenne ich.«

»Joooop!!« Eine schrille Frauenstimme gellte durch die Luft und ließ mich frieren. Mein Blick schnellte in Richtung der Stimme.

»Hallo Sonja«, begrüßte ich die Frau, die trotz des sonnigen Herbsttages in einen dicken braunen Wintermantel und einen riesigen Schal gehüllt war und in duckender Haltung unter einem Busch hervorgekrochen kam. Sie war nicht besonders groß, aber kräftig gebaut und ihr tiefschwarz gefärbtes Haar war zu einem zotteligen Dutt festgesteckt, was ihrem mürrischen Gesichtsausdruck eine noch sauertöpfischere Note verlieh.

»Ach, Linda. Lange nicht gesehen.« Sie kam auf uns zu und leinte den Hund an.

»Stimmt. Wie geht's?«

»Wie immer. Viel Arbeit. Wenig Geld. Keine Zeit für nichts. Und du?« Argwöhnisch blinzelte sie zu Jo hinüber, statt mich anzusehen.

»Mir geht's gut.«

»Sicher. Du musst auch nicht so viel arbeiten wie ich.« Das war ihre Standardaussage. Seit jeher glaubte sie, sie sei die Einzige im Universum, die unermüdlich schuftete, während andere lediglich einen Job machten. Sonja hatte sich nach unserem gemeinsamen Abitur für eine Buchhändlerausbildung entschieden und sich vor Jahren mit einer kleinen Buchhandlung selbständig gemacht, nachdem sie einige Jahre überhaupt nicht gearbeitet hatte, weil sie keinen Plan hatte, was und wo.

»Hallo, ich bin Jo«, fuhr Jo dazwischen.

»Angenehm. Sonja.« Sie machte flüchtig Anstalten, ihm ihre Hand zu reichen, zog sie aber gleich wieder zurück.

»Ups. Ich hätte dich vorstellen müssen. Entschuldige«, sagte ich Jo zugewandt.

»Kein Ding, Linda.« Jo blieb locker.

»Wir waren lange Jahre befreundet«, antwortete ich leise und dachte, dass es eher so war, dass ich *geglaubt* hatte, wir seien befreundet. In Wirklichkeit hatte Sonja, wie sich irgendwann nach all den gemeinsam erlebten Jahren herausstellte, mich nie als Freundin gesehen, sondern als Feindin. Schon immer war sie äußerst misstrauisch allem und jedem gegenüber. Sie entdeckte Gemeinheiten in neutralen Aussagen, beschnupperte kleinmütig jede

Äußerung nach versteckt Boshaftem, widerlegte gute Gedanken, Pläne und Zielrichtungen in schlechte, suchte nach Hintergedanken und unlauteren Absichten in nahezu jeder stattfindenden Kommunikation. Es war in der Tat sehr schwierig mit ihr gewesen und erst, nachdem unsere Wege sich endgültig getrennt hatten, ist mir klargeworden, wie sehr ich unter ihren Launen gelitten hatte.«

»Befreundet? Du hast mir immer nur Ungutes gewünscht.« Ein schmutziges Lächeln unterstütze ihre Worte.

»Sonja, du weißt, dass das nicht stimmt.« Sie tat mir leid wegen ihrer schon fast paranoiden Veranlagung und gleichzeitig war ich wütend. »Ich glaube, wir beenden jetzt unsere Unterhaltung.«

Ein höhnisches Lachen entfuhr ihrer Kehle, wie von einem kleinen Moloch.

»Dein gewissenloses Spektakel soeben sollte wohl keiner mitkriegen, was?«

»Was meinen Sie?«, mischte sich Jo ein.

»Ich beziehe mich auf euer unanständiges Geknutsche. Ich stand schon eine Weile dort drüben«, sie wies auf die Stelle zwischen einem Haselstrauch und einer Heckenkirsche, aus der sie soeben hervorgerobbt war. »Dass du dich nicht schämst. Es mit so einem jungen Kerl zu treiben. Ich habe vorhin gezaudert, euch etwas zuzurufen. Wollte nicht gleich stören. Bis Joop vorgelaufen ist.«

»Es ist meine Entscheidung, mit wem ich knutsche«, sagte ich lässig, obwohl ich mein aufgewühltes Gemüt kaum in den Griff bekam und um Beherrschung rang.

Sie zog verächtlich ihre Mundwinkel nach unten, zuckte mit den Schultern und wand sich zum Gehen. »Komm Joop!« Dann drehte sie sich noch einmal um. »Du fasst doch sowieso immer ins Klo, was deine Auswahl an Männern betrifft«, feixte sie und zog ab.

»Musst du gerade sagen«, keifte ich ihr nach.

Jo lachte verdattert und schüttelte den Kopf. »Das war mal deine *Freundin*?«

»Ja. War sie.« Ich zog meinen Parka vom Ast. »Komm, lass uns nach Hause fahren.«

Er fasste nach seiner Jacke und warf sie über die Schultern. »Die war mir aber wenig sympathisch, Linda. Wie konnte sie deine Freundin sein?«

»Wir kannten uns von der Schule. Haben viel zusammen gemacht. Eher habe ich mich darauf eingelassen, was ihr genehm war, weil sie ansonsten gleich sauer war. Sie konnte keineswegs vertragen, wenn jemand nicht nach ihrer Pfeife tanzte. Nach ihrer Ausbildung ist sie zwei Jahre nach Australien verschwunden. So hatten wir in dieser Zeit weniger Kontakt gehabt und ich hatte Gelegenheit, neue Freundschaften aufzubauen, was in ihrer Gegenwart nicht möglich war. Sie vertrug es nicht, wenn ich meine Freizeit mit anderen Freundinnen genoss. Zwei Jahre hat sie in Australien ausgespannt, ihr Erbe durchgebracht und nichts getan. Als sie zurückkehrte, wusste sie anfangs nicht, wo sie arbeiten konnte, hat dann eine Ausbildung zur Buchhändlerin absolviert und später eine kleine Buchhandlung aufgemacht. Ich habe ihr bei allem, was damit zusammenhing, ordentlich und zeitintensiv unter die Arme gegriffen, so gut ich konnte. Eine mürrische Einladung ins Theater, wobei sie unbedingt selbst die Auswahl des Theaterstücks vornehmen wollte, war das Dankeschön. Das Stück, das sie erwählt hatte, gefiel mir überhaupt nicht und nur, weil sie mich danach gefragt hatte, habe ich ihr das ehrlich gesagt. Sie ist ausgerastet. Ein so tolles Stück, von allen, die es bereits gesehen hätten, bejubelt, nicht zu würdigen, sei eine Katastrophe. Mit mir könne man doch nirgendwo hingehen. Es gibt so viele unwürdige Geschichten über uns zu erzählen. Aber ich bin momentan nicht in der Stimmung dazu. Was sie gesagt hat, also, dass ich mich schämen müsse …«

»Linda!« Jo fasste mich mit beiden Händen um die Hüften und drehte mich zu sich hin, so dass wir nun Antlitz in Antlitz gegenüberstanden. »Diese Xanthippe von Sonja hat selbst große Probleme, wie mir scheint. Und wahrscheinlich fühlt diese Giftschlange sich besser, wenn sie anderen ein schlechtes Gewissen einreden kann.«

»Kann sein«, sagte ich kleinlaut. Musste diese blöde Kuh uns jetzt den schönen Tag verderben? Ich beschloss es mit einem *Nein*.

»Sie hat Probleme. Große sogar. Nicht nur, dass sie mit einem ausgesprochenen Misstrauen die Welt wahrnimmt, sie hat, soweit ich weiß, keine Freunde, keine Kinder und selten einen Partner.«

»Wohl, weil sie überall unlautere Absichten wittert, was?«

»Bestimmt. Eindeutig hat sie ganz wenig Liebe in sich, weder für sich noch für andere. Als Kind hat sie statt Zuneigung und Nähe von ihren Eltern Unmengen an Essen und Spielsachen bekommen. Kein Kuscheln, keine gemeinsamen Urlaubsreisen. Ich kann mich erinnern, dass sie mal sagte, ihre Eltern hätten lieber allein Urlaub gemacht. Derweil haben sie sie von den Großeltern beaufsichtigen lassen. Herumgealbert wurde in der Familie gar nicht, es gab wenig Gespräche, kaum Zuwendung. Sonja hatte nicht die Möglichkeit, wirklich Vertrauen in unsere Welt zu fassen. Ja. Es stimmt. Überall wittert sie Böses, alles ist aus ihrer Sicht irgendwie gegen sie gerichtet, so verrückt das anderen auch erscheinen mag.«

»Warum hast du dich nicht schon viel früher von ihr ferngehalten?«, fragte Jo erstaunt.

»Ich habe viele Jahre kaum gemerkt, wie sehr ich unter ihren einseitigen Spielregeln gelitten hatte. Oft war ich tieftraurig, weil ich ihr einfach nichts recht machen konnte und besonders wegen ihren schon halbwegs paranoiden Anschuldigungen. Und dann habe ich mir eingeredet, dass ich gewissermaßen verpflichtet bin, zu ihr zu stehen, weil sie nun schon so lange meine Freundin – oder wie immer man es im Nachhinein auch nennen mag – war.«

»Und wann war der Zeitpunkt gekommen, der euch entzweit hat?«

»Wir hatten einen Streit. Eine Banalität eigentlich. Wir gerieten in eine Diskussion über verschiedene gesellschaftliche Aspekte. Sie behauptete, ein überaus toleranter Mensch zu sein und wollte von mir wissen, ob ich das auch so sehe. Ich kannte sie schon Jahre und möchte wirklich behaupten, dass sie eher Überheblichkeit mit Toleranz verwechselt. So habe ich vorsichtig geantwortet, dass sie nicht *immer* gänzlich tolerant sei, worauf sie entrüstet aufschrie, das sei doch eine Unverschämtheit von mir. Und so begann ein heftiger Streit, in dem ich ihr vorwarf, sie würde andere Meinungen nie stehenlassen können und schreien, um recht zu bekommen. Denn welchen Sinn macht es, Jo, sich als tolerant zu charakterisieren, wenn man dennoch bei nahezu allen Gelegenheiten davon überzeugt ist, selbst recht zu haben und alles abwertet oder verhöhnt, was nicht den eigenen Vorstellungen entspricht?«

»Das ist nur herablassend. Nichts weiter. Mit Toleranz hat das auch meiner Meinung nach wenig zu tun.« Jo drückte mir einen Kuss auf die Stirn.

»Seit ich sie kenne, findet sie unablässig einen Grund zu jammern, speziell über die Ungerechtigkeit, mit der das Leben sie maßregelt, und das Glück, das andere aus ihrer Sicht immer haben. So wie ich sie kenne, hat sie immer die Erwartungshaltung in sich getragen, dass andere für sie sorgen und bessere Lebensumstände schaffen müssen. Sie hat von mir ständig erwartet, dass ich ihr nach dem Mund rede. War ich in einem Punkt anderer Meinung als sie, kam das in ihren Augen einem Verrat an unserer Freundschaft gleich. Am schlimmsten war es für mich, sie manchmal sagen zu hören, ich wünsche ihr Übles und freue mich insgeheim, wenn es ihr schlecht gehe. Das hat sie dann versucht, mit völlig an den Haaren herbeigezogenen Beispielen zu belegen. Obwohl ich immer zu ihr gehalten habe. Das hat mich richtig fertiggemacht.«

»Wie ein Mensch gewohnt ist zu denken, davon hängt oft ab, wie er seinen Alltag sieht. Und die eigenen Phantasien haben Einfluss darauf, wie jemand anderen begegnet und mit ihnen umgeht. Das ist bekannt. Denkt diese Sonja – und die Gründe hierfür mögen eher in ihr selbst liegen statt bei dir – du wärst ihr nicht wohlgesinnt, wird sie dich immer so beurteilen, egal, was du machst. Da kannst du gar nichts Richtiges tun. Es wird in ihren Augen immer falsch oder niederträchtig oder nicht freundschaftlich genug sein.«

Wir waren wieder am Auto angelangt, stiegen ein, hielten kurze Zeit später vor einem schmucken Lokal, wo wir nur einen kleinen Imbiss zu uns nahmen. Anschließend fuhren wir zu mir nach Hause. Nun hatten wir die Gelegenheit, uns unbeobachtet zu lieben. Aber ich war weniger heißglühend als vorhin, da ich die ganze Zeit Sonjas verdrießliches Gesicht vor Augen hatte und vor allem den Busch, aus dem heraus sie uns mit all ihrem Argwohn beobachtet hatte.

LAUENBURG

Später, nachdem Jo wieder gegangen ist, kommt Anna vorbei. Wieder einmal versucht sie, mich zum Ausgehen zu bewegen. Etwas essen gehen könnten wir vielleicht oder ins Theater oder in ein Musical, falls wir noch Restkarten bekommen. Aber nein. Ich mag nicht. Wieder enttäusche ich Anna. Ich weiß, wie schade sie es findet, dass ich keine Lust auf Unternehmungen habe. Ich schaffe es nicht, mich zu vergnügen, fühle mich schuldig bei dem Gedanken, heitere Stunden außer Haus zu erleben. Es ist weder logisch noch bin ich eine gute Freundin, eher eine langweilige. So ist das, und so ist es geblieben, seit einem unwiderruflichen Tag vor vielen Jahren an einem Fluss in Wilhelmshaven.

Außer Anna war immer auch Isa für mich dagewesen. Bei ihr bin ich vorhin gedanklich stehengeblieben, bevor Jo erschienen ist. Isa und ihre zwei Enkeltöchter, Estella und Lilly. Die Mädchen mochten meine erfundenen Geschichten sehr. Allerdings schaffte ich es, wenn überhaupt, nur mit Mühe, dieselben Geschichten jedes Mal detailgetreu wiederzugeben, wenn die Kinder sie wieder und wieder hören wollten. Häufig wurde ich brüsk von einem der Mädchen unterbrochen.

»Das letzte Mal war es der Kastanienbaum, der was zur Birke gerufen hat ...«

»Doch! Die Elfe wurde *wohl* hereingelassen in die Polizeistube. Das hast du einmal erzählt.«

So begann ich eines Tages, meine Märchen aufzuschreiben, damit ich sie korrekt vorlesen konnte.

Ich erinnere mich, dass ich einmal Jo mit zu Isa und den Kindern genommen hatte. Manchmal überfallen mich diese wunderschönen Gedanken an das, was einmal war. Isa wollte damals für uns kochen und hantierte allein in der Küche herum. Weil sie keine Unterstützung bei ihrem Vorhaben wollte, beschäftigten Jo und ich uns unterdessen mit den beiden Mädchen. Unbedingt wollten diese sich mit uns auf den großen flauschigen Wohnzimmerteppich fläzen und herumalbern. Wie ich es inzwischen gewohnt war, bettelten sie hiernach darum, dass ich ihnen wieder Geschichten erzählte.

Ich sehe Jo noch vor mir, wie er mit den Kindern und mir im Schneidersitz dort auf dem Teppich hockt …

19

… und ich begann, Estella und Lilly diese Windgeschichte, die die zwei immer wieder hören wollten, vorzulesen.

Als es Herbst wurde in Wukubai, begannen die Bäume des Landes, unruhig zu werden. Der Herbst hatte den Blättern ihren grünen Farbstoff genommen und ihnen dafür ein knallbuntes Laubwerk beschert. Doch der Wind war noch nicht gekommen, um es hinunterzuwehen. Normalerweise zog er frühzeitig zum Herbstbeginn in Wukubai ein, doch diesmal war anscheinend etwas dazwischengekommen.

Da zog Jo mir sanft die Blätter aus der Hand und las zum Entzücken der Mädchen den Text mit verstellten Stimmen vor.

»Das gibt es doch nicht«, rief die Buche der Birke zu, die ihr gegenüberstand. Ihre Baumrinde blähte sich nervös in der Mitte auf und sank wieder zusammen, bevor die Buche weitersprach: »Noch nie hat der Wind sich verspätet. Ich mache mir ernsthaft Sorgen.«

»Ach, der kommt schon noch«, entgegnete die Birke, die meistens die Ruhe bewahrte, wenn etwas Ungewöhnliches in dem großen Park passierte. »Wahrscheinlich hat er nur ein bisschen verschlafen.«

»Verschlafen!?«, schrie der alte Kastanienbaum. »Solange kann man doch nicht verschlafen!« Auch er war mit seiner Geduld am Ende.

Und dann las Jo den Mädchen, höchsttheatralisch und meisterhaft wie ein professioneller Vorleser, die ganze lange Geschichte vor.

Ich fand es berauschend, ihn zu beobachten. Und einfach großartig.

Es war nicht nur eine Überraschung für die Kinder, sondern besonders auch für mich, wie Jo plötzlich den Zeigefinger verschwörerisch auf seine Lippen legte – wie er das so häufig tat – und sagte, er habe *auch* eine Geschichte. Wir verstummten neugierig und lauschten, was er zu bieten hatte.

WANU

Unzählige Sterne und Planeten sind im Laufe der Zeit entdeckt worden. Nur einen hat man bis heute noch nicht gefunden – den Planeten WANU.

Dort leben keine Außerirdischen. Keine Wesen von der Art, wie die Menschen sich das immer vorstellen. Keine kahlköpfigen grünen oder gelben Männchen von dünner Statur und großen Häuptern. Auf WANU leben nur kleine Lichter. Ganz kleine, sonnengelb strahlende und in alle Ecken des Planeten funkelnde Lichter. Jedes Licht hat einen Namen. Und sie sind lebendig, richtige Lebewesen wie bei uns auf der Erde die Menschen, die Tiere und die Blumen. Doch der Planet WANU ist längst überfüllt von Glanz und Schimmer. Man schubst sich manchmal schon gegenseitig. Selbstverständlich entschuldigt sich das eine

Lichtlein beim anderen, wenn es ein anderes versehentlich angerempelt hat.

Die größeren Lichter mit den spitzen Strahlen sind die Männer. Jeder Mann wird einmal ein hoher Baum mit riesigen starken Ästen. Die Frauen sind die kleineren Lichter mit den abgerundeten Strahlen. Diese werden einmal zu Feen.

Auch wenn's keiner glaubt. Denn das alles zu glauben, fällt bestimmt einigen Leuten schwer.

Jo machte ein wichtiges Gesicht mit weit geöffneten Augen und warf uns dreien verkappte Blicke zu.

»Ich glaub' das wohl!« Estella krabbelte auf Jo zu und umschlang seinen Hals.

»Ich bin eine von den Feen!«, manifestierte Lilly, indem sie ordentlich nickte, damit wir ihr das abnahmen.

»Weitererzählen!« Estella wurde ungeduldig.

»Dann darfst du nicht so fest meinen Hals abdrücken«, sagte Jo grinsend.

»Ist doch gar nicht feste.« Sie ließ von ihm ab und kniete sich neben ihn.

Ich schenkte Jo einen innigen Blick. In Anbetracht seiner jungen Jahre schien er mir vielmehr geprägt vom Leben und gescheiter als manch Gleichaltriger. Ich zwinkerte zurück, als er mir zublinzelte und mit bühnengerechter Mimik und Stimme mit seinem Märchen fortfuhr. Da kam Isa ins Wohnzimmer, um den Tisch für uns zu decken. Schaulustig blieb sie mit dem Stapel Teller in den Händen vor uns stehen und regte sich nicht mehr, sondern spitzte die Ohren.

Die Lichter auf WANU sollen, wenn sie erwachsen sind, eigentlich auf die Erde hinunterspringen, damit sie dort automatisch zu Baum und Fee werden. Doch manche von ihnen weigern sich, weil der Mann im Mond oftmals erzählt, dort unten gäbe es schlimme Gesinnungen wie Streit und Zeitmangel, Neid und Habgier, Unzufriedenheit und Größenwahn und vor allem Rücksichtslosigkeit. Doch eines Nachts stieg der Mondmann freudig erregt aus dem Planetenfahrstuhl und berichtete, er hätte sich heute Morgen wieder heimlich vom Mond geschlichen, um auf die Erde zu fahren. Und es sei die Wahrheit. Außer allen schlechten Eigenarten, die er von der Erde gewohnt war mit anzusehen, habe er noch etwas anderes wahrgenommen. Offensichtlich gab es auf der Erde noch etwas, das ihm nie zuvor aufgefallen war. Etwas ganz Einzigartiges, wofür man alles stehen- und liegenlässt, etwas, was man nicht wirklich beschreiben kann, wofür Worte gar nicht ausreichen. Einzigartig auch, weil es so tief aus dem Herzen kommt. Liebe soll es heißen.

Fortan sprangen die Lichter, sobald sie erwachsen waren – hüpf, flups, dschumm – hinunter zu unserem Planeten. Denn alle wollten wissen, was das denn wohl ist – Liebe.

Und wenn ihr dann und wann einmal einen sanften Ruck in eurer Nähe vernehmt, euch umdreht und dennoch nicht seht, was das war – ja, das wird wohl eines dieser Lichtlein gewesen sein, das soeben bei uns gelandet ist. Es leuchtet nämlich eine Zeit lang nicht, um sich unerkannt hier unten umzuschauen.

Und unter den dicksten Bäumen im Wald ist bestimmt ein ehemaliger Lichtmann, der alles in der Welt überschaut und behütet, und ganz oben in den Baumkronen dieser früheren Lichtmänner wohnen die Feen in Blätterhütten und fliegen tagsüber unsichtbar umher. Und dann flüstern sie einigen Menschen ins Ohr, keine Angst vor der Liebe zu haben, auch wenn diese für sie noch so unmöglich erscheint.

Jo schaute vielsagend zu mir herüber. Estella und Lilly klatschten in die Hände und drängten mich dann, wie so oft – ohne jemals Erfolg zu haben und vielleicht gerade deswegen, – ihnen nun auch noch *Die kleine Meerjungfrau* von Hans Christian Andersen vorzulesen. Ich wehrte mich stets ordentlich. Sollte doch niemand mitbekommen, wie hemmungslos eine gestandene Frau heulen kann. Es ist das schrecklichste und gleichzeitig faszinierendste Märchen, das ich kenne. Die kleine Meerjungfrau steht aus Liebe zu einem Prinzen Höllenqualen durch, opfert sogar ihr Leben für ihn …

… und ich erschlage meine Liebhaber mit einem Beil.

Zum Glück träumte ich das nur. Isas Enkelinnen hatten nachmittags gehörig genervt, wollten mich wieder und wieder zwingen, ihnen die *Meerjungfrau* vorzulesen. Ich hatte mich nicht breitschlagen lassen, dafür aber Jo. Und so hatte ich gezwungenermaßen zugehört und am Schluss geheult, als hätte ich selbst meinen Liebsten verloren.

Meine Träume waren oft in höchstem Maße seltsam. Ich hatte mich daran gewöhnt. So ging es mir auch nachts nach diesem Märchennachmittag bei Isa. Ich schüttelte mich ordentlich, als ich erwachte und zählte meine im Traum von mir totgeschlagenen Liebsten. Nur Jo hatte ich verschont. »Wie nett von mir«, dachte ich gerade sarkastisch, da lärmte mir mein Radiowecker schon wieder entgegen.

»Was um Himmels Willen, hat dieser Mann, was ein erwählter Älterer dir nicht bieten könnte?«, brummte er mir – und nur für mich hörbar – entgegen.

»Alles«, antwortete ich keck. »Alles, was ich mir immer gewünscht habe.«

Daraufhin hielt das dämliche Ding seinen Rand.

Die Wochen mit Jo waren trotz aller Zweifel, ob ich das Richtige tat, mehr als wunderschön. Die Bitternis, die mein Glück bedrohte, war Violas Versessenheit auf ihn. Immer wieder rief sie an. Zuerst war es ein verstopftes Klo, und sie erkundigte sich zunächst bei mir, ob ich einen Pömpel habe, wohlwissend, dass ich keinen besaß, nur um danach Jo anrufen zu können, um ihn zu fragen. Jo, hilfsbereit wie gewohnt, lieh sich den WC-Stampfer von einem Bekannten und löste selbstverständlich die Verstopfung in Violas Toilette. Ein anderes Mal brauchte sie Hilfe beim Aufbau eines neuen Bettes für Emilia. Kurze Zeit später lag sie mit Fieber im Bett und benötigte Medikamente. Da sie Jos

Telefonnummer nun schon auswendig kannte, rief sie gleich von dem Apparat auf ihrem Nachtschränkchen aus bei ihm an.

»Wenn du zufällig in die Stadt kommst, könntest du dann eben in der Apotheke für mich ein schleimlösendes Präparat und Kopfschmerztabletten besorgen? Ach, ist das lieb von dir! Ja, Jo, wenn du nicht wärst! Nein, Jo, nein, das ist nicht nötig. Danke, Jo. Du bist einfach der Beste.«

Zufällig war ich gerade in Jos Wohnung, als Viola wegen der Medikamente bei ihm anrief, und ich musste ihrem durchtriebenen Geschwätz lauschen, woran ich selbst Schuld hatte, da ich Jo gebeten hatte, das Telefon auf die Mithörfunktion umzustellen. Nachdem ich mitbekommen hatte, dass es wieder Viola war, die anrief, hatte ich unbedingt hören wollen, was sie denn nun wieder für einen Vorwand anbrachte, um Jo bei Fuß gehen zu lassen. Viola hier. Viola dort. Jo hier. Jo bei Viola. Wie Madame es einforderte. Öfter schon hatte ich festgestellt, dass sie einfach anrief, nur um mit ihm zu plaudern.

Es war Anfang Dezember, als Viola Jo als Begleitung für einen Theaterball anheuerte, weil sie bereits seit langem zwei kostspielige Karten hierfür hortete. Ihr Bernd war an dem Abend verhindert – wer weiß, vielleicht war er auch schon wieder über alle Berge – und Jo war arglos genug, um Viola zuzusagen. Das war zu viel. Für mich blinkten nun keine Geduldssternchen mehr am Himmel. Wir stritten uns ungeahnt heftig, und außer mir vor Entrüstung und Eifersucht klingelte ich bei Isa. Ihr Freund Janosch öffnete mir, bot mir seinen Kuschelsessel an und reichte mir Melissen-Tee. Dann suchte er die Wohnung nach immer neuen Taschentüchern ab, während ich flennte, als hätte mir jemand eine Wasserpumpe in den Kopf gebaut.

Der meiner Ansicht nach viel zu schmal gebaute Janosch war selten ernst, machte über fast alles Scherze, dabei besaß er die gleiche Liebenswürdigkeit wie Isa. Deswegen passten sie hervorragend zueinander. Er tröstete mich mit lieben Worten, mit Witzchen und nachdem ich meinen Tee getrunken hatte, auch noch mit Kakao mit Sahne und Schokoraspeln, solange, bis Isa vom Einkaufen zurück war.

»Und als du ihn zur Rede gestellt hast, warum er sich bereit erklärt hat, mit Viola diesen Theaterball zu besuchen, ist er einfach weggelaufen?«, fragte Isa. Sie wiegte verwundert ihren Kopf hin und her.

»Ja. Sagt einfach, er habe keine Lust auf unnötige Diskussionen, dreht sich um und mit Fahrtwind durch die Tür.«

Die Situation im Geiste noch vor meinen Augen, stand ich auf, atmete vor Enttäuschung tief durch und lief wütend im Wohnzimmer umher. »Unreif und konfliktscheu wie ein Kind, so hat er sich benommen.«

»Er ist noch zu jung, um in allen Punkten erwachsen zu sein. Das schaffen doch nicht einmal wir in unserem Alter, sich immer nur erwachsen zu verhalten, meine ich.«

»Auf mich hat er von Anfang an schon reifer gewirkt als andere, die so jung sind wie er«, schob ich ein, denn so war es auch. »Ich kann mich doch unmöglich so getäuscht haben. Jetzt sehe ich, dass er nicht einmal in der Lage ist, einer Frau, die ihn ganz offenkundig für sich gewinnen will, eine Absage zu erteilen, obwohl er mit mir zusammen ist und mir sagt, er liebe mich. Aber gut. Darüber ist Viola nicht wirklich informiert. Ich habe ihr Jo lediglich als Kollegen vorgestellt. Beim Hinausrennen aus meiner Wohnung murmelte er noch irgendwas von … ›sich nur als dankbar erweisen … Viola nur nicht im Regen stehen lassen wollen …‹. Ich habe nicht mehr richtig hingehört. Mir war schlecht vor Zweifeln an seiner Liebe zu mir.«

»Hm«, machte Isa und drückte mich an den Schultern auf ihre weiße gemütliche Kunstleder-Couch zurück. Ich zog meine Stiefeletten aus, erhaschte eines der riesigen roten Sofa-Kissen, legte mich lang und schob das Kissen unter meinen Kopf.

»So ist es gut.« Isa nickte. »Weißt du, dein Jo, der hat noch Bedarf an Lebenserfahrung. Er darf sich austesten, muss erst noch lernen, wo sich unsichtbare Schranken verstecken. Hab' Geduld. Er ist nicht dumm und wird bald einsehen, dass er das so nicht mit dir machen kann, wenn er dich halten will. Vermutlich ist er auch ein ausgesprochener Helfertyp. So etwas gibt es schließlich. Und wenn ich ehrlich bin, Linda …«, Isa sah mich kritisch an, »… zumindest in einem Punkt ist er erwachsener als du. Er scheint große Emotionen zulassen zu können, auch wenn diese nicht der Norm entsprechen wie eure Beziehung zum Beispiel, während du dir ständig über dieses und jenes überflüssige Gedanken machst. Ich glaube jedenfalls, dass er dich liebt. So wie er dich ansieht, wie er sich dir gegenüber verhält, wenn ich euch zusammen erlebe ..., also da sagt mir mein Bauchgefühl, er steht hundertprozentig zu dir, und auf meine innere Stimme kann ich mich in der Regel verlassen.«

»Vielleicht hast du recht. Ja, wahrscheinlich sogar. Die Stimme in *meinem* Bauch flüstert mir das Gleiche zu«, murmelte ich. Meine Eifersucht, meine Angst, Jo an Viola zu verlieren, hatte sich hochgeschaukelt. »Aber, weißt du Isa ..., manchmal ist Lieben nicht so einfach, wie man sich das vorstellt. Meine Gefühle für ihn hemmen scheinbar mein gesundes Denkvermögen. Möglicherweise wollte er Viola wirklich nur einen Gefallen tun, nichts weiter, und Viola erhoffte sich, sich mit den kostspieligen Karten für seine Hilfsbereitschaft erkenntlich zeigen zu können. Sie benimmt sich allerdings ihm gegenüber wie ein Vamp. Dadurch bekomme ich solche Angst, dass sie es schafft, ihn zu verführen.« Bei dieser Vorstellung senkte ich den Kopf. »Sie ist wesentlich jünger als ich. Bei ihr ist der Altersunterschied nur ein Klacks.«

Isa hob beschwichtigend die Arme. »Nun mach' dich doch nicht verrückt, Linda! Jo hat ganz offenbar kein Problem mit deinem Alter. *Du* hast eins damit.«

Es stimmte wahrscheinlich.

»Als er in Frankreich war, hat Marion mich einmal angerufen und mir geraten, ihn unbedingt zu vergessen. Sie könne sich das mit ihm und mir nicht vorstellen. Er sei doch gerade erst dem Kindesalter entwichen. Und ja, natürlich könne ich träumen, doch die Lösung sei, ihn emotional abzuhaken, anstatt ihn auch noch mindestens bis zum Winterbeginn weiterzubeschäftigen. Vielleicht helfe es mir, meine Gefühlskoller aufzuschreiben und das Blatt anschließend zu verbrennen.«

Isa grinste. »Und was hast du geantwortet?«

»Dass ich meine Begeisterung für Jo nicht auf einem einzigen Blatt unterbringen kann. Da hat sie nur gelacht und meinte, eine präzise literarische Abfassung in einer vollgekritzelten Kladde wäre auch ganz nett, alternativ könne es auch ein Buch werden, aber ich soll's nicht übertreiben.«

»Marion ist sehr rational in vielen Dingen. Sie würde nie versuchen, ihre Grenzen auszutesten, weil sie Angst davor hat, nicht normal zu erscheinen. Normal ist bedeutungslos, Schätzchen. Achte nicht darauf, was sie sagt. Ich bin der Meinung, dass Bauch und Herz unser Leben im Wesentlichen beeinflussen. Für mich ist das in Ordnung mit dir und ihm, das weißt du.«

Ich erhob mich und umarmte Isa.

»Das weiß ich. Ich habe Angst, nicht stark genug für uns zu sein. Und erst recht nicht stark genug, wenn ich ihn wieder verliere.«

»Es ist ein Talent zu verlieren und trotzdem stark zu sein. Normalerweise ist man nur stark, wenn man irgendwie oder irgendwas erreicht oder über etwas gesiegt hat.«

»Ja sicher.« Gefühlte drei Minuten sagte niemand etwas von uns beiden.

»Isa, ich bin enttäuscht von Jo, weil er obendrein einfach davongelaufen ist, anstatt mir die Situation näher zu erklären. Vielleicht hätte ich Verständnis gehabt für das, was er sagt, aber so … lässt mich einfach stehen«, sagte ich dann trotzig.

»Das ist kindisch und albern. Und ich wünsche dir, dass er das bei der nächsten kleinen Auseinandersetzung, die in keiner Beziehung jemals ausbleibt, nicht wieder so macht. Aber jetzt lass' es erst einmal gut sein. Wir sind auch nicht perfekt, und unser Benehmen und unsere Handlungsweise kommt bestimmt bei manchen auch hin und wieder ganz schön mager rüber.«

Ihr Blick wanderte nach oben zur Zimmerdecke und sie lachte irgendwie in sich hinein, so als würde sie sich etwas Verrücktes vorstellen. Irgendein Spaß durchzuckte ihre Mimik, betupfte ihr Gesicht mit Schelmerei und dann lachte sie lauthals heraus.

»Erinnerst du dich an Bob?« Sie stand auf und hielt sich den Bauch. Ganz krumm vor Lachen stand sie vor mir, so dass sie mich ansteckte und ich bei der Erinnerung an Bobby ebenfalls lachen musste. Aber ich hatte auch Jahre später noch etwas wie ein schlechtes Gewissen, wenn ich an sein Abschiedsgeschenk denke, dass wir ihm beim Abgang aus unserer Reiseagentur übergeben hatten. Das war nämlich nicht nett gewesen.

»Ich meine nur …«, quietschte Isa, »… um das zu bekräftigen, was ich gerade gesagt habe, nämlich, dass wir alle uns manchmal ein bisschen danebenbenehmen, also, in dem Zusammenhang fällt mir eben sofort Bobby ein. Und das despektierliche Geschenk, das wir ihm gemacht haben. Dafür hat er sich die ganzen Wochen zuvor aber erst recht unmöglich benommen, absolut unkollegial.«

»Die Bobby-Story ist zehn Jahre her, Isa-Kind. Dass du da jetzt mit ankommst …« Ich rollte mit den Augen, um diese Feststellung zu unterstreichen.

»Ja und? Bobby werde ich nie im Leben vergessen. Schade, dass wir sein Gesicht beim Auspacken nicht gesehen haben.«

»Mir tut's dennoch ein bisschen leid. Auch wenn er's verdient hatte. Es war doch etwas ehrfurchtslos, was wir gemacht haben.«

»Überhaupt nicht, Linda. Was du immer hast!«

Damals hatte der zwanzigjährige Robert Mohr eine Anstellung in Vincents Agentur gefunden, nachdem er seine Ausbildung zum Veranstaltungskaufmann mit Bravour beendet und danach zunächst ein halbes Jahr in England gearbeitet hatte. Benedikt und Vincent hatten in den höchsten Tönen von ihm gesprochen und auch die anderen Kollegen, ich eingeschlossen, waren anfangs geblendet gewesen von seinem charmanten Auftreten. Beinahe wie Jo, hatte er recht fix alle Arbeiten aufs Glorreichste umgesetzt und ist allen eine wunderbare Hilfe gewesen, obwohl ich bemerken muss, dass er in der Regel für die Agentur von Vince gearbeitet hat, für mich kaum. Von Anfang an hatte er sich geweigert, Aufgaben von mir zu übernehmen, immer mit dem Hinweis, Vincent ließe ihm keine Luft für weitere Arbeiten. Just nach Ablauf der Probezeit präsentierte er uns ein anderes Bild von sich. Vor allem bei uns Frauen war er nun arg in Ungnade gefallen, da er sich mehr und mehr zum Büroarschloch entwickelt hatte. Fortwährend hatte er zum Besten gegeben, wie toll er war, sich bei Vincent hervorgetan und ihm geschildert, wie dumm oder nachlässig sich einer von uns wieder bei den Reisebuchungen oder in der Angebotsvorbereitung verhalten hatte. Ich sehe ihn nun wieder allzu deutlich vor meinen Augen, diesen Aufschneider, diesen Blender. Seine Arroganz hatte einwandfrei fusioniert mit seiner Vorliebe, Fehler bei anderen zu suchen. Bei sich selbst war er jedoch völlig betriebsblind gewesen, was Schnitzer oder Unschicklichkeiten betraf. Da hatte er jedes Mal schnell einen anderen Schuldigen gefunden. Mal war es Kurtis Oberflächlichkeit, mal Maxis nachlässige Rhetorik im Kundenkontakt oder Julianes angeblich unpassender Befehlston ihm gegenüber. An allen mäkelte er herum. Gleichwohl war es Bob überhaupt nicht peinlich gewesen, seinen berufserfahrenen Kollegen zu erklären, wie sie ihre Arbeitsweise effektiver gestalten konnten. Bei Vince hatte er eines Tages so übertrieben geschleimt, dass für ihn eine fette Gehaltserhöhung dabei herauskam, obwohl sich Vincent später seines Fehlers bewusstgeworden war und sich geärgert hatte, dass er sich als Vorgesetzter so über den Tisch hatte ziehen lassen. Danach hatte Bob beinahe so viel verdient wie wir, die auf jahrelange Praxis und Routine zurückgreifen konnten und keine Form von

Süßholzraspeln beim Chef oder widerliche Intrigen für nötig befunden hatten, um unserer Arbeit getreulich nachzukommen. Eines Tages war unser Bobby der Idee erlegen, Büroleiter zu werden. Mit diesem Vorschlag war er zu Vincent ins Büro marschiert, nicht ohne uns vorher über sein Vorhaben zu informieren. Die dicken Papierkugeln, die Juliane hinter ihm her geschleudert hatte, hatte Bob gar nicht wahrgenommen. Vincent allerdings hatte bereits Juliane, die noch nicht allzu lange bei uns arbeitete, als Büroleiterin auserkoren und so hatte Bob sich einen deftigen Korb eingefangen. Und nicht nur das. Vincent hatte endgültig die Schnauze voll gehabt von dem Übermut dieses Mitarbeiters und Bob einen Tag später nahegelegt, sich einen anderen Job zu suchen. Woraufhin Bob ihm erklärt hatte, das hätte er ohnehin vorgehabt, wenn er nicht die Büroleitung zugeteilt bekäme, denn er sei zu Besserem erkoren, als unterwürfige – und genau das war nach Vincents Bericht Bobs Wortwahl – Arbeit zu leisten. Schnell hatte Bobby auch eine andere Arbeitsstelle gefunden und als Abschiedsgeschenk hatte Vincent ihm letztendlich ein Buch über Strategisches Management gekauft, obwohl alle, außer Benedikt, der Meinung gewesen waren, ein Geschenk wäre nun doch wohl zu viel des Guten. Benedikt aber, gutmütig wie eh und je, hatte Vincent von einem seriösen Buchgeschenk überzeugen können. Also hatten Juliane, Isa, Maxi und ich dieses Buch in ein goldenes Schächtelchen verpackt, das Schächtelchen umwickelt mit goldenem Papier und aus seidenem Band eine goldene

Schleife geformt – nicht ohne zuvor noch ein kleines Gedicht, liebevoll mit goldenem Gel-Schreiber auf elfenbeinfarbenes Papier gebracht, mit hineinzulegen. Juliane hatte vorgehabt, das Management-Buch heimlich auszutauschen gegen einen Knigge-Band oder gegen ein Buch mit dem Titel *Wie trage ich zu einem guten Betriebsklima bei?* Aber wir anderen waren dagegen, weil es Vincents und Benedikts Bemühungen missachtet und zusätzlich Arbeit gemacht hätte. Ebenso waren wir gegen Julianes Eifer, einen Hundehaufen zu suchen und wenigstens den mit ins Geschenkpäckchen zu legen. Pfui, Juliane!

»Weißt du noch, was wir uns zusammengereimt haben damals?« Isa streckte kurz ihre Zunge raus und machte ein wissendes Gesicht.

»Klar. Aber den ganzen Text kenne ich heute nicht mehr.«

»Ich schon, zumindest in Teilen.« Isa lachte wieder. Dann ging sie ein paar Schritte zurück, stand nun zwischen Couch und Vitrine und verbeugte sich. »Darf ich Ihnen zur Aufmunterung das Gedicht von einem jungen Mann präsentieren?«

»Nur zu«, erwiderte ich, setzte mich aufrecht hin, schlug meine Beine übereinander, legte mir ein zusätzliches Kissen in den Nacken und wartete gespannt auf das, was folgen würde.

Isa zog die oberste Schublade des dunkelbraunen Vitrinen-Schranks auf, nahm eine Kladde heraus, blätterte darin und fand, was sie gesucht hatte. Dann kramte sie ihre Lesebrille vom Couchtisch, setzte sie weit unten auf ihre Nase, hielt die Kladde vor ihr Gesicht und verbeugte sich wieder, bevor sie übertrieben loslegte.

»Hier kommt das Stück von diesem Mann, der glaubte,
dass er alles kann …
dass er der Tollste, der Schönste, der Fleißigste ist,
der die Arbeit anderer nach sich bemisst,
der sich aufpumpt wie ein Luftballon,
und niemand bringt ihn zur Raison.

Gern soll man ihm zu Füßen liegen,
wer ihm nicht huldigt, der soll fliegen.
Jenen muffelt er wütend zu,
und gibt beleidigt keine Ruh'.

Er pfeift komplett auf Konventionen,
weil die sich nur für Spacken lohnen.
Meint er – verkannte Lichtgestalt
und fordert keck noch mehr Gehalt.

Leise wie auf Gummisohlen, will er Sympathien beim Chef einholen.
Für eigene Fehler völlig blind,
sieht er nur, wie töricht doch die anderen sind.
Beurteilt sie schnell negativ,
ob Leistung schlecht, ob Zähne schief,
niemand ist so perfekt wie er,

oh Mann, das nervt uns alle sehr.

Unser Chef, der ist ein Pfiffikus,
machte mit dem Bürschchen Schluss.
Und sagte ihm dann folgendes,
im Text, im Kern recht Goldenes:
Wer allzu schnell nach oben fliegt,
manchmal eins auf die Schnute kriegt.«

Isas theatralische Vorstellung war witzig genug, um mich endgültig aufzuheitern. Wir redeten noch eine Weile und allmählich konnte ich mir sogar vorstellen, der Zeit mit Jo wieder mit mehr Zuversicht zu begegnen. Mir wurde immer mehr bewusst, dass Jo sich um alles, was er tat, weniger Gedanken machte als ich und offenbar nicht begreifen konnte, was es bei diesem oder jenem noch hin und her zu überlegen gab. Das würde hin und wieder zu Auseinandersetzungen führen. Wollte ich das? Die Antwort war nein. Aber ich wollte eines auf jeden Fall. Nämlich Jo.

»Die Karten waren richtig teuer. Und sie hatte sich total auf die Veranstaltung gefreut. Bernd war leider unaufschiebbar und unvorhersehbar zu einem bedeutenden Geschäftsessen eingeladen worden, war also komplett verhindert. So kurzfristig wusste sie nicht, wen sie mitnehmen konnte und allein hingehen mochte sie nicht. Es war reiner Zufall, dass ich sie im Getränkemarkt getroffen hatte, wo sie mir das mit dem Theaterball gleich erzählte – um mich unmittelbar danach direkt zu fragen. Ich wollte ihr einen Gefallen und dir auf keinen Fall wehtun, Linda.«

Jo hatte nach Mitternacht noch bei mir geklingelt.

»Ist schon vergessen.« Ich nahm ihn in den Arm. »Und wie war's?«

»Wir waren gar nicht da.«

»…?«

»Emilia sollte bei ihrer Kindergartenfreundin übernachten und ist von deren Mutter schon nach dem Mittagessen abgeholt worden. Doch spätnachmittags bekam sie plötzlich Fieber und Ohrenschmerzen, so dass die Mutter der kleinen Freundin den Arzt gerufen und Emilia wieder nach Hause gefahren hat. Mittelohrentzündung. Damit war das Thema Theaterball schnell erledigt.«

»Arme Kleine«, sagte ich nur und dachte insgeheim, dass Emilia, ohne es zu wollen, den Abend gerettet hatte – in meinen Augen auf jeden Fall. Natürlich tat sie mir leid.

»Und weißt du, wie es ihr geht, nachdem der Arzt da war?«

»Sie hat Antibiotika bekommen. Ich nehme an, morgen wird sie wieder schmerzfrei sein.«

Ich nahm mir vor, gleich morgen früh nach ihr zu sehen.

Isas Auftritt mit dem Gedicht für Bob nahm mich noch gefangen und so erzählte ich Jo um drei Uhr nachts die Bobby-Story. Ich berichtete auch über Juliane, der damals gerade der Job als Büroleiterin versprochen worden war, welchen Bob sich zu angeln versucht hatte. Und dass sie sich bei ihm mit einem Hundehaufen im Abschiedspäckchen für seine Durchtriebenheit hatte bedanken wollen.

»Typisch Juliane«, lachte Jo. »Ok. Sie ist stark und lässt sich nichts sagen. Aber sie will auch nicht nur einfach gut, sondern immer die Beste sein und bewundert werden. Scheint mir jedenfalls manchmal so. Und wenn sie weniger Beifall kriegt, als sie erwartet hat, dann kann sie ihre Mitmenschen oder potentielle Gegenspieler schon ganz schön fertigmachen.«

»Ach, Juliane ist ziemlich selbstbewusst. Und vor allen Dingen spritzig. Von ihrer Schlagfertigkeit würde ich mir gern ein Stück abschneiden.«

»Ey, du bist doch auch redegewandt. Stell' dich nicht so in den Schatten. Außerdem finde ich nicht, dass es viel mit Selbstbewusstsein zu tun hat, andere mit Worten oder Taten herunterzuputzen. Wenn Juliane wirklich schlagfertig genug wäre, dann hätte sie es nicht nötig, andere herabzusetzen oder zu beleidigen. Ich habe schon mehrfach mitbekommen, wie sie das macht. Nicht gut. Für mich nicht ok.«

»Wenn du das sagst …« Ich küsste ihn. Es war bezeichnend für sein ethisches Empfinden und seine Klugheit, was er gerade über Juliane gesagt hatte. Und wieder spürte ich, dass ich jemanden ganz Besonderen in meinen Armen hielt.

Emilia ging es am nächsten Tag schon viel besser. Ich las ihr ein bisschen vor und versprach, abends noch einmal wiederzukommen.

»Mama ist ihr Diamantring in den Abfluss gefallen«, empfing sie mich am Abend an der Tür.

Die Antibiotika hatten offensichtlich geholfen und ihren Ohrenschmerzen den Garaus gemacht. Aufgeregt lief sie im roten Sternen-Nachthemdchen voraus.

»Mama ist im Badezimmer und macht sich Sorgen wegen ihrem Ring. Weil der jetzt im Wasserrohr steckt. Und es ist alles nass.«

Ich folgte Emilia auf dem Weg ins Bad. Das erste, was ich dort sah, war ein schwarzer Herrenslip, der einen Herren-Po verbarg. Dieser schwang auf dem Badewannenrand auf und ab, und sein Besitzer versuchte gerade, ein Shirt an der Leine über der Badewanne klammerlos aufzuhängen. Mein Blick wanderte höher. *Das ist doch nicht ...?*

Jo turnte nur mit Socken und Slip bekleidet in Violas Badezimmer umher. Nachdem er es vollbracht hatte, sein T-Shirt aufzuhängen, sprang er vom Wannenrand und mir fast auf die Füße. »Linda«, flötete er süß und überrascht und schien intensiv zu überlegen, welch förderlichen Worte er vorbringen könnte, um mich zu beschwichtigen.

»Jo«, erwiderte ich eben so süß. »Wollten wir uns nicht um acht bei mir treffen?«

»Natürlich. Ich war gerade erst aus der Vogelwarte nach Hause gekommen, als Viola anrief und völlig durch den Wind war, weil ihr ein wertvoller Ring in den Ausguss gefallen war ...«

»Das ist richtig, Linda. Es ist meine Schuld, dass Jo jetzt halbnackt hier herumhüpfen muss.«

Meine Schuhe waren glitschig und hinterließen Abdrücke auf den patschnassen Badfliesen. Ich sah Viola giftig an, dann Jo. Abwechselnd. Viola. Jo. Viola. Wartend auf das, was nun kommen würde. Es war recht spannend, was Viola dann von sich gab.

»Guck' doch nicht so sauer.« Sie zog eine Schnute und machte große Augen. »Es ist absolut nicht das, was du wohl denkst ... ganz ehrlich! Mir ist mein Diamantring, ein Geschenk meiner Oma, in den Abfluss gefallen, weil ich vor dem Waschbecken-Putzen den Ring auf dem Rand abgelegt und vergessen hatte, den Stöpsel aufzulegen. Irgendwie ist er dann in den Abfluss gerutscht. Ich wusste nicht, was ich machen sollte und habe Jo angerufen. Der hat ja so eine Zange, weißt du, die, die er auch für den Wasserhahn in der Küche benutzt hat und ...«

»Jo hat nur eine Unterhose an, haha ...« Emilia amüsierte sich. »Linda, guck' doch!«

»Ich hab' das bereits gesehen«, sagte ich angespannt trocken, aber so höflich wie möglich zu der Kleinen.

»Warum lachst du denn nicht?«, nervte sie nun.

»Weil hier alles nass ist und das T-Shirt von Jo auch«, antwortete ich mürrisch.

»Ich hab' den Siphon demontiert, um den Ring herauszufischen. Meistens klappt so etwas ganz gut.« Jo, in Erklärungsnot, versuchte eine weitere Rechtfertigung seiner Situation, aber Viola ließ ihn nicht ausreden.

»Meistens klappt es ganz gut, ja«, lachte Viola. »Jo hat sogar daran gedacht, einen Lappen um die Überwurfmutter zu wickeln, damit es keine Kratzer gibt. Was er vergessen hat, ist, einen Eimer unter den Siphon zu stellen. Das stehende Wasser kam temperamentvoller herausgespritzt, als man denken würde. Jos Jeans und Shirt müssen bis morgen trocknen. Ich wollte ihm solange meinen Jogginganzug leihen. Hier. Siehst du?« Sie hielt mir eine schwarze Jogginghose und einen grau-braunen Sweater entgegen. Jo griff sofort danach und zog alles an. »Nur trockene Socken bräuchte ich jetzt noch«, sagte er, an Viola gewandt.

»Hole ich dir.«

Ich hatte das Gefühl, dass sich meine Kehle verdickte und fasste mir impulsiv an den Hals, stürmischer, als ich wollte. Ich trug die Kette mit dem kleinen Rubin, die Jo mir geschenkt hatte und erst als ich den kleinen Stein kullern sah, bemerkte ich, dass ich in meiner Aufregung allzu hitzig an der Kette gezogen und sie zerrissen hatte. Vergeblich suchten wir alle nach dem Steinchen. Aber seltsamerweise konnte keiner von uns es finden. Emilia kroch auf den nassen Fliesen herum und wollte nicht aufgeben. Es war zwecklos. Das Steinchen ward nicht mehr gesehen.

»Es kann sich doch nicht auflösen«, meinte Viola. »Wenn ich nachher richtig wische, dann werde ich den Rubin finden. Versprochen.«

»Hast du deinen Ring denn herausbekommen aus dem Siphon?« Meine Worte schwebten glasklar und unendlich gedehnt durch die mit Misstrauen aufgeladene Luft. Der

Klang meiner Frage kam mir selbst außerordentlich hochnäsig vor.

»Ja. Klar. Der ist gleich mit dem Wasser herausgerutscht. Zum Glück. Ich werde ihn in ein Pfandhaus bringen müssen. Für eine gewisse Zeit jedenfalls. Bin gerade etwas knapp dran.«

Ich erwiderte darauf nichts, da ich vollkommen unsicher war, ob ich den beiden ihre Story abkaufen sollte oder nicht. Letztendlich schien alles ganz einleuchtend. Und ich wollte mich zwingen, Jo zu vertrauen, wenn es auch nicht ganz einfach war.

»Soll ich gleich mit zu dir kommen?«, fragte er mich vorsichtig. »Oder empfängst du keinen Mann in Jogginghosen, um es dir mit ihm gemütlich zu machen?«

»Wie? Seid ihr zusammen?« Viola riss überrascht die Augen auf.

»Ja.« Jo brachte dieses ganz nüchtern und wie selbstverständlich hervor, während er mich verliebt ansah, was mich einerseits beunruhigte, denn ich wollte es noch nicht öffentlich machen, andererseits war es gut und richtig, dass er Viola mit seiner Antwort endlich in ihre Schranken wies.

»Liest du mir jetzt etwas vor?«, bettelte Emilia. Das hatte ich ganz vergessen. Nur aus diesem Grund war ich doch gekommen.

»Ja. Aber nur eine kleine Geschichte. Es geht mir heute nicht so gut.«

»Macht nichts. Hauptsache du liest etwas. Jo soll solange dabeibleiben.«

Die Stimmung zwischen Jo und mir war noch im Keller, als wir zusammen meine Wohnung betraten.

»Jetzt weiß Viola wenigstens, dass du kein Freiwild für sie bist«, zickte ich Jo an.

»Das war ich wohl auch vorher nicht«, erwiderte Jo ebenso giftig.

Wir standen uns beide verbittert gegenüber. Ich, weil ich mich mit ihm noch nicht sicher genug fühlte, um seine Aktion bei Viola bedingungslos zu glauben, er, weil er meine Skepsis nicht verstehen wollte. Mein Blut geriet gehörig in Wallung.

»Du merkst es nicht einmal. Was glaubst du wohl, wie weit Viola heute gegangen wäre, wenn ich nicht hinzugekommen wäre?« Ich sah ihm provozierend in die Augen. »Und Juliane scharwenzelt ebenso eindeutig um dich herum.«

»Du machst dich lächerlich! Erst Viola. Dann ist es plötzlich Juliane, die mich vernaschen will. Wer will mich deiner Meinung nach noch alles ins Bett kriegen?« Er schüttelte heftig den Kopf, so als könnte er meine Feststellungen so loswerden. »Viola hat es nicht so leicht, scheint mir. Sie tut mir fast leid in ihrer Hilflosigkeit, insbesondere, wenn es um Emilia geht. Ich habe den Eindruck, es wird ihr alles zu viel. Sie hat mir gegenüber erwähnt, dass sie Depressionen habe und an manchen Tagen kaum aus dem Bett komme. Wenn sie dann um

Hilfe bittet, ist es für mich tatsächlich nicht leicht, nein zu sagen. Aber du machst jedes Mal aus einer Mücke einen Elefanten.«

»Ich weiß, dass Viola depressiv ist. Auch deswegen unterstütze ich sie mit Emilia, wo ich kann. Das ist aber längst kein Grund, zum Dank meinen Freund anzubaggern.«

»Du siehst Gespenster! Außerdem wusste Viola überhaupt nicht, dass wir zusammen sind.« Entrüstung veränderte seine Stimme in einen schroffen Klang. »Du traust dich ja nicht, dich zu outen. Außer Benedikt und Isa weiß niemand von uns. Da musst du dich nicht wundern, falls tatsächlich eine andere mal nach mir grapscht, weil sie denkt, ich bin frei.« Jetzt spritzte Jo aber richtig mit Gift.

Ich eiferte ihm nach. »Du willst dauernd der Tollste sein. Nicht wie Juliane, toll für alle Menschen. Du willst es vorwiegend für die Frauen sein. Du machst dich bei ihnen nützlich, bist überfreundlich, lächelst alle lieb an, tust mitunter sogar so, als würdest du ihnen den Hof machen – wenn ich an die kleinen Marzipanherzen denke. Und dann noch die vielen Komplimente, die du meinen Kolleginnen so zwischendurch machst – …« Mir fiel zwar auf, dass ich ein wenig übertrieb, aber ich stand unter Strom und war nicht in der Lage, mich zu bremsen. »Du willst anscheinend deinen Beliebtheitsgrad immer weiter intensivieren, um herauszustechen aus der Masse der gattungswilligen Männer …«

Dann hörte ich nur, wie die Tür ins Schloss fiel. Ich durfte allein weitermotzen.

Die erste Hälfte der Nacht verbrachte ich schlaflos und wälzte mich heulend zwischen den Kissen umher. Die zweite Hälfte saß ich, in eine dicke Strickjacke gehüllt, auf dem Balkon und blies Trübsal. Ich würde gleich um acht in der Agentur anrufen und spontan einen Urlaubstag einreichen. Ich brauchte einen Tag zur Besinnung. Natürlich stand es mir nicht zu, Jo vorzuwerfen, dass Viola um seine Aufmerksamkeit buhlte, gerade auch, weil sie in der Tat von unserer Liaison nichts wusste. Dennoch war ich der Meinung, Jo hätte sich weniger auf ihre Bitten und Forderungen einlassen sollen. Mir kam es vor, als würde er sich in Violas Schmeicheleien suhlen, was mich in Rage brachte, selbst, wenn er ihr gegenüber standhaft blieb. Aber auch von Juliane ließ er sich gern einwickeln. Wie dem auch sei, ich würde mich bei Jo entschuldigen. Nicht sofort. Aber dennoch.

Frühmorgens, noch bevor ich in unserer Agentur anrufen konnte, war Jo schon am Telefon.

»Es tut mir leid, Linda. Dass ich schon wieder abgehauen bin, wenn es darauf angekommen wäre, zu bleiben.«

Eine winzige Pause, in der mein Herz einen Luftsprung vor Erleichterung machte und in der ich nicht gleich die passenden Worte fand, folgte. Da fuhr er auch schon fort:

»Lass' uns morgen reden. Heute bin ich sehr beschäftigt wegen meiner Facharbeit und abends muss ich dringend in

der Vogelwarte mit einer Auswertung weitermachen. Hab'
dich lieb. Wirklich.«

Erleichtert atmete ich durch. »Ich dich auch. Mir tut es
auch leid. Ich werde heute ein bisschen ausspannen und
darum zu Hause bleiben. Morgen sehen wir uns bestimmt
zunächst im Büro?«

»Ich würde gern morgens zum Frühstück zu dir kommen.
Dann können wir vor der Arbeit reden. Ist doch albern, so
ein Geplänkel um nichts.«

»Sicher. Bis morgen.« Meine Antwort schlich leise und
vorsichtig durch die Leitung.

»Tschüss, Honey.«

Am späten Nachmittag versuchte ich durch einen
Spaziergang am Fluss wieder einen klaren Kopf zu
bekommen. Wegen unserem Streit am Abend zuvor
begann sich nun Besorgnis in mir breitzumachen, Jo durch
mein mangelndes Vertrauen und meine Eifersucht zu
verlieren. In meinem Kopf reihte sich unter dem Geäst von
Zweifeln und Ängsten eine dunkle Vorstellung an die
nächste. Ich sah Sonja vor mir. Sonja mit all ihrem
Argwohn und den unangebrachten Verdächtigungen und
verstand nicht, wie schwer sie sich ihr Leben machte,
indem sie der ganzen Welt nicht über den Weg traute. So
wollte ich nicht sein und nicht werden. Ich dachte an das
kurze Gespräch mit Juliane hinsichtlich Lutz' und Vincents
fehlender Aufmerksamkeiten und sann daraufhin über
Juliane nach, deren Selbstsicherheit dem Anschein nach
bloß eine Attrappe darstellte, mit der sie die Achtung vor

sich selbst nur aufrechtzuerhalten vermochte, indem sie Bewunderung und Beifall einheimste. Immerhin hatte ich des Öfteren erlebt, wie sie zumindest Komplimente von Jo zufrieden dankend entgegennahm. Komplimente ohne Hintergedanken. Wie konnte ich Jo nur vorwerfen, er wolle anderen Frauen mit seinem Wohlwollen den Hof machen? Es erschien mir mit einem Mal ebenso abschätzig, aus Scham aus unserer Liebe ein Geheimnis machen zu wollen, nur aus Angst vor der ablehnenden Reaktion der Menschen, die mir wichtig waren. Das eigentlich Beschämende an der Sache aber war, dass ich ein großartiges Präsent, das das Leben mir mit Jo überreichte, dadurch entwertete.

Die schwach einsetzende Dämmerung sorgte mit einem Mal für eine geheimnisvolle, beunruhigende Illustration des Flusses mit seinem ungebändigten einsamen Ufer. Mir war, als wäre ich ganz allein in diesem wilden Stück Natur ...

Und dann? Was war dann?? Ich möchte so gern fortfahren, mich erinnern. Was geschah hier?

...

Ich komme nicht weiter ...

LAUENBURG

Der Anruf

Auf dem Küchentisch wartet noch Olivia Herzbecks Brief. Allmählich sollte ich doch zu meinem Telefon greifen und die Dame anrufen, anstatt unschöne Erinnerungen in mein Gedächtnis zu locken. Der Gedanke, die Frau jetzt anzurufen, befremdet mich nahezu. Die Angelegenheit erscheint mir ein wenig abstrus. Ist es nicht vollkommen abwegig, das wunderliche Schreiben einer mir vollkommen unbekannten Frau für bare Münze zu nehmen? Einerseits vermute ich einen Irrtum in der ganzen Sache, andererseits möchte ich gern Licht ins Dunkel bringen. Letztendlich ist es wohl die Neugier, die alle Zweifel beiseite schubst und mich zum Hörer greifen lässt.

»Hier ist Linda Mondhi, Frau Herzbeck. Guten Tag.«

»Frau Mondhi. Guten Tag. Das ist sehr freundlich von Ihnen, dass Sie mich so schnell anrufen. Ich hoffe, ich habe Ihnen mit meinem Schreiben keinen Schrecken eingejagt.«

»Natürlich nicht. Ich bin nur verwundert, einen Brief von einer fremden Frau mit einem ... ähm ... verhüllten Inhalt ... in meinem Postkasten zu finden.«

»Es tut mir leid, dass ich mich ein wenig verschleiert ausgedrückt habe. Ich habe nicht gewusst, wie ich das, was ich Ihnen gern erzählen möchte – nein, erzählen *muss* – in schriftlicher Form zum Ausdruck bringen kann, ohne Sie zu verwirren. Deswegen ziehe ich ein persönliches Gespräch vor und wäre erleichtert, wenn Sie mir gestatten,

Sie zu besuchen. Wir können uns auch gern in der Stadt in einem Café treffen, wenn es Ihnen angenehmer ist.«

»Sagen Sie mir doch bitte zuerst einmal, um wen es geht. In Ihrem Schreiben erwähnen Sie eine Person, die wir beide gekannt haben. Wer ist diese Person? Und was geht sie mich an?«

»Die Frau, über die ich mit Ihnen sprechen will, heißt Juliane Rothmann und war eine ehemalige Kollegin von Ihnen. Sie hat jahrelang etwas Wichtiges für Sie aufbewahrt.«

»…?« Ich schluckte nur.

»Sie arbeiteten gemeinsam in einer Reiseagentur.«

Eine unerquickliche Impression durchdringt mich gerade vom Kopf bis zu den Füßen hinunter, schüttet mir einen bitteren Geschmack in die Mundhöhle wie abgestandener schwarzer Tee, und mein Instinkt wittert Sturm.

»Juliane ist tot. Was gibt es da noch zu reden?«

Mein schnippischer Ton ist vollauf unangemessen.

»Sie ist gestorben. Da haben Sie recht. Ich habe Juliane sehr gemocht. Aber ich möchte am Telefon keine Einzelheiten besprechen. Ich würde mich sehr gern mit Ihnen treffen.«

Olivias Ton bleibt gutmütig, ruhig, gelassen.

Ich zögere noch. Mein Gespür für unangenehme Dinge ist recht gut entwickelt und diese Angelegenheit verspricht, prekär zu werden.

»Wie sind Sie an Herrn Rosenkemper geraten?«

»Das fragen Sie zu Recht. Ich kenne Lutz Rothmann, Julianes Ehemann, sehr gut. Vincent Berghaus, seinerzeit Kompagnon sowie Freund von Herrn Rosenkemper und damaliger Chef von Juliane, hat immer noch einen eher lockeren Kontakt zu Lutz, den er schon zu Zeiten, als Lutz' Frau Juliane noch bei ihm arbeitete, sehr schätzte. Den Kontakt zu seinem Freund Rosenkemper hat er natürlich auch nicht eingestellt, was immer mit dem Rosenkemper damals auch los war, als er auf einmal das Türchen hinter seiner Reiseagentur in Deutschland ein für alle Mal geschlossen hat und nach Frankreich gezogen ist. Kürzlich kamen Lutz Rothmann und Vincent Berghaus auf alte Zeiten zu sprechen, wie das nun manchmal so ist. Dabei erwähnte Herr Berghaus Ihren Namen und dass Sie Hals über Kopf nach einem traumatischen Erlebnis weggezogen seien. Wohin genau wusste er nicht. Aber dass es irgendwo im Umfeld der Lüneburger Heide sein musste, daran wollte er sich erinnern. Er gab mir die Adresse von Ihrem früheren Chef, Herrn Rosenkemper, in Montpellier. Herr Rosenkemper wusste, wo ich Sie erreichen kann. Ich hoffe natürlich, dass er nun von Ihrer Seite aus keine Unannehmlichkeiten bekommt, weil er Ihre Anschrift herausgegeben hat.«

»Das ist schon in Ordnung.«

»Wollen Sie mich nun treffen?«

Mich überzeugt Olivias Art, wie Sie mit mir spricht, die Kraft und Ruhe in ihrer Stimme.

»Na gut«, höre ich mich einlenken.

»Prima. Wann und wo passt es Ihnen am besten? Ich arbeite zurzeit nicht und kann mich völlig nach Ihren Wünschen richten.«

»Schlagen *Sie* einen Termin vor. Ich bin sowieso immer zu Hause. Deswegen ist es mir einerlei, wann Sie kommen möchten. Und … ich will in kein Café. Bitte kommen Sie zu mir. Meine Adresse haben Sie ja.«

»Gern.«

Wir einigen uns auf Samstagnachmittag.

LAUENBURG

»Guten Tag, Frau Mondhi. Mein Name ist Olivia Herzbeck. Ich habe Ihnen den Brief geschrieben. Wir sind verabredet.«

15 Uhr. Wie vereinbart. Wo bleibt denn Jo? Er wollte doch hinzukommen.

»Kommen Sie«, sage ich und dirigiere sie ins Wohnzimmer.

Die Frau ist Mitte 40. Schlank, mittelgroß, bekleidet mit Jeans und einer schwarzen Satinbluse mit gepufften halblangen Ärmeln. Ihr Haar, kastanienbraun und kurz, passt, so wie sie es trägt, hervorragend zu ihrer schmalen Gesichtsform. Die warmen dunklen Augen strahlen Energie und Wärme aus. Ihre riesigen gelben Ohrhänger baumeln synchron zu jeder ihrer Bewegungen. Als ich sie bitte, auf meiner Couch Platz zu nehmen, lächelt sie auf eine stille, irgendwie besänftigende Weise, gerade so, als wolle sie andeuten, dass ich nichts zu befürchten habe.

Es klingelt an der Haustür. Das müsste Jo sein. Gott sei Dank. Aber er hat doch einen Schlüssel. Weswegen klingelt er nur?

Es ist Anna.

»Anna, ich hab' Besuch. Aber bleib' ruhig da. Ich freu' mich.«

»Ich sah gerade eine Frau bei dir eintreten und dachte, ich komm' rüber. Falls du irgendeine Form von Unterstützung brauchst.«

»Danke. Das könnte sein, dass ich Unterstützung brauche ...«, flüstere ich, während ich mein Gesicht nahe an ihres beuge, »... das ist nämlich die Frau, die mir den Brief geschrieben hat. Du erinnerst dich bestimmt daran. Ich hatte dir davon erzählt ... also, von diesem merkwürdigen Schreiben einer Frau, die mir über eine Person, die ich gekannt haben soll, etwas berichten will.«

Anna hebt die Brauen, nickt verschwörerisch.

Wir gehen ins Wohnzimmer. Ich stelle ihr Olivia Herzbeck vor. Die beiden reichen sich die Hand. Anna fragt, ob sie für uns Kaffee oder Tee machen soll. Sie kennt sich in meiner Küche aus. Seit einiger Zeit besitze ich eine Kaffeepadmaschine. Die hat mir Natalia bei einem ihrer seltenen Besuche mitgebracht. Zu deren Ärgernis benutze ich sie kaum. Manchmal hänge ich eben an anachronistischen Utensilien. Meine alte unmoderne Kaffeemaschine macht ebenso guten Kaffee. Aber Anna ist für neue Technologien zu haben. Während ich mich, neugierig, was mich erwartet, zu Olivia setze, höre ich Anna mit der Kaffeepad-Tüte rascheln und dann das ratternde Geräusch des Automaten.

Sie kommt ins Wohnzimmer zurück mit einem vollgefüllten Tablett. Drei Tassen dampfender Kaffee, ein Kännchen Kaffeesahne, Zucker. Nachdem sie den ersten Schluck getrunken hat, beginnt Olivia in leicht verlegener Manier zu sprechen.

»Es gibt etwas, das ich Ihnen gern erzählen möchte. Die Angelegenheit betrifft Ihre frühere Kollegin Juliane Rothmann. Das sagte ich ja bereits schon am Telefon.«

Sie macht eine kurze Sprechpause und schaut mich etwas betreten an, bevor sie fortfährt.

»Sicher möchten Sie erfahren, woher ich Juliane kannte?«

Juliane! Automatisch durchzuckt mich eine leichte Panik, aber ich nicke zaghaft und sage nichts, damit sie weitersprechen kann. Ich bin vollkommen angespannt, will mich aber zwingen, es mir anzuhören, was immer nun auch folgen mag.

Olivia spielt nervös mit ihren Fingern, massiert sich mal Zeige- und Mittelfinger der linken, dann der rechten Hand, bevor sie weiterspricht.

»Juliane wurde nach einem schweren Unfall sehr lange, also bis zu ihrem Tod vor zehn Wochen, von mir gepflegt. Ich werde Ihnen eine Begebenheit erzählen, die Juliane mir, so gut sie es mit ihrer Sprachstörung vermocht hatte, in ihrem letzten Lebensjahr in kleinen Intervallen anvertraut hat. Sie offenbarte mir, sie habe schwere Schuld auf sich geladen und bat mich inständig, Ihnen diese Vorkommnisse erst nach ihrem Ableben zu berichten.«

»Sie haben sie gepflegt?! Was für eine Sprachstörung? Wovon sprechen Sie? Juliane ist vor mehr als einem Vierteljahrhundert gestorben!«

Anna rückt nah an mich heran und streichelt sachte meinen Arm.

Erwartungsvoll schaue ich ihr ins Gesicht, öffne meinen Mund. Ich bekomme gerade schlecht Luft.

»Anna, könntest du schauen, ob du Jo im Garten siehst. Er wollte beim Gespräch dabei sein.«

»Jo ist tot«, sagt sie leise. »Das weißt du doch, Linda. Das weißt du doch.« Sie sieht mich an und schweift mit ihren Augen zu Olivia. Ich sehe, dass sie weint. Vielleicht bilde ich es mir auch nur ein. Sie streichelt meinen Arm nun *fester.* Was redet sie da?

»Damals, ein paar Wochen, nachdem Juliane so heftig gestürzt war, hatte man ihn tot aufgefunden, Linda. Du warst seit längerem in der psychiatrischen Klinik, als Isa und ich es dir zusammen mit deinem zuständigen Stationsarzt sagen mussten. Wieder und wieder hast du behauptet, der Tote könne nicht Jo sein, du spürtest es und die Pathologie müsse sich irren. Niemand konnte dich davon überzeugen, dass die Ergebnisse der Pathologie eindeutig waren. Du hast es nicht geglaubt. Hast dich geweigert, Jo loszulassen.«

Sie grabscht weiter an meinem Oberarm, krallt mir ihre Fingernägel ins Fleisch, vermutlich ohne es zu merken.

»Es hatte keinen Sinn, mit dir darüber zu diskutieren. Zu keiner Zeit. Du hast Jos Tod nie akzeptiert, ihn später verdrängt, für dich war er einfach nicht tot.«

Ich erlebe den Schmerz an meinem Arm, hervorgerufen durch Annas Einschnürung, wie etwas Lästiges aus weiter Ferne, denn der andere Schmerz, der wirklich martervolle, unerträgliche, der aus meinem Inneren empor strömende, frisst sich in meine Kehle und droht, mich zu erwürgen.

Mir ist schwindelig, ich sehe plötzlich nur verschwommen, halte es für notwendig, hier etwas richtigzustellen.

»Jo ist doch nicht tot! Und Juliane ist bei einem Unfall gestorben. Vor langer Zeit schon.«

Das stimmt doch? War doch korrekt?

»Sie irren sich«, sagt Olivia ganz ruhig. »Bitte hören Sie mir zu.«

»…?«

Brachten meine Sinne etwas durcheinander?

»Juliane ist vor zehn Wochen gestorben«, höre ich Olivias Stimme. »Ich habe sie gepflegt. Sie hatte vor sehr langer Zeit einen Fahrradunfall. Das ist richtig. Sie ist damals verunglückt, weil sie Schlafmittel genommen hatte, um Suizid zu begehen. Die Ärzte haben ihr zwar ein Gegenmittel gegen die vielen Pillen, die sie geschluckt hatte, verabreichen können. Doch sie hatte durch den Unfall eine Kopfverletzung erlitten, die ihrem normalen Leben ein Ende gesetzt hatte. Einen normalen Alltag hatte es für sie und ihren Mann Lutz seither nie mehr gegeben. Und Jo-Niklas ist tot.«

»Das sind doch Hirngespinste!«

Ich springe auf, renne zur Terrassentür hinaus und rufe nach Jo. Leider ist er auch nicht im Garten, wo er doch heute unbedingt vorbeischauen wollte. Gestern noch hat er es mir versprochen. Gestern? ... Oder war es schon länger her?

Als ich mit wackeligen Knien zurück ins Haus schlurfe, sehe ich Anna und Olivia dicht die Köpfe aneinanderstecken.

Nun erst nehme ich den festen grünen Stoff wahr, der auf Olivias Füßen ruht. Auf einmal dämmert mir, was es sein könnte. Ein Rucksack? Olivia sieht meinen irritierten Blick und hebt das Objekt empor, hält es mir hin. Es *ist* ein Rucksack. In Dunkelgrün. Er macht mir zweifellos Angst. Deswegen schüttele ich mit dem Kopf anstatt das Ding zu greifen. Olivia lässt es wieder auf ihre Füße sinken.

»Juliane hat ihn aufbewahrt. Sie hatte ihn in einer Kiste im Keller, unter alten Tischdecken und Bettbezügen, die nicht mehr im Gebrauch waren, vergraben. Sie bat mich, Ihnen das gute Stück erst zu geben, wenn sie gestorben ist.«

Olivias Worte schwirren um mich herum, wie im Traum, neblig-dunkel, rätselhaft, beunruhigend. Das ist doch eine Groteske, die sich hier abspielt.

Ich setze mich schwerfällig, ohne etwas zu sagen. Anna nimmt mich fest in den Arm, ich weine heftig, und uns umgibt bis auf mein Schluchzen nur Stille.

Es dauert eine Weile, bis ich wieder einigermaßen in der Spur bin. Olivia fragt vorsichtig, ob sie weitererzählen dürfe. Doch ich brauche noch einen Moment, schüttele den Kopf und hebe abwehrend die Hände. Noch bin ich nicht bereit zuzuhören. Ich starre jetzt gebannt diesen Rucksack an.

War ich eben noch nicht dazu imstande gewesen, ihn anzufassen, so taste ich jetzt zögerlich nach ihm. Ergeben befühle ich ihn. Ich erinnere mich. Er hatte zu Jo gehört wie ich damals. Dieser grüne, nun so lange verwaiste Rucksack. Gerade hat er noch verschlafen vor Olivias Füßen gelegen, da beginnt er jetzt, in meinen Händen zu erwachen, rappelt sich hoch, und aus ihm heraus klettern Knospen kleiner Filmabschnitte. Aus ihm wachsen Bäume, Büsche, Steine und werden zu einer Waldlandschaft. Vor meinen Augen sprießt Gras, ein Fluss verbindet die Szenerie mit zwei weiteren Personen, die am Uferrand eng aneinander hocken. In dieser Kulisse begegne ich mir nun selbst, beobachte mein schweres Atmen, belauere angespannt, wie *ich* es bin, die diesen Rucksack aus dem Gras hebt ...

Dann wird auf einmal alles schwarz. Ich fühle zwei Hände, die mich stützen, zwei Hände, die meine Beine hochlagern, und vier Hände, die mich festhalten, während ich weine und schreie und die Realität immer noch nicht wahrhaben will. Noch mit meinen 76 Jahren will ich, kann ich es immer noch nicht fertigbringen, die Wahrheit zu akzeptieren. Die Wahrheit, die mein Herz und mein Geist nicht zulassen können. Nun ist der Zeitpunkt gekommen, nun, wo Olivia plötzlich mit diesem grünen alten Etwas auftaucht, dass ich den Tatsachen ins Auge sehen muss, dass mein Bewusstsein nicht mehr widerlegen kann, was ich damals getan habe. Das Ereignis am Fluss wird plötzlich für mich transparent. Klar und hell wie eine frisch geputzte Fensterscheibe. Der Tag der Abrechnung ist scheinbar gekommen.

Als ich halbwegs wieder zur Besinnung komme, liege ich mit geschlossenen Augen auf der Couch, und Anna hält meine rechte Hand, Olivia meine linke. Irgendwann vernehme ich Olivias Stimme. Ob sie ein anderes Mal wiederkommen solle, oder ob ich jetzt bereit wäre für Julianes Lebensbeichte.

Ich drücke ihre Hand zum Zeichen, dass sie erzählen soll. Ohne meine Augen zu öffnen, lausche ich ihren Worten.

LAUENBURG

Befreiung

Es sind einige Wochen vergangen seit Olivias Besuch. Niemals hätte ich es für möglich gehalten, dass ich Juliane, dieses bedauernswerte Juwel, von einer Seite kennenlernen sollte, die niemand bei dieser vermeintlichen Grazie vermutet hätte. Mein eigenes Drehbuch wurde berichtigt und meine Seele neu erschaffen. Ich fühle mich heute erlöst, in einer unbeschreiblichen Weise leicht, entlastet. Und nun fällt es mir nicht mehr schwer, es zu schreiben, dieses Ende meiner Niederschrift, welches ja immer noch fehlt in meinen Aufzeichnungen. Bisher erinnerte ich mich lediglich an den großen Streit mit Jo, dass ich einen Ausflug an die Maade gemacht habe …

Und nun kann ich ihn greifen und schreiben – den exakten Schluss. Als alte Frau werde ich endlich meinen in den Tiefen einer Schublade versteckten unvollendeten Text über eine ruinierte Episode meines Lebens dem Ende zuführen, ohne dass meine Phantasie mir Streiche spielt.

DAS MANUSKRIPT

20

Enthüllung

Juliane steckte sich zwei Finger in den Hals und erbrach die sieben dick belegten Scheiben Toastbrot und die drei Becher Schokopudding, genau das, was sie soeben verdrückt hatte. Das ging schon seit vier Jahren so. Es war befreiend. Schlimm war es nur, wenn sie auf irgendwelchen Feiern oder sonstigen Zusammenkünften zum Essen gezwungen war und kaum eine Möglichkeit hatte, die Figur-Zerstörer dem Klo zu überlassen. Aber bisher hatte sie immer einen Weg gefunden. Zum Glück waren die gängigsten Abführmittel rezeptfrei. Systematisch oder nach einem Essen im Lokal angewandt, trugen auch sie dazu bei, nicht zu fett zu geraten.

Früher hatte auch immer das hochdosierte Schilddrüsenpräparat gereicht, welches ordentlich ihren Stoffwechsel angekurbelt hatte und das sie sich lange Zeit von Lutz hatte verschreiben lassen. Doch mittlerweile war der entschieden dagegen, dass sie es nahm. Er hatte die neuesten Studien darüber gelesen.

»Figur hin oder her … Julie, ich bin Internist und kein schlechter. Das ist Medikamentenmissbrauch, was du da machst. Es ist auf Dauer nicht zumutbar für deinen Körper. Deine Schilddrüse funktioniert, du brauchst keine Pillen dafür.«

Sie hatte ihn wütend angeschrien, immer wieder versucht, ihn zu überzeugen, wie wichtig das Medikament sei, um ihre schlanke Taille beizubehalten. Lutz meinte nur, er finde es überhaupt nicht unangenehm, wenn er an ihr ein bisschen mehr zu fassen hätte, und dann hatte er sie nebenbei noch verhöhnt. »Du siehst aus wie Schneewittchen. Kein Arsch und kein Tittchen.« Dauernd kam er mit irgendwo aufgeschnappten dämlichen Sprüchen daher. Mit ihm war nicht mehr zu diskutieren.

Somit übergab sie sich eben. Und futterte, wenn der Heißhunger sie überkam und niemand zusah. Zufrieden drückte sie die Klospülung und wischte den Toilettenrand sauber. Kotzen war das Einzige, was ihr im Leben noch Genugtuung, wenn nicht sogar Freude verschaffte. Denn Freude war ansonsten für sie ein Gefühl, das sie kaum empfand, es sei denn, die Menschen, mit denen sie zu tun hatte, erkannten ihre hervorragenden Leistungen im Job, ihr Engagement im Büro, ihre Schönheit, ihre Offenheit. Schrecklich war es für sie, wenn sich über einen längeren Zeitraum niemand zu ihren positiven Eigenschaften äußerte und ihr unermüdlicher Einsatz, die vielen Überstunden und ihre großartige Kompetenz ignoriert wurden. Juliane war überzeugt, dass ihr Sachverständnis das ihrer Kolleginnen bei weitem übertraf. Und auch sonst war sie doch die fähigste, weil am rationalsten denkende, Mitarbeiterin am Arbeitsplatz. Ihre Kolleginnen und die beiden Chefs hatten sie anfangs dafür bewundert und gelobt, jedoch seit langem schon schien die Wertschätzung ausverkauft zu sein und das tat weh. Sie war doch das Aushängeschild der Agentur. Sie war die einzige, die stets konsequent auf ihr Äußeres achtete, niemals erschien sie ungeschminkt oder nachlässig gekleidet auf der Arbeit. Nicht wie Linda, die nur hin und wieder Make-up benutzte und eher selten gut gestylt war, die ihre stumpfen Haare meistens nur nachlässig verknotet trug. Oder wie Isa, die mit ihren blau gefärbten Strähnchen in ihrem Herrenhaarschnitt auf cool machte und obendrein noch viel zu enge Shirts trug, die ihr Speckbäuchlein in eine makabre Inszenierung setzten. Hannes schob sich vor ihr Auge. Der schlaksige Hannes mit seiner übergroßen Brille und seiner Introvertiertheit. Er war nur ein bescheidener Kollege, der selten den Mund aufmachte. Rieke war witzig, aber bestimmt nicht der hellste Stern am Himmelszelt. Maxi und Kurti zählten auch nicht gerade zu den attraktivsten Menschen. Von den beiden Chefs ganz zu schweigen. Der eine halbwegs normal gebaut mit ungeordnetem, viel zu langem Haar, der andere untersetzt. Erschienen sie im Büro, falls sie überhaupt erschienen, dann lediglich in Jeans, verwaschenen und ausgeleierten Shirts oder im Holzfällerhemd. Das waren doch keine Geschäftsmänner. Willkommen waren Juliane jedoch deren Komplimente, die sie für ihren Einsatz und für ihr großartiges Aussehen von ihnen erhielt. Aber auch die hatten von Tag zu Tag nachgelassen. Mittlerweile war wohl alles selbstverständlich. Der exorbitante Lichtblick im Arbeitsalltag war eindeutig Jo. Er war klug und attraktiv wie sie, von ihm erntete sie Applaus, ja, er hofierte sie sogar manchmal ein bisschen. Das gefiel ihr und sie suhlte sich in seinen netten Worten. Dem ungeachtet war er wohl ein wenig jung. Aber was machte das schon aus? Irreführend erschien ihr, dass sie manchmal das Gefühl hatte, Jo fühle sich enorm zu Linda hingezogen. Aber das war nur ein abenteuerlicher Gedanke. Linda war zwar nett und nicht ganz blöd, aber eher schlicht in ihrem Äußeren, hinsichtlich ihres Verhaltens oft zu überlegt und viel zu verkrampft. Jos besondere Aufmerksamkeit hatte sie keinesfalls verdient. Das wäre unbegreiflich. Er war zu auserlesen für eine, die zu viel nachdachte und selten locker war. Wahrscheinlich hatte sie ihn so im Griff, weil sie ihn als Aushilfe für sich eingestellt hatte und er nun so hoch springen musste, wie es ihr beliebte. Normalerweise machte Linda keine Verträge, die über eine Saison hinausgingen. Konnte es sein, dass Linda unter ihrer distanzierten Fassade mehr Gefühle als erlaubt für ihn hatte? Juliane sah Jo in Gedanken vor sich. Seine ausgeprägte, doch ziemlich ästhetische Nase und seine Augen, deren Farbe allein schon eine Rarität war und mit denen er neugierig und durchdringend die Welt betrachtete. Die Augen von Lutz hingegen wirkten oft kalt oder übermüdet. Aber Lutz war ihr inzwischen gleichgültig, denn er begehrte sie nicht mehr so wie am Anfang ihrer Liebe, war immer sparsamer geworden mit seiner Begeisterung für sie. Sah er nicht, dass sie stets alles getan hatte, um für ihn die Superfrau zu sein? Er konnte mit ihr angeben, sie war schlank, schön, geistreich. Aber der seitens ihres Mannes erwartete Beifall hatte sich im Laufe ihrer Ehe allmählich fortgeschlichen. Die Flammen brannten nicht mehr so hoch wie einst.

Sie putzte sich die Zähne, spülte ausgiebig mit Mundwasser nach und ließ sich kaltes Wasser über das Gesicht laufen. Dann sprühte sie etwas Geruchsneutralisator ins Bad, obwohl das momentan nicht unbedingt vonnöten war, denn Lutz hatte noch eine OP für heute Abend geplant und würde erst spät nach Hause kommen. Juliane begab sich in ihr luxuriöses Schlafzimmer, öffnete den begehbaren Kleiderschrank, tauschte ihre schwarze Designerjeans und die graue Seidenbluse gegen eine bequeme Schlupfhose und ein weißes Marken-T-Shirt. Dann hockte sie sich aufs Bett.

»Ich weiß gar nicht, wer oder was ich tatsächlich bin«, flüsterte sie, als würde ihr jemand zuhören. »Ich sehe gut aus, habe einen erfolgreichen Mann, und doch bin ich ständig traurig und in mir ist ein Vakuum, das sich seit Jahren nicht füllen will. Ich weiß nicht mal, für wen ich überhaupt noch etwas wert bin. Vielleicht für Jo, aber das ist nur Spekulation.« Sie legte sich auf die Seite und kuschelte mit einem ihrer Kopfkissen.

Betrübt sann sie über das Älterwerden nach, über das Verwelken. Glücklicherweise gab es seit einiger Zeit Botulinustoxin, welches zwar noch nicht als Anwendung gegen Falten ordentlich zugelassen war, es wurde von einigen Hautärzten für diesen Zweck jedoch schon verordnet. Für sie kam gar nicht erst die Frage nach möglichen Nebenwirkungen auf. Natürlich war sie sofort Feuer und Flamme und hatte sich unmittelbar regelmäßig einer Behandlung unterzogen. Es war ihr wichtig, immer zum Anbeißen auszusehen, da kam es nicht auf den Preis oder selten auftretende Nebenwirkungen an.

Viele Frauen, die sie kannte, hatten Kinder. Sie nicht. Das bedauerte sie heute. Es war nicht so, dass die Natur ihr nicht wohlgesinnt war und sie keine hätte bekommen können, nein, sie hatte nie mit einer entsprechend großen Verantwortung belastet werden, sich nicht in erschöpfender Weise um andere kümmern wollen. Zudem waren zeitlebens schwerwiegende Bedenken hinzugekommen, mit einer Schwangerschaft ihre Figur für immer zu verderben, ihre glatte Bauchhaut zugrundezurichten. Schwangerschaftsstreifen waren wohl das Ekligste, was man dem weiblichen Bauch zumuten konnte. Wie entstellt waren die meisten Frauen für gewöhnlich nach einer Geburt. Jan, ihr zweiter Ehemann konnte sich eine Ehe ohne Kinder nicht vorstellen. Sie aber war vehement gegen diese kleinen Nervtöter gewesen. So hatte Jan irgendwann begonnen, anderswo zu streunen und lebte heute in einer großen Familie. Lutz waren Kinder nicht so wichtig. Ihr war Lutz nicht mehr wichtig. Für Lutz war sie nicht mehr wichtig. Gar nichts mehr war noch von Bedeutung. Schon lange nicht mehr.

Erst jetzt bemerkte sie, wie feucht ihr Kissen vom Heulen war. Angewidert schleuderte sie es gegen die Wand. Herumheulen war das Letzte. Sie sprang auf und öffnete

387

die unterste Schublade der Kommode. Dort, in einer Kassette, war alles versteckt, was sie brauchte und was sie aus dem Krankenhaus-Arzneischrank hatte mitgehen lassen, nachdem sie diesen mit dem heimlich entwendeten Schlüssel ihres Mannes entriegelt hatte. Sie war vorbereitet. Seit zwei Wochen schon. Die Frage war nur, wann sie es tun würde. Und heute schien ihr der richtige Zeitpunkt.

Es war Anfang Dezember, der Tag vor Nikolaus, Freitagmittag, gleich halb zwei. Und Wochenende. Und vollständiges Ende.

Nervös riss sie die Kassette auf und wühlte eine Spritze hervor, die sie vor kurzem bereits mit einer Flüssigkeit gefüllt hatte. Ebenso entnahm sie zwei Schachteln mit weißen ovalen Kapseln, die den Wirkstoff Midazolam beinhalteten. Ebenso fügte sie eine volle Schachtel mit Schlafpillen hinzu. Eine Sporttasche wurde aus dem Schrank gezerrt und die Spritze sowie die Kapseln hineingeworfen. In fiebrigem Eifer hastete Juliane nun in die Küche, schnappte sich eine Flasche Wasser und zwei Flaschen Champagner aus dem Kühlschrank und fügte sie dem Tascheninhalt hinzu. Ihr Gesicht brannte vor Erregung. Sie schnappte eine ihrer leichten Übergangsjacken vom Garderobenhaken, alles geschah wie im Rausch, aber für einen Abschiedsbrief war sie zu nervös. Mit zitternden Händen riss sie einen Zettel vom Notizblock in der Küche, schrieb nur »Lebewohl« darauf und platzierte diesen unter einem leeren Wasserglas auf dem Küchentisch. Mochte Lutz doch denken, was er wollte.

Mit dem Auto brauchte sie knapp zehn Minuten. Sie parkte in der Nähe der Maade irgendwo zwischen den Bäumen und schlich mit ihrer Tasche zwischen Ästen und Büschen umher, bis sie auf einen kleinen Waldweg kam, den sie nur zu überqueren brauchte, um das weite Flussufer zu erreichen. Sie lief zwischen jeder Menge Sträuchern ein kleines Stück das sich absenkende Ufer hinunter, welches weiter unten teilweise von dicken Felsbrocken gesäumt war. Wenige Meter rechts und links neben ihr schirmten einzelne hohe Baumgruppen den Fluss von seinem Panorama ab. Zwischen zwei einzelnstehenden Sandbirken stellte sie ihre Tasche ins Gras und hockte sich selbst hinein. Der Dezember war mit für diese Jahreszeit relativ warmen Temperaturen gestartet, so fror sie wenigstens nicht. Schon häufig hatte sie hier gesessen, wenn sie richtig niedergeschlagen war. Dieser Ort barg Ruhe in sich. Gewöhnlich kam kaum ein Spaziergänger an dieser Stelle vorbei. Man konnte gut auf den Fluss schauen, aber das Gras war mit Disteln und allerlei Unkräutern durchflochten, die wenigen schmalen Pfade waren wegen der Unebenheiten und Wurzelstücke schlecht zu nutzen und ringsum ragten verwilderte Büsche aus dem Boden.

Eine Tablette entfaltete ihre vollständige Wirkung nach maximal einer halben Stunde. Sie wollte mit einer halben beginnen und sich einen Schluck Champagner dazu gönnen. Somit war es noch möglich, sich in aller Ruhe ein bisschen auszumalen, wie Lutz und ihre Kollegen um sie trauerten, weil sie plötzlich begriffen, wen sie verloren hatten. Und dann konnte Juliane noch ein paar von den Dingern nachschmeißen, eine komplette Schachtel sollte reichen. Hinterher die Spritze mit Kaliumchlorid. Da würde nichts mehr wehtun. Das würde alles ganz schnell gehen und niemand mehr helfen können.

Sie erhob sich, kramte den Champagner und eine der Tablettenschachteln aus der Tasche. Euphorisch köpfte sie die Flasche, sah sich um. Ganz allein war sie hier. Behutsam drückte sie eine Filmtablette aus der Packung, nutzte die Kerbe in der Tablette, um sie zu teilen und spülte die Hälfte der Pille dann mit einem ordentlichen Schluck aus der Flasche hinunter. Sie setzte sich wieder, zog die Knie ans Kinn und umschlang mit beiden Armen ihre Waden.

Der Klang einer vertrauten Stimme sprengte ihre Gedanken und ließ sie zusammenfahren.

»Hey Juliane, was machst du denn hier so allein?«

Jo hatte sein Fahrrad gestoppt, schob es nun flugs zwischen einen Findling und eine riesige Sandbirke, die den weiten Uferbereich verschönerte, und lehnte es an den Baumstamm. Er war einer der wenigen Männer, die ein Damenrad besaßen. Er nahm seinen Rucksack ab und bettete diesen ins Gras.

»Ich war für einen Moment überhaupt nicht sicher, ob du's wirklich bist. Aber ja! Hab' dich also sogar von hinten erkannt.«

Sie registrierte sein Schmunzeln. Das hatte ihr gerade noch gefehlt. Das war doch wohl nicht wahr! Ausgerechnet Jo tauchte wie aus dem Nichts im allerungünstigsten Moment ihres Lebens auf. Fassungslos schenkte sie ihm ein gekünsteltes Lächeln. *So ein Mist.* Das war eine absolut unvorhersehbare missliche Lage, der sie gerade ausgeliefert war. Sie hatte erwartet, höchstens zwei oder drei Hunde mit ihren Besitzern spazieren gehen zu sehen. Ihr Atem ging plötzlich flach, ohne dass sie es beeinflussen konnte und ein verzweifelter Erklärungsversuch sickerte verhalten aus ihrem Mund.

»Nichts. Nur ein bisschen entspannen. Und du?«

»Ich komme grad aus der Bibliothek. Hab' mir einen Haufen Bücher ausgeliehen. Für meine Biostudien.«

Er deutete auf seinen Rucksack. Dann wandte er den Kopf und bemerkte die geöffnete Champagnerflasche.

»Hey, du sitzt hier und trinkst alleine Champagner? Was ist los? Irgendwelche Sorgen, von denen ich nichts weiß, oder feierst du heimlich irgendwas?«

Ihr verzagter Gesichtsausdruck entging ihm nicht. Jo entging nie, wenn jemand bekümmert war. Besorgt legte er den Arm um Juliane.

Ja. Ja. Linda hatte sich nie nehmen lassen, andauernd alle zu informieren, über welch außergewöhnlich feine Antennen Jo verfügte.

Juliane hatte Mühe, die angefangene Tablettenschachtel unter ihren Oberschenkel zu schieben, so dass er diese nicht auch noch entdeckte. Jetzt lehnte sie sich an ihn, legte ihren Kopf auf seine Schulter, und er ließ es zu. Wie behaglich sich das anfühlte, wenn ihr das Gefühl auch nicht den Gefallen am Sterben nehmen konnte.

»Na, willst du reden? Oder darf ich erst auch einen Schluck von dem guten Zeug da in der Pulle?«

Er grinste, nahm die Flasche und wartete auf ihre Zustimmung.

»Klar. Trink!«

Es klang freundlich, aber unecht.

»Erst du.«

Er reichte ihr den Champagner. Gehorsam nahm sie einen Schluck. Dann war er dran, trank und stellte die Flasche behutsam ab.

»Erzähl'.«

»Du zuerst. Wo willst du hin? Nach Hause zum Bücherwälzen?«

Sie wollte einen lockeren Anschein erwecken, aber Jo vernahm einen trügerischen Tonfall in ihrer Stimme. Er spürte eine Gefahr für Juliane und drückte sie wieder an sich, so als böte er ihr ein Schutzschild.

»Auch. Aber zuerst wollte ich noch in die Vogelstätte. Da nehme ich gern diesen Weg hier am Fluss vorbei, obwohl der zum Radfahren wegen der Steinchen und allerlei Unebenheiten eher weniger gut geeignet ist. Erst recht mit meinem alten Klappergestell. Du weißt ja, dass ich neben dem Studium noch ein paar Stunden in der Woche für die Vogelwarte hier in der Nähe arbeite. Gleich muss ich dort noch ein paar Daten zusammenstellen, nur ein paar Bestandserfassungen von Brut- und Zugvögeln aktualisieren. Bin aber nur kurz dort, weil ich anschließend noch Bücher wälzen muss. Da hast du wohl recht.«

Er tankte nochmals etwas Champagner. »Es macht mir Spaß, bei euch zu arbeiten. Und Linda will, dass ich das weitermache, also die Arbeit mit ihr im Büro und der Job im Sommer in Frankreich. Ich weiß aber noch nicht genau, wie ich Linda beibringen soll, dass ich im nächsten Sommer nicht für sie als Surflehrer zur Verfügung stehe, sondern mich für ein halbes Jahr in die Helgoländer Bucht zurückziehen muss. Ich werde auf Scharhörn arbeiten.«

Wieder zeigte sich ein Grinsen auf seinem Gesicht. »Ich werde dort noch ein zweites Praktikum als Vogelwart machen. Das ist echt ein einsamer Job und ich bin gespannt, ob ich das aushalte, so ganz allein die Sommermonate über auf dieser kleinen unbewohnten Insel. Meine einzige Beschäftigung wird das Zählen der Vögel sein, die bei Hochwasser die Insel besuchen. Mein dortiges Hauptwerkzeug nennt man Fernrohr.«

Er schmunzelte, sah Juliane an, so als erwarte er eine Reaktion auf seinen Bericht. Als sie nichts entgegnete, fuhr er fort.

»Ich hoffe, ich kann das durchstehen in Scharhörn, auf jeden Fall werde ich Linda gehörig vermissen, werde sie kaum sehen in der Zeit, außer, wenn sie Besuchserlaubnis bekommt. Das ist das Schlimmste. Für mein Studium ist der Job womöglich ideal und bereichernd. Nur Linda ...« Er biss sich leicht auf die Lippen. »... Linda wird mir so sehr fehlen. Ich möchte sie nicht verlieren deswegen.«

Die halbe Tablettendosis, die sie ohne Störung soeben hat nehmen können, beeinflusste noch nicht Julianes Bewusstsein. Der Schock über das gerade Gehörte bahnte sich daher noch Wege in alle Richtungen ihres Körpers.

Es war nicht eindeutig, was furchtbarer für Juliane war. Der Schauder, der ihr bei Jos letzten Sätzen über den Rücken lief oder die Erkenntnis, dass eine Frau, die wesentlich unattraktiver war als sie selbst, von einem Burschen von Jos Kaliber *geliebt* wurde. Plötzliche heftigste Eifersucht drohte geradewegs, ihren Verstand zu verätzen.

Sie rückte von ihm ab. Sah ihm bissig in die Augen.

»Du bist mit *Linda* zusammen?« Ihr Ton gab ihr Entsetzen preis, was Jo nicht überhörte.

»Es stört dich?«

»Nein.« Juliane drehte ihr Gesicht von Jo weg. »Ich wusste nur nichts davon!«

Sein Blick bekam auf einmal etwas Ängstliches und er klopfte sich symbolisch mit der flachen Hand auf den Mund, schüttelte sich, als wolle er das Gesagte wieder von sich weisen.

»Ist mir rausgerutscht. Wir haben das bisher geheim gehalten. Linda wollte das unbedingt.«

Er senkte leicht den Kopf. Pause. Hob ihn wieder und schaute Juliane bittend an.

»Sie wird sauer sein, wenn du ihr sagst, dass ich dir das erzählt habe. Mensch, manchmal kann ich meine Klappe einfach nicht halten.«

»Schon gut. Mach dir keine Gedanken darum.«

Jo nickte wie erlöst. Zog Juliane wieder ein wenig an sich heran. Sie sträubte sich nicht. Es lag ihr auf der Zunge, aber nein, sie konnte ihm unmöglich sagen, dass sie neidisch auf Linda war. Richtig neidisch! Obwohl doch alles egal sein sollte, wenn man sein Leben wegschmeißen will. Aber *das jetzt* war nicht egal. Er legte jetzt fest den Arm um sie, sehr fest.

»Sag schon, was ist los. Dir geht's nicht besonders, Juliane. Das merke ich doch.«

Einer Antwort bedurfte es nicht. Im selben Augenblick sandte das Schicksal *mich* vorbei.

DAS MANUSKRIPT

FINALE – endlich

»Am späten Nachmittag versuchte ich durch einen Spaziergang am Fluss wieder einen klaren Kopf zu bekommen. Wegen unserem Streit am Abend zuvor begann sich nun Besorgnis in mir breit zu machen, Jo durch mein mangelndes Vertrauen und meine Eifersucht zu verlieren. In meinem Kopf reihte sich unter dem Geäst von Zweifeln und Ängsten eine dunkle Vorstellung an der nächsten. Ich sah Sonja vor mir. Sonja mit all ihrem Argwohn und den unangebrachten Verdächtigungen und verstand nicht, wie schwer sie sich ihr Leben machte, indem sie der ganzen Welt nicht über den Weg traute. So wollte ich nicht sein und nicht werden. Ich dachte an das kurze Gespräch mit Juliane hinsichtlich Lutz' und Vincents fehlender Aufmerksamkeiten und sann daraufhin über Juliane nach, deren Selbstsicherheit dem Anschein nach bloß eine Attrappe darstellte, mit der sie die Achtung vor sich selbst nur aufrechtzuerhalten vermochte, indem sie Bewunderung und Beifall einheimste. Immerhin hatte ich des Öfteren erlebt, wie sie zumindest Komplimente von Jo zufrieden dankend entgegennahm. Komplimente ohne Hintergedanken. Wie konnte ich Jo nur vorwerfen, er wolle anderen Frauen mit seinem Wohlwollen den Hof machen? Es erschien mir mit einem Mal ebenso abschätzig, aus Scham aus unserer Liebe ein Geheimnis machen zu wollen, nur aus Angst vor der ablehnenden Reaktion der Menschen, die mir wichtig waren. Das eigentlich

Beschämende an der Sache aber war, dass ich ein großartiges Präsent, das das Leben mir mit Jo überreichte, dadurch entwertete.

Die schwach einsetzende Dämmerung sorgte mit einem Mal für eine geheimnisvolle, beunruhigende Illustration des Flusses mit seinem ungebändigten einsamen Ufer. Mir war, als wäre ich ganz allein in diesem wilden Stück Natur ...«

Während ich mich durch ein paar Büsche hindurch weiter zum Ufer vorkämpfte, nahm ich mir vor, so bald wie möglich voll und ganz zu meiner Beziehung zu Jo zu stehen, nämlich diese nicht mehr zu verheimlichen.

Ich strich mir energisch die Haare aus der Stirn und stapfte voran auf die Böschung zu.

Und dann sah ich sie ...

Engumschlungen, wie verschweißt, saßen beide im Ufergras. Kein Blatt Papier hätte sich zwischen die beiden drängen können.

Jo ... und ... Juliane.

Zähmen ist Vertrauen verdichten, es mit Wachs überziehen. Das hatte Jo einmal gesagt.

Verdichteten sie gerade ihr Vertrauen?

War es nur eine Sinnestäuschung. Spielte die Angst, Jo zu verlieren, mir einen Streich?

Mein Herz raste. Meine Beine gehörten nicht mehr mir. Ich glaubte zu fallen. Einen Moment blieb ich einfach nur stehen und nahm das schräge Bild in mir auf, das sich mir bot.

Schwerfällig, automatisiert wie ein Roboter, bewegte ich mich langsam die Böschung hinab auf die beiden zu.

»Jo …«

Beide drehten sich zu mir um.

»Linda??«

Wie aus einem Mund.

»Störe ich gerade eure innige Zusammenkunft?«

Mein Atem verlor sich, meine Worte zischten abgehackt und hämisch durch die Stille.

»Blödsinn, Linda. Es wird bald dunkel, was machst du hier?«

»Was *ich* hier mache, ist doch wohl einerlei!«

Ich erinnere mich, wie spöttisch Juliane mich ansah. Wie erhaben, über den Dingen stehend. Wie gewohnt. Ich registrierte ein mahnendes Gebaren in ihrem völlig erschöpft wirkenden Antlitz.

Jo stand auf. Schritt bedächtig auf mich zu.

»Honey, Liebes, es ist nicht immer das, was es zu sein scheint. Juliane geht es nicht gut. Auf meinem Weg zur Vogelwarte habe ich sie zufällig hier sitzen sehen, und ich wollte …«

»Du bist hinterhältig!«

Ich war nicht mehr Herr meiner Sinne, begriff nur meine eigene Verletzlichkeit und zog verächtlich die Luft durch die Nase.

„Für wie blöd hältst du mich? Für wie blöd?«

»Linda. Beruhige dich. Hör mir zu. Bitte. Hör mir zu.«

»Wir hatten uns geschworen, immer ehrlich zueinander zu sein. Erst unser Streit gestern und jetzt das.«

Augenblicklich begann ich zu heulen.

»Auch, wenn es nicht mehr geht mit uns, wenn einer sich in jemand anderen verliebt ...«

»Das ist genau unsere Abmachung, Liebes – Ehrlichkeit ...

»...«

Er wollte mich in den Arm nehmen.

»Bleib stehen!«, schrie ich ihm verstört entgegen und hob meine Hände wie bei einem Angriff.

Resigniert sah er mich an. An seinen Augen glaubte ich zu erkennen, wie er abwog, was er nun weiter sagen sollte, ob er am besten die Wahrheit offenlegen oder mit einer Lüge für Entspannung sorgen sollte. Die zweite Alternative würde es sein, da war ich mir sicher. Er war nur ein Mann und daher vermutlich feige inmitten einer fatalen Zwangslage. Ich schnaubte ungeduldig. Wie lange brauchte er noch für eine Notlüge, die die Situation beschönigen würde?

Überraschend merkte ich, wie ich etwas Grünes fixierte, es ohne zu Denken auffischte und dieses Ding sich in meiner Hand verkrallte, wie die Eifersucht in mir brannte und drohte, meine Vernunft zu besiegen. Wie ein Notschrei rammte ich Jo den mit Büchern voll beladenen Rucksack mit so viel Schwung gegen seinen Hals, dass er zur Seite kippte und einfach liegenblieb, als wäre er tot.

Wie vorhin, als ich die beiden am Ufer sitzen sah, stand ich einfach steif auf der Stelle, erst einmal gänzlich unfähig, mich zu rühren.

Juliane hingegen sprang auf. Sagte kein Wort. Hastete zu Jo. Riss den Reißverschluss seiner Sweatjacke auf. Öffnete mit zwei Fingern leicht seinen Mund und legte ihr Ohr darüber, kontrollierte mit flacher Hand Brustkorb und Bauch, suchte nach Atembewegungen. Er lebte. Und sie wusste es genau, war sich völlig sicher – Jo musste in die stabile Seitenlage gebracht werden ... Sie unterließ es. Brüllte stattdessen mich an.

»Was in aller Welt hast du getan?«

Die Frage war berechtigt. In mir war nur Stille. Starre. Was um Himmels Willen hatte ich gemacht? Das konnte doch nicht sein, dass nun Jo durch meinen Wutausbruch regungslos am Boden lag. Ich hatte noch nie zuvor Gewalt gegen jemanden angewandt!

»Steh' nicht so dumm herum. Hol' Hilfe! Lauf zur Straße. Halte ein Auto an! Tu irgendwas!«

Ich vernahm Julianes Befehle wie aus weiter Ferne. Dann, gänzlich unerwartet, setzten sich meine Beine in Gang. Ich rannte, stolperte, rannte, suchte kurz Halt an einer Birke, rannte wieder los, lief weiter zur Landstraße – und weiß nur noch, wie ich irgendein weißes Auto, eine Limousine oder so, anhielt, in der zwei Männer saßen, deren Aussehen oder Alter meinem Bewusstsein entflohen sind. Sie fingen mich auf, stützten mich, hörten mein Stammeln. Der Wagen besaß ein Autotelefon.

Für Juliane kam die Eröffnung, dass Jo sein Herz ausgerechnet an mich verloren hatte, einer persönlichen Demütigung gleich. Vom eigenen Vater, den man durchaus als einen emotionalen Holzklotz bezeichnen konnte, nahezu unbeachtet, hatte sie schon als Kind um seine Gunst und seine Liebe kämpfen müssen. Natürlich beobachtet auch ein kleines Mädchen sehr genau und es nimmt vieles wahr. So hatte Juliane früh erkannt, dass ihr Vater sich bei verschwenderisch aufgemachten Grazien herzlicher, entgegenkommender, hilfsbereiter zeigte, als bei unscheinbaren Frauen. Ihr Vater, der als Manager eines Automobilunternehmens seine eigenen Auftritte außergewöhnlich erfolgreich in Szene setzen konnte, schien den Perfektionismus gefressen zu haben. Hemmungslos hatte er ihre Mutter getadelt, wenn diese ungeschminkt umherlief, sie ist von ihm zur Rechenschaft gezogen worden, wenn er mitbekommen hatte, dass sie ein Stück Kuchen zu viel gegessen hatte, wenn ihre Haare nicht perfekt frisiert waren. Daher war es auch für Juliane früh selbstverständlich gewesen, ihrem Vater eine attraktive Tochter zu sein, mit der er sich sehen lassen konnte, die er lieben konnte. Dafür war ihr keine Mühe zu groß gewesen. Sein Tod hatte nichts an ihrer einmal erworbenen Einstellung geändert. Maske und Auffrischung sowie deren Instandsetzung und Darbietung waren zu Julianes Lebensinhalt, zu ihrer Existenzberechtigung geworden. In sechsundvierzig Lebensjahren so viel

Aufwand, so viele Entbehrungen, so viel Geld für so viel gehobene Attraktivität. Und doch war sie niemals ganz mit sich zufrieden. Sie war jemand und auch wieder nicht. Es fehlte ihr eine Individualität. Sie fühlte sich wertlos. Wäre Jo doch nicht hier aufgetaucht. Jetzt erst recht presste sich der Eindruck von Minderwertigkeit in jede ihrer Körperzellen. Sie vermochte es nicht auszuhalten, musste agieren.

Jo hatte ihr stets gezeigt, dass er sie gern mochte. Hatte fortwährend mit ihr geflirtet, ihr Schmeicheleien zugeschmissen. Klar hatte sie auch erlebt, dass Jo auch an mich immer Höflichkeiten verteilt hatte. Aber Juliane hatte gehofft, das habe nichts zu bedeuten. Was hatte ich denn schon, was Juliane nicht bieten konnte?

Ungeachtet dessen, dass sie heute sterben würde, erschien ihr eine derartige Erniedrigung – und wie eine Erniedrigung fühlte es sich für Juliane an – am letzten Tag ihres Lebens als maßlos grausam. Was wollte Jo mit mir? Was ich von Jo? Das konnte nur ein schlechter Witz sein. Jo wollte sie auf den Arm nehmen, um sie aufzumuntern. Und wenn nicht?

Da lag er, bewusstlos, aber nicht tot. Er atmete noch. Sie glaubte, dass ich wahrscheinlich mit meinem Schlag mit dem Rucksack Jos Halsschlagader gestreift hatte und die Ohnmacht nur durch einen dadurch entstandenen Blutdruckabfall verursacht worden war. So etwas kam häufiger vor.

Sie sah Jo mit einem Mal zucken, als wolle er sich drehen, was ihm jedoch nicht gelang.

Ich war losgelaufen, um Hilfe zu holen. Das würde ein wenig dauern, aber auch nicht allzu lang. Juliane blieb wahrscheinlich nicht viel Zeit, bis ich zurückkommen würde. Nicht mehr viel Zeit, um die restlichen Tabletten zu schlucken und sich mit Jos Rad vom Acker zu machen, damit sie dort in Ruhe ihr Leben zurücklassen konnte, wo sie nicht sofort gefunden werden würde. Mit der Giftspritze wäre natürlich alles ganz schnell gegangen. So wie ursprünglich geplant. Nur gab es jetzt eine spontane Planänderung. Sie wollte mir nichts Böses. Bestimmt nicht. Aber diesen Triumph, diese Liebesbeziehung mit Jo, durfte sie mir nicht gönnen. Und Kaliumchlorid war als Todesursache schwer nachzuweisen.

Die halbe Midazolam-Tablette begann allmählich zu wirken, und obwohl Juliane nun schon recht müde war, gelang es ihr, die ursprünglich für sie selbst mitgebrachte Todesspritze aus ihrer Tasche zu angeln. Sie näherte sich Jo, der noch völlig benommen am Boden kauerte und zog einen Ärmel seiner Jacke aus. Gut. Darunter trug er nur ein kurzärmeliges T-Shirt. Sie streckte seinen Arm. Er hatte gute Venen. Sie setzte die Spritze an.

Danach zerrte sie aus ungeklärtem Motiv – dieses war ihr selbst nicht bewusst – Jo und dessen Rucksack in die Büsche, so dass beides außer Sicht war. Schlagartig entschied sie sich dann, den Rucksack zu öffnen, um rasch die darin verstauten Lehrbücher auszukippen und diese mit einem Fußtritt unter einen sperrigen Schwarzdorn-Busch zu befördern. Dass dieser Handlung kein rechter Sinn zugrunde lag, war offensichtlich. Vielleicht war sie von der Tablettendosis schon zu benommen, um geordneter zu denken. Möglicherweise beabsichtigte sie auch, mich später mit dem Versteck der Leiche zu irritieren, vorstellbar war auch, dass sie selbst nicht mit dem Toten in Zusammenhang gebracht werden wollte. Oder sie hoffte, dass er nicht allzu schnell gefunden wird, damit die Einstichstelle nicht mehr sichtbar ist.

Jo ächzte und zappelte noch, als sie den Rest der Midazolam-Packung mit Champagner hinunterspülte und sich dann sein Rad schnappte. Sie musste weg hier. Weiter weg. Ein Stückchen nur. Das müsste noch zu schaffen sein, bevor die Tabletten ihre Wirkung voll entfalteten. Damit sie in Ruhe das Schlafmittel auch noch nehmen und in Ruhe einnicken konnte. Eine weitere Störung bei ihrem Suizid wollte sie nicht erleben. Und erst recht wollte sie nicht gefunden werden, bevor alles vorbei war.

Ein schmaler Pfad mit zahlreichen Wurzeln und herausstehenden Steinen führte zunächst ein wenig weiter die Uferböschung hinunter und schlängelte sich weiter nach links und rechts in Richtung der Baumgruppen.

Sie schwang sich auf Jos Rad, fiel damit um, denn sie hatte nicht bemerkt, dass sie beim Aufsteigen noch Jos Rucksack in der Hand gehalten hatte. Wieso hatte sie das Ding überhaupt an sich genommen? Egal. Sie machte diesen zuvor wenigstens entleerten grünen Störenfried –

wieder ohne jeglichen Sinn – am Gepäckträger fest und versuchte es noch einmal. Doch ihr körperliches Koordinierungsvermögen war inzwischen zu stark herabgesetzt. Das Rad trug sie eine winzige Strecke die Böschung hinunter, bevor sie das Gleichgewicht verlor und wieder stürzte. Sie rappelte sich hoch. Ihr Knie war aufgeschlagen. Die Hände, voller Erde, zeigten Schrammen. Was soll's? Sie ließ das Rad, wo es war, rannte weiter, strauchelte, schlug mit den Schultern gegen einen Baum, schwankte und stolperte über einen kleinen Felsbrocken. Kullerte gegen einen größeren. Richtete sich wieder auf und schlug mit dem Gesicht auf einen dicken Findling. Stand nicht mehr auf.

Die Männer parkten die Limousine irgendwo in Ufernähe. Wir stiegen aus. Mechanisch führte ich sie an die Stelle, von der ich annahm, dass dort etwas Schreckliches passiert sein musste. Ich konnte mich nicht erinnern, was es war. Ich realisierte nicht mehr, was ich selbst tat oder sagte. Einer der Männer lief zum Auto zurück. Rief dem anderen zu, er werde den Rettungshubschrauber anfordern. Die Frau sei schwer verletzt. Ich fühlte kalten Schweiß auf meiner Haut, mein Herz klopfte in meinen Kopf hinein. Ich hörte Füße stapfen, Stimmengewirr, sah Figuren um mich kreisen, ohne wahrzunehmen, wer sie waren oder wo sie herkamen. Es klang wie aus weiter Ferne, als mich jemand in den Arm nahm, mir besorgt darlegte, ich sei leichenblass und mich in eine Decke hüllte. Ich wurde irgendwo hingelegt, meine Beine auf etwas

Höherem abgelegt, mehrere Kissen oder was weiß ich, was es war. Später fiel mein Blick auf eine leblose magere Frau mit blonden Locken, die ebenfalls gerade in eine Decke oder Plane oder in etwas Ähnliches gehüllt wurde. Es war Juliane.

LAUENBURG

Noch immer lag ich auf dem Sofa. Versteinert starrte ich nun an die Decke. Juliane war es also, die Jo auf dem Gewissen hatte! Innerlich einem Betonblock gleich, vermochte ich mich nicht zu rühren, wollte es, konnte mich aber ohne Annas und Olivias Hilfe nicht aufsetzen. Ich wollte weinen, aber meine Tränen schienen irgendwie einzementiert. Meine Kehle fühlte sich unangenehm trocken an, aber ich konnte den Mund nicht öffnen, weder um zu trinken noch um zu sprechen. Alles in und an mir war starr.

Und dann sah ich Olivia zwei zusammengefaltete Papierstücke aus ihrer Handtasche kramen, die sie glättete und vor mir auf dem Tisch ausbreitete. Unschlüssig und mit verwischtem Blick nahm ich einen der beiden vergilbten Fetzen zur Hand. Die Buchstaben verschwammen ein wenig, und nur mit viel Mühe war ich imstande zu lesen.

> **Wilhelmshaven.** Schwere Kopfverletzungen erlitt am Freitagabend eine Radfahrerin, die auf nahezu unbefahrbarem Gelände von ihrem Fahrrad stürzte und mit einem Rettungshubschrauber ins Reinhard-Nieter-Krankenhaus geflogen wurde. Die Staatsanwaltschaft hat eine Obduktion angeordnet. Damit soll geklärt werden, ob möglicherweise gesundheitliche Probleme die Unfallursache waren.

Mit zitternden Händen legte ich den Abschnitt wieder auf den Tisch und widmete mich jetzt der vor mir liegenden Kopie eines Schreibens aus dem schon im Zeitungsbericht erwähnten Krankenhaus an einen Allgemeinmediziner in Wilhelmshaven.

Operationsbericht

In Rückenlage wurde bei der tracheotomierten und intubierten Patientin die Kopfhaut an typischer Stelle beidseits temporal ausgiebig desinfiziert. Nach Lokalbetäubung erfolgte das Anbringen der G-W-Klammer mittels Eindrehen der beidseitigen Fixierungsschrauben beidseits temporal. Anschließend erfolgte die HWS-Extension mittels Aufhängen von 4 kg-Gewichten. Soweit durchführbar, wurde der Kopf in physiologischer Stellung zur HWS gebracht und die Gewichte über ein vorher am Kopfende des Bettes angebrachtes Extensionsgestell aufgehängt. Anschließend wurde die Stiff-Neck-Krawatte entfernt.

Postoperativ wurde die Patientin zur weiteren Überwachung auf die Intensivstation gebracht und verbleibt zunächst weiterhin intubiert und kontrolliert beatmet.

Und am Ende tröpfelten vollständige Erinnerungen durch die Risse meiner Ideenwelt wie schmelzendes Eis, das vom Hörnchen rinnt. Einzelne Kulissen tauchten zunächst verschwommen, dann immer deutlicher vor meinen Augen auf – wie Dämpfe aus einem überirdischen Nebel. Wie Juliane mir zuruft, doch endlich Hilfe zu holen. Wie ich mich nach dem Wurf mit dem Rucksack auf Jo zuerst nicht rühren kann, dann aber loslaufe. Wie ich wie wahnsinnig renne in der Hoffnung, dass Jo nicht sterben muss, dass ich ihn nicht umgebracht habe. Zögernd keimte Szene für

Szene, schläfrig blühte jede einzelne auf, schoss kraftvoll empor und rollte sich im Geiste vor mir ab. Seit mehr als einem Vierteljahrhundert hatte ich nichts mehr so klargesehen.

> ... aufgrund der umfangreichen Ermittlungen sowie einer Vermisstenanzeige, die das Wilhelmshavener Institut für Vogelforschung, in dem er ein studentisches Praktikum absolvierte, aufgegeben hatte, steht nun fest, wer der Mann ist, der vor vier Tagen am Uferrand der Maade tot aufgefunden wurde. Es handelt sich um den 24-jährigen Studenten Jo-Niklas Zacharias Beinke aus Sengwarden. Die gerichtsmedizinischen Untersuchungen ergaben, dass der Mann zweifelsfrei eines natürlichen Todes gestorben ist. Anhaltspunkte für fremde Gewalteinwirkung haben sich nicht ergeben. Der Tote litt bekanntlich unter dem Brugada-Syndrom, welches unter gewissen Umständen zum Herzstillstand führen kann.

All die Jahre schlummerte die Vermutung eines großen Vergehens in mir, ohne zu wissen, was es war. Ich war damals sicher, Juliane wäre tot, als ich sie auf der Trage hatte liegen sehen. Und tief in mir drin hatte ich den vergrabenen Verdacht gehegt, dass ich es war, die Jo getötet hatte, als ich seinen Rucksack auf ihn geschleudert hatte und er daraufhin zusammenbrach. Dabei hatte ich ihn so sehr geliebt. Meine Befürchtung war tief in mir eingemauert, so gründlich, dass das wahre Ereignis mein Gedächtnis verschont hatte. Dabei hatte ich Jo mit meinem Wutausbruch und dem Rucksack-Wurf lediglich verletzt.

Das kann ich mit nichts entschuldigen, auch nicht mit meiner Eifersucht. Dagegen hatte Juliane ihn auf dem Gewissen, aber sie selbst war gerettet worden. *So* war das. Der Spuk war vorbei.

Olivia erzählte bis in die Nacht hinein, wie sie von Lutz als Pflegerin für Juliane angeworben worden war. Olivia hatte noch nie zuvor ein finanziell so lukratives Jobangebot erhalten, kündigte ohne Wenn und Aber direkt ihre damalige Arbeitsstelle und griff zu. Anfangs überlegte sie, die Stellung zunächst wieder aufzugeben, denn sich um Juliane zu kümmern war extrem aufreibend. Was nützte dieses Wahnsinnsgehalt, wenn sie selbst keinen Freiraum mehr hatte? So schlimm hatte sie es sich nicht vorgestellt. Sie musste sich rund um die Uhr um die schwerkranke Frau kümmern, betrat ihre eigene Wohnung nur noch selten, so dass sie diese bald aufgab und in Lutz' Haus einzog. Nach insgesamt zehn Monaten Aufenthalt in der Neurochirurgischen Rehabilitationsklinik und später in einem Akutkrankenhaus mit anschließender Reha in einer weiteren Klinik war Juliane ein Pflegefall geblieben. Zwar waren im Laufe der Zeit ihre halbseitigen Lähmungserscheinungen teilweise zurückgegangen, aber sie war antriebsarm und depressiv, manchmal sogar richtig aggressiv. Auch verstand man sie sehr schlecht. Ihre Sprache war schwerfällig, verwaschen und langsam. Sie fand sich in Räumen nicht zurecht. Ihr Gehirn meldete ihr beständig, die Wände kämen auf sie zu. Alles in allem eine Wahnsinnsaufgabe für eine Pflegekraft.

Dennoch blieb Olivia. Ein Grund war, dass sie sich gern engagierte und sich so richtig für eine Sache ins Zeug legen konnte. Noch nie hatte sie eine dermaßen verantwortungsvolle Aufgabe gehabt. Der andere Grund war schwer erklärbar. Sie mochte Juliane.

Im Laufe der Jahre wurde Julianes Pflege müheloser. War die Prognose der Ärzte anfangs völlig hoffnungslos, zeigte sich bald, dass sie allzu schwarzgesehen hatten. Julianes Halbseitenlähmung war mit der Zeit komplett verschwunden. Was ihre Sprache anging, so machte sie von Monat zu Monat beachtenswerte Fortschritte. Juliane konnte sich nie wieder wirklich gut, jedoch bald bedeutend besser artikulieren. Wortfindungsstörungen blieben, aber eine Unterhaltung mit ihr war nun gut möglich, wenn man sich auf die verwaschenen Äußerungen fest konzentrierte. So erfuhr Olivia nun in winzigen Stückchen mehr und mehr über Juliane, etwas, das niemand erahnt hatte, über ihre Gesinnung, ihre Eigenarten, ihr Wesen. Immer weiter öffnete sich die Kiste von Ereignissen und Erfahrungen aus Julianes Leben und aus ihr strömten bedeutende Geschehnisse und Unwichtigkeiten, Begegnungen und Sinneseindrücke. Und ganz am Ende, als die Kiste schon fast leer war, quoll noch etwas nach. Erschreckend und erlösend zugleich war es in mich hineingestoßen, das, was ich von Olivia über Julianes schreckliche Tat und deren Beweggründe erfahren hatte. Es bedeutete endlich die Aufklärung dessen, was damals am Fluss wirklich passiert war – und was mit mir passiert war.

Mein Geist, meine Seele, meine Sehnsucht nach Jo, hatten mich all die Jahre gefangen gehalten. Eingekerkert gewesen war ich in einem leeren Dunst, in dem ich mein Leben meinen Hirngespinsten zur Verfügung gestellt und mich selbst betrogen hatte.

Noch nicht das ENDE …

Abschied

Wieder renne ich in meinem Traum, der mich immer noch umschattet, die mir inzwischen vertraut gewordene Wiese hinunter. Dieses Mal regnet und stürmt es so heftig, dass niemand freiwillig seine Wohnung verlassen würde. Nur ich. Aber ich weiß nicht warum. Ich muss rennen, durch den Regen. Ich muss es tun, um irgendetwas festzuhalten, was immer es auch sein mag. Und ich laufe und laufe und fühle Wasser und Verzweiflung meinen Nacken und mein Gesicht hinunterlaufen. Der Wind hemmt meinen Atem. Die Wiese ist matschig, und der Dreck entzieht meinen Füßen den Boden, so dass ich stürze, aber keinerlei Schmerz empfinde, nur Verlassenheit und Gram und zusätzlich Traurigkeit darüber, dass mein schwarzes Kleid nun über und über mit Schlamm geschändet ist. Meine Beine wollen nicht aufstehen. So kullere ich den Abhang hinunter, lasse es einfach mit mir geschehen, angetrieben von Ratlosigkeit, züngelnder Hoffnung und dem ungebührlichen Wind. Und mit einem Mal lande ich unter einem Busch und komme dort zum Erliegen.

Plötzlich sitzt Jo neben mir. Unbeschreiblich gut sieht er aus, und er duftet wunderbar charismatisch nach Moschus und Amber. Sein Bukett fängt mich ein, als er einen Arm um meine Hüfte legt und mich streichelt. Sein Gesicht ist noch jung, so wie damals, als wir noch zusammen waren. Aber seine Stimme klingt viel älter, als er zu mir spricht:

»Linda. Honey. Schön, dass du gekommen bist.«

»Ich habe dich vermisst, Jo«, flüstert es aus meiner Kehle, ohne dass ich es steuern kann. »Ich habe dich so vermisst. So vermisst, vermisst …« Ich will mich an ihn kuscheln, ihn berühren, aber, wo immer ich auch hinfasse, greife ich ins Leere, in ein Nichts, obwohl ich ihn doch deutlich vor mir sehen kann. Meine unzähligen Fragen bleiben eingesperrt in meinem Mund, sie sind nur zwischen meine Lippen vorgedrungen und lagern dort festgezurrt bis zum möglichen Abruf. Dann überlege ich nur eines: *WARUM GREIFE ICH INS LEERE, WENN ICH DICH ANFASSE?!*

»Das ist nicht weiter schlimm«, sagt Jo, als könne er meine Gedanken hören. »Es ist nur, weil ich gegenwärtig woanders bin. Aber es steht fest, dass wir uns endlich richtig voneinander verabschieden müssen. Das haben wir versäumt. Und ein Abgang ohne Abschied und ohne Perspektive ist wie eine Wanderung in den Abgrund, wie ein Fall in die Schlucht, ohne Rettungsanker.« Er liebkost mit seinen Händen mein Gesicht, und ich kann sie jetzt spüren, diese warmen Hände. Es ist so wohltuend und beruhigend.

»Ich liebe dich«, flüstere ich. Meine Stimme ist irgendwie anders, heiser, tiefer als sonst. Bin ich das, die da spricht?

»Ich liebe dich auch«, sagt Jo und seine Lippen nähern sich meinen. Aber unsere Münder treffen sich nicht. »Du musst loslassen, Honey, loslassen. Wir werden uns wieder begegnen. Aber die Zeit ist noch nicht gekommen. Lebe, Linda. Genieße. Es ist nicht richtig, wenn du freudlos dahinvegetiert, nur wegen einer verloren geglaubten Liebe. Wir beide sind nicht verloren. Wir gehören uns. Ich warte auf dich.«

Er drückt mir etwas sehr Kleines und Hartes in die Hand. »Adieu!«

»Adieu«, sagt mein Mund, ohne dass ich es beeinflussen kann. Noch einmal versuche ich, ihn zu umarmen. Aber Jo sitzt nicht mehr neben mir. Und in meiner Hand halte ich plötzlich den klitzekleinen Rubin, der sich vor vielen Jahren in Violas Wohnung von meiner Kette gelöst hatte und den ich nie wiederfand.

Als ich erwache, bin ich allein. Ich fühle mich benommen und friere. Deswegen bleibe ich noch ein wenig unter der Bettdecke liegen, bis der leichte Schwindel vorübergeht. Dann stehe ich auf und sehe direkt nach dem schwarzen Kleid, welches ich in meinem Traum trug und das in meinem Schrank hängen müsste. Nur zu besonderen Gelegenheiten ziehe ich es an. Nun aber habe ich das Gefühl, es soeben noch am Körper getragen zu haben. Doch es pausiert still auf seinem Kleiderbügel. Ich begutachte es von allen Seiten. Natürlich ist es sauber. Kein noch so kleines schlammiges Fleckchen ist zu sehen. Ich kann nicht sagen, ob meine Sinne mir einen Streich spielen, aber dieses Kleid, das ich in meinem wiederkehrenden Traum immer anhabe, verströmt auf einmal diesen dezent warmen Duft nach Jo, der mich eben noch so fasziniert hat, eben, als Jo neben mir saß. Und plötzlich fühle ich mich fessellos und zuversichtlich.

Fessellos und zuversichtlich verbringe ich meinen Tag. Ebenso den nächsten. Und den übernächsten. Und so weiter.

Jos Duft haftet an meinem Kleid, wann immer ich es aus dem Schrank nehme. Ich habe es Anna beweisen wollen. Aber sie nahm keinen besonderen Geruch wahr. Manchmal spüre ich wieder Jos Hände in meinem Gesicht, höre seine Abschiedsworte. Manchmal. Das ist, bevor ich mich schlafen lege oder dem Gärtner zuschaue, wie er meine Beete in Ordnung hält.

Natürlich ist es für mich zu spät, mich dem Leben noch einmal neu zu stellen, seine Widerwärtigkeiten zu akzeptieren und zu versuchen, aus allem das Beste zu machen. Und kein Mensch mag ernsthaft behaupten, es gäbe eine objektive Realität in unserem Leben. Jeder Mensch schafft sich ohnehin seine eigene.

Zu meiner großen Freude ist Emilia gekommen. Drei Jahre ist es her, seit sie das letzte Mal bei mir zu Besuch war. Sie wird immer hübscher zwischen den Abständen, in denen ich sie sehe. Trotz der widrigen Umstände in ihrer Kindheit hat sie ihr Leben inzwischen großartig gestaltet. Ich spüre momentan keine Verbitterung mehr darüber, dass ich sie damals nach den Unwägbarkeiten in Wilhelmshaven und meiner Flucht nach Lauenburg so wenig habe unterstützen können.

In Emilias Gepäck war auch die kleine Pillendose, die sie kürzlich unter Violas Nachlass entdeckt hatte. Das kleine Döschen war, wie auch immer, in eine nie gebrauchte

Kaffeekanne geraten und hatte sich dort jahrelang versteckt. Es war sechseckig und mit pinkfarbenen Mosaiksteinchen beklebt. Nur aus Neugierde öffnete ich den zierlichen Deckel und entnahm gebannt den Inhalt. Es war der kleine Rubin aus der Kette, die Jo mir einmal geschenkt hatte.

Es wird Zeit, dass ich noch ein bisschen Puder ins Gesicht stäube und mir eine frische Bluse anziehe. Emilia, Anna und ich gehen heute ins Theater.

Liebe Leserin, lieber Leser,

wenn euch dieses Buch gefallen hat, freue ich mich sehr über eine Rückmeldung in Form einer Bewertung bei Amazon oder anderswo. Auch für jede Anregung oder Kritik bin ich dankbar und antworte gern. Schreibt mir unter:
pioggiadistelle@gmx.de

Janne

Die Autorin

Janne Loy, ursprünglich Industriekauffrau, wohnt im idyllischen Nordwalde und arbeitet seit vielen Jahren in einem Institut der Universität Münster, wo sie sich neben anderen Aufgaben vor allem um die Institutsfinanzen kümmert.

Weitere Bücher:
Liebesstreben (Liebesgedichte)
Liebesfrieren (Ballade)
Wie das Blatt sich manchmal wendet, meine Liebe
(Kurzgeschichten)